John Banville

SINGULARITÄTEN

John Banville

SINGULARITÄTEN

Roman

Aus dem Englischen
von Christa Schuenke

Kiepenheuer
& Witsch

Alles in diesem Buch ist frei erfunden. Sämtliche Namen, handelnden Personen, Orte und Begebenheiten entspringen entweder der Fantasie des Autors oder wurden von ihm fiktionalisiert. Etwaige Ähnlichkeiten mit lebenden oder toten Personen, realen Ereignissen oder Orten sind rein zufällig.

Singularity */-lar'i-ti/ n* the fact or state of being singular; peculiarity; individuality; oddity; oneness; anything curious or remarkable; a point in space-time at which matter is compressed to an infinitely great density.

The Chambers Dictionary

Singularität, die; der Fakt oder Zustand des Singulärseins; Eigentümlichkeit, Individualität; Sonderbarkeit, Einzigartigkeit; alles Seltsame oder Bemerkenswerte; ein Punkt in der Raum-Zeit, an dem die Materie zu unendlich großer Dichte komprimiert ist.

In Memoriam

Janet Elizabeth Dunham Banville
(1944–2021)

I

Ja, er ist am Schlusspunkt angekommen, hat die Strafe abgesessen, aber heißt das, dass er weiter nichts zu sagen hat? Nein, keineswegs, bei weitem nicht. Hier steht er im eisigen Glanz eines windigen Aprilmorgens, schreitet aus, tritt in die Welt als freier Mann, mehr oder weniger. Wo hat er denn diese todschicke Garderobe her? Es gibt anscheinend jemanden, der sich um ihn kümmert, jemanden, der sich gekümmert hat. Sehen Sie doch den eleganten, wenn auch etwas altmodischen Kamelhaarmantel, der Gürtel nicht geschnallt, sondern lässig geknotet, das maßgeschneiderte Tweedjackett hinten mit Doppelschlitz, die gewienerten Budapester, das goldene Blitzen an den Hemdmanschetten. Beachten Sie speziell den hochkronigen Hut aus dunkelbraunem Filz, nagelneu, keck überm linken Auge in die Stirn gezogen. Locker am Henkel trägt er eine Gladstone-Tasche, zerschrammt und abgewetzt, aber dezent und gut. Oh ja, ein Gentleman vom Scheitel bis zur Sohle. Den Beau haben sie ihn genannt im Bau – sein Spitzname, einer seiner Spitznamen. Der Beau im Bau, sehr passend. Wörter sind das Einzige, was einem bleibt, um sich die Dunkelheit vom Leib zu halten. Denn was für ihn der lichte Morgen, das ist für mich die dunstige Dämmerung.

Wer spricht denn hier? Na ich, der kleine Gott, die großen haben sich ja aus dem Staub gemacht.

Übrigens hat er beschlossen, seinen Namen zu ändern. Es wird wohl kaum einer auf diesen Trick hereinfallen, wozu also die Mühe? Aber sein Ziel, verstehen Sie, ist nichts Geringeres als die vollkommene Verwandlung, ein Unterfangen, das er radikaler nicht angehen konnte, als indem er gewissermaßen die Fabrikmarke gelöscht und sie durch eine andere ersetzt hat, eine von ihm selbst erfundene. Eine vorgetäuschte Identität! Die Idee versetzte ihn in freudige Erregung – armer Tor, der er war; als ob ein neuer Name alte Sünden überdecken könnte. Und doch brachte er dann eine, wie sich zeigen sollte, verdrießliche halbe Stunde in seiner Zelle zu, hockte mit Bleistift und Papier im Schneidersitz auf seiner schmalen Pritsche wie ein zurückgebliebener Schulbub über seinen Hausaufgaben und versuchte haareraufend mit verrutschtem Kragen, aus dem Namen, der für ihn bereits sein alter war, ein plausibles Anagramm zu bilden; doch es gab einfach zu viele Konsonanten und nicht genug Vokale, und außerdem, Wortspiele dieser Art waren nicht gerade seine Stärke, sodass er schließlich aufgab, verdrossen und frustriert, um sich stattdessen lieber ein fix und fertiges Pseudonym zu überlegen. Die Auswahl war verwirrend groß, von John Smith bis Rudolf von Ruritanien. Aber zu guter Letzt kam er auf etwas, das ihm genau das Richtige schien.

Ein Hauch Enttäuschung trübt die schlichte Freude, frei zu sein, auf freiem Fuß zumindest. In seiner Fantasie war die Entlassung stets in jenen Talmi-Glamour getaucht gewesen, den er von den Gangsterfilmen seiner Jugend kannte. Es würde ein großes nacktes Holztor geben und darin ein viel kleineres Nebentor, das sich nach innen öffnet und durch das er forsch nach draußen tritt, im Zweireiher aus Flanell, mit breiter Krawatte, seine paar Habseligkeiten unterm Arm und im Mundwinkel, wie eingekerbt, ein straffes, kaltes Lächeln, so würde er hinausspazieren, quer durch ein Niemandsland aus Kopfsteinpflaster und aus schrägen Schatten, hinüber zu der protzigen Karosse, die schon auf ihn wartet, hinterm Lenkrad sitzt ein Schlägertyp und kaut an einem Zahnstocher, und auf dem weichen Rücksitz, dummdreist eine Zigarette rauchend, lasziv sich räkelnd, eine platinblonde Lady mit weißer Pelzstola und Nahtstrümpfen. So oder jedenfalls so ähnlich, sofern man sagen kann, dass etwas ist wie etwas anderes; die Brahma-Hypothese bezweifelt ja bekanntlich sogar die Selbstidentität. Allein, das ganze Potenzial fürs Pittoreske und Dramatische, das dieser Tag womöglich hätte haben können, wurde vereitelt durch den Fakt, dass das Verfahren seiner Entlassung insgeheim ja längst im Gange war, lange vor dem eigentlichen Augenblick, da sie mit Ochsenziemern und mit abgesägten Pumpguns im Anschlag – ich übertreibe natürlich – die Riegel weggeballert und die Zellentür weit aufgestoßen hatten und auf sicheren Abstand gingen. Was ich damit meine, ist, dass schon vor ein paar Jahren von oben die Weisung gekommen war, ihm an den Wochenenden und an bestimmten gesetzlichen Feiertagen Ausgang zu geben – selbstverständlich ohne Aufsehen und unter der Bedingung, dass die Sache nicht als Präzedenzfall zu betrachten sei. Diese Ausflüge erwiesen sich immer als ziemlich anstrengend; in seiner sicheren Zelle wär er besser dran gewesen. Dann wurde er von Anvil Hill, dem Ambosshügel, wo der Hammer des Gesetzes schwer herniederfällt, in die buschreichen Breiten von Hirnea House verlegt, wo man ganz entspannt in einer offenen Haftanstalt einsaß – ein schönes Oxymoron. Er war dort nicht glücklich gewesen; auf dem guten alten Anvil, wo er etwa zwanzig Jahre seiner obligaten Zeit als Lebenslänglicher in einem zwar geräumigen, doch von den anderen abgeschiedenen Block zufrieden mit seinen Mannen, seinen Kumpanen zugebracht hatte, allesamt Lebenslängliche wie er, hatte er sich wesentlich wohler gefühlt.

Sie verstehen schon, das Wort *zufrieden* ist hier relativ gemeint; hinter Schloss und Riegel ist hinter Schloss und Riegel, da kannst du noch so viele Sonderrechte haben.

Sei's drum, sie, wir, das kollektive Wir, haben ihn letzten Endes auf freien Fuß gesetzt, und da ist er nun, kommt munter auf dem kiesbestreuten Weg daher, wo schon ein Taxi auf ihn wartet, ein großer altmodischer, tief liegender schwarzer Benziner, wie man sie heute nur noch selten auf der Straße sieht, mit einem Kühler, klobig wie das Maul von einer Seekuh, und verbeulten Radkappen aus Chrom, in denen sich verzerrt die Wälder ringsum spiegeln. Denn wir sind auf dem Lande, inmitten flacher, schafgesprenkelter Hügel, die sie hier dreist Berge nennen, und er genießt das Zwitschern der Vögel und den leichten Wind, die Wahrzeichen der Freiheit schlechthin. In Hirnea House, einem freistehenden viktorianischen Klinkerklotz mit jeder Menge Schornsteinen, war man sich gar nicht wie im Knast vorgekommen, was zum Teil daran lag, dass es bis vor kurzem gar kein richtiges Gefängnis war, sondern eine Verwahranstalt für ganz normale Irre.

Der Taxifahrer, ein hohlwangiger Alter mit gelblich bleichem Raucherteint, beobachtet mit zusammengekniffenen Augen, wie er näher kommt; der Bursche weiß genau, wer er ist, denn der Wagen wurde ja auf seinen Namen bestellt – genauer gesagt, auf seinen früheren Namen, an dem noch immer ein paar Fetzen trauriger Berühmtheit haften.

Namen, Namen. Wir könnten sagen, er heißt Barabbas. Aber wer wär dann der, den sie gerade kreuzigen, da drüben auf der Schädelstätte?

Er macht die hintere Tür auf, wirft seine Tasche ins Auto, bückt sich, um selbst hineinzuklettern, und lässt sich ächzend auf den Rücksitz fallen, der so abgewetzt ist, dass er glänzt. Muss ein bisschen abspecken. Begrüßung wird nicht erwartet, von keiner Seite. Auch keine Entschuldigung für die Verpätung, selbstverständlich. Fahren Sie los, guter Mann. Es müffelt nach abgestandenem Zigarettenrauch, Schweiß und speckigem Leder, ein Gemisch, zu dem sich jetzt vermutlich noch der müde, angegraute Mief des alten Knastbruders gesellt. Der gute Mann musterte ihn im Rückspiegel mit einem Austernauge.

»Herrlicher Tag heute«, krächzt er.

Und ich, wo bin ich? Ich hocke, wie es meine Art ist, gemütlich zwischen all den Schornsteintöpfen und genieße den Rundumblick. Wir sind uns übrigens schon mal begegnet, in einem von den Intervallen meiner taumelnden Unendlichkeit. Hallo, ja, ich mal wieder! Schauen Sie doch, wie mein Flügelhelm im Frühlicht funkelt.

Er hat einen Freund namens Billy – ein ehemaliger Zellengenosse aus seiner Zeit auf Anvil. Ein bisschen mehr als ein Genosse, um es ganz unverblümt zu sagen und ohne drum herum zu reden, denn bei der Dürre dort in jenen einsamen Gefilden muss man des Fleisches Feuer halt mit jedem Brennstoff nähren, der zur Hand ist. Aber genug, kein Wort mehr davon: hat doch die Zeit längst jeden Rest von solchen *feu follet* in ihm gelöscht. Der süße Billy nennt sich mittlerweile William. Ist rechtschaffen geworden und hat sich eine kleine Firma aufgebaut, weil Autos immer schon sein Ding gewesen sind. Hier, sehen Sie seine Visitenkarte:

Hipwell Hire – Autovermietung
Wm. Hipwell, Esq. – Eigent.
Starke Getriebe für die Getriebenen

Und wir brauchen dringend einen Wagen: an Orte reisen, Besuche machen. Der Führerschein ist zwar längst abgelaufen, doch was soll's. Sein Kumpel Wm. wird die Sache schon für ihn richten.

Aber sieh da, der Kumpel drückt sich, und er wird nicht vom Eigentümer selbst empfangen, sondern von dessen Assistentin. Das ist eine junge Dame von durchaus flottem Aussehen und mit einem Ring in der Nase – die Mode, stellt er fest, ist während seiner langen Haftzeit wild geworden –, die hinter ihrem metallenen Schreibtisch sitzt und ihn taxiert, während sie sich mit ihrer dicken grauen Zunge geschickt ein Kaugummi in die linke Backentasche schiebt, um auf seine höflich vorgetragene Frage antworten zu können. Nein, sagt sie, der Chef musste geschäftlich außer Haus. Das ist eindeutig eine Lüge, die sie jedoch mit einer derart unverhohlenen Dreistigkeit und Unverschämtheit von sich gibt, dass sie nicht kränkend ist. Misstrauisch beäugt sie seine Dr.-Crippen-Tasche, die auf dem Boden steht, zu seinen Füßen, und sich redlich bemüht, unschuldig auszusehen.

Ein Fahrzeug sei für ihn bereit, sagt sie, »und das hier ist Ihr Führerschein, obwohl, das Foto sieht Ihnen kein bisschen ähnlich, Mr Mordaunt.« Er freut sich und belohnt sie mit seinem seltenen und nur ein ganz klein wenig unheilvollen Lächeln: Es ist das erste Mal, dass er den neuen Namen ausgesprochen hört, oder zumindest dessen zweiten Teil, und er gefällt ihm. Der Klang ist angemessen kummervoll. Mordaunt – ich denke dabei nicht an Mord und Schrecken, nein, keineswegs, nicht derart mit der Tür ins Haus. Was ich da vor mir sehe, ist, sagen wir mal, so ein großes behäbiges mottenzerfressenes Untier, ein Elch oder ein Wapiti – gibt es da einen Unterschied? – mit einem riesengroßen Schädel und streichholzdünnen Beinen, dem es beschieden ist, als Wandschmuck in der Eingangshalle eines prunkvollen barocken Jagdschlösschens zu enden, irgendwo in einem tiefen, gottverlassenen Wald in, ach, was weiß ich, wo – Sie verstehen schon.

Bevor er den Führerschein einsteckt, kann er es sich nicht verkneifen, rasch das Foto anzugucken. Oje! Wann war das aufgenommen worden, wo? Er kann sich nicht erinnern. Das Mädchen hat unrecht, es sieht ihm sehr wohl ähnlich. Stimmt schon, rein physisch ist die Ähnlichkeit eher gering, aber diese drohende Kinnhaltung, der verdorbene Ausdruck in den Augen – die Kamera, die gnadenlose, hat allemal etwas von seinem Wesen eingefangen. Wir reden hier von seinem inneren Wesen. Von außen sieht der

Mann noch immer gut aus, Typ Brummbär, Dreitagebart und so, wenn er auch unterdessen deutlich gröber wirkt, im Frühling seines siebenten Jahrzehnts.

Das Büro ist eng und gemütlich unaufgeräumt, genau wie Billys Zellenseite früher. Es ist schon viele Jahre her, seit sie zuletzt zusammen waren, und trotzdem kommt es ihm so vor, als wittere er noch immer einen Hauch vom einstmals so vertrauten Duft des alten Knastgefährten, dem Knabenduft, der auf geheimnisvolle Weise die Erinnerung heraufbeschwört an salzgeschwängerte Gerüche sonnenverbrannter Kindheitssommer.

Natürlich findet er es ärgerlich, dass Billy – ähm, ich meine, Mr Hipwell, wie das Mädel mit dem Nasenring ihn beharrlich und mit Nachdruck korrigiert und sich dabei ständig auf die Unterlippe beißt, um nicht lachen zu müssen –, dass er es vorgezogen hat, sich aus dem Staub zu machen, statt hier zu sein und ihn an seinem ersten Tag in Freiheit zu begrüßen. Ein ungutes Gefühl, ein kalter Schauer. Soll das etwa ein Muster werden? Ein Vierteljahrhundert lang war er weitgehend verloren für die Welt, und viele, die er einmal kannte, gibt es nicht mehr, da würde es ihn hart ankommen, sollte er von den paar, die noch aus seinen alten Kreisen übrig sind, so schroff geschnitten werden, ganz gleich, wie lose die Verbindung zwischen den einzelnen Gliedern der Kette auch war. Er hat noch nicht begriffen, dass das statische Universum, in das er eingetreten ist und in dem, genau genommen, weder Vergangenheit noch Gegenwart noch Zukunft existiert, sondern nur eine Art gleichbleibender, zeitloser Nicht-Zeit, dass dieses Universum mit einem ganzen Ensemble neuer Figuren bestückt ist, mit denen er sich amüsieren kann. Oh ja, bei dieser

Aussicht reiben Hochstimmung und Stimmungstiefs sich schon die Hände. Sie werden sehen.

Der Wagen, den ihm Billy ausgesucht hat, ist ein Sprite, ein netter kleiner Flitzer, rassig rotlackiert, mit Schalensitzen, die Bezüge aus matt schwarzem Kunststoff, weich wie Babyhaut und noch so neu, dass man fast daran kleben bleibt, und als er mit dem tweedumspannten Hintern drüberrutscht, kann man sie vor Begeisterung sachte quietschen hören. Dann ein leises Metallgeklimper, und schon erscheint die vielberingte junge Frau neben ihm, ihr vorne stylisch hochtoupiertes, kräftig eingespraytes Haar vibriert im ziemlich starken Wind. »Hier ist der Schlüssel«, sagt sie und lässt ihn baumeln an dem Ring, der nicht viel größer ist als der in ihrer Nase, »ist vollgetankt, und bauen Sie mir ja keinen Unfall, sonst bringt Sie Mr Hipwell um, und mich gleich mit.«

Schon wieder das ostentative Mister, und schon wieder so ein schlecht verhohlenes, freches Grinsen; er überlegt, ob dieses wohlriechende kleine rosa Ferkel dem Chef wohl mit der einen oder anderen Gefälligkeit gefällig ist. Er hofft es. Billy hat sich drinnen schier verzehrt nach weiblicher Gesellschaft; anpassungsfähig war er immer schon, versäumte aber niemals zu betonen, dass er doch eher auf die Miezen steht als auf die Macker. »Das ist manchmal wie Zahnschmerzen«, sagte er immer und ließ den Blick wehmütig in die Ferne schweifen, in jenen chiffonweichen, puderduftenden Serail hinter verschwommen goldenen Pforten, der ihm vorerst noch verwehrt war, »oder wie so ein Pochen oder so was ganz weit hinten in der Zunge, im dicken Teil.« So reden sie dort über, na, Sie wissen schon, worüber, wie liebeskranke Schulmädchen; es wird Sie vielleicht überraschen, aber die Lebenslänglichen stehen eher nicht auf Zoten.

Die junge Frau bleibt da und guckt sich an, wie Mr. Mordaunt am Knüppel rüttelt und sich entschlossen räuspert. Er wünschte, dass sie wieder ins Büro gehen möge, hat Angst, er könnte sich vor ihr blamieren, denn er hat keine Ahnung, wie man diese neumodischen Autos anlässt. Und aus der Übung ist er außerdem. Er ist nicht mehr gefahren seit, ja richtig, seit jenem unvergessenen Sommernachmittag, als er mit einem anderen Auto – auch ein Leihwagen, genau wie der hier, nur viel größer und schwarz wie ein Leichenwagen – zu einem Sumpf an einer Bahnlinie gefahren war und es dort hatte stehen lassen mitsamt der bluttriefenden Fracht, die allerdings noch atmete. Das war in einem anderen Leben, in einer anderen Welt, und ja, das Dienstmädchen ist tot. Aber zurück ins Jetzt. Rein mit dem Zündschlüssel in den verheißungsvollen kleinen Schlitz, der Motor heult wruumm, wruummm, die Kupplung loslassen, und holdrio, raus auf die Straße. Aber wie das so ist – er war zu ungeduldig mit der Kupplung, der Wagen bockte wie ein Pferd, das scheut, der Motor keuchte und verreckte unter lautlosem Gelächter aus den Himmelssphären. Ein genuschelter Fluch, und noch einmal den Schlüssel rein, die Kupplung wieder, sachte, diesmal sachte, und los.

Doch schon nachdem er eine kurze Strecke gefahren war, erschlaffte ihm der Fuß auf dem Pedal, das Auto scherte langsam aus nach links und rollte dann noch ein paar Meter, bevor es seufzend an der Bordsteinkante stehenblieb. Er saß da, übers Lenkrad gebeugt, und sah mit müden Augen blicklos durch die Windschutzscheibe. Der schnittige

Wagen, die schicken Klamotten, das Mädchen im Büro mit dem Geruch nach Haarspray und klebrig süßlichem Parfüm, sogar das unschuldige Sonnenlicht, das vor ihm in der elegant gewölbten Scheibe blitzte: Auf einmal war er überwältigt von der nackten Faktizität all dessen. Die meisten Sünden kann man leugnen, verdrängen, ja sogar vergessen, nicht aber diese eine, für die es keine Absolution gibt und die er notgedrungen in sich birgt wie einen Fötus, der verdorrt ist. Wozu die ganze überspannte Quasselei, dieses banale Rumgewitzel, das gern hohe Kunst sein möchte? Es wird ihn keinen Augenblick erlösen von diesem furchtbaren Dilemma, dass er der sein muss, der er ist. Er hat ein Menschenkind ermordet, ein sterbliches Geschöpf, wie er selbst eines ist, und damit hat er einen winzig kleinen Riss zurückgelassen in der Welt, eine winzig kleine Scharte, die durch nichts ausgewetzt oder wieder gefüllt werden kann. Er hat ein Leben genommen und dafür lebenslänglich bekommen.

Wie wär's mal mit ein bisschen weinen, während du dort hockst im Sumpf deines unrettbaren Selbst? Mal bisschen flennen, und schon geht's dir wieder besser, hm? Ach, aber hast du's dir nicht schon vor langer Zeit gesagt: Wenn du erst einmal anfängst, hörst du nie mehr auf. Und darum: Lass es lieber bleiben.

Mühsam reißt er sich nun zusammen, strafft die Schultern, packt das Steuer fester mit den dicht bepelzten Fäusten und weiter geht's, vorwärts mit männlicher Entschlusskraft. Kein Zurück. Der arme Affe, ausgesetzt in freier Wildbahn, und noch das grässliche Geräusch im Ohr, mit dem die Käfigtür ins Schloss fiel hinter ihm und sich die Pforten seines Schutzraums krachend schlossen. Nein, kein Zurück.

Seht nur, wie er davonläuft, brabbelnd, rotärschig und ganz allein, ins furchterregende Dickicht der Welt.

Dabei zieht's ihn immer noch nach Hause, das heißt nach Coolgrange, dem Familiensitz, *maureeyah,* wie wir auf gut Ersisch sagen, und dorthin wendet er sich unversehens, nichts ahnend von dem wundersamen Wandel, der ihn daselbst erwartet. Wir konnten sie doch schließlich nicht sich selber überlassen, oder? Ein bisschen Stein auf Stein, ein wenig Farbe hier und da, den einen oder anderen Ausblick etwas angepasst. Kaum noch wiedererkennen wird er das alte Haus – oder sich selbst darin.

Sie werden gespannt sein, wenn nicht gar darauf brennen zu erfahren, womit er die nicht ausfüllbaren Tage im Kittchen ausgefüllt hat. Es zog sich alles übermäßig in die Länge, weil sie ihn schlicht nicht gehen lassen wollten, doch nicht aus Rachsucht, die, das gibt er zu, durchaus berechtigt wäre, sondern allein, so glaubt er jedenfalls, wegen der Trägheit der Bürokratie. Während er heute Morgen auf das Taxi wartete, das sich verspätet hatte – es hat mir Spaß gemacht, ich böser kleiner Gott, ihn noch ein letztes Mal mit einer kurzen Zeitverzögerung zu martern –, hat er präzise nachgerechnet, wie viel Zeit er drinnen zugebracht hat, und war ganz verblüfft, sogar ein klein wenig beleidigt, als dabei, einschließlich der Schaltjahre und seiner letzten Nacht, die ja Schlag Mitternacht zu Ende war, gerade einmal mickrige achttausendneunhundertvierundneunzig Tage, dreizehn Stunden, siebenundzwanzig Minuten und ein paar zerquetschte Sekunden rausgekommen waren. Pah! So aufgedröselt, war das ja so gut wie gar nichts, dabei war es ihm vorgekommen wie der Inbegriff der Ewigkeit; wieso hat er denn da nur all die Jahre so ein Theater drum gemacht? Wie viel muss er noch lernen, wenn er sich nun in diese Ecke des Multiversums wagt, die ihm so trügerisch vertraut vorkommt, wie viel muss er noch beigebracht bekommen über die wahre Natur der Zeit.

In den ersten Monaten seiner Haft, eine Phase, an die er sich jetzt kaum mehr zu erinnern meint, hat er die Dauer auf zwei Ebenen erfahren. Da war zuerst einmal der kosmische Aspekt der Angelegenheit. Um ihn herum kreiste der große Bogen des Daseins mit kaum merklicher Bewegung, während er selbst sich vorkam wie ein Eichhörnchen, das verzweifelt rennt in einen Hamsterrad, welches derart schnell sich dreht, dass man die Speichen nur noch sieht wie ein verwischtes Blitzen. Am Morgen wachte er in Panik auf, erschöpft von einer Nacht voller verstörend wüster Träume, raste mit ungebremster Hast durch seinen Tag, bis abermals das Licht ausging, und fiel sodann in einen Zustand, der eigentlich kein Schlaf war, sondern eher eine angstbesetzte Lähmung. Doch wie sehr sein Verstand auch rasen und sich hetzen mochte, die Zeit, in einem anderen ihrer Aspekte, den man als individualisierte Zeit bezeichnen könnte, haftete ihm an, schwer, feucht und klebrig wie ein nasses Betttuch, das auf einer Wäscheleine hängt, und versuchte er, sich durch sie hindurchzukämpfen, dann schlang sie sich um ihn herum wie ein erstickend warmes, feuchtes Knäuel. Es gab nichts zu tun, und genau das tat er, den lieben langen Tag, jeglichen Tag, mit fieberhaftem Eifer.

Geradezu zwanghaft überlegte er, besonders in den frühen Phasen seines Eingesperrtseins, ob er dem Ganzen nicht ein Ende machen und einfach so ein klammes Laken nehmen und es zu einer Schlinge knoten sollte, um sich damit an dem mittleren der drei kurzen, hanteldicken Eisenstäbe aufzuknüpfen, die in das kleine Fenster hoch oben in seiner Zelle eingelassen waren. Doch brachte der Gedanke an das, was dann folgen würde, ihn ab von diesem Kurs schierer Verzweiflung, wobei der körperliche Schmerz und auch die Seelenqualen keineswegs das Schlimmste waren. Was er partout nicht billigen konnte, war die Vorstellung, welch ein vulgäres Bild er bieten würde: die Glubschaugen, die dick geschwollene rausgestreckte pflaumenblaue Zunge, die Flecken und die ekligen Gerüche untenrum. Nein, er musste weitermachen, musste durchhalten, es ging nicht anders. Er sagte sich, dass doch das ganze Leben ›lebenslänglich‹ sei, was ihn indes nicht tröstete.

Ach, übrigens, der Genauigkeit, oder sollte ich lieber sagen, der Wahrscheinlichkeit halber: Das Fenster seiner Zelle auf Anvil Hill war weder hoch oben noch klein, und Gitterstäbe hatte es auch keine. Drahtglas, das ja, und draußen ging es tief hinunter auf den gnadenlos unnachgiebigen Boden des Sportplatzes. Die Aussicht war ebenfalls nicht grad berauschend. Ganz in der Nähe lag der Hof, auf dem die durchtrainierteren unter den Lebenslänglichen nachmittags lustlos Fußball spielten, und ein Stück weiter, an der Seite, ein irreal wirkender Streifen Gras, das seiner Ansicht nach nur künstlich sein konnte, so was wie eine büschelige Plastikmatte, dort ausgelegt, damit sich Mäher und Gerät erübrigten, und unten rechts in der Diagonale ein kümmerlicher Baum, der nicht gedeihen konnte und nicht eingehen wollte, der vielmehr Jahr um Jahr stur dastand, jeden Frühling verdrießlich ein paar teilnahmslose Blätter austrieb, die, kaum berührten sie die Luft, auch schon zu welken schienen, schlaff und bleich, und die beim ersten kühlen Herbsthauch umstandslos herunterfielen. Von der Stadt sah er nichts als in der Ferne einen Turm, der aus dem Smog emporragte wie der Finger ihres Gottes aller Götter, der mahnend in die falsche Richtung zeigte.

Wie dankbar war er für den freigebigen, opulenten Himmel, für das verschwenderische, wechselvolle Schauspiel, das er bot.

Wir werden hier nicht näher auf die Strategien und Methoden eingehen, die er, nachdem er so verblüffend schnell am Ende seiner Kräfte angelangt war, sich aus den Trümmern, die ihm noch verblieben waren, zusammenschusterte, um einerseits zu überleben und andererseits halbwegs bei Verstand zu bleiben. Begnügen wir uns vielmehr mit der Feststellung, dass er seine Nase in so manches Buch steckte – die Bibliothek auf Anvil war bemerkenswert gut ausgestattet, was sogar noch besser wurde, nachdem er den Gefängnisbibliothekar, einen harmlosen Kinderschänder, verleumdet und für seine Absetzung gesorgt hatte, um stattdessen fortan selbst auf dem verwaisten und noch warmen Hochstuhl Hof zu halten – und allen Hobbys abschwor. Tagsüber holte er den Schlummer nach, den er des Nachts verpasste, und driftete, egal, wie spät es war und wo er gerade sich befand, sanft ab, gleich einem Blatt, das auf den Frühlingsfluten segelt; der Tagschlaf war ein Schwebezustand, ein Dahindämmern, gottlob ohne die Schrecken der Nächte.

Einer seiner frühen imaginären Fluchtversuche bestand darin, rücklings auf seiner Pritsche liegend, die Hände hinterm Kopf verschränkt – Sie sehen ihn doch vor sich, oder? –, sich vorzustellen, er sei zu einem Abendessen bei Freunden eingeladen und habe sich nun, von den feinen Speisen und den teuren Weinen satt, der allzu glänzenden Gesellschaft müde, zu sehr geblendet von den Leuchtspuren der Geistesblitze, die überm Esstisch hin und her schossen, heimlich verdrückt in eins der Nebenzimmer und sich's bequem gemacht auf einer Couch mit Damastpolstern, um sich ein wenig Ruhe und Frieden zu gönnen. Die Vorstellung, es wären andere in der Nähe, gesellig ins Gespräch vertieft, derweilen er allein dort lag, spendete ihm einen kleinen Trost in seiner Einsamkeit. Im Lauf der Jahre freilich erschien die bloße Vorstellung, er könnte jemals wieder eine Chance haben, an einer frohen Runde teilzunehmen, ihm immer weniger wahrscheinlich, wie ein durch nichts gerechtfertigter Traum von einer anderen Welt, wo Freundlichkeit und Anmut herrschten.

Sein einträglichster Zeitvertreib, wenn er des Nachts in seiner schwülen Zelle schmorte – Gefängnisse sind, so seine Erfahrung, immer überheizt –, bestand darin, dass er, fast schon absurd detailversessen, gedanklich wieder durch die Felder rund um Coolgrange streifte, wie er's in seinen hitzigen Jugendtagen so oft und mit so viel Begeisterung getan hatte. Als Junge war er nämlich ein nimmermüder Wanderer gewesen und hatte die Natur in jeder Form geliebt, und zwar die wilde ganz genauso wie die zahme. Vor allem galt seine Bewunderung den Raubtieren, dem schleichenden Fuchs, dem herabstoßenden Falken, der Hauskatze. So hatte er im zarten Alter schon gelernt, dass der gewaltsame Tod seit jeher zum Leben gehört. Doch er war nicht morbide, keineswegs. Was ihn am heftigsten beschäftigte, das war vielmehr das Wachsen und Gedeihen der Dinge.

Alles war für ihn beseelt, vor allem die Bäume; für manche davon hatte er mehr Zuneigung, als er jemals für einen menschlichen Gefährten hätte haben können. Er sah das reine Sein in allen Dingen, im Possenspiel des Wahnsinns nicht minder als im höchst elaborierten religiösen Ritual, im großmäuligen Geschrei der Bauernsöhne nicht minder als im Wohlklang des vortrefflichsten Sonetts. Und im Dasein des Daseins erkannte er sein eigenes. Ja, ja, er war eine empfängliche Seele, und niemals übersah er ein elegantes Götterbein, das zwischen den raschelnden Blättern des Lorbeers blitzte: *et in Arcadia,* Ihr sehr ergebener – wie Sie sehen. Warum hätten wir uns sonst die Mühe machen sollen, ihn rauszuholen aus dem Knast, wenn auch erst ziemlich spät? Dass er frei ist, hätte schließlich wenig Sinn, wenn er die Freiheit nicht in vollen Zügen genießen kann.

Doch sein Verlangen war nicht und war nie gewesen, sich an der Quelle des Erhabenen zu laben. Die einfache Natur, die Allmutter, *la belle dame,* sie war's, an der er hing, bei der er glücklich war. Er brauchte nur ein ganz bescheidenes Stückchen Wiese in der Stadt, mitten in der Betonwüste, mit Kreuzkraut, Brennnesseln und ein paar lippenstiftrote Mohnblumen, die mit den Köpfen nickten, dann war er schon zufrieden. Die tiefe Schlucht, die hohen Klippen, die konnten sie sich seinetwegen sparen. Ihn reizten auch nicht das hysterische Geträller der Nachtigall oder die vielbesungene Narzisse, deren Blüten, wie jeder weiß, sich aber zuzugeben schämt, mitnichten golden sind, wie man behauptet, sondern, um es rundheraus zu sagen, giftig grüngelb wie die Galle einer Absinthtrinkerin.

Sein schönster Ausweg war, wie schon erwähnt, der Himmel; nie konnte er genug davon bekommen, die Wolken zu bestaunen, die ganz sich selbst genügen in ihrer ständig sich verändernden samtigen Herrlichkeit.

Es gab da eine Strecke, die er immer wieder ging, oder so oft ging, dass sie ihm besonders lieb sein musste. Der offizielle Ausgangspunkt, sein offizieller, war ein kurzer und aus irgendeinem Grunde immer aufgeweichter Durchgang, der vom Garten von Coolgrange House hinunterführte bis zu einem Gatter und von dort zu einem Eichenwäldchen und dann hinaus ins Offene, in die Natur. Das Gittertor mit den fünf Sprossen, die Wind und Regen abgeschmirgelt haben zu einem feinen Filigran – der Rost sieht aus wie grob gemahlener Zimt –, hat er in diesem Augenblick ganz deutlich vor sich, und da durchzuckt ihn, ohne dass er's sich erklären kann, ein süßer Schmerz. Wie es so schief in seinen Angeln hängt, schlapp, triefäugig, besiegt vom Alter, das arme Ding, könnte man denken, es hat aufgegeben. Es lässt sich zwar noch öffnen, aber er klettert lieber drüber und freut sich daran, wie es unter ihm in greisenhafter Panik erbebt und quietscht und klappert. Wenn er das Bein über die oberste Stange schwingt, muss er eine halbe Schraube machen, das heißt, sich elegant halb um die eigene Achse drehen, sodass er zwangsläufig zurückblickt auf die Hinterseite des Hauses, aus dem er gerade kommt und dessen unregelmäßige Reihen hoher Fenster, in denen sich die Sonne spiegelt, glasig missbilligend auf ihn herabzublicken scheinen. Wenn er da hockt, stellt er sich vor, wie er als unerschrockener Jacky Tar im schaukelnden Mastkorb eines Kriegsschiffs unter vollen Segeln über den schwankenden Wogen schwebt. Ein Junge bleibt nun mal ein Junge, selbst dieser hier. Und er war ja einst wirklich ein ganz normaler kleiner Kerl, führte nichts Böses im Schilde und hatte keine

Mordgedanken. Das alles kam erst später, und wer weiß schon, warum oder woher?

Gleich hinter dem Tor befand sich ein abschüssiges Feld, durch das sich ein flacher, aber breiter grasbewachsener Wall zog, einst angelegt von Menschenhand, vor undenkbar langer Zeit, wenn auch zu keinem irgendwie bekannten Zweck. Auf dem Wall standen drei edle Buchen, ich glaube jedenfalls, es waren Buchen oder sind es noch, alle in einer Reihe und in gleichem Abstand voneinander, ein weiteres Zeugnis menschlichen Handelns. Vielleicht war es einmal ein Ort gewesen für ein bäuerliches Ritual von einst, mit Porter und Musik, mit Jungfrauen und Weißdornblüten und fröhlichen Burschen mit bunten Bändern an den Hüten, die mit ungeschickten Schritten einen altmodischen Tanz vollführten und herzhaft die geschwenkten Spazierstöcke aneinanderschlugen. Oder, prosaischer, es könnte auch ein längst vergessener räuberischer Bauer sie dort gepflanzt haben, als Grenzmarkierung für den Streifen Land, den er sich unrechtmäßig angeeignet hatte.

Einmal war es ihm vergönnt, in diesen Bäumen einen Kuckuck zu erspähen, den scheuesten aller Vögel, den Minnesänger der Monotonie. Unscheinbar war er anzusehen, ein schiefergraues Ding mit einem kleinen, spitzen, missvergnügten Schnabel und einem Knopf, blank, schwarz, oval, als Auge. Als er herankam, unterbrach das Tier sein Rufen und spähte durch das Laub zu ihm hinunter, und er hätte schwören können, dass er es kurz schlucken hörte, vor Überraschung oder vor Schreck oder sowohl als auch. Eine volle halbe Minute beäugten sie einander, der Vogel und der Junge, und beiden war bewusst, dass sie irgendwie in der Klemme steckten, und beide wussten sie nicht weiter, wie wenn in einem Hinterhofbordell im Vorzimmer durch einen dummen Zufall ein Gentleman auf seinen Diener trifft. Aber zu guter Letzt gab sich der Vogel eine Art entschlossenen Ruck und raffte gleichsam seine Röcke und flog hinüber in den zweiten Baum und, als er folgte, in den dritten und schoss dann hoch, auf und davon über die Hügelkuppe.

Wenn er in Gedanken einen dieser mäandernden Spaziergänge auf Mnemosynes Pfaden unternahm, staunte er jedes Mal aufs Neue, wie viel er noch heraufbeschwören konnte aus der fernen Vergangenheit und wie detailreich die Landschaften waren, die er vor seinem geistigen Auge sah, wenn sein Phantom-Ich sie durchstreifte. Doch so stolz er auch auf sein Erinnerungsvermögen war, so skeptisch war er andererseits. Seine Erinnerungen an die Sichtung jenes Kuckucks und an so viele andere Begegnungen, zum Beispiel die mit dieser Eule, die in der violett getönten Dämmerung auf freiem Feld tief über seinem Kopf flog und mit ihren großen Flügeln eine sich regende Vertiefung aus der Luft zu saugen schien, die sich in ihrem Rücken immer mehr verdunkelte, das alles war so deutlich und so überzeugend, dass er argwöhnen musste, sich gar nicht wirklich zu erinnern, sondern sich in Wahrheit nur irgendwas einzubilden, und was er dort in seinem Mief, unter Gefängnisdecken kauernd, sah, sei nichts als nur ein Tagtraum in der Nacht. Und dennoch kam ihm die Realität, die – wie war noch das Wort? – *haecceitas* der Orte und Objekte, die ihm begegneten, und seine Gegenwart in ihrer Mitte so greifbar vor, dass es ihm schien, als sei er wirklich wieder dort, tatsächlich dort, ein großer, strammer Tollpatsch – ich übertreibe wieder mal –, lebendig wie das Leben selbst, draußen auf freiem Feld, und säße nicht, einer Zygote gleich, die in der Wand des Mutterschoßes steckt, fest in dem blutwarmen Verlies, sodass es ihn, wenn er dann endlich frei ist, nicht wundern wird, dass diese Glücksgefilde, sieht er sie wieder in der sogenannten Wirklichkeit, mit nichts als einem plumpen leisen Plopp, so wie das Nicht-Geräusch der Seifenblase, wenn sie platzt, verschwinden werden – und mit ihnen er, weil sie sich selbstverständlich umgehend gegenseitig aufheben müssen, die Materie der Welt, wie er sie kannte, und er, ihre Antimaterie.

Seltsam, dass er in all den Jahren kein einziges Mal, wenn man ein Auge zugedrückt und ihn über ein Wochenende rausgelassen hatte, auf die Idee gekommen war, zurückzugehen nach Coolgrange und einen Blick zu werfen auf die Stätten seiner Jugend. Nicht, dass der Ort ihm irgendwie am Herzen lag. Seine Altvorderen und deren Treiben waren ihm herzlich gleichgültig – wenn er von sich ausging als ihrem Nachkommen, waren die Männer höchstwahrscheinlich alle miteinander Schurken, die Weiber alle miteinander Schlampen –, ganz abgesehen davon, dass er sich auf diesen alten Tummelplätzen dort nie groß getummelt hatte. Nein, was ihn fernhielt, muss eine Art Scheu gewesen sein, wenn er auch nicht recht wusste, was er da wohl scheute. Vielleicht etwas von ihm selbst, das noch dort verweilte, etwas von dem, was er einmal gewesen war, dem schönen frischen Original, das später derart ramponiert sein sollte und besudelt. Als seine Mutter starb, wurde das Haus verkauft, damit, so war die Hoffnung, die Frau von ihrem Sohn – seine Witwe, hätt ich fast geschrieben – und deren Sohn, sein Sohn, will sagen ihrer beider Sohn, ein bisschen Geld zum Leben hätten. Die Summe, die bei der Versteigerung herauskam, war enttäuschend, wenn auch wenig überraschend: Der Boden brachte längst schon nichts mehr ein, die Scheunen und die Ställe waren im Verfall begriffen, und auch das eigentliche Haus hielt sich nur noch mit Mühe aufrecht. Er hatte angenommen, dass mit seiner schaurigen Berühmtheit ein paar Pfund über dem Marktwert rauszuholen wären, doch nicht einmal die Aussicht, in der blutbefleckten Kammer zu schlafen, in der die Bestie einst als Knabe geschlummert hatte, konnte potenzielle Käufer dazu bringen, ein wenig tiefer in die Tasche zu greifen. Was freilich eh kaum von Bedeutung war, denn trotz aller energischen Bemühungen seines traurigen Rechtsbeistands Maolseachlainn Mac Giolla Gunna, SC, RIP, bekamen weder er noch seine Frau vom Erlös auch nur einen Penny zu sehen, da dieser aufgrund eines alten Paragrafen des Zivilrechts, wonach besagter Proponent als abgeurteilter Verbrecher kein Recht auf Zuwendungserteilung hatte und so weiter, *in toto* einbehalten wurde und dem Staatssäckel zugutekam. In der Zwischenzeit hatte das Anwesen abermals den Besitzer gewechselt und gehörte nun dem Sohn eines Gelehrten von sagenhaftem Ruhm; der alte Mann war tot, sein Ruf jedoch unsterblich, und seine Theorien hatten die Vorstellungen, die sich die Welt und all ihre Gelehrten davon machten, was was ist und wo wo ist und wie wie ist, mit einem Schlage umgeworfen. Habe ich diese über alle Maßen angesehene Persönlichkeit bereits erwähnt? Professor Adam Godley, Erfinder der Brahma-Theorie, s. o. Auch er einer, der in den scheinbar leblosen Klumpen der Welt stets das Beseelte sah, wenn auch ohne viel Bewunderung und mit noch weniger Freude. Wie es der Zufall will, war unser Freund mit ihm bekannt, ein bisschen jedenfalls, lang, lang ist's her; Fakt ist, dass Godley einmal mit seiner Frau geschlafen hatte, nicht nur einmal, höchstwahrscheinlich. Die kleinen Räder in den größeren Rädern, alle mahlen sie und mahlen.

Er fragte sich, ob wohl die neuen Leute den alten Namen von dem Anwesen geändert hatten, weil sie hofften, so die Verbindung zwischen Coolgrange, seiner Person und seiner Niedertracht verwischen zu können – immerhin hatte er ja seinen Namen auch geändert, oder nicht? Eine Möglichgkeit, die er aus für uns undurchsichtigen Gründen verstörend fand. Er hatte keinen Zweifel, dass es andere Veränderungen geben würde, greifbarere, denn sicher hatte man dies oder jenes reparieren müssen oder umbauen; das Haus war ja schon damals kaum mehr bewohnbar, als er hier war, und das war auch nicht gerade gestern oder vorgestern gewesen.

Während er nun weiterfuhr, hatte er das eigenartige Gefühl, dass vor ihm alles immer wieder aufbrach, wie ein großes unerschöpfliches Ei ohne Dotter. Wie sollte er mit all dem Überfluss auf Erden fertigwerden? Das Gefängnis hatte die Fülle der Dinge gleichsam ausgesiebt, nun aber sollte er von Neuem mitten hinein in den Schlamassel. Es gab einfach zu viel von allem, Autos, Häuser, Läden, Ampeln, Platanen, Krankenhäuser, Leichenhallen, Spielmannszüge, Monstermessen, Erdbeben, Hungersnöte, Feuersbrunst und Flut, Natur- und Unnaturkatastrophen, leichenübersäte Schlachtfelder, Massenvernichtungen, implodierende Sterne, expandierende Galaxien – und immer, selbstverständlich, Menschen, immer Menschen. Zu viel, zu viele. Ihm zagte das Herz.

Er kam auf den Gedanken, dass er einen Umweg machen

könnte, um die See zu sehen. Gibt es einen besseren Balsam für die sündenkranke Seele? Ja, er würde nach der See sehen. Doch nicht jetzt, nicht heute. Dieser ganze Schnickschnack, der herausläuft aus der Eierschale, die sich ohne Ende teilt und lautlos vor ihm von der Windschutzscheibe abprallt, war schon das Äußerste, was er ertragen konnte. Die wässrigen Weiten konnten warten – auf ein andermal.

Frei sein, wenn auch auf Bewährung, doch für immer frei, wenn er ein braver Junge ist – es fühlt sich seltsam an. Er kann's noch gar nicht richtig glauben und würde sich nicht wundern, wenn es an seinem Hosenboden einen Haken gäbe mit einer Gummileine dran, die jeden Augenblick zu Ende ist, sodass er immer wieder – *boing!* – zurückschnellt, genau wie der arme Sylvester, der Trickfilmkater mit dem Gummipo. Für einen, der so lange drin gehalten wurde, ist draußen noch mal was ganz anderes.

Als er in Coolgrange eintraf oder auf dem Gut, das früher mal so hieß, war's Vormittag. Es gibt zwei Zugänge. Vom Haupttor aus kommt man auf eine kurze, rechts und links von ausgewachsenen Linden gesäumte Auffahrt, die geradewegs zum Haus führt. Die nahm er jedoch nicht – Knastbrüder nehmen nie den Vordereingang –, sondern drehte um und fuhr stattdessen weiter die Straße lang, dem Verlauf der alten Grundstücksmauer folgend. Nach einigen Kilometern kam er plötzlich an eine jähe Rechtskurve, in deren Winkel sich linker Hand ein üppig begrüntes Plätzchen mit einem schmalen grauen Sandsteinbogen befand, der etwas wie ein überdachtes Friedhofstor, wenn das das rechte Wort ist, einrahmte, welches, verborgen unter wilden Brombeerranken, von der Straße aus nicht zu sehen ist und überragt wird von einem knorrigen Weißdornbusch. Hier hielt er an und parkte auf einem dreieckigen Stück Wiese, so glatt und unnatürlich grün wie ein mit Entengrütze überzogener Waldsee. Er stieg aus, blieb stehen und stand da. Diese Stelle hatte für ihn immer etwas Unheimliches gehabt. Es herrschte hier so ein Gefühl von Traumverlorenheit, als schaue alles weg, habe die Aufmerksamkeit auf etwas anderes gerichtet. Schläfrig zauste ein leiser Wind die spitzigen, dunkel glänzenden Weißdornblätter. Das Sonnenlicht wirkte diffuser hier, verschwommener. Kein Vogel sang.

Er beugte sich über die enge Rückbank und nahm seine Tasche; leicht wie sein Leben war sie, wie das, was davon übrig war. In einem Anflug von altgewohnter Verantwortungslosigkeit ließ er den Sprite stehen, ohne abzuschließen, steckte aber wenigstens den Schlüssel in die Tasche. Sollte ihn nur ruhig einer kurzschließen. Ihm doch egal! War ja nicht seine Karre. Wer weiß, vielleicht würde sie ihrem Namen Ehre machen und in den Wald abhauen, würde sich durch irgendeinen derben maschinellen Zauber in eine Nymphe verwandeln, eine Dryade mit leichten Flügeln, und fröhlich dort umhergespenstern zwischen den frühlingsfrischen Eichen.

Als er unter dem steinernen Bogen hindurchging – die niedrige, verwitterte Pforte hatte zwar einen rostigen Riegel, aber kein Schloss –, überkam ihn etwas Sonderbares. Irgendwie ein Zittern oder etwas wie ein Schimmern, als sei er gar nicht er, sondern nur sein Spiegelbild in einem Riss in einer Fensterscheibe, oder, noch besser, als wabere er im gesprungenen Glas eines Garderobenspiegels. Und noch seltsamer, was er auf der anderen Seite sah, war nicht ganz er, oder doch er, nur irgendwie verändert, war weniger und zugleich mehr als vorher, schmaler und gleichzeitig verbreitert sozusagen. Das Ganze war im Nu vorbei, es dauerte nur einen Wimpernschlag, die Wirkung aber war zu spüren und ging tief. Etwas hatte ihn berührt und ihn gezeichnet, unauslöschlich.

Was, fragte er sich, mag wohl der verlorene Sohn empfunden haben, als das Mahl zu Ende war, als der letzte Knochen des Mastkalbs abgenagt war, als die Gäste heimgegangen und die Tränen getrocknet waren, die sein ihn zärtlich liebender alter Vater an der Schulter des lang vermissten Jungen weinte, als das Leben wieder seinen Lauf nahm? Schien alles so wie früher und genauso trist, oder war alles an den Rändern berührt von einer kalten, quecksilbrigen Flamme, vom hellen Glanz des Neuen, der Erneuerung?

Aus dem Schatten des Torbogens trat er in jenen schmalen Durchgang, an den er sich erinnerte und der auf beiden Seiten überwuchert war von dichtgedrängten Weißdornhecken – da ist er wieder, der Weißdorn, gut so – und von wilder Waldrebe, zitternden Fuchsien und vielen anderen Büschen, Sträuchern und so weiter, deren Namen mir bekannt sein sollten, es jedoch nicht sind, alle schon in voller Blüte oder kurz davor. Dieser hintere Zugang wurde ›Lady's Way‹ genannt, und niemand dort draußen wusste noch, warum. Wenn er als Junge aus der Schule kam, nahm er manchmal seinen ganzen Mut zusammen und ging hier entlang, obwohl oder gerade weil er sich dabei nie recht wohlfühlte; es machte ihn nervös, wie schmal und gerade dieser Weg war und wie das dichte Blattwerk sich so bedrohlich ballte über ihm, sogar im tiefsten und angeblich unbelaubten Winter. Heute war er weder passend angezogen noch hatte er feste Schuhe an, das schwankende Dornengestrüpp hatte es auf seinen Kamelhaarmantel abgesehen, fehlte nur noch, dass ein Vogel über ihn hinwegflog und ihm auf den Hut kackte. Was hatte er sich bloß dabei gedacht, hierher zurückzukommen, ausgerechnet hierher? Er war jetzt nicht mehr hier zu Hause, falls er es überhaupt jemals gewesen war. Und doch zog es ihn weiter, immer tiefer hinein in eine vertraute Welt, die nun verwandelt war, eine gewandelte Welt.

Helen Godley war's, die ihn erspähte, als er zielstrebig von hinten näher kam. Auf dem Treppenabsatz im ersten Stock blieb sie vor dem hohen Bogenfenster stehen, ihre Rechte ruhte leicht auf dem Geländer. Auf ihn aufmerksam geworden war sie durch den sahnig gelben Farbton seines Mantels, den sie kurz hatte leuchten sehen, als er hinter der Hecke hervortrat. So aus der Ferne war sie sich zuerst nicht sicher, was er war. Er konnte auch ein Tier sein, irgendeines, ein Leopard, ein Lama, ein Känguru, das Einzige, was ihr nicht einfiel, war ein Kamel – das, was am nächsten lag. Im letzten Sommer – oder war's der vorletzte oder der davor? – hatte Adam eins der Felder an der Hunger Road für eine Woche an einen Zirkus vermietet, da sah man auf den Feuchtwiesen dort unten alle möglichen exotischen Geschöpfe grasen, ein Zebrapärchen, ein nervöses kleines Shetlandpony, dem die hübschen rostroten Ponyfransen in die Augen hingen, und sogar eine Giraffe, die ganz langsam, wie auf Stelzen, lief und an den Ginsterbüschchen knabberte mit ihren heiklen Lederlippen, denen die Dornen gar nichts ausmachten.

Wie hieß die Truppe gleich noch mal? Sowiesos Sowieso-Zirkus. Eigentlich war es eher eine Art Wandertheater: so was wie eine Bühne mit ein paar Stuhl- und Bankreihen an einer Seite. Sie hatte Adam überredet, einmal mit ihr in eine Vorstellung zu gehen. Er wollte erst nicht, aber sie hatte einen Flunsch gezogen und, wie nicht anders zu erwarten, hatte er schließlich nachgegeben. Zwischen den Dressurakten waren Lieder, Clownsnummern und kleine Spielszenen eingestreut. Es gab nur eine Handvoll Darsteller, die jeweils in mehreren verschiedenen Rollen auftraten: der Jongleur, der Muskelprotz, der Zauberer im bunten Glitzerumhang, das kleine Mädchen kam als Schlangenmensch, dann wieder der Zauberer, diesmal im angeschmuddelten weißen Frack. Er machte Kartentricks, er klemmte sich ein Huhn unter den Arm und hypnotisierte das arme Ding, indem er ihm den Zeigefinger an den Schnabel legte und ihn dann langsam, ganz langsam hob, sodass das Tier schielte, er loslassen konnte und das Huhn sich nicht rührte, sondern mit eingezogenen Beinen unter seiner Achsel sitzen blieb und wie gebannt nach oben schaute. In der Pause saß der Mann, der offenbar der Direktor war, ein untersetzter, muskulöser, schnauzbärtiger Bursche in speckiger Lederhose und Tirolerweste, vor der Bühne auf einem Stuhl, hatte die feisten rosa Knie übereinandergeschlagen und spielte auf einer Ziehharmonika Evergreens. Eines davon war *Abdul Abulbul Amir,* erinnerte sie sich, und dann *Ausgerechnet Bananen* und *The Boys of Wexford.* Das grelle Licht, der Lärm, die scheppernde Musik – das alles machte, dass sie sich wieder wie ein Kind vorkam; sie saß dort in der ersten Reihe wie das hypnotisierte Huhn und reckte das Gesicht zum Licht empor, das, wimmelnd von Millionen Stäubchen, von der

Bühne auf sie fiel. Der Muskelprotz, der jetzt als dicker Clown verkleidet war – er hatte unter dem Kostüm den Schlauch von einem Autoreifen um den Bauch –, versuchte, sie auf die Bühne zu locken, damit sie mitmachte bei seiner Nummer, doch sie wollte nicht, weil er sie garantiert zum Narren halten würde, und außerdem hatte sie vor Clowns schon immer Angst gehabt. Er roch nach Schweiß und Schminke und nach irgendwas mit Essig, das er vor seinem Auftritt noch schnell heruntergeschlungen zu haben schien. Als sie sich weigerte, zu ihm nach vorn zu kommen, wurde er wütend, verfluchte sie leise zischend mit seinem ekelhaften Mundgeruch und kehrte ihr den Rücken. Und Adam tat natürlich so, als würde er es nicht bemerken.

Prospero! Das war der Name, mit einem Mal war er ihr wieder eingefallen, einfach so. Prosperos Zauberzirkus.

Helen fragte sich, ob die Truppe immer noch auf Tournee war; wohl kaum, dachte sie, solche Darbietungen gehörten ja sicherlich der Vergangenheit an. Aber falls doch, würde sie bestimmt wieder hingehen. Der Jongleur, der eine eng anliegende schwarze Weste, hautenge schwarze Hosen und schwarze Gymnastikschuhe trug, hatte ein zierliches Profil und war schlank wie ein Mädchen; ihr waren seine spitzen Hüftknochen und seine schmalen Handgelenke aufgefallen. Nachdem die Truppe weg war, das Zelt hatten sie zusammengefaltet und auf einen von zwei Karrenpferden gezogenen Wagen geschnallt, fand Duffy, der Kuhknecht, am nächsten Tag eine aus ihrem Käfig entwichene Schlange, die in einen Graben gekrochen und offenbar dort verendet war, ohne dass sich die Zirkusleute vor ihrer Abreise noch die Mühe gemacht hatten, sie zu suchen. Es war ein mächtiges Ding, dick wie ein Männeroberarm. Ein Python, oder vielleicht eine Boa constrictor, sagte Duffy. Er hatte Helen angeboten, mit ihr in die Sümpfe zu gehen, damit sie sich das Biest ansehen konnte, aber sie hatte sich geekelt, und außerdem war sie nicht so dumm, dass sie mit so einem dreisten Burschen wie Mr Duffy mitging in eine derart abgelegene Gegend.

Nun stand sie mit einem Fuß auf der untersten Stufe der Treppe und mit dem anderen auf dem Treppenabsatz. Sie sah sich dort posieren, in einem kleinen See aus flirrendem Sonnenlicht, bewunderte die Wölbung ihrer Hand auf dem geschwungenen Geländer, ganz wie in einer von den Hauptrollen, die sie früher spielte, zum Beispiel Antonius' Kleopatra oder die Hedda oder Torvalds verzweifelte Frau, wenn sie ihren großen Auftritt hatte mit der ganzen Dramatik dessen, was da kommen würde, den Reden, dem Lachen, dem Schreien und den Tränen, und am Ende dann die Schlange, der Pistolenschuss, die zugeschlagene Tür des Puppenheims. Ja, es fehlte ihr noch immer, jenes alte Leben, in dem sie all die vielen anderen Leben spielen durfte.

Aber wer war wohl der da, dieser Bursche in dem eleganten Mantel, der forschen Schrittes durch den Durchgang kommt und ganz genau zu wissen scheint, wo er hinwill? Niemand kam mehr von hinten hier zum Haus, durchs sogenannte Lady's Gate. Er war sehr selbstsicher, das sah sie schon von weitem an seiner ganzen Haltung, untersetzt, doch ziemlich hochgewachsen und derart entschlossen, ganz so, als sei er hier der Hausherr. Vielleicht war er ein Verwandter, vielleicht hatte ihr verstorbener Schwiegervater einen lange verschollenen Bruder oder ein Kind der Liebe, das würde ihm ähnlich sehen, einen heimlichen Sohn, von dem er keinem was erzählt hat und der jetzt kommt, um sein

Erbteil einzufordern. Sie war ganz kribbelig vor Aufregung bei dem Gedanken, dass nun hier alles mit Gewalt auf den Kopf gestellt werden würde, und gleichzeitig war sie über sich selbst erschrocken. Anscheinend ging ihr das hier alles noch mehr auf die Nerven, als sie angenommen hatte. Oder noch mehr auf den Zeiger, wie man früher sagte, in ihrer Schulzeit. *Ehrlich, Mädels, das geht mir too-taal auf den Zeiger,* die schlaff herunterhängende Hand an die Stirn gedrückt, den gequälten Blick zur Decke gerichtet, Schauspielerin halt, schon damals. Na schön, der Fremde in dem vanillepuddingfarbenen Mantel würde die Sache hier garantiert ein bisschen auflockern. Aber wahrscheinlich war er einfach bloß ein Vertreter, ein wohlhabender Viehhändler oder noch einer von diesen abgefeimten Grundstücksmaklern, die sich von hinten anschleichen, um Adam zu überrumpeln und ihm mal wieder irgendein todsicheres Geschäft aufzuschwatzen, das sie einen Haufen Geld kostet und sich nie rentiert. Warum hatte sie ihn überhaupt geheiratet und sich hierher verschleppen lassen, in die Wildnis? Sie gehörte nicht aufs Land, das war einfach nicht ihr Ding und würde es auch nie werden. Die Straßen der Großstadt, die Lichter, der niemals ruhende Verkehr, die schwere warme Luft der Restaurants, das weiche Halbdunkel der Bars, der Geruch nach Zigarettenrauch und Wein und Menschen und all das, all das hatte sie aufgegeben. Weil der Vater eine Berühmtheit war, hatte sie gehofft, dass sie an der Seite des Sohnes ein aufregendes Leben haben würde, dass ständig irgendwelche anderen Berühmtheiten vorbeikommen und die Journalisten bei ihr Schlange stehen und sie anflehen würden, ihnen exklusiv irgendwelche Storys über den alten Knaben zu erzählen. Dass vielleicht ihr Bild wieder in der

Zeitung wäre, so wie früher, als sie selbst eine Berühmtheit war. Hoffnungen halt.

Sie war noch nicht angezogen, denn sie war heute länger im Bett geblieben, was in letzter Zeit immer öfter vorkam. Sie trug ihren lachsfarbenen Seidenpyjama mit den Schlapperärmeln und Adams verwaschenen alten blauen Morgenrock. Sie war barfuß. Oben in ihrem Zimmer hatte sie sich die Zehennägel lackiert, und der Lack war noch nicht richtig trocken. Ihre Haare waren sicherlich total verwuschelt. Wenn sie näher an das französische Fenster träte, ob sie der Mann im Mantel dann wohl bemerken würde, jetzt, wo die Sonne auf die Scheibe fiel? Sie könnte ja ganz dicht herangehen, sich an das Glas drücken, vielleicht den einen oder anderen Knopf aufmachen, damit er was zu sehen kriegt, da würde er schon aufmerksam werden, na gewiss doch.

Sie ging ins Schlafzimmer zurück, zog die Pyjamahose aus und einen Rock an. Schrecklich, dieser süßliche und dennoch beißende Geruch, den der Nagellack im Raum hinterlässt; und obendrein ihr eigener Geruch, schal, fleischig, wattewarm, das fiel ihr jetzt erst auf. Sie betrachtete das zerwühlte Bett, das Hochglanzmagazin, das mit dem Titelblatt nach unten auf dem Laken lag, die Kuhle im Kissen, wo ihr Kopf die ganze Nacht gelegen hatte. Sie kam sich vor wie ihr eigener Geist, der zurückgekehrt ist, um an jenem Ort zu spuken, an dem sie erst vor wenigen Minuten gestorben war. Sterben ist so was Seltsames, dachte sie, so was Seltsames. Sie verließ das Zimmer wieder, zog die Tür ins Schloss und ging rasch mit wehendem Morgenrock die Treppe hinunter. Sie pfiff eine Melodie vor sich hin, die sie schon den ganzen Morgen im Kopf hatte, seit sie aufgewacht war, sich aber nicht erinnern konnte, woher sie sie kannte, und dann fiel es ihr plötzlich wieder ein: Es war der Walzer aus der *Lustigen Witwe. Daa da da dah, daa da da dah, daa daa daa.* Ach ja, die Tänzer, das Orchester, die glitzernden Kronleuchter!

Unten angekommen, wandte sie sich nach rechts und ging zügig durch den hinteren Flur, wo es sie immer fröstelte, weil's dort so eng und schummrig war. Frösteln tat es sie auch, weil sie mit bloßen Füßen auf den kalten Fliesen lief. Als sie jung war, konnte sie mit den Zehen Sachen aufheben, nicht nur so einfache Sachen wie Korken und Tischtennisbälle, sondern auch Bleistifte und Halfpennymünzen, sogar abgebrannte Streichhölzer. Sie überlegte, ob sie das noch immer können würde. Sie war sicher, dass man so was nicht verlernt, genauso wenig wie schwimmen oder Rad fahren. Allerdings erwog sie nicht, einen Versuch zu machen und womöglich feststellen zu müssen, dass sie diese Fähigkeit verloren hatte oder, was noch schlimmer wäre, dass ihre Zehen steif geworden waren. In ein paar Monaten wurde sie vierzig. Vierzig! Jedes Mal, wenn sie daran dachte, hatte sie so ein schreckliches Gefühl in der Magengegend, wie wenn ein Fahrstuhl plötzlich ruckt und dann viel zu schnell abwärtssaust.

Die Küche schaute irgendwie verstohlen drein, wie immer, wenn sie sie betrat. Als ob die Dinge darin, Tisch und Stühle, die Töpfe und Pfannen auf ihren Borden, dieses Marmeladenglas mit den verwelkten Gänseblümchen auf dem Fensterbrett, als ob sie alle gerade etwas aushecken wollten und flugs damit aufgehört hatten, als sie in der Tür erschienen war. Sie hatte angenommen, dass Ivy Blount wie üblich verträumt dort herumgeisterte, aber das war ein Irrtum.

Ivy wurde langsam tüttelig, ohne jeden Zweifel. Komisch war sie immer schon, aber in der letzten Zeit war es schlimmer geworden. Dieses Warten darauf, dass Duffy sie heiratete, das trieb sie noch in den Wahnsinn. Einen Antrag hatte er ihr schon vor Jahren gemacht und ihr auch einen Ring gegeben, der für Helens skeptischen Blick allerdings so aussah, als würde er aus einem Barmbrack stammen, einem Halloweenrosinenbrot.

Der war schon seltsam, der Duffy, wie die Leute auf dem Lande eben sind, zumindest die, die ihr begegnet waren, seltsam, mürrisch und verschlossen. Helen hatte Angst vor ihm, na ja, nicht Angst, nicht direkt, aber sie war auf der Hut, ja, auf der Hut, das auf jeden Fall. Der Duffy war nämlich mitnichten auf die liebestolle Ivy scharf, sondern auf ihr Cottage und die paar Morgen Land, die ihr laut Kaufvertrag geblieben waren, als der alte Adam, der Vater vom jungen Adam, also von Helens Mann, das Haus – sie kann sich gar nicht mehr erinnern, vor wie vielen Jahrzehnten das gewesen war – von den Blounts erworben hatte.

Wie alt war Ivy eigentlich? Sechzig? Jedenfalls ein ganzes Stück älter als Duffy, ihr widerstrebender Verlobter. Traurig, die beiden, die arme Ivy, die sich alle Mühe gab, schwärmerisch und mädchenhaft zu wirken, und Duffy, der bloß immer überlegte, wie er das Land kriegen konnte, ohne die alte Jungfer nehmen zu müssen, die da mit dranhing. *Sehr spaßige Tragödie.* Wo war das noch mal her? Früher konnte sie ganze Szenen auswendig, ganze Akte, aber jetzt hatte sie nur noch ein paar versprengte Zeilen im Kopf und das eine oder andere Fetzchen irgendeines Dialogs.

Die Küche war dunkel und feuchtkalt, und aus dem undichten Herd kam Gasgeruch. Für eine Küche war der Raum auch viel zu groß. Es war dort drinnen immer düster, und oben an der Decke hockten Schatten in den Ecken, sogar im Hochsommer. Helen erinnerte sie an das Bühnenbild von einer Alchemistenhöhle – *Ach, Augenblick, verweile doch! Du bist so schön.* Der Boden hatte Steinfliesen, und es gab eine alte schwarze Kochmaschine und eine Anrichte, gleichfalls schwarz, einen großen rechteckigen Kiefernholztisch voller Narben und Rillen und einen Ausguss, breit und tief genug, um ein Kind von beträchtlicher Größe darin zu baden.

Sie biss sich heftig auf die Unterlippe, dachte schon, es werde sicher bluten, und machte einen Laut, halb Seufzen und halb Schluchzen. Ein Kind von beträchtlicher Größe. Als er geboren wurde, ihr Hercules, ihr Liebling Clem, war er kaum größer als ihre zwei Hände, in denen er zusammengerollt lag, ganz still, die Lider dick geschwollen und die Haut noch heiß, doch langsam schon erkaltend. Ivy Blount hatte ihn ihr abgenommen und in eins von Adams Taschentüchern eingewickelt, so klein war er. An jenem Tag hatte ihr Ivy gutgetan. Ivy hatte ein gutes Herz, auch wenn sie halb verrückt war.

Und was ist aus dem Herrn im Mantel geworden?

Neben der Hintertür stand mit einwärtsgekehrten Spitzen ein Paar alter Gummistiefel, schwarz und glänzend wie geschmolzener Teer und kurz über den Knöcheln abgeschnitten. Sie hielt sich am Türpfosten fest, um nicht umzukippen, und stieg hinein. Der Lack auf ihren Zehennägeln musste mittlerweile trocken sein, und wenn nicht – auch egal. Es waren Adams Stiefel, aber so viel zu groß waren sie ihr gar nicht. Für so einen Koloss hatte er lächerlich kleine, zarte Füßchen; und wie er immer lief, als würde er auf Zehenspitzen hinter irgendwem herrennen, um ihn zu überraschen. Ihr fiel die abgescheuerte runde Stelle innen an seinen Stiefeln auf, da, wo die Knöchel sich beim Gehen aneinanderrieben. Sie runzelte wieder die Stirn. Sie musste ihn einfach liebhaben, selbst jetzt noch, ihren großen, sanften, harmlosen Mann mit seinen Taubenfüßchen. Es nervte sie, dass sie ihn immer abwechselnd mal liebte und dann wieder nicht. Sie wünschte sich ein anderes Leben, wünschte es sich schon so lange, dass selbst ihre Träume davon unterdessen sauer geworden waren.

Sie öffnete die schwarze Tür und trat hinaus in den kopfsteingepflasterten Hof, die Gummistiefel schlappten wie Clownsschuhe; sie musste wieder an den Zauberzirkus denken und an den schlanken kleinen Jongleur, der ein Gesicht hatte wie ein Heiliger kurz vorm Hungertod. Es roch nach Hühnern, obwohl es ja gar keine Hühner mehr gab, seit Ivy Blounts Mutter nicht mehr war, die hatte immer irgendwelchen Leuten, die zufällig am hinteren Tor vorbeikamen, die ganzen Eier aus dem Stall verkauft, was Ivy nicht nur furchtbar peinlich war, sondern sie auch unsagbar wütend machte. Wie sich doch die Dinge ändern mit der Zeit: Jetzt hält Ivy selber ein paar Hühner und tauscht die Eier heimlich in der Stadt in Petits Lebensmittelladen gegen eine Tüte Bonbons ein oder eine Flasche Johannisbeerlikör vom alten Mr. Petit höchstpersönlich.

Leben auf dem Lande! Damit hat sich der Dr. Anton Pavlovitsch ausgekannt, alles, was recht ist.

Die Sonne schien, aber die Morgenluft war immer noch recht eisig, und Helen wickelte sich fester in den Morgenrock. Ihr fiel auf, dass die Haut an ihren Schienbeinen fleckig war und grau-rosa glänzte. Sie war es nicht gewohnt, draußen im Freien ihre nackte Haut zu sehen, so im erbarmungslosen Licht des Tages.

Inzwischen hatte der Fremde den Durchgang hinter sich gelassen und war auf der anderen Hofseite stehengeblieben. Er rührte sich nicht, hatte ihr den Rücken zugewandt und schien angestrengt auf irgendetwas in der Ferne zu schauen. In der Rechten hielt er einen braunen Hut, der neu und teuer aussah und mit dem er sich sacht auf die Flanke klopfte. Vor ihm auf dem Boden stand eine altmodische schweinslederne Tasche mit Schnallen. Rex, der Hund, saß neben ihm auf dem Kopfsteinpflaster; auch er wandte ihr den Rücken zu und schien ebenfalls hinüberzustarren zu dem fernen Ding, was immer es auch war. Er saß ganz nah bei dem Mann, lehnte fast schon an dessen linkem Bein, und der Mann ließ seine Linke auf dem Kopf des Hundes ruhen und kraulte mit dem kleinen Finger das Tier gemächlich hinterm Ohr. Fasziniert betrachtete Helen das merkwürdige Bild: den stämmigen Mann und den großen alten Hund, der im grellen Licht des Morgens neben ihm saß und sich nicht rührte, beide den Blick starr auf ein unbestimmbares Etwas in der Ferne gerichtet. Rex war zwar inzwischen alt, halb blind und lahm von der Arthritis, aber er fing noch immer an, wie wild zu bellen, wenn jemand auf den Hof kam, der ihm nicht bekannt war. Vielleicht war ihm der Mann bekannt, vielleicht war der Mann ja gar kein Fremder, vielleicht war er tatsächlich ein lange verschollen gewesener Verwandter, ein Amphitryon, der heimkehrt aus den Kriegen – *Kehrst du zurück, wer wirst du sein als du?* –, denn ein Hund vergisst niemals einen Geruch, egal, wie lange er ihn nicht gerochen hat. Doch wirklich, wie seltsam sie aussahen, diese beiden, so abgewandt von ihr und von dem Haus. Erneut bemühte sie sich zu erkennen, wohin die zwei so angelegentlich schauten, was ihren Blick so fesselte, aber da war nur das Übliche, Bäume und dergleichen. Helen kann nicht verstehen, warum die Leute immer so von der Schönheit der Natur schwärmen; für sie ist die Natur bloß die Natur, bloß das, was einfach da ist, also warum so ein Geschrei darüber machen?

»Hallo?«, sagte sie – zu laut; es klang wie ein Affront, obwohl sie es gar nicht so meinte. Manche Kritiker, die wohlgesinnteren darunter, schrieben, dass sie scheinbar völlig mühelos bis in die hintersten Winkel des Zuschauerraums durchdringen könne, ohne dass ihre Stimme diesen weichen, hellen Klang verliere. »Möchten Sie vielleicht zu irgendwem?«, rief sie, aber in freundlicherem Ton. Weder der Mann noch der Hund drehten sich um, jedenfalls nicht gleich, obwohl der Hund nach einer kleinen Weile den Kopf in ihre Richtung wandte und ihr einen müden, verächtlichen Blick zuwarf. Er war immer schon ein eigenartiges Tier gewesen, so selbstsicher und unabhängig; Ivy Blount meinte, man habe leider vergessen, ihm bei seiner Geburt zu sagen, dass er auch bloß ein Hund sei, genauso wie der Rest des Wurfs. Nachdem er sie ein paar Sekunden angestarrt hatte, erhob er sich mühsam von den Pflastersteinen, humpelte zum Tor hinaus und war verschwunden. Inzwischen hatte auch der Mann den Kopf herumgedreht und sah sie an. Er lächelte oder verzog jedenfalls den Mund zu so was Ähnlichem wie einem Lächeln und entblößte dabei einen Zahn, aus dem das Sonnenlicht einen kalten weißen Funken schlug. Ihr fiel ein, wie sie aussah mit diesen abgeschnittenen Gummistiefeln, dem zerknautschten Rock, dem glänzenden rosa Pyjama-Oberteil und dem verschossenen Männermorgenmantel. Ach was, ihr doch egal. Sie war schließlich so oft in ihrem Leben verkleidet gewesen, und was war das hier denn schon anderes als wieder eine Rolle, die sie spielen musste? Trotzdem wickelte sie sich fester in den Morgenmantel. Jetzt wünschte sie, sie hätte sich die Zeit genommen, Strümpfe anzuziehen. Es gefiel ihr gar nicht, dass der Fremde ihre fleckigen nackten Beine sah.

Er nahm seine Tasche und kam gemächlich quer über den Hof auf sie zu. O ja, er war ungeheuer selbstsicher, das erkannte sie an seinem Gang und auch an diesem Blick, den er hatte.

Und nun sitzt er also hier in der höhlenartigen Küche, ein großer Mann aus Gold – so sieht sie ihn, hart, leuchtend und innen hohl –, hocherhobenen Hauptes, die Beine lässig übergeschlagen, den linken Unterarm mitsamt der Hand locker auf dem großen Kiefernholztisch. Sie betrachtet seine Hand, die glänzenden schwarzen Härchen, die auf dem Handrücken sprießen und mit denen die weichen kleinen Polster zwischen den Fingerknöcheln gesprenkelt sind; wie eine blasse behaarte Spinne oder ein Frosch, der zum Sprung ansetzt. Er hat den Mantel nicht abgelegt, nur den Gürtel aufgeknotet. Ein Manschettenknopf blinkt. Er ist entspannt, eine majestätische Erscheinung. Warum denn auch nicht, würde er sagen, schließlich hat dieses Haus ja einmal ihm gehört, nicht wahr? Also, jedenfalls seiner Mutter. Zumindest glaubt er das; die Frage, wem hier was gehört, wird sich mit der Zeit noch öfter stellen, wenn auch nur für ihn.

Wo ist sein Hut? Was ist mit seinem Hut passiert? Ach, da ist er ja, auf seinem Schoß.

Helen hat nicht mal gefragt, wer er denn bitte ist oder was er hier zu suchen hat. Sein Erscheinen, so unerwartet es auch sein mag, kommt ihr ganz natürlich vor. Fast wie – ja, wie soll man sagen, fast wie eine Fügung. Sie denkt daran, wie sie ihn forschen Schritts sich nähern sah, aufflackernd in den Lücken in der Hecke, gleich einem Taglichtirrwisch. Ja, und wie er hier am Küchentisch sitzt, in voller Lebensgröße oder größer, empfindet sie seine Gegenwart keineswegs als deplatziert. Er könnte schon seit Stunden hier sein, seit einer Ewigkeit, schon immer. Sie überlegt, was sie ihm als Erfrischung anbieten könnte. Denn es ist offensichtlich, dass er einen langen, anstrengenden Weg hinter sich hat, dieser halbwegs gutaussehende, graumelierte Wanderer. Er scheint sich – das ist ungewohnt – weniger für sie zu interessieren als für das Ambiente, vor dem sie sich in Szene setzt. Er sieht sich um. Ist offensichtlich auf der Suche nach etwas, das, wie er anscheinend ahnt, gar nicht zu finden ist, nicht hier, nicht mehr. Sein Herz schlägt schleppend, fühlt sich an wie aufgebläht. Er denkt an seinen Vater, sieht ihn dort an diesem Ofen stehen, gebeugt und aschfahl, einen roten Wollschal um den Hals geschlungen, beschäftigt mit dem langsamen Geschäft des Sterbens.

»Ich hab früher mal in diesem Haus gewohnt«, sagt er und legt zerstreut die Stirn in Falten. »Als ich jung war.«

Helen versucht, ihn sich als Jungen vorzustellen, als Kind, als rotznäsigen Lausbuben, doch es gelingt ihr nicht.

»Sind Sie ein Verwandter?«

»Ein Verwandter von wem?«

»Von der Familie. Ein Verwandter von den Godleys.«

Er scheint gar nicht ganz da zu sein.

»Oder von den Blounts?«, hakt sie nach.

»Nein.«

Wer ist er dann? Das Haus hat die Familie von Ivy Blount gebaut, das ist ja allgemein bekannt, und ein paar hundert Jahre – mindestens – haben sie hier gewohnt, die Blounts, bis Adam Godley es von ihnen kaufte. Wie kann der Fremde hier behaupten, er hat auch hier gewohnt? Vielleicht ist er ein Verwandter von Ivy, ein entfernter Cousin vielleicht. Ach, bitte, lass es doch so sein, das wär ein Spaß!

»Sind Sie fort gewesen?«, fragt sie.

Das amüsiert ihn.

»O ja«, antwortet er. »Für lange Zeit.«

»Und jetzt sind Sie zurückgekehrt.«

Er schaut sie spöttisch-fragend an.

»Bin ich das?« Sein skeptischer Blick wandert hinüber zu dem großen Fenster überm Ausguss. Dort draußen weltelt die wilde Welt, wie sie will. »Ja, ja, alles hat sich verändert«, murmelt er, mehr zu sich als an sie gewandt, gleichsam in stillem Staunen. »Ich versteh das alles überhaupt nicht.«

»Ja, Ihnen kommt sicher alles so – so anders vor.«

Sie weiß selber nicht, wie sie das gemeint hat: Wie denn anders, anders als was? Dieses Haus ist noch genauso, diese Küche und alles andere, alles noch genauso wie früher, eh sie geboren wurde und sogar eh er hier geboren wurde, wahrscheinlich. Sie steht an der Kochmaschine, stützt die Wange mit dem Zeigefinger. Die Kochmaschine ist noch gar nicht eingeheizt – wo ist denn Ivy, wo steckt die Frau nur wieder? –, aber es ist noch ein bisschen Restwärme von gestern drin.

Sie fragt sich, ob der Bursche hingefallen ist, oder hat ihm einer auf den Kopf gehauen, und dadurch hat sein Gedächtnis gelitten? Sie hat mal gehört, dass es Leute gibt, die falsche Erinnerungen haben, aber fest davon überzeugt sind, dass sie stimmen. Dafür gibt es sogar ein Wort, aber sie kann sich nicht erinnern, wie es heißt. Nicht Amnesie, aber so ähnlich, irgendwas mit -esie. Denn er bildet sich ja offenbar irgendwas ein. Er glaubt anscheinend wirklich, dass das hier sein Haus ist oder jedenfalls das seiner Familie, obwohl das überhaupt nicht sein kann. Das ist interessant. Sie kann sich dunkel an eine Geschichte erinnern, wo jemand irgendwo auftaucht und behauptet, dass er früher mal, in einem anderen Leben, dort gewohnt hat. Vielleicht ist er ein Irrer? Hört er etwa Stimmen und glaubt, er sei in jedem Haus zu Hause, in dem er sich zufällig gerade aufhält? Andererseits sagten ja die Leute immer, dass sich fortwährend alles ändere und alles möglich sei, denn genau das habe ja ihr Schwiegervater nachgewiesen, und das ist offensichtlich was ganz anderes als das, was vorher immer angenommen wurde. Ihr Mann hatte versucht, es ihr zu erklären, auf dieselbe Art, wie er immer von seinem Vater redet, von dessen Leistungen und dessen Ruhm, verträumt und gleichzeitig verkrampft, mit gerunzelter Stirn und leuchtenden Glubschaugen. Sie hatte nur ein paar Krümelchen davon verstanden, und außerdem, sie wusste gar nicht, was die ganze Aufregung überhaupt sollte. Die Dinge sind ja wohl ganz einfach, wie sie sind, egal, was irgendwer darüber denkt oder erzählt. Das sagt einem doch die Vernunft.

»Ja, anders«, sagt der Mann, »und doch zugleich das Gleiche.« Er nimmt die Hand vom Tisch, dreht sie herum, betrachtet seine Handfläche und sieht einen blassen, zimtfarbenen Fleck, den das rostige Gittertor am Durchgang darauf hinterlassen hat. Und an den Schuhen hat er Schlamm von dem morastigen Weg vorm Gittertor: Die Schuhe, das fällt Helen auf, die hat er nicht aus irgendeinem billigen Kellerladen oder so. Irgendwie hat er etwas Altmodisches an sich, das zeigt sich auch an dieser Aura, die er hat, wie angelaufenes Altgold. »Sehr merkwürdig«, sagt er, »ich hab so ein Gefühl, als ob –« Seine Stimme verebbt. »Ich hab so ein Gefühl –«

Ja, er ist abgelenkt. Es ist nicht nur das Rätsel um das Haus, es ist auch, weil er schon so viele Jahre keiner Frau mehr derart nah gewesen war. Er überlegt. In der Zeit zwischen seiner Festnahme und seinem Haftantritt als Lebenslänglicher muss er doch hin und wieder ein weibliches Wesen gestreift haben, junge Anwältinnen, kleine Zeitungsreporterinnen und so – wenn ich jetzt so darüber nachdenke, doch, bei seinem ersten Gerichtstermin hatte er es tatsächlich mit einer Amtsrichterin zu tun gehabt –, aber die hier, das ist eine Frau in voller Blüte, das Weib schlechthin, in seinem ganzen Anderssein. Er bildet sich ein, er kann sie riechen, doch nein, das ist keine Einbildung, seine Nase ist noch so gut wie eh und je. Er wittert einen schalen Schlafgeruch, den Fichtennadelduft der Seife und Schweiß und Zigarettenrauch – oder? – und auch einen ganz leichten Anflug, einen sehr leichten Anflug, kaum wahrnehmbar, verzeihen Sie, dass ich es erwähne, in Richtung Exkremente, weil sie ihr morgendliches Bad noch vor sich hat. Er sieht sie an. Alle Sterblichen sind unter ihren Kleidern nackt, sie aber ist noch nackter für sein scharfes Auge, das tiefer blickt. Ihm fällt auf, dass sie etwas Gequältes an sich hat, eine alte tiefe Wunde, das Narbengewebe ist noch immer gerötet und sehr empfindlich. Sie sehen, bis zu einem gewissen Grad ist er durchaus in der Lage, Mitgefühl zu haben. Er war schließlich nicht immer schon ein Mörder, auch wenn er immer einer sein wird.

»Sagen Sie mal«, fragt Helen, denn sie ist entschlossen, eine klare Antwort von ihm zu bekommen auf etwas, irgendwas, ganz egal was, »sagen Sie mal, was war denn da, vorhin im Hof, wo Sie hingeschaut haben.«

»Hab ich irgendwo hingeschaut?«

»Ja, haben Sie, alle beide, Sie und Rex.«

»Rex?«

»Der Hund. Sie waren wie in Trance, alle beide, haben dagestanden und in die Ferne gestarrt.«

Er überlegt einen Moment.

»Ach so, ja, das muss wohl der Mond gewesen sein. Haben Sie ihn nicht bemerkt? Ganz blass und dünn. Er ist auch jetzt noch da.« Er zeigt zum Fenster. »Immer seltsam, den Mond bei Tageslicht zu sehen.« Sie sieht ihn an, ohne zu blinzeln, selbst ein wenig wie in Trance. »Ach übrigens, Mordaunt, mein Name«, sagt er und spürt den schwachen Kitzel, den die kleine Sünde ihm bereitet. Er liebt die Lüge, selbst bei der banalsten Notlüge empfindet er ein finsteres Vergnügen. »Wirklich, auch jetzt noch.« Ihr Lächeln ist ironisch, abschätzig, als hätte er's mit einem Witz versucht und sei damit bei ihr gescheitert. »Ich bin Helen.«

»Felix.«

»Ach ja? Sie sind der erste Felix, den ich treffe. Spricht man das so aus?«

»Ich spreche es so aus« – kurze Pause – »meistens.«

Félix, die französische Form. Er überlegt, ob das nicht etwas zu weit geht. Wenn eine Lüge wirken, wenn sie funktionieren soll, dann braucht es Raffinesse und Beherrschung und den Blick fürs rechte Maß. Das heißt, auf überkandidelte Aussprache zu verzichten, vorerst. *Infelix ego.*

Helen langt tief in die Tasche ihres Morgenrocks, der freilich gar nicht ihrer ist, sondern – Sie erinnern sich? – der ihres Mannes, und fördert eine Schachtel Glimmstängel zutage, die ohne Filter. Seine Nase hatte ihn also nicht getäuscht, sie raucht tatsächlich, böses Mädchen. Aber vielleicht tun sie das heutzutage alle; zu seiner Zeit war's noch ein bisschen so, dass eine, die es tat, als Schlampe galt. Sie geht zum Gasherd – erst die große alte Kochmaschine, jetzt ein Gasherd, hier wird anscheinend viel gekocht – und macht mit einem handlichen kleinen Ding, bei dem ein Feuerstein an einer Feile reibt und damit einen Funken schlägt, eine der Flammen an; was sind sie doch erfinderisch, unsere fleißigen kleinen Prometheuse. Das Werkzeug erinnert Mordaunt an Öllampen und Primuskocher. Wieder durchzuckt ihn etwas – was denn, Nostalgie? –, Sehnsucht nach den toten, längst vergangenen Zeiten. Ja, ja, er ist ein ganz schönes Weichei, manchmal, auf seine Weise, obwohl, würde man gar nicht denken, wenn man ihn so sieht und sich vor Augen führt, was er tut – und getan hat.

»Haben Sie wirklich hier gewohnt?«, fragt Helen; sie möchte gern noch bei dem Thema bleiben, es ist zu interessant, um nicht dran festzuhalten.

Sie hat ihre Kippe mit dem vorderen Ende kurz in der hübschen blauen Gasflamme gedreht und zieht jetzt schnell daran, damit sie richtig angeht. Sie reckt das Kinn hoch und bläst in spitzem Winkel eine rasche dünne Rauchsäule hinauf zur Decke. Ihr straffer, eleganter Hals schimmert im Licht, das durch das Fenster fällt. Sie ist wieder barfuß; sie hatte ihre Stiefel ausgezogen, die gar nicht ihre sind, als sie vom Hof hereinkam. Hübsche Füße hat sie, lang und schlank, mit hohem Spann. Er fragt sich, wie sie's aushält auf dem nackten Steinfußboden; Frauen klagen doch immer über kalte Füße, zumindest die, mit denen er verkehrt hat. Knallrot lackiert die Nägel. Er muss kurz an den Richtblock denken, Märtyrerblut; was ihm nur wieder durch den Sinn geht, durch den Kopf – aber wie sollt es denn auch anders sein?

»Ja, ich bin hier in diesem Haus geboren«, sagt er beiläufig, aber nicht ohne Nachdruck. Und erschrickt im selben Augenblick, nicht über die Behauptung selbst, sondern über die nackte Tatsache an sich: Die Schnur ist nun so lange schon durchtrennt, es kommt ihm ganz undenkbar vor, dass er überhaupt jemals geboren wurde. Für ihn fühlt es sich an, als sei er schon seit jeher da gewesen; er wüsste gern, ob andere Leute dieses Gefühl auch haben oder ob sie ihre früheste Erinnerung noch wissen und damit auch den Augenblick, da ihr bewusstes Leben eingesetzt hat. Denn sie leben in der Vergangenheit, ein Luxus, den wir Todlosen nicht kennen, ist doch für uns die einzige Zeitform die vollendete Gegenwart.

»Von einer Familie Mordaunt, die hier im Haus gewohnt hat, hab ich noch nie gehört«, sagt Helen nachdenklich.

Eine Familie, eine Gruppe, eine Truppe von Mordaunts. Abermals fragt er sich, abermals mit leisem Unbehagen, dieser Name, diese Namen, ob das eine kluge Wahl war. Ach was, jetzt muss er einmal dabei bleiben, bei beiden. Er ist Felix Mordaunt, auf Gedeih und Verderb. Und weil wir ihn ja kennen, können wir leicht erraten, welches von den beiden es wohl werden wird.

»Und doch war's so«, sagt er, »wir haben wirklich hier gewohnt, der Vater, die Mutter, die Großeltern und immer so weiter.«

Er schaut sie an mit einem Lächeln, an dem es, wie er meint, nichts auszusetzen gibt, sie aber sieht, was sie bereits im Hof gesehen hatte: eine Grimasse, starr, das weist auf Wahnsinn hin, meint sie. Vielleicht ist er gekommen, um sie zu ermorden, oder um irgendjemand anders zu ermorden, wen auch immer, Mordaunt der Mordsverrückte. Sie spielt mit dem Gedanken, en passant. Ermordet werden, jetzt, das wäre was. Einen Moment lang sieht sie sich von Neuem auf den Brettern, in einer tragischen Rolle, als Kassandra, umgebracht von einer fiesen, schlotterichten Königin, oder Iphigenie, genau dasselbe, bloß von ihrem Papa, der das gleiche Schicksal hatte wie besagte Königin. Ach, wie ihr die Bühne fehlt. Ihr Make-up, das sie morgens auflegt, riecht oft genau wie die Theaterschminke. Und das erinnert sie nun daran, dass ihr Gesicht ebenso ungemacht ist wie ihr Bett, aus dem sie erst vor kurzem aufgestanden ist. Wie sie nur wieder aussehen muss? *Ei, Lady, ganz Ihr selbst und ungeschmückt.* Ob er wohl weiß, dass sie nichts anhat unterm Rock? Sie schaut auf ihren linken Fuß und wackelt mit den Zehen; der Anblick ihrer angemalten Nägel heitert sie auf, ein bisschen jedenfalls, und hilft ihr, den Gedanken an ihr totes Kind noch etwas weiter zu verdrängen, ihre zwei toten Kinder, oder anderthalb, weil ja das eine starb, eh es geboren werden konnte; als sei nicht eines schon Verlust genug für eine Mutter, denkt sie düster. Beäugt den goldglänzenden Mann, der da am Tisch sitzt. Wahrscheinlich wär's ihr gar nicht unrecht, wenn er sie ermorden würde. Seine Gegenwart hat alles durcheinandergebracht, und genau das hat sie sich ja eigentlich gewünscht, aber jetzt ist sie gar nicht sicher, ob ihr das Durcheinander tatsächlich behagt. Sie hat ein Kribbeln in der Nase, ganz oben zwischen den Augen, als müsste sie gleich weinen. Und gleichzeitig ist es ihr, als ob sie lachen muss.

»Blount war der Name der Familie, die dieses Haus gebaut hat«, sagt sie wieder laut, um ihren Worten Nachdruck zu verleihen. »Blount. Gesprochen Blunt, aber geschrieben mit oh uh.«

Oh du? Er starrt sie an. Anscheinend hat er sich verhört, war offenbar mal kurz nicht bei der Sache. Wie bitte? Oh ich?

»Ich sollte mal Tee machen«, sagt sie und wendet den Kopf ab, »oder irgendwas.« Rührt sich aber nicht vom Fleck, sondern lehnt weiter mit der Hüfte am Ofen, ein Bein vors andere gesetzt, eine Hand in der Ellbogenbeuge des anderen Arms; die Zigarette hält sie steif zwischen zwei Fingern vorm Gesicht, wo sie, sich selbst verzehrend, vor sich hin qualmt. Verträumt. Jetzt zappelt sie mit dem ganzen Fuß, mit ihren langen Patschefüßchen, lang, aber stumpf – mit uh, genau wie Blunt, wie Blut, mit den blutrot lackierten Nägeln. Sie wird nicht weinen, natürlich nicht. Bisweilen denkt sie sich, sie hat schon alle Tränen aufgebraucht, die ihr fürs Leben zugemessen waren. »Haben Sie Hunger?«, fragt sie ihn. »Kommen Sie von weit her?«

»Ja, von sehr weit«, sagt er und lacht glucksend. Jede Frage, die sie stellt, scheint ihn zu amüsieren. Eigentlich müsste sie das ärgern, tut es aber nicht.

Die Augenblicke verstreichen. *Tum-ti tum-ti tum.* Einen Moment lang verdunkelt der Schatten einer Wolke das Fenster, und dann, husch, ist die Sonne wieder da. Was bin ich für ein faules Ding, denkt sie zufrieden. Meistens mag sie sich, wie sie ist. Wenn nur nicht dieser alte Kummer wäre, der so an ihr nagt, weil –

»Nicht wahr, es geht um meinen Mann?«, fragt sie. »Sie kommen seinetwegen?«

An diesem Tisch, erwägt sie, ihm zu sagen, genau dort an der Stelle, wo Ihre Hand jetzt liegt, da hat die Schwester meines Mannes sich eine Ader aufgeschlitzt im Ellenbogen und ist verblutet. Na, was sagen Sie jetzt, Mister Wie-war-noch-gleich-Ihr-wahrer-Name?

»Ist er da?«, fragt er und schaut sich um, hält es jedoch für unwahrscheinlich. »Ihr Mann?«

Er zählt im Kopf, zählt noch einmal von vorne: achttausendneunhundertvierundneunzig Tage, dreizehn Stunden, siebenundzwanzig Minuten, und vergisst die Sekunden. Lange genug jedenfalls; lange genug.

»Ja, er ist hier«, sagt sie und dann: »Ich, ähm, ich mach mal Tee.«

Direkt über dem Musikantenknochen im linken Arm, da hat sie reingeschnitten mit der Rasierklinge. Helen kann sich das nicht vorstellen, dass jemand sich ins eigene Fleisch schneidet, dazu hätte sie nicht den Mut, allein bei dem Gedanken wird ihr schon ganz anders, und sie hat das Gefühl, sie muss sich übergeben. Aber wie schlau, die Petra, dass die so genau gewusst hat, wo sie eine Arterie trifft. Die Petra hat sich ja gut ausgekannt mit solchen Sachen; sie hätte können Krankenschwester sein, Ärztin sogar, ja sogar Professorin, so im weißen Kittel und mit Hornbrille. Nachdem sie tot war, fand man das Projekt, mit dem sie, wie ja alle wussten, seit Jahren schon befasst gewesen war, angeblich insgeheim, alles in einer Kladde, dick wie das Hauptbuch eines Buchhalters, in schöne dunkelenteneierblaue Pappe eingebunden und voll mit lauter Namen, Definitionen, eingeklebten Abbildungen. *Ein Alphabetisches Register Aller Bekannten Krankheiten, Welche Den Menschen Befallen Können,* so der Titel, den sie mit roter Tinte in riesengroßen dicken Lettern innen auf den Einband ihres Buchs geschrieben hatte; sie war nur bis *chancre* gekommen, auch bekannt als Schanker, was ja genau genommen überhaupt gar keine Krankheit war, sie hatte es wohl bloß mit aufgenommen, weil's so schrecklich klingt. Und dieses ganze Blut da auf dem Tisch, schöne Sauerei, das alles wieder wegzumachen: Die Ivy Blount, mit oh und uh, die ist seitdem nicht mehr dieselbe und wird nicht müde, jedem, der es hören will, die Sache zu erzählen. Wenn man sich runterbeugt und ganz genau hinguckt, kann man die dunklen Flecke sehen zwischen den Narben dort im Holz; einfach nicht wegzukriegen, noch nicht mal mit der Wurzelbürste, und mit Chlorbleiche auch nicht. Doch all das sagt sie nur im Kopf.

Petra, die arme Petra, sie ist Vergangenheit.

»Adam hat drauf bestanden, dass er dableibt«, sagt sie.

»Wer?« Er fixiert sie mit festem Blick, versteht nicht, und es interessiert ihn auch nicht weiter.

»Der Tisch. Ich hätt das Ding zerhackt – oder verfeuert.« Der hat gar keine Ahnung, wovon ich rede, dachte sie und amüsierte sich im Stillen. Sie drehte sich um und drückte ihre Zigarettenkippe im Ausguss aus, ein leises Zzscht, es klang wie ein kurzes, scharfes Einatmen, ein rascher Zug für sich allein, der letzte. Früher oder später verlischt halt alles mal. »Aber nein, er muss dableiben. Er isst von ihm sein Frühstück, an ihm, jeden Morgen«, und dann in affektiertem Ton: »Das ist doch durch und durch makaber, meinen Sie nicht auch –?« Sie unterbrach sich, fuhr dann wieder fort, im Ton noch schärfer. »Na und, wollen Sie jetzt Tee oder –?« Plötzlich hörte sie sich gereizt an, als sei er eigens hergekommen, um Ärger zu machen und ihr die Zeit zu stehlen. Aber sie war nicht böse; es war bloß, ach, es war irgendwas anderes, ist ja auch egal, was. Es ist immer dasselbe frühmorgens, nichts läuft rund, alles nervt; sie hasst diese Tageszeit.

»Ich würde ein Glas Wein trinken«, sagte Mordaunt.

Seine aus der Manschette ragende behaarte Hand lag immer noch auf dem Tisch, nicht mehr wie eine Spinne jetzt oder ein Frosch, sondern wie ein schnelleres Tier, das kurz pausiert nach einem raschen Lauf. Diese Ruhe, die er in sich hat; hat sich noch kaum bewegt, seit er gekommen ist und sich hier hingesetzt hat, mitten in der Küche, wie seine eigene just in diesem Augenblick errichtete Skulptur. Und plötzlich war ihr klar, sie wusste nicht, wieso oder woher, dass er weggesperrt gewesen war, für lange Zeit, und heut erst freigekommen war und, endlich wieder draußen, blinzeln musste, wenn er in die Sonne schaute. Denn er verströmte so was, so was Fades, Schales, den muffigen Geruch von einem Dachboden oder einem verriegelten Hinterzimmer; das nahm den eleganten Schuhen ihren Glanz, dem hübschen neuen Hut, dem luxuriösen Opernsängermantel. Mönchsklause? Irrenhaus? Das Hospiz zu Charenton?

»Und was für einen Wein, bittschön?«, fragte sie kokett, indem sie wieder in den Feine-Lady-Ton verfiel. Fakt ist, sie ist jetzt etwas durcheinander bei dem Gedanken, wer er vielleicht, in Wirklichkeit, sein könnte, und gruselt sich wohl auch ein bisschen, nicht nur ein bisschen, wodurch sie immer lauter spricht und so, als ob sich ihre Stimme gleich hysterisch überschlagen will, genau wie sich die arme Ivy immer anhört. Er macht ihr Angst, ihr graust vor ihm.

»Ach, irgendeinen«, sagte der Mann. »Meine Hausmarke war immer Gin. Und Wein« – wieder dieses Lächeln, wieder der blitzende Augenzahn –, »also das heißt *oder* Wein, nicht beides zusammen im selben Glas, haha.«

Sie nickte nachdenklich, als habe er etwas gesagt, das ihres Mitgefühs bedurfte, und sie sei nicht bereit, es zu bekunden. Welche Anstandsregeln gelten eigentlich, wenn ein Ex-Sträfling zu Besuch ist? Denn sie ist zu dem Schluss gelangt, das er aus dem Gefängnis kommen muss, eindeutig. Sie hatte immer schon die Gabe, direkt das Wesen einer Sache zu erkennen. Hellsichtigkeit, ein zauberhaftes Wort. *Au calme claire de lune triste et beau.* Sie hat früher auch ganz gern gesungen, *L'invitation au voyage, Die schöne* irgendwas, *Les Nuits d'été son chant plaintif.* Seufzend bückte sie sich, um die Schranktür zu öffnen, knallte sie wieder zu, summte gereizt vor sich hin. Sie weiß einfach nicht, wo was ist: Das hier ist Ivys Reich, ihre Hexenküche. Aber hier war doch noch irgendwo eine halbvolle Flasche mit irgendwas Dunklem, seriös Aussehendem. Sie besah sich das Etikett: *1er Grand Cru Classé.* Das müsste das Richtige sein. Sie hat keine Ahnung von Wein. Der Korken war halb wieder reingesteckt. Als sie ihn rauszog, was gar nicht so leicht ging, gab er ein leises gequältes Quietschen von sich, eh er herausgeploppt kam und ihr ein Hauch von Fäulnis in die Nase stieg, von Lehm, und etwas, das sie abermals an Gräber denken ließ. Sie nahm ein Glas herunter, rasch ein prüfender Blick, ob's auch nicht eingestaubt war, dann goss sie den Wein ein und reichte es ihm über den Tisch, knallte es mit dem Fuß auf die hölzerne Platte, auf die erhabenen Linien der Maserung, zwischen denen tief unten die schrecklichen blutschwarzen Spuren zu erkennen waren, was von den beiden hier jedoch nur sie weiß. Er blickte hoch zu ihr. Sie stellte sich vor, er könnte sie am Handgelenk packen und die Knochen dort drin zerquetschen wie ein Bündel Reiser; sie hatte keinen Zweifel, dass er dazu in der Lage war, mit dieser Hand da, die er hatte.

»Prost«, sagte sie munter und ein wenig bitter und schenkte ihm ein schiefes Lächeln, wie das Animiermädchen im Saloon, fasste die Flasche mit drei Fingern am Hals und schwenkte sie leicht hin und her.

Er hob sein Glas und trank, wie geölt glitt seine Hand, sein ganzer Arm über die längst nicht mehr benutzte, doch nie ausgefüllte noch jemals in Vergessenheit geratene Rille; er war wie ein rekonvaleszenter Invalide, der seine steif gewordenen Muskeln streckt und beugt, erst vorsichtig, dann freudig überrascht ob der vertrauten Leichtigkeit des Ganzen. Der Wein war zu alt und zu kalt. Das war ihm egal. An einem Tisch zu sitzen, in der Hand ein Glas. Aprillicht im Fenster. Diese Frau. Und dort draußen der Tagmond, sein Talisman, er sieht ihn noch durch eine kleine Scheibe ganz oben in einer Ecke des großen Fensters, eine Weißgoldmünze, waffeldünn gehämmert, scheinbar durchsichtig, geprägt mit dem Konterfei irgendeines trunkenen Herrschers. Es kommt ihm vor, als stecke irgendetwas in ihm drin, ein buckliger Homunkulus, der bittere Tränen weint und schluchzt, derweil er selbst trockenen Auges dasitzt. Wie praktisch, ein kleines Männlein innen drin, das ihm das Trauern abnimmt. Wir hätten ihnen allen so eins geben sollen. Oder vielleicht haben wir das sogar?

Helen trottete zurück zum Herd und nahm dort wieder ihre einstudierte Pose ein, aufs Stichwort.

»Mein Mann ist im Bett«, sagte sie, wobei sie abermals die Stimme hob, als ob sie Widerspruch erwartete. Sie schlafen in getrennten Betten, in getrennten Zimmern, der toten Kinder wegen. »Er schläft.«

»Soso.« Ihr Mann muss Adam sein, dachte er, der einzige und ganz und gar gewöhnliche Sohn seines Namensvetters, des sagenhaften Weltenschüttlers.

»Er muss verreisen«, sagte sie, »nach Amerika. Er muss sich ausruhen.«

»Ja, gewiss.«

Er trank noch einen Schluck Wein. Ja, doch, entschieden zu alt, aber trotzdem, er genoss die tintig säuerliche Note. Bewirkt durch eine mysteriöse Assoziation, erinnerte die Bitterkeit im Mund ihn daran, dass er obdachlos war.

»Ich brauche eine Bleibe«, sagte er.

»Was?«

»Ich meine, irgendwas zur Miete, wo ich wohnen kann.«

Er sah, wie sie sich das Lachen verkniff, genau wie Billys kleine Assistentin; wenn er eines weiß, dann dies, dass Frauen Männer immer irgendwie zum Schreien finden.

»Was? Sie meinen, hier?«, fragte sie ungläubig. Und nun lachte sie doch kurz auf.

»Wo auch immer. Von mir aus auch hier, wenn –«

Draußen näherte sich jemand mit schnellen, aber schweren Schritten. Weiter hinten in einer Ecke des Raumes führten drei hölzerne Stufen zu einer Tür, die seiner Aufmerksamkeit entgangen war, bis sie sich nun nach innen öffnete und ein großer blonder Mann mit eingezogenem Kopf hereinkam.

Na schön, vielleicht nicht blond – wir setzen ja ganz gerne mal noch einen drauf –, aber hell war es schon, sein Haar, auf jeden Fall. Hellhaarig, hochgewachsen, tollpatschig, verlegen und jetzt noch obendrein zerknautscht vom langen Schlafen. Er trug einen blauen Fischerpullover, kein Hemd, ausgebeulte Hosen, große grobe Sandalen. Stirn und Nasenrücken sandfarben, die Wangen aber rosig, weich und glatt, als ob er sich noch nicht rasierte, was freilich gar nicht sein kann. Mitte vierzig? Drüber? Die Augen irgendwie besorgt, von milchigem Blau. Da habt ihr ihn, Adam Godley den Jüngeren: ein großer weichgesichtiger Mann mittleren Alters in klobigen Sandalen mit Kordelsohle, in denen rumzulaufen jeder Bettelmönch für unter seiner Würde halten würde.

Sein Blick fiel auf den Fremden am Tisch, und er blieb unentschlossen stehen, den Daumen noch am Türhebel. Dann sah er seine Frau an, die barfuß war und seinen alten Morgenmantel trug und einen Rock und offensichtlich nicht viel mehr.

Auftritte und Abgänge, wo wär ich ohne sie? Kaum war an einem Ende des Raumes dieser Mann erschienen, ging auch schon an dem anderen Ende laut knarrend die lose in den Angeln hängende Hintertür auf, und herein kam Ivy Blount.

Beim Anblick der vielen Leute schrie sie leise auf, machte auf dem Absatz kehrt und wäre gleich wieder davongerannt, hätte nicht Helen mit ihrer Bühnenstimme scharf nach ihr gerufen und sie zurückbeordert.

»Die Kochmaschine ist aus«, sagte sie in anklagendem Ton. Ivy, auf der Schwelle, guckte starr. Wer ist denn dieser Fremde, der da sitzt am –? »Das«, sagte Helen, und drehte sich nach ihrem Mann um, der immer noch unschlüssig auf der hölzernen Stufe stand, »das ist Mr. Morden.«

»Mordaunt«, verbesserte sie *faux*-Mordaunt höflich, aber bestimmt.

»Er braucht eine Bleibe«, fügte Helen hinzu, ohne sich um ihren Fehler zu scheren.

Adam guckte misstrauisch zu ihr hinüber – er ist sich niemals sicher, in was für einer Stimmung sie gerade ist, in welcher Laune, welche ihrer verschiedenen Masken, die sie nach Belieben auf- und absetzt, sie gerade trägt – und richtete den Blick dann wieder auf den Mann dort drüben, diesen rätselhaften Mann im gelblich braunen Mantel.

»Kein Anmachholz da«, sagte Ivy Blount und verfluchte im Stillen den unnützen Duffy, ihren angeblichen Liebsten. »Muss ich wohl selber gehn und welches hacken.«

Ivy ist zu groß geraten und zu dünn, und auf dem Kopf hat sie ein allmählich ergrauendes Wuschelnest aus Haar, in dem ohne Weiteres ein Vogel nisten könnte. Sie ist ja eine zarte Seele, in ihrem Herzen aber herrscht inzwischen Dürre. Sie riecht nach einer Mischung aus Hausstaub, Spülicht und den billigen Zigaretten, die ihr Zukünftiger, ihr allzu säumiger Zukünftiger, in ihrem Beisein ständig raucht, obwohl oder vielleicht auch gerade weil er weiß, dass sie das stört; und außerdem nach etwas Sanftem, Zartem, dem Duft des alten süßen Irgendwas der Liebe von lang, lang ist's her. Sie ist ein aus der Zeit gefallenes Geschöpf.

»Mr. Mordaunt«, sagte Adam zur Begrüßung, während er behutsam und topplastig die Stufen zu der eigentlichen Küche hinunterstelzte. »Sind Sie von –?«

»Nein«, sagte Mordaunt scharf und lächelte sein Lächeln. Unten in seinem Glas leuchtete eine Perle aus rubinrotem

Licht. Er ist nicht vom irgendwas, er ist nicht von irgendwo; das möchte er von Anfang an geklärt haben. Er ist etwas vollkommen Neues.

»Ach so«, sagte Adam und klang erleichtert. »Ich hab gedacht, Sie sind vielleicht der Agent von Professor Jaybey oder«, er stockte, »oder so was in der Art.«

Als sein Name fällt, ist dieser Jaybey, von dem bis jetzt noch nie die Rede war, für einen Augenblick als zuckender, gesichtsloser Schatten im Raum präsent und verschwindet dann wieder.

Adam kam näher und machte ein paar uneindeutige Bewegungen mit der Rechten, als wolle er dem anderen die Hand schütteln, ließ es aber bleiben. Es war, als beuge etwas sich mit Macht über den Tisch – alle konnten es spüren, etwas wie eine wie von Geisterhand aufgerüttelte Planchette – und lehne sich dann wieder zurück.

Ivy kniete vor der Kochmaschine und stocherte mit einem verkohlten Stock in ihrem aschenen Innenleben herum.

»Sie bleiben doch zum Essen?«, fragte Helen, an Mordaunt gewandt, und rief der am Boden knienden Ivy zu: »Er bleibt zum Essen.«

Ivy sagte nichts. Sie rappelte sich plötzlich auf, kam wieder auf die Füße, schien niesen zu wollen, tat's aber nicht, und dann tat sie es doch. Mit dem Ärmel ihrer dünnen grauen Strickjacke wischte sie sich kurz und kräftig die Nase. Sie trug eine schäbige alte Flanellhose, offenbar eine Männerhose, die ihr außerdem zu groß und hinten total durchgesessen war. Sie hat ja kaum was auf den Hüften, auch sonst ist nicht viel an ihr dran. Ihr Vater hatte immer gesagt, sie sei früher eine Sylphide gewesen, unser Maiglöckchen vom tiefen Tal, von allen Tälern. Ach, wie die

Zeit sie schleift, die Sterblichen, wie abgeschürft und ausgelaugt sie mit den Jahren sind.

Adam Godley, der sich ein wenig vor dem Fremden scheute, schürzte die Lippen und blätterte mit flinken Fingern die Vormittagspost durch, die jemand fein säuberlich an einer Ecke des Tisches aufgestapelt hatte. Er gähnte heftig, seine Kiefergelenke knackten. Wenn er angespannt ist, muss er immer gähnen, hat er festgestellt. Er hat nicht gern Fremde im Haus, das weiß seine Frau ganz genau. Was macht dieser Kerl hier, warum hat sie ihn reingelassen?

»Ich glaub, ich sollte langsam gehen«, sagte Mordaunt, als könne er die Gedanken des anderen lesen, rührte sich aber nicht von der Stelle, sondern blieb seelenruhig sitzen.

»Aber Sie bleiben doch zum Essen«, erinnerte Helen ihn mit Nachdruck. »Wollen Sie noch Wein?«

Als er nicht antwortete, entkorkte sie die Flasche wieder und schenkte noch mal ein. Wie eigenartig, denkt sie, dieser schwül-sanfte und dennoch widerwärtige Geruch von Wein mitten am Vormittag; wie ein falscher Ton in einer Melodie. Freilich nimmt sie auch selbst oft vormittags schon einen Schluck – und nicht nur einen, wie wir noch erfahren werden.

Mordaunts Tasche hockte neben ihm auf dem Boden wie ein glattes, fettes, braunes Schweinchen mit eingezogenen Beinchen. Er könnte da leicht ein Gewehr drin haben, dachte Helen träge, oder sogar eine Bombe. Rumms! – Und das ganze Haus fliegt in die Luft, und Stühle, Tische, Töpfe, Pfannen, Körperteile, alles pladdert wieder runter! Wumm! Spritz! Spratter! »Ivy hat ein Zimmer frei, das könnt sie doch vermieten«, sagte sie, ohne sich an irgendwen konkret zu wenden, schon gar nicht an Ivy.

Die allerdings sowieso nicht hingehört zu haben schien. Sie stand mühsam auf und klopfte sich den Dreck von ihren schmalen, aufgesprungenen, einstmals lilienweißen Händen.

»Es ist noch was von der Steak-und-Nieren-Pastete von gestern Abend da«, sagte sie. Helen wandte sich von ihr ab und Mordaunt zu und verzog das Gesicht zu einer tragikomischen Maske mit grotesk würstchenförmig nach unten gebogenen Mundwinkeln. Ein Regisseur hatte mal zu ihr gesagt, aus ihr hätte eine der großen Komödiantinnen werden können, eine Josephine Baker oder eine Lotta Crabtree. Lotta wer? Nie gehört, aber sie sah sie vor sich, ein dickes Weib mit Wangenrot und Ringellocken, einem Häubchen und einer großen Samtschleife. Schönen Dank auch. Ja gewiss doch. »Ich könnte 'n Salat dazu machen«, fügte Ivy achselzuckend hinzu. »Oder paar Knollen.«

Dann herrschte einen Moment lang Schweigen, alle standen oder saßen da und guckten starr vor sich hin. Sie spüren, ohne es zu wissen, meine Gegenwart und wie ich mich bewege unter ihnen, ganz sachte, sacht, wie eine sanfte Brise, ein Seufzen, wie ein leichtes Wirbeln in der Luft. Mordaunt betrachtete das Weinglas vor sich auf dem Tisch – ein Kelch mit langem Stiel – und dachte sich, dass doch die Dinge ihre eigenen idealen Formen sind. Ein Weinglas ist ein Weinglas, nicht mehr und auch nicht weniger, und kann nichts anderes sein, auch wenn Godley der Gottlose und seine Theorien das bestreiten.

»Ich habe draußen auf der Straße hinterm Haus geparkt«, sagte er, als sei das für irgendjemanden von Interesse. Die anderen, selbst Ivy, blickten auf und sahen ihn an. Worauf er seinerseits mit mildem Blick den Blick der anderen erwiderte. »Draußen am Tor zum Lady's Way«, half er ihnen auf die Sprünge.

Woher weiß er, wie hier alles heißt?, denkt Helen. Vielleicht ist er ja doch der Bastard vom alten Adam oder auch ein versprengter Blount und hat am Ende wirklich früher hier im Haus gelebt, obwohl ihn Adam augenscheinlich nicht erkannt hat und Ivy auch nicht misstrauisch geworden ist. Ein geheimnisumwitterter Mann, alles, was recht ist. Sie freut sich, dass er bleiben wird. Wer weiß?

Ein Seufzen, eine kleine Böe, eine ganz leichte Luftbewegung, dann alles wieder still, als sei das All allezeit still. Ich seh die Szene eingeschlossen in ein Gefäß aus höchst fragilem Glas, meine geschäftigen Geschöpfchen in einen Kolben eingeschlossen, auf dessen runder Wange sich gewölbt ein kompliziertes Abbild des Küchenfensters spiegelt.

Einer muss wachen, heißt es, einer muss da sein. Einer.

In den letzten Wochen, nicht dass sie sie gezählt hätte, nicht dass sie zählen könnte, geht doch die simpelste Arithmetik schon über ihre Kräfte, jetzt, wo sie hier in diesem schimmernden, ewigen Nirgendwo ist, in den letzten Wochen jedenfalls hat sie kapiert, dass außer ihr noch andere Leute im Haus sind. Das Dienstmädchen zählt nicht, an die ist sie gewöhnt, auch wenn sie sich nicht mehr erinnert, wie ihr Name war, irgendwas Pflanzliches oder was Blumenartiges, meint sie, auf jeden Fall etwas Botanisches, da ist sie sich ganz sicher. Die Frau bringt ihr immer auf einem großen silbernen Tablett ihr Essen, morgens Porridge oder ein gekochtes Ei, mittags irgendeine Suppe, meistens grau und klebrig, obwohl, manchmal auch klar, also mehr oder minder klar, wo unten irgendwas drinliegt und oben ein paar Fettaugen drauf schwimmen, und abends einen Teller mit etwas Undefinierbarem, meistens gelblich weiß, Kartoffelbrei, pürierter Blumenkohl, Runkelrüben oder so, obwohl, bei Runkelrüben hat sie ihre Zweifel, sie weiß nicht mal, wie eine Runkelrübe aussieht, hat sich ja nie viel in der Küche aufgehalten; sei's drum, irgendwas zu einem klumpigen Brei Verkochtes, daneben ein paar Scheiben graues Fleisch, Huhn oder Kalb oder diese blasse Sorte Schwein, für sie sieht alles gleich aus, schmeckt auch gleich, dampft ein bisschen vor sich hin und glänzt abscheulich. Sie isst niemals davon, oder wenn, dann nur ganz wenig, damit die Frau nicht mit ihr schimpft, nimmt allenfalls ein Häppchen, nur mal daran knabbern, bloß mal kosten. An das Tablett jedoch erinnert sie sich noch aus alten Tagen, oder aus Jugendtagen, warum nennt man sie eigentlich alt, die Tage, wo dazumal doch alle jung gewesen sind; zumindest die, an die sie sich erinnert. Das Ding hat einen schnörkeligen Rand aus Silber und zwei zierliche Griffe, die sie an Adams Ohren erinnern, er hatte solche nett geformten Ohren, sie sieht sie förmlich vor sich, ja, richtig hübsch könnte man sagen, was bemerkenswert ist, denn im Grunde bietet ja das Ohr keinen besonders hübschen Anblick oder Einblick. Das Dienstmädchen ist alt, nicht so alt wie sie selbst, aber der Jüngsten eine ist sie auch nicht mehr, so viel steht fest. Sie redet kaum, sagt höchstens: Hallo, wie geht's uns heute, hier ist Ihr Frühstück, Mittagessen, Tee, Abendessen, ein Glas Milch zur Schlafenszeit mit einer zerbröselten Gute-Nacht-Pille darin. Die Frau, das Dienstmädchen, ist eine Vogelscheuche, mager und mit spindeldürren Beinen, Haare wie Stahlwolle, denen sie anscheinend nie mit dem Kamm zu Leibe rückt, so wie sie nach allen Seiten abstehen wie drahtige Spiralen, als hätte sie der Blitz getroffen oder als ob sie einen Stromschlag abbekommen hat. Irgendwas scheint nicht ganz mit ihr zu stimmen, als wenn sie krank ist oder so, vielleicht gar stirbt, obwohl sie davon selbstverständlich niemals redet, vielleicht weiß sie es ja auch gar nicht. Das Tablett muss poliert werden, Silber, wenn es echt ist, darf nicht anlaufen, der Belag frisst sich hinein, sie überlegt, ob sie der Frau, dem Dienstmädchen, das sagen soll, sofern man jemanden, der schon so alt ist, Mädchen nennen kann, doch sie befürchtet, die gerät vielleicht in Umbrarage und kommt nicht mehr wieder. Die könnte ohne Weiteres nicht mehr kommen, denn ihres Wissens kann sie keiner zwingen, außer vielleicht die Leute, diese Fremden, meint sie, die da unten sind im Haus. Und wenn sie wirklich nicht mehr käme, was dann? Was soll dann aus ihr werden? Da wär sie ja verraten und verkauft. Hihi.

Geräusche unter ihr im Haus, kein Zweifel, sie strengt sich an, will sich konzentrieren, will richtig hinhören, schweift aber immer wieder ab und hört sie erst, wenn sie vorbei sind, falls das möglich ist, kann also sein, es ist nur Einbildung. Schritte, doch, eindeutig Schritte, glaubt sie jedenfalls, und ab und zu auch Stimmen, ganz leise und weit weg, oder ganz leise, eben weil sie so weit weg sind, und Küchenlärm, jemand scharrt die Asche aus dem Herd und klappert mit den Töpfen, lässt Wasser in den Ausguss laufen. Auch Lachen, ab und zu, nur ab und zu, und nur in kurzen Stößen. Vielleicht ist ja die Frau die Hausbesorgerin, und die, die die Geräusche machen, das ist das Personal, die Köchin, das Spülmädchen, der freche Junge, der die Stiefel putzt, die treiben Schabernack, anstatt zu arbeiten. Andererseits glaubt sie gar nicht, dass es hier noch Personal gibt, falls es je welches gab. Und sie weiß auch, dass die Küche viel zu weit entfernt ist, als dass sie hier oben den Lärm dort unten hören könnte, vielleicht erinnert sie sich nur dran, an den Lärm des Lebens, das halt weitergeht, wie's eben geht. Sie lebt in ihren Gedanken, ihrer Erinnerung, in dem, was davon jetzt noch übrig ist. Tatsächlich kommt es ihr manchmal so vor, als sei sie selbst auch nur noch ein Erinnerungsstück. Sie verliert das Augenlicht, ihr Gehör lässt ebenfalls nach, bald wird sie sein wie eine kleine eingeschrumpfte Nuss, verloren und vergessen in der hohlen Schale, die das Haus ist.

Aus dem Topf unterm Bett kommt ein übler Geruch. Eigentlich müsste sie der Frau, dem Dienstmädchen, der Hausbesorgerin, oder wie immer man sie nennen mag, sagen, dass sie ihn leeren soll, doch dazu schämt sie sich zu sehr, weil sie ja selbst die Quelle des Gestanks ist. Dann muss sie eben warten, bis er so stark ist, dass die Frau ihn einfach nicht mehr ignorieren kann. Wie furchtbar ist das alles.

Aber Umbrarage? In Umbrarage geraten? Was soll denn das bedeuten? In Rage, ja. Doch warum Umbra? Hat Umbra nicht etwas zu tun mit Schatten? *Ombra mai* la-la, sie summt die Melodie laut in brüchigem Falsett. Alle diese Dinge, an die sie sich erinnert, irgendwie ist alles durcheinander. Sie wird Adam nach der Umbrarage fragen. Adam wird es wissen, er weiß alles. Nur, Adam ist tot. Er ist ihr verschiedener Mann. Daran wird sie sich nie gewöhnen, nie. Und warum verschieden? Verschieden, so wie damals Zu den

Lärchen, Ballymore the Bountiful, so wie sie ist, so wie sie einstmals war. So wie auch sie verschieden ist, nicht mehr von dieser Welt.

Einst war sie jung. Einst war sie selbst ein junges Mädchen. Sie hat so großes Mitleid mit dem armen, blassen, verängstigten Geschöpf, dem Bild von Petra, wie sie damals war, jenem Geschöpf, das fast nichts wusste und begierig darauf wartete, dass die Zukunft kommen und alles ändern möge, und zugleich halb hoffte, es möge nicht geschehen. Wie können wir nur als Erwachsene leben, wo wir doch einmal klein gewesen sind? Sie sind so mutig, denkt sie, Kinder, im Angesicht der Welt, die wir für sie geschaffen haben, so verschreckt und dennoch furchtlos, kleinen Soldaten gleich, die ziehen in eine Schlacht, von der sie wissen, dass sie sie nicht überleben oder, falls doch, danach nicht mehr sie selbst sein werden. Wir sind ihrer nicht würdig, und sie sitzen bei uns fest. Sie wollte auf ein Internat, aber sie durfte nicht. Zu teuer, haben sie gesagt, wo sollen wir denn dieses ganze Geld hernehmen? Aber wenn sie zum Pferderennen gehen oder sich ein neues Auto kaufen oder Urlaub machen wollten an der Côte d'Azur, dann waren sie nie knapp bei Kasse. Die Côte d'Azur. Oh, das Blau da unten, die weißen Hotels entlang der Promenade und dann das Blau des Meeres und dann der blaue Himmel und ein winzig kleines, glitzerndes Flugzeug, das obendrüber dahinkrabbelt.

Plötzlich erinnert sie sich wieder, dass sie einen Sohn hat, der auch Adam heißt, meine Güte, wie konnte sie das nur vergessen, ist sie schon so weit weg? Es könnte sein, dass er diese Geräusche macht, die sie unten im Haus zu hören meint, nicht die in der Küche, sondern die anderen Geräusche, die Schritte und die gedämpften Stimmen, die sprechen, und manchmal auch ein Schreien oder Rufen, oder vielleicht ist es auch einfach nur etwas im Radio, irgendeine Radiosendung. Es könnte sein, dass er hier ist mit seiner Familie, mit seiner, wie heißt sie noch mal, seine Frau, und mit den Kindern, sie haben doch Kinder, nicht wahr, kleine Jungen, kleine Mädchen? Aber wären wirklich Kinder da, dann wär da unten doch viel mehr Radau. Wenn sie etwas über Kinder weiß, dann, dass sie mächtig laut sein können. Und mutig. Es ist lange her, dass sie ein Kind gesehen hat. Nein, Adam, der hat keine, stimmt ja, seine Frau, die Frau von ihrem Sohn – wie heißt sie noch? – verliert ja ihre immer, kaum sind sie aus ihr rausgeflutscht, da gehen sie schon wieder ein. Das muss sehr traurig sein, für sie, für ihn und für die Kinder auch natürlich, die Nicht-Kinder. Ob wohl ein Neugeborenes wissen würde, dass es stirbt? Das muss man sich mal vorstellen, grad aus der einen Dunkelheit heraus und direkt in die nächste. Früher gab's den Limbus, in den man sie geschickt hat, aber das wäre ja noch schlimmer, als nirgendwo zu sein, nicht wahr?

Geplagt von Steifigkeit und ihren alten Schmerzen, versucht sie, sich im Bett herumzudrehen, um Linderung zu finden, und muss stattdessen feststellen, dass sie gar nicht im

Bett liegt, sondern halb zusammengesackt auf der eigentlich schon ausgedienten Couch oder Chaiselongue oder was auch immer kauert, diesem alten Ungetüm, das einst im Himmelszimmer stand und auf das sich Adam immer plumpsen ließ, wenn irgendwas an seinen Berechnungen nicht stimmte und er darüber in Rage geriet und ganz still liegen bleiben musste, bis er sich beruhigt hatte. Einmal, als er nicht da war, hat sie die Chaiselongue neu polstern lassen, mit Samt, in einem schönen, tiefen, satten Burgunderrot, bei dem sie an die Päpste denken musste, und er war wütend, als er wiederkam und sah, was sie getan hatte. Das sieht ja aus, als käm's aus dem Bordell, hat er gesagt, und sie hat sich gedacht, na klar, damit kennst du dich aus, aber es laut zu sagen, das hat sie sich nicht getraut. Wenn die Sonne durch das Fenster auf den Stoff scheint, dessen Rot inzwischen schon zu einem staubigen weißlichen Rosa verblasst ist, verströmt er einen warmen, trockenen Geruch, der sie an die Planen aus Segeltuch erinnert, die sich die feinen Leute im Sommer immer über ihre Haustür hängten, als sie ein kleines Mädchen war, damals in Ballymore, damit die Farbe in der Sonne nicht abgeblättert ist. Doch nein, nicht aufgehängt, sondern irgendwie gespannt, steif von oben nach unten, mit etwas, das sie unten festhielt, einer Stange, ja, einer Messingstange mit einem Messingknauf an jedem Ende, der wie ein Tannenzapfen aussah oder wie die Knospe einer Blume. Sie kann sich noch an das Geräusch erinnern, das die Planen machten, wenn sie im Sommerwind geknattert haben, wie Fahnen, wie Segel, oder nein, härter, schärfer, vielleicht wie Peitschen? Nein, doch Segel, wie Segel. Oder Fahnen. Seltsam, dass man als junger Mensch solche Kleinigkeiten registriert, sie registriert und im Gedächtnis festhält und sie aufbewahrt, als ob man meint, sie könnten irgendwann in ferner Zukunft einmal eine Bedeutung haben oder einen Nutzen oder so was. Sie hatte damals eine Briefmarkensammlung. Was ist denn überhaupt aus der geworden? Die wär jetzt bares Geld wert, Tausende, vielleicht sogar Zehntausende. So schöne Farben, so winzige verschlungene Motive. Madagaskar. Malaya. The Trucial States. Wenn ihr Vater ins Ausland reiste, hat er ihr immer Briefmarken gekauft und hat sie ihr geschickt, kleine Zellophanpakete mit Briefmarken, zart wie Schmetterlingsflügel, manchmal war es auch ein Kuvert, auf dem noch die Marken klebten. Aber wo war er eigentlich, in welchem Ausland? Wo ist er hingefahren und warum, dass er ihr Sachen schicken konnte? Ach, sie erinnert sich nicht mehr, sie kann sich an rein gar nichts mehr erinnern, das ist so ärgerlich. Es muss komisch gewesen sein, ein Kuvert mit einer Briefmarke drauf zu bekommen, in dem ein Kuvert mit Briefmarken ist. Ein Ding in einem Ding von gleicher Art.

Immer wenn sie die Augen aufmacht, denkt sie, dass die Lider leise quietschen müssten, wie kleine Fensterladen aus Holz, die aufgehen. Damals in – wo war das noch mal, irgendwo im Süden, in Roussillon vielleicht? –, in dem quadratischen Zimmer mit den dicken schwarzen Deckenbalken und dem einzelnen quadratischen Fenster, und Adam öffnet sie, er reißt sie förmlich auf, die schweren Laden aus, wie er ihr sagte, aus Olivenholz, und lässt das Morgenlicht herein, zuerst ein greller, krisseliger Dunst, der sie geblendet hat, und nach und nach kommt dann die Aussicht auch in Sicht, wie ein Gemälde, das rasch, in einem Zug, sich selber malt, die rostfarbene Erde und die sehnigen schwarzen Zypressen, die aussahen wie Federn aus öligem Rauch, und dann die Berge in der Ferne, scheinbar nichts als ein breiter, kühler blassblauer Pinselstrich. »Das hat der Niederländer mit dem einen Ohr hier höchstpersönlch hingehauen, speziell für dich«, hat er gesagt, mit seinem breitesten und dünnsten Lächeln, und dabei trat er einen Schritt beiseite und machte einen tiefen Diener, hielt den Kopf schräg und hob die schmalen, schlankfingerigen Hände hoch, hielt sie übereinander, die eine mit der Innenfläche überm Handrücken der anderen, und spielte den Impresario oder Zeremonienmeister und präsentierte ihr die Aussicht, die ihr indes verschmiert vorkam, für sie verdorben war durch ihn, weil er sie so geneckt und ausgelacht hat. Wenn sie mit ihm verreist war, ganz egal, wohin, musste sie immer an seine tote Frau denken, die Frau, die sie zwar nie gesehen hatte und trotzdem irgendwie zu kennen meinte, so sehr war sie präsent in ihrer beider Leben, in ihrem und in Adams. Er stand dicht hinter ihr am Fenster, sie um Haupteslänge überragend, und legte ihr ganz leicht die Hände auf die Schultern. So heiß der Tag, so heiß, und die Zikaden, die die Bäume einspinnen mit diesem schrecklichen pulsierenden Geräusch, das sie mit ihren Hinterbeinen machen, oder? Mein kleiner Braunbär, hat er sie genannt, weil ihre Haut in der südlichen Sonne so schnell braun wurde, und wegen ihres Namens, Ursula, ursus, was auf Lateinisch Bär bedeutet, ihr Name, den sie, wie er wusste, hasste und über den er sich so spielerisch, so grausam und so unerbittlich lustig machte. Warum hatten sie sie überhaupt so getauft?

Mag sein, sie kannten die lateinische Bedeutung nicht, sie waren ja nicht sonderlich gebildet, trotz ihres vornehmen Getues.

Er kannte keine Gnade. Er besaß zwei Perlen, die ihm irgendwer geschenkt hatte und die er in einem kleinen samtenen Kästchen aufbewahrte, und wenn sie mit ihm stritt oder ihn inständig um etwas bat, was häufiger der Fall war, steckte er sich die Perlen in die Ohren, eine in jedes Ohr, um die Geräusche auszuschließen, die sie mit ihrer Stimme machte, lehnte sich zurück, verschränkte die Arme und starrte sie mit seinem dünnen, breiten Lächeln an, das seinen Mund wie aufgemalt aussehen ließ, wie eine Clownsgrimasse. Ach, wie genoss er es, wenn er sie leiden sah.

Und dieses Weib erst, seine Mutter, die Witwe Godley. Was hat die uns gepiesackt, also mich, solange sie am Leben war. Ich sag dasselbe über die, was sie auch über mich gesagt hat, auf dass dich sieben rotznäsige Waisenkinder drangsalieren mögen, du alte Gaunerin. Die hat von Anfang an versucht, mich loszuwerden. Ich denke oft, er hat mich nur geheiratet, um sie zu ärgern.

Von diesem Fenster hier, dem Fenster dieses Zimmers, das sie für ihres hält, ihr Wohn- und Schlafzimmer, in dem sie lebt – als ob sie leben würde und nicht sterben –, sieht sie einen morastigen Weg und ein altes rostiges Gittertor und dahinter auf der einen Seite das kleine Eichenwäldchen, das aber gar kein richtiges Wäldchen ist, sondern bloß ein, wie soll man sagen, ein bisschen Unterholz und ein paar Eichen. Weil sie so schlecht sieht, muss sie sich die Welt dort draußen meistens vorstellen und kann darum nicht sicher sein, ob es den Weg, das Gittertor, das Wäldchen wirklich gibt und nicht nur ihre Vorstellung davon, nicht nur, was sie sich ausmalt. Aber das Haus, das muss real sein, dieses hässliche große alte Haus, das sie immer schon gehasst hat. Weg damit! Alles kurz und klein schlagen, abreißen, niederbrennen! Ach, hätte sie doch eine Axt, einen Hammer, ein Zündholz.

Mäuse, auch das noch, ein Kommen und Gehen, sie hört die winzigen Pfötchen leise trippeln. Das stört sie nicht, ist ja genug Platz für alle da. Als sie klein war, hatte sie eine mechanische Maus, die hat man aufgezogen und auf den Boden gesetzt, und hui, ist sie auf unsichtbaren Rädern losgesaust, sah aus wie eine richtige Maus. Ein größeres Etwas gibt es auch, das schlendert überraschend schnell verstohlen immer an der Scheuerleiste lang, bleibt plötzlich stehen und setzt sich auf die Hinterbeine, wie eine dicke angefaulte Birne, der Fell gewachsen ist, zeigt seinen rosa-weißen Bauch und mustert sie mit unverhohlenem Interesse und einem Anflug von Belustigung, zuckt mit den Schnurrhaaren und mit der feuchten Nase und der gespaltenen Schnauze und schnüffelt mit Vergnügen all die Düfte, die sie verströmt, sie und ihr Bett und das, was unterm Bett ist. Sie weiß schon, das ist eine Ratte, redet sich aber ein, es sei nur eine große Maus, eine Monstermaus, der Anführer der Herde, König Mus Musculus der Mächtige.

Eiche. Komisches Wort. Als ob es einen Buchstaben verloren hat.

Was? Es ist jemand ins Zimmer gekommen. Sie will den Kopf drehen und gucken, doch sie kann nicht, kann ihn tatsächlich nicht drehen, jedenfalls nicht weit genug, ihr Hals ist derart steif. Macht nichts, es wird eh bloß die Petra sein. Es ist immer bloß die Petra, außer es ist das Dienstmädchen. Normalerweise taucht die Petra ja um diese Zeit hier auf, so ungefähr um diese Zeit. Sie kommt mich besuchen, sie ist mein Gast, nein, mein Besuch, mein regelmäßiger Besuch.

Im Zimmer rührt sich etwas, etwas schimmert, als ob die Luft auf einmal eine weiche Senkrechtfalte schlägt, wie eine Falte in der Tüllgardine vor einem offenen Fenster, wenn der Wind hineinweht, einem Fenster, das nach Süden geht. Von Roussillon aus fuhren sie nach Süden, wohin noch mal? Die großen weißen Hotels an der Strandpromenade, die über die Baie des Irgendwas blicken, wo? Sie wollte weiter nach Venedig, doch er sagte nein. Zu viele Tränen seien dort vergossen worden, hatte er gesagt und wurde wütend, als sie fragte, was für Tränen und weswegen er geweint hat. Wieso? Um wen denn? Aber das wird er ihr nie erzählen, sie nie in seine Vergangenheit hineinlassen, in der seine tote Frau lebt, unter anderem. Er hatte Geheimnisse, so viele Geheimnisse, und er drückte sie an sich, als wären's seine Kinder, und vielleicht waren sie ja auch seine Kinder, ein Kind in jedem Hafen, ha! Und er neckte sie, neckte sie mit seinen Geheimnissen, bis sie weinte, und dann steckte er sich die Perlen in die Ohren und starrte sie an, als sei sie irgendein sonderbares Exponat, ein Ding in einem Kuriositätenkabinett.

Sie ist immer so böse, die Petra, wenn sie kommt, immer böse auf ihre Mutter, als sei sie, die Mutter, daran schuld, dass für sie, also für die Tochter, alles so grässlich ist, und dabei ist in Wahrheit doch für alle alles grässlich. Aber es hält nicht lange an, dass ihre Tochter auf sie böse ist, dann wird ihr langweilig, und sie muss etwas anderes sein, muss jemand anderes werden. Alles langweilt sie. Sie erzählt ihr, also die Petra, die erzählt ihr, erzählt ihrer Mutter von einem jungen Mann aus dem neunzehnten Jahrhundert, in Frankreich war das, glaubt sie, war er, oder vielleicht auch in London, London oder Berlin oder Moskau oder in der Stadt Mulligatawny, sie kann sich nicht erinnern, ist ja auch egal, jedenfalls hat der sich das Hirn weggepustet und einen Zettel hinterlassen, auf den er in seiner Kupferstichhandschrift geschrieben hatte, das ewige Knöpfen hänge ihm zum Halse raus, immer dieses Zumachen und Wiederaufmachen, er halte das jetzt einfach nicht mehr aus, nein, nein, dann lieber eine Kugel. Und Petra lacht, sie lacht ihr schrilles, irres Lachen und kriegt gleich keine Luft mehr und presst die Fingerknöchel so fest an die Lippen, dass sie ganz weiß werden davon.

Sie reden über Sachen, alle möglichen Sachen, sie beide, sie und ihre Tochter. Von alten Zeiten, von Jugendzeiten, von glücklichen Zeiten, aber waren sie denn wirklich glücklich? Manchmal. In manchen Augenblicken. Phasenweise. Zwischendurch. Jetzt summt die Petra, presst die bleichen Lippen fest zusammen, und zwischen ihnen bricht ein Strang aus Tönen hervor, ein dünner Strang, ganz dünn und silbrig wie ein Spinnennetz, steigend und wieder fallend, mehr ein Wimmern als ein Summen. Sie sitzt auf dem Boden, stützt sich auf die Faust, die eine Schulter hochgezogen, die steckeldünnen Beine hinterm Rücken weggeklappt wie einen Meerjungfrauenschwanz. Ihre Mutter sieht die Schraffur aus perlmuttfarbenen Narben, die sich über die Unterseite ihres Arms zieht, vom Handgelenk bis rauf zum Ellenbogen. Schweigen zwischen ihnen, langes Schweigen. Dann sprechen sie wieder. Sie unterhalten sich über den jungen Mann, der sich aus Langeweile erschossen hat. Sie malen ihn sich aus; groß, blass, träge, mit spitzen Lackschuhen, weich wie Hauspantoffeln, mit einer Hose, an den Hüften weit, doch um die Knöchel eng anliegend, im flaschengrünem Cutaway mit Nankingweste und gestärktem Kragen, der innen an der Kante angeschmuddelt ist, dort, wo er sich am Hals reibt, und auch der ist schon ein bisschen dreckig, obwohl's noch früh am Morgen ist. In einer düsteren Dachkammer einer schäbigen Pension schreitet er auf und ab, bleibt an dem niedrigen Fenster stehen, beugt sich hinunter, um hinauszuschauen, stützt sich mit einer Hand am Fensterrahmen ab, wie Petra sich mit ihrer Hand am Boden abstützt. Sein schmales Gesicht mit der blassen breiten Stirn, wie Adams Gesicht, und die hageren Wangen, die müden, ausdruckslosen Augen. Draußen ein grauer Wintertag, der Wind ein leises, dünnes Stöhnen. Vor sich sieht er ein dichtes Gedränge von Dächern, in der Ferne einen Kirchturm. Kirchtürme und Spitztürme überall, in jedem Weiler, jedem Städtchen, jeder Stadt landauf, landab, Spitztürme und Kirchtürme, was ist der Unterschied, oder ist es dasselbe, zwei Wörter für dieselbe Sache? Nein, der Spitzturm sitzt oben auf dem Kirchturm. So, glaubt sie, muss es sich verhalten. Sie ist froh, dass sie das geklärt hat, so was kann einen Körper tagelang quälen. Auf der Straße kommt ein Fuhrwerk vorbei, der Kutscher gibt seinen unverständlichen Ruf von sich, das Pferd trabt mit hängendem Kopf, die knochigen Flanken sind ganz schief, der arme Kümmerling. Plötzlich, wie aus dem Nichts, fährt eine Rauchwolke herab und fegt noch ein Stück weiter, bis sie vom Wind zerfetzt wird. Verstehst du, sagt die Petra, zu jener Zeit, zu jener Zeit gab's doch so viele Knöpfe, zum Beispiel seitlich an seinen glänzenden Schuhen und an den nach unten enger werdenden Hosenbeinen, an den Manschetten seines Mantels und am Mantel selbst, auch an der Weste und sogar hinten am Kragen, ein einzelner, nein, kein Knopf, sondern etwas anderes, das ihn festhält, stell dir bloß mal vor, wie lästig das gewesen wäre, die alle immer zuzumachen und dann wieder aufzumachen. Sie sieht sein Gesicht ganz deutlich vor sich, den verkniffenen, verdrießlichen Mund, die

Nasenlöcher wie zwei aufgeblähte schwarze Perlen, tränenförmig, und die emporgereckten Arme, wie spitze Flügel, als er sich nach hinten in den Nacken greift, die Finger, die herumfummeln an dem festsitzenden stählernen Knopf. Und dann die Pistole. Eine Muskete, ein Steinschlossgewehr? Nein, das kam später. Schwarz, langer dünner Lauf, und die Kammer dreht sich. Der Lärm im Raum, der Knall, der Blitz, der Rauch, die Wucht der Explosion schleudert ihn an die Wand, und dann sackt er zusammen, sackt in sich zusammen, und die Knöpfe, alle fein säuberlich zugeknöpft, einer wie der andere.

Ja, sagt ihre Mutter, ja, aber sich einfach umzubringen, wegen so was. Ach.

Sie hat ein Jucken, eins, gegen das kein Kratzen hilft. Mit ihren unteren Regionen möchte sie nichts zu tun haben, an die würde sie überhaupt nicht denken, wenn es da unten nicht so jucken würde und was sonst noch, weil, die sind ja so weit weg, beinah schon am Ende der Welt. Wie grotesk, hatte sie immer gedacht, dass es einen derart leichten Zugang zum eigenen Inneren gab. Schon als ganz kleines Mädchen hat sie Angst gehabt vor diesem Teil von sich, mehr noch als vor Mund oder Nase oder den anderen Löchern, Angst davor, was sie da finden würde, wenn sie forschend hineinfuhr mit dem Finger, ob dort ein Kobold lauerte, bereit, aus ihr herauszuspringen und sich zirpend und mit seinen Stummelhänden wackelnd auf sie zu stürzen. Was macht man eigentlich mit den Überresten totgeborener Kinder? Verbrennt man sie? All das jedoch, all das ist freilich kaum ein Thema, mit dem sich ihre Tochter befassen sollte, die außerdem ja eh tot ist, das weiß sie wohl, tot wie ihr Vater.

Sie überlegt, was wohl für eine Jahreszeit sein mag? Vermutlich Frühling, denkt sie, denn so weit sie sehen kann, scheint es draußen frühlingshaft zu sein, rau, klar und feucht. Vorher winterlich, jetzt frühlingshaft. Das Fenster, unter dem sie hockt, ist hoch, hat keinen Vorhang und überragt sie wie der Galgen. Unverkennbar ein Hauch von Rokoko heut über allem, stellt sie fest, erst der dekadente junge Mann mit den Knöpfen und der Pistolenkugel im Hirn und jetzt die Guillotine. Und was kommt als Nächstes? Eine, wie heißt das gleich noch mal, eine *fête galante?*

Was ist bloß über sie gekommen, dass sie so zerstreut ist, so nervös? Dass ihr so schwindlig ist, das liegt bestimmt daran, dass sie immer denkt, im Haus seien Leute. Sie ist ganz sicher, dass sie da sind. Wenn es genug sind, könnten sie sie runterholen zu einem zünftigen Ringelpiez mit ringsherum im Kreis sich drehen, dideldum. Vorsicht! Lasst die Kommode stehen, schrumm-schrumm. Ach, jetzt muss sie beinah lachen. Doch das ist alles bloß Theater, ein Theaterstück für sie, von ihr, sie weiß Bescheid, alles bloß ein Tänzchen vor dem Friedhofstor.

Wer ist da, wer kann hier sein, wer außer ihr höchstselbst, der Tochter, ihrer Petra, ihr selbst höchstselbst, die beiden, die Verlorenen, die zwei Verlorenen?

Sie denkt wieder an den Tag, als sie weggelaufen war, an die Nacht, und Petra mitgenommen hat. Sie hätte ja auch Adam mitgenommen, den Adam, ihren Sohn, aber der wollte nicht, wollt nicht aus seinem Zimmer kommen, hat sich gefürchtet vor der Nacht und vor der Dunkelheit und vor dem Schrei der Eule und dem Sturm, der in den Bäumen tobte. Schäm dich, so ein großer Junge, hat sie gedacht, sich aber nicht getraut, es auszusprechen. Was war passiert? Ein Streit, wie üblich, Schreien, Schläge, Sachen flogen durch die Luft und knallten an die Wand, und das Gesicht von Adam, ihrem Mann, das knochenbleiche, und dieser mörderische Blick in seinen Augen, eiskalt und ungerührt. Sie fuhr hoch in die Berge, immer höher, ohne achtzugeben, wo sie hinfuhr, die Scheinwerferkegel schwenkten mal nach der einen Seite und mal nach der anderen, als suchten sie verzweifelt irgendetwas rechts und links der schmalen, kurvenreichen, steil hinaufführenden Straße, die schließlich nicht viel mehr war als ein Heckenweg; der Motor ächzte und kreischte, die Windschutzscheibe vor ihr war ganz blind, vom Regen, dachte sie, bis sie begriff, es waren Tränen, ihre Tränen, die sie in den Augen hatte. Da ging sie dann zu Fuß weiter, holpernd und stolpernd wie eine kaputte Schaufensterpuppe, an der Hand das Kind, im Gesicht einen mächtigen Wall aus Wind, unter einem furchteinflößenden Himmel voller Sterne, voller Sterne, mehr Licht als Dunkelheit, ein Tuch von Gold mit lauter winzig kleinen schwarzen Nadelstichen, und nirgends war der Mond zu sehen, versteckte sich wohl auf der anderen Seite des Planeten. Nach einer Weile war kein Weg mehr da; sie wateten durch hohen Farn, groß wie das Kind, sogar noch größer, und irgendwo brüllte ein Tier, brüllte nach seinem verlorenen Kalb. Sie kuschelte sich unter einen Felsvorsprung, dort, wo der Boden trocken war, auf einem Bett aus Tannennadeln, drückte wie verrückt das Kind an sich, die Petra, ihre verrückte Tochter, den Stein in ihrem Herzen. Es war nicht kalt, warum war es nicht kalt? Scheinbar hat Petra sie gewärmt, Kinder haben so viel Wärme, sie haben Wärme abzugeben. War das alles wirklich passiert, oder hatte sie es nur geträumt? Diese Nacht in den Bergen, in der Dunkelheit und im Sturm, unter dem Felsvorsprung, den Blick zum Himmel, der ein riesengroßes Tuch aus Sternen war, und unter ihnen im Tal die verstreuten Lichter, wo die Gehöfte waren, die Lichter, die kleinen Lichter von –

Ihre Flasche! Wo ist die hin, wo? Ach, wenn die weg wär jetzt, wenn die jetzt weg wär. Sie schiebt die Hände in die Fugen zwischen dem Polster und den Armlehnen der Chaiselongue, erst auf der einen und dann auf der anderen Seite, die welken alten Finger suchen fieberhaft nach ihrem Schatz, dem kostbaren. Sie haben recht, denkt sie, ja, sie haben recht, das ist es, was gemeint ist mit der zweiten Kindheit, bärtigen Mundes, eingeschreint in eine Decke, so hängt man gierig an der Pulle. Adam war klug, dass er gegangen ist, als er gegangen ist, auch wenn's so lange dauerte, zermürbend lange. Die Nächte, die sie saß an seinem

Bett, während er darum kämpfte zu sterben, die Tage und Nächte! Obwohl, er hat sich nie bewegt, kein Zucken und kein Hochschrecken, nur dieser große Oberkörper, der sich so schlotternd hob und senkte. Sein gepflegter Bart war struppig geworden, sie wusste nicht, wie sie ihn schneiden sollte, wie ihn stutzen. Sie fühlte sich wie eine Jüngerin, die an der heiligen Statue eines alten Gottes wacht, treu, selbstlos, indes das Licht der untergehenden Sonne kurz aufflackert, um dann allmählich zu verblassen, und die voranschreitende Nacht die Fenster erst grau färbt und dann schwärzt. Ihr großer Mann, gedemütigt und von der Zeit zerbröselt. Wo ist er jetzt? Wie kann denn einer tot sein, der so lebendig war? Wie kann –

Ah, da steckt er ja, der kleine Schlingel. Endlich haben ihre suchenden Finger ihn gefunden, den knuffigen kleinen Powers-Flachmann mit seinen hängenden Schultern. Wie hat er's nur geschafft, sich so weit unten zu verkeilen, zwischen Staub und vertrockneten Essensresten und Münzen, die sie nicht mehr schafft zu bergen? Mit zitternden Fingern fummelt sie am Korken, zieht ihn raus, nimmt einen Schluck, schnauft kurz und gibt dann einen Seufzer von sich, der nach und nach verebbt – ahh. Leicht ums Herz. Wo kommt der eigentlich her, der Whiskey, und wieso gibt es hier immer einen Vorrat davon? Die Frau, die Hausbesorgerin, scheint ihn zu bringen, oder vielleicht auch Adam, ihr Sohn, vielleicht ist das ihr Mundschenk, wie hieß der noch, der himmlische Mundschenk, sehen Sie nur, gebildet ist sie auch, gebildeter, als ihre Eltern es einst waren, sie kennt die Götter und ihre Geschichten, sie war bestimmt mal eine gute Schülerin, obwohl er stets auf sie herabgeschaut hat und sie ausgelacht, wenn sie sich mal verhauen hat und etwas falsch gesagt. Ist das eine neue Flasche, sind das immer neue Flaschen, oder holen sie – wer sie auch sind – sich jedes Mal dieselbe und füllen sie wieder, füllen sie wieder nach, ein ums andere Mal? Sie versucht, das Etikett zu lesen, will sehen, ob die goldene Schrift durch allzu viele Handhabung schon ihren Glanz verloren hat. Sie kann es nicht erkennen, mit ihrem grauen Star. Halt, doch, sie kann.

John Power & Sohn
John's Lane Distillery

Und die drei Schwalben im Flug. Ob das ein Hinweis sein soll, ein Scherz vielleicht, eine Art Wortspiel, ein, wie soll man sagen, so was wie ein Bilderrätsel? Weil man sie wie im Flug geleert hat, weil wirklich gerade mal so zirka drei Schluck drin sind – so was von knickrig. Sie nimmt noch einen ordentlichen Schluck, schmatzt genüsslich mit den Lippen. Mehr Power für dich, John Power, und für deinen Sohn. Sie denkt an die dampfenden Kupferbottiche und die Fässer, die zu hohen Pyramiden aufgestapelt sind auf dem weiten Hof, an die Pferde und die Karren, an die Männer in ihrer altmodischen Kluft, mit Stoffmütze und Pfeife im Mund, und an die Hosenbeine, die mit Strippe zugebunden sind, aus Angst, die Ratten kommen rein und klettern ihnen an den Beinen hoch und beißen ihnen ins Gemächt. Ja, ein altes Kleinkind, das ist sie in der Tat, klammert sich an ihr Powerfläschchen, wo sie dran nuckeln kann.

Die Petra, ist die Petra weggegangen? Nein, da ist sie ja noch, sitzt versonnen auf dem Boden, gestützt auf ihren armen zernarbten Arm. Wie sie so den Kopf gesenkt hat, mit der Wange an der hochgezogenen Schulter, das erinnert Ursula an diese – wie war noch der Name, oje, wie heißt sie denn noch mal, die Blume? Tränendes Herz? Ja, Tränendes Herz. Es ist so schwer, Petras Namen ohne das Wort »arme« davor zu sagen. Eine Ritzerin, das sei sie, sagt sie stolz. Sie ritzt sich gern, aber ob gern, ob ungern, ritzen tut sie sich so oder so. Sie nimmt, äh, nahm dazu immer Adams altes Rasiermesser mit dem Griff aus Elfenbein, das hat sie ihm gestohlen, als er sich einen Bart hat stehen lassen, und hat's versteckt in ihrem Zimmer. Schauen Sie doch die Narben, die sie an den Armen hat, wie wächsern weiß die sind. Den Kimono hat sie mir auch gestohlen, meinen jadegrünen Kimono, weil sie als Geisha sich verkleiden wollte, oder nein, nicht als Geisha, als Priesterin, als die Pagodenpriesterin. Mein Kind, mein verlorenes, der Stein, der schartige gezackte Stein in meinem Herzen, und eines schönen, eines schlimmen Tages, da hat sie ernst gemacht und sich – ach, auf Gedeih, ach, auf Verderb und alles –, und sich ein letztes Mal geritzt.

Und an dem Tag, als er gestorben ist, da hat sie ihm die Uhr vom Handgelenk genommen und trägt sie seitdem immerzu. Jetzt hält sie sie ans Ohr und horcht in atemlosem Staunen auf den Klang der Zeit, derselben Zeit, die ihn ihr weggenommen hat und die schon bald auch sie wegnehmen wird. Wenn man sich das mal überlegt, die kleinen Schweizer Zwerge, das können doch nur Zwerge sein, die solche Fitzelarbeit machen, klopfen mit ihren Hämmerchen aus Stahl, Schrauben einschrauben, die nur einen Bruchteil eines Nadelkopfes messen, die Federn spannen und es schaffen, dass sich die Rädchen drehen, die Steinchen einsetzen, die Zeiger anbringen. Wieso eigentlich Zeiger? Sie sind geformt wie Pfeile. Der Pfeil der Zeit, der durch das Dunkel fliegt, sein Zischen. Pfeilemacher. Zwerge und Pfeilemacher. Ticktack. Die Zeiger der Uhr.

Und jetzt gleitet sie hinab in den Schlaf, oder hinauf, denn es ist so ein Schwebeschlaf, sie schwebt an der Oberfläche von irgendetwas, von einem klaren kühlen Stoff, halb flüssig, halb aus Luft. Wie heißt der noch mal, dieser Fluss, der griechische, über den die Toten setzen müssen? Lethe, glaub ich, oder war's der Styx? Und wäre lethewärts gesunken. Sehen Sie nur, noch so was aus der Jugendzeit, woran sie sich erinnert; sie war schon immer eine rechte Leseratte. Wie sie einem im Kopf drinstecken, bestimmte Wörter, bestimmte Verse, aber nur bestimmte, andere hingegen nicht.

Sie träumt niemals, oder vielleicht doch, vielleicht tut sie gar nichts anderes als träumen, das wär eine Erklärung für so vieles, was zu geschehen scheint.

Als sie nun die Augen knarzend aufschlägt, ist die Sonne da, ja, die Sonne ist da, die Sonne hat im Fenster ihre Position gewechselt, und alles ist wie umgestellt, und alles rings um sie herum ein einziges Licht, ein Licht, oh, so strahlend, so golden glänzend wie bei einer Ikone. Die Petra ist gegangen. Macht nichts, sie kommt ja morgen wieder. Jetzt heißt es erst mal warten, abwarten, Ausschau halten nach einem anderen Besucher, obwohl sie weiß, es wird bloß das Dienstmädchen sein, die Hausbesorgerin, die Pflegerin oder wie man sie nennen soll, oder doch nur wieder Petra, nur ihre arme Petra.

Und alle, die da fallen, sollen, sollen, alle, die da fallen, sollen, ja was denn? Wieder aufgehoben werden? Ach, aber wer ist da, sie wieder aufzuheben?

Hinter ihr ein Geräusch, oh, sag bloß nicht, dass die Kleine wieder da ist, so schnell und mit ihren ganzen Kümmernissen, die sie mit sich herumschleppt wie dieser heilige Märtyrer seine gepeitschte Pelle, die von Blut trieft. Doch nein, Gott sei's gedankt, nein, es ist nicht die Petra, sondern nur der Hund, Rex. Dessen Namen vergisst sie nie, auch wenn sie ihren eigenen bisweilen schon einmal vergisst, wenn auch nur ganz kurz, da kommt er angehumpelt – doch, doch, er hat vier Beine, aber er tappt umher, schief und krumm, als hätte er bloß derer drei, den martern seine Knochen auch, genau wie sie die ihren, er klappert über das Parkett mit seinen Nägeln und lässt sich schwer an ihrer Seite auf seinen wabbeligen Hintern fallen. In Hundejahren ist er älter als sie, verrückter Gedanke. Zusammen schauen sie zum Fenster, ihre Gesichter angestrahlt vom Licht des Frühlingstags. In der Ferne sieht sie einen Vogel, oder was sie dafür hält, aber vielleicht ist es auch nur ein Fleck im Auge, ein schwimmender dunkler Fleck. Ist es Morgen, Abend, Nachmittag? Da, wo sie sich jetzt aufhält, herrscht immer eine Art regloser Mittag. Da sind sie nun, Frau und Hund, die zwei, teilen die weite Stille, in der der Hund ganz leise schnauft, so wie früher die Motoren von den Autos schnauften, schnauften und schudderten, als man noch mit Benzin fuhr, als sie noch ein kleines Mädchen war. Es ist, als sei überall alles zum Stillstand gekommen, als sei die Erde aufgegeben worden. Sie versucht, den Namen des Hundes laut auszusprechen, und heraus kommt ein Laut, irgendein abgewürgter Laut, den er zu erkennen scheint, langsam hebt er den großen eckigen Kopf und sieht sie ruhig und ernüchtert an und sagt mit einem Schweigen, das beredter ist, als Worte es je sein könnten, was mit ihm ist, mit ihr und mit dem ganzen Weltgewimmel.

In den Annalen, also in den Annalen wird als Stammvater des irischen Zweigs der Familie Godley ein gewisser Sir Tristram Goodley genannt – teils auch Gudeley oder Gudley, die Orthografie war dazumal noch keine festgefügte Wissenschaft –, der am dreiundzwanzigsten Tage des August im Jahre elfhundertsechzig und irgendwas – das Datum ist umstritten wie so vieles andere auch – als Teil einer halben Hundertschaft von Rittern hier am Anleger von Passage an der Grenze zwischen den Grafschaften Waterford und Wexford gelandet sei, und zwar im Gefolge Richard fitz Gilbert de Clares, Earl of Pembroke, Lord of Striguil, Strongbow von eigenen Gnaden, der wiederum von Wales heraufgekommen sei, nämlich zu dem Behufe, die vor einiger Zeit erfolgte und entschieden stümperhaft verlaufene Einnahme der betreffenden Gebiete durch einen Haufen walisisch-normannischer Söldner zu konsolidieren, welche sich als edle Herren ausgegeben hatten und von Diarmuid MacMurrough, dem umstrittenen König von Leinster, angeheuert worden waren, um ihm beizustehen im Kampf gegen Tiernan O'Rourke, den unumstrittenen König von

Breffny, dessen Weib, also das des O'Rourke, er, also der MacMurrough, entführt hatte, und zwar mit der begeistert gewährten Hilfe der Lady O'Rourke. Wobei freilich, wie ja so oft bei derartigen Fragen der Stammvaterschaft, auch alles ganz anders gewesen sein könnte.

Von Sir Tristram ist es nur ein kleiner Schritt, gerade mal acht-, neunhundert Jahre, bis zu den Tagen Adam Godleys, FRS etc., etc. und Gegenstand einer geplanten Biografie aus der Feder Eures ergebenen Dieners William Jaybey, FRSL etc.

Warum, ich frage mich, warum, ach, warum habe ich mich nur auf ihn oder darauf eingelassen? Ein ganz schönes Stück Arbeit, was ich da vor mir habe, ein ganz schönes Stück Arbeit, und ich bin überhaupt nicht sicher, ob ich dazu den Mumm hab, oder besser, genug Grips. Was weiß denn ich, ich unverbesserlicher alter Newtonianer, von der seltsamen Unterwelt der unvorstellbar winzigen Teilchen und Kräfte, von masselosen Punkten und unwahrscheinlichen Wahrscheinlichkeiten, davon, worin Godley seine grundlegendsten Entdeckungen gemacht und seine größten Triumphe gefeiert hat? Auch kann ich nicht so tun, als sei ich mir der Zweifelhaftigkeit des Auftrags nicht von Anfang an bewusst gewesen, denn das war ich; ich wusste damals schon und weiß auch jetzt, dass diese ganze Sache unrettbar in die Binsen gehen könnte. Aber hier bin ich, und hier muss ich bleiben und meine Aufgabe erfüllen, so gut ich kann. Ich fühle mich wie einer dieser verweichlichten, unheilbar melancholischen, leicht hysterischen jungalten Dummköpfe, denen man im russischen Drama des neunzehnten Jahrhunderts begegnet, wo sie, auf ein riesiges Landgut verbannt, tausend Werst vom nächsten Zentrum der vermeintlichen Zivilisation entfernt, an einer niemals fertig werdenden Abhandlung über die Landreform oder die Frage der Leibeigenschaft oder über Gebrauch und Missbrauch des Konjunktivs in den Werken Lermontows herumbasteln und sich dabei heimlich nach der zum Sterben schönen jungen, herzlos aufreizenden und gänzlich unerreichbaren Frau des dümmlichen Gutsbesitzers verzehren. O Gott!

Hier also, wie es dazu kam. Hier also, was geschah.

Aber selbst das, ich meine, selbst wenn ich dran denke, dass ich erklären sollte, wie das Ganze eigentlich anfing, kriege ich einen Heidenbammel. Wann ist der Augenblick, wo man tatsächlich sagen kann, dass etwas, irgendetwas, angefangen hat? Das Bemühen, den genauen Ausgangspunkt zu definieren, gerät zu einem endlosen Prozess der Regression, das ist mir wohlbekannt, seit ich den Zeh mit aller Vorsicht in die ungeheuren Tiefen der dem gesunden Menschenverstand gänzlich unzugänglichen Theorien des Großen Godley getunkt habe. Wollt ich tatsächlich an den allerersten Anfang kommen, dann könnte ich zurückgehen bis zum Augenblick meiner Empfängnis, und das wär immer noch nicht weit genug. Ich müsste meinen Ursprung und den Ursprung von allem, was ich bin und tue, zurückverfolgen bis zu einer Prise Urstaub eines unermesslich weit entfernten, längst zerfallenen Sterns, oder gar noch weiter, bis zu jenem winzigen Moment, da die Lunte gelegt war und das Urfeuerwerk losging, und das mit einem kataklystischen Knall, dessen Nachhall astronomisch teure Instrumente noch heute registrieren können, Instrumente, die nur für diese eine einzige und selbstverständlich nutzlose Aufgabe entwickelt wurden.

Was nützt es uns, die fernen, schwachen Geburtsschreie des Kosmos einzufangen?

Was ist das eigentlich genau, ein Heidenbammel, was bedeutet das; was bammeln ist, kann ich mir denken, aber was haben denn die Heiden damit zu tun. Muss ich mal nachschlagen.

Menschen, die gescheiter sind als ich, wollen uns weismachen, dass alles, was gewesen ist, was ist und was noch sein wird, bereits geschehen sei, dass alles aus einem Guss sei, ein einziger Block aus vielen ganz verschiedenen Materialien, der unverrückbar steht an seinem Platz, und dass wir Sterblichen alles, was wir tun, nur darum täten, weil wir es bereits getan hätten und daher gar nicht anders könnten als es tun. In jungen Jahren hatte Godley das als den real existierenden Stand der Dinge akzeptiert, aber dann konnte er nicht aufhören und hat sich immer weiter drin verbissen und dran herumgezottelt, wie ein Hund, der halbverhungert ist und sich mit einem marklosen und abgenagten Knochen abmüht. Wie hätte ein so eigenwilliger Geselle wie er auch akzeptieren können, dass es ihm ganz genauso wie uns allen vorherbestimmt war, einen Kurs zu halten, von dem nicht mal die kleinste Abweichung erlaubt war oder je erlaubt sein würde? Das konnte er nicht. Selbstverständlich, sagte er, selbstverständlich müsse es in diesem endlosen Regen all dessen, was ist, unweigerlich passieren, dass eines schönen Tages mal ein Tropfen aus der Reihe tanzt und alle Treppenstangen klirrend runterkrachen lässt. Das war sein, also Godleys Ausgangspunkt, dieser ausgescherte Tropfen, und nach ihm kam die Sintflut.

In diesem Fall bin ich einmal, wie sonst wohl eher selten, seiner Meinung. Ich bin, ich hab es ja bereits bekannt, der geborene Zauderer, pedantisch bis zur völligen Erstarrung, und es ist daher ein Wunder, dass ich überhaupt noch irgendwas zustande bringe. Gelange ich zu dem vermuteten Ergebnis, und sei's auch bei dem simpelsten Projekt, etwa dabei, eine Schachtel Zündhölzer zu kaufen oder das Wesen der Godley'schen Überzeit zu erfassen, wundert es mich nicht nur, sondern ich werde auf der Stelle misstrauisch. Denn genauso schwer, wie sich sagen lässt, wann eine Sache angefangen hat, genauso ungewiss, wenn nicht sogar noch ungewisser – dies meine nicht ganz unsinnige Überlegung –, ist es auch, dass irgendwas zu Ende ist, verzweigt sich doch das winzigste Ereignis nach allen Richtungen in der Zeit wie auch im Raum. Ich frage mich tatsächlich, ob ich überhaupt von einem einzelnen Ereignis sprechen kann, davon, dass ein Etwas, irgendeines, sich ereignet hat, eindeutig und eigenständig, losgelöst von all den anderen Geschehnissen und Ereignissen, die anderswo in jener grenzenlosen Gießerei der was weiß ich wie vielen Universen vor sich gehen? Nein, das kann ich nicht. Denn nichts existiert für sich allein und losgelöst; es gibt nur das Kontinuum, in dem sich alles in alles andere hineindrückt, sich hineinverbeißt und sich drüber hinausdehnt. Ja, mir ist bekannt, dass es per definitionem nicht mehr als ein Universum geben kann. Das ist mir bekannt. Schönen Dank auch.

Aber warten Sie mal, warten Sie. Was, wenn Godley als Erster die Tatsache bemerkt hätte, dass es ein Ding wie ein Ding, ein Ding, das ganz und einzigartig ist und auch noch unsichtbar et cetera, nicht geben kann? Wäre das nicht der Anfang von etwas gewesen, von einem neuen Etwas in der Welt, das zuvor nicht da war? Oder ist das alles nur ein Trick der Sprache, der Art und Weise, wie Angelegenheiten ausgedrückt werden oder wie sie sich selbst ausdrücken möchten?

Und dann ist da noch das Problem des –

Halt! Halt, anhalten. Luft holen und neu anfangen, einfach irgendwo anfangen. Das kann doch nicht so schwer sein, andere machen das doch schließlich immerzu, und sie machen es, wie's scheint, mit größter Leichtigkeit, außer sie tun nur so, was durchaus möglich ist, das weiß ich wohl, denn die Welt ist nun mal, wie sie ist, und die Leute sind nun mal, wie sie sind. Aber trotzdem.

Lassen wir also diese Skrupel beiseite und bestimmen wir als klar identifizierbaren Ausgangspunkt den Moment, als der Brief eintraf. Auf einen Brief kann man sich immer verlassen, denn er ist eine Art Instrument, das selbst unseren fiktiven alten Timofej Timofejowitsch Towarischtsch in seinem verzweifelten Exil da draußen in der verschneiten Steppe zum sofortigen Handeln oder zumindest zum aktiven Nachdenken gebracht hätte. Dieser Brief kam von der weiß behandschuhten Hand eines Kuriers derer von Thurn & Taxis, der, auf dem Kopf den hohen Hut, ins Horn stieß, und er stak in einem jener langen, schmalen Umschläge, deren Papier sich rau anfühlt, als habe man bei seiner Herstellung Feilspäne eines feinen, kostbaren Metalls der Pulpe beigemischt. Es war ein Umschlag von der Art wie jene, die zum Versand von Preisverkündungen verwendet werden – *Lieber Cher Herr Señor Signore Lärd Professor! Es ist uns eine große Freude, Ihnen mitzuteilen, dass Sie von den Mitgliedern unserer Jury als Preisträger des diesjährigen Hutzliputzli-Preises für Hitzlibitzli ausgewählt wurden,* und ich muss gestehen, dass mein Herz einen kleinen Hüpfer machte und ich mich nicht enthalten konnte, sofort zu schauen, ob der Poststempel womöglich aus Stockholm war. Wohl kaum – oder vielleicht doch, vollkommen ausgeschlossen ist das ja nicht, oder? Sehen Sie, da ist sie wieder, die unausweichliche Haarspalterei. In meinem Leben wimmelt es von banalen Meriten – oder eher Minderriten –, allfälligen Stolpersteinen auf meinem Weg, die machen, dass ich immer wieder auf dem Sitzfleisch lande.

Natürlich war der Name Adam Godley mir ein Begriff. Wem nicht? Als ich den Brief öffnete und mein Blick auf die Unterschrift fiel, erinnerte ich mich sogar daran, dass ich ihm, also dem Vater des Unterzeichners, vor langer Zeit einmal persönlich begegnet war, und zwar bei einer internationalen Konferenz zu dem höchst ausgefallenen Thema Multidimensionalität; warum man gerade mich zu einer so skurrilen Sache eingeladen hatte, ist mir schleierhaft. Godley war zu diesem Zeitpunkt bereits mit allen nur erdenklichen Preisen und Ehrungen überhäuft worden. Als wir einander vorgestellt wurden, brüskierte er mich kühl. Er war ein ganz berüchtigter Brüskierer, ja, das war er, hat direkt eine Kunst daraus gemacht.

Inzwischen hatte er sich dem Erscheinungsbildnis seiner eigenen Legende anverwandelt, groß, schlank, elegante, leicht gebeugte Haltung, dazu ein dünnes Lächeln, Ausdruck herablassender Toleranz. Ein Spatenbart hatte entscheidend Anteil an dem satanischen Eindruck, den er zu kultivieren pflegte. Ich war beeindruckt, klar, denn schließlich war er damals auf dem Gipfel seines Ruhmes, aber ich fand ihn auch ein ganz klein wenig lächerlich, wie er sich majestätisch unter uns bewegte mit dieser Aura einer blitzeblanken, unverbeulbaren Selbstsicherheit. Etwas Abstoßendes ging von ihm aus, wie ein Geruch, geläutert zwar, doch trotzdem scharf wie Zibet. Wenn jemand, ganz egal, wie hochrangig, die Kühnheit hatte, sich mit ausgestreckter Hand ihm in den Weg zu stellen, so reagierte er mit kaum verhohlenem Hohn, mit einem Zucken um die Lippen und einer spöttisch hochgezogenen Augenbraue, als sei er amüsiert und finde es zugleich absurd, dass man sich ihm zu nähern wagte.

Zu dieser Zeit, ich meine die Zeit dieser ersten, nein dieser einzigen und alles andere als liebenswürdigen Begegnung, war ich Gastdozent an der Universität von Arcady, weit draußen an der legendär relaxten Westküste, und leitete ein Seminar über den Maler Vaublin und dessen Streit mit den *Philosophen* und ihrer nicht sonderlich durchdachten *Encyclopédie.* Der weise alte Vaublin war zwar bloß ein Bildermacher, aber er wusste nur zu gut, wohin diese Herren mit ihren protoaufklärerischen Ideen im Handwagen unterwegs waren und dabei ein Gutteil der Welt mitschleppten. Aufklärung? *Ver*klärung, sage ich, oder Ver*unklarung.*

Es war besagtes Arcady, wo der besagte Adam Godley zu Anfang des Jahrhunderts die große Erneuerung herbeigeführt hatte, die alles wohl oder übel – eher wohl übel, wie gar nicht mal so wenige der an der Angelegenheit Beteiligten behaupten würden – verändern und neben vielem anderen zeigen sollte, dass das Unendliche, also das Grenzenlose, seine Grenzen hat, und dass zudem unsere Unendlichkeit nur eine unter unendlich vielen Unendlichkeiten ist. Das war zumindest mein Verständnis einer Theorie, die ein so sonderbar vielfältiges Verderben über unseren unschuldigen armen alten Planeten brachte. Godley selbst hat gern gespöttelt, seine Entdeckungen und deren Auswirkungen seien für ihn genauso rätselhaft wie für den Rest der gottlosen Menschheit. Doch er mochte die ehrwürdige Institution, in deren Schoß er solche Wunder vollbracht hatte, jedenfalls so weit er überhaupt imstande war, etwas anderes als sich selbst zu mögen, und an jenem Tag in Arcady war er trotz seines arroganten Auftretens in seinen eigenen Augen wohlwollend gesinnt, ja geradezu zuvorkommend. Aber das sollte nicht so bleiben; blieb es nie.

Während einer Pause stand ich an einem großen Fenster, von dem man auf die sonnige blau-beige Küste von Arcady schaute, als Godley im Vorübergehen stehenblieb und mich ansprach. Ich hatte angenommen, dass der Titan mich eine Sekunde, nachdem wir miteinander bekanntgemacht worden waren, schon wieder vergessen hatte, aber dem war anscheinend nicht so.

»Wie war noch mal der Name?«, sagte er gedehnt und mit einem verächtlichen Runzeln jener hochmütigen papierbleichen Augenbraue. »Ach ja. Jaybey. Und wie schreibt sich das?« Als ich es ihm sagte, schaute er noch misstrauischer drein. »So einer ist mir ja noch nie untergekommen. Sind Sie sicher, dass Sie sich den nicht ausgedacht haben?«

Ich vermute mal, das fand er witzig. Ich war noch jung oder zumindest jünger, und so gelang es mir, die Sicherheit des undurchdringlichen Schildkrötenpanzers der Jugend im Rücken, die beiläufige Unverschämtheit des Burschen, seine lässige Verachtung zu schlucken, ohne beleidigt zu sein.

»Anglonormannisch«, sagte ich aufgeräumt. »Genau wie Godley. Ich denke mal, wir sind beide mit den Räubern hergekommen.«

Godley lächelte ein kühles Lächeln, schürzte die Lippen und strich sich mit der rechten Hand bedächtig den

Bart, eine seiner charakteristischen und, ich möchte wetten, wohlkalkulierten Gesten. Ich sah, wie er an einer Erwiderung bastelte, doch dann beschloss er, das, was für ihn in dieser Unterhaltung drin gewesen war, herausgeholt zu haben – er hatte ein gewisses bärbeißiges Vergnügen an der traurigen Komödie des armseligen Lebens der anderen –, und ging achselzuckend und noch kälter lächelnd weiter, um sich in der wogenden Menge die nächste Beute zu suchen, eine, an der mehr dran war als an mir.

Ich hätte am Boden zerstört sein müssen, weil er mich so mir nichts, dir nichts hatte stehenlassen, aber das war ich nicht; wer weiß, vielleicht habe ich bereits geahnt, dass einmal der Tag kommt, da ich die Chance haben werde, mich zu rächen, wenn auch nur postum. Godley hatte die Gelegenheit genutzt, war herabgestiegen wie eine Gottheit, die sich der in Jubelchören, Libationen von Blut und den Schreien der zu opfernden Jungfrauen ihren Ausdruck findenden Verehrung der Menge sicher ist. Sein Gang, bemerkte ich, war ein würdevolles Schreiten, das durch nichts aus der Ruhe zu bringen war, der Gang einer hundertprozentigen Selfmade-Berühmtheit. Er war dort, um sich die Ehrendoktorwürde verleihen zu lassen und eine Medaille in Empfang zu nehmen, was er beides am Ende mit einer kurzen sarkastischen Ansprache und einem königlichen Heben seiner langen blassen Hand quittierte. Unsicherer Applaus, gefolgt von gedämpftem Stimmengewirr. Man war sich einig, dass sich der Geehrte als ein echtes Arschloch erwiesen hatte. Die Medaille in ihrer Schachtel ließ er in der Herrentoilette liegen, auf dem Beckenrand des Urinals, was bei denen, die sie ihm überreicht hatten, wohl nicht zu Unrecht als eine gezielte Beleidigung ankam.

Ich war immer schon der Überzeugung, ein Biograf, der wahrheitsgetreu, angemessen und ausgewogen die Spanne eines Menschenlebens wiedergeben will, muss sich seinem Gegenstand auf einer bestimmten, wichtigen Ebene überlegen fühlen. Adam Godleys Name hat mittlerweile seinen Platz unter den Sternen – in der Canis-Major-Galaxie gibt es ein schwarzes Loch, das ist nach ihm benannt, der Hund –, aber sein Biograf ist schon zur Stelle und versichert Ihnen, dass dieser keine »Leuchte« war und es nach wie vor auch nicht ist, ganz gleich, in welcher Version der Unendlichkeit sein Schatten Schemen an die Wände wirft und irgendeine Fantasiewelt jenseits dieser Welt das Fürchten lehrt und ihr das Licht auspustet. Im Spekulativen ein Genie, ja, da muss ich Ihnen wohl recht geben, doch im alltäglichen Verlauf der Dinge ein tönendes Erz und eine klimpernde Schelle. Ich muss schon sagen, ich wundere mich, dass sich nicht längst irgendein junger Hüpfer, ein eiskalter Ehrgeizling auf dieses Paar tönerner Füße gestürzt und ordentlich Staub aufgewirbelt hat, um Professor Godleys Ruf als Mann von großer Weisheit, Selbstlosigkeit und olympischer Gelassenheit zu Fall zu bringen. Diese Aufgabe ist stattdessen nun mir zugefallen. Ich werde mein Bestes tun, und damit meine ich, mein Schlimmstes. Ich schwinge bereits Hammer und Meißel, wenn auch zunächst noch vorsichtig und mit Bedacht. Angefangen habe ich mit einem großen Zeh, bis Weihnachten werde ich beim Knie oder noch höher angekommen sein. Godleys Ursprünge waren bescheidener als bisher angenommen, ich werde diesen Aspekt der Angelegeneit gnadenlos ans Licht zerren. Und dann bleibt mir nur noch, den Rest seines Lebens zu erforschen, in dessen öden Wüsteneien ich sein kolossales Wrack vermessen werde.

Und doch, ich halte inne. Was ist nur über mich gekommen? Woher die Feindseligkeit, woher das Gift? Das kann doch nichts damit zu tun haben, dass er mich vor Jahren mal brüskiert hatte, damals in Arcady im Hermessaal des Colleges. Oder etwa doch? Ich bin doch wohl kein solcher Kleingeist. Oder etwa doch? Nein, nein. Ich bin ein Mann, der eine Mission hat. Ich weiß, meine Motive sind nicht ganz sauber, was teils und mysteriöserweise an meinem, wie soll ich sagen, meinem sentimentalen Interesse an Godleys Schwiegertochter liegt. Dazu komme ich später noch – aber ich bin mir der Richtigkeit meines Entschlusses sicher, die Mythen und Missverständnisse beiseitezuräumen, durch die der wahre Adam Godley dem bewundernden, doch hinters Licht geführten Blick der Welt so lange verborgen blieb.

Gott, ja, es gibt so was wie eine Pflicht den Fakten gegenüber. Und ich sag's freiheraus: Er war ein fürchterlicher Kerl.

Aber hatte ich nicht gerade von dem Tag gesprochen, als ich draußen vor meiner Tür das Posthorn schmettern und den Brief mit jenem klatschenden Geräusch eindeutiger Endgültigkeit, mit dem solche Botschaften immer ihre Ankunft verkünden, auf dem Fliesenboden meines Flures landen hörte. *Sobald Sie diese Aufforderung erhalten,* schien das Geräusch zu sagen, *werden Sie gezwungen sein, Ihr armseliges sogenanntes Leben einer Reihe grundlegender Veränderungen zu unterziehen.*

Müssen wir wirklich auf meine damalige persönliche Situation eingehen? Begnügen wir uns doch mit ein paar Stichpunkten: Ehe im Eimer, kein Problem, stetig schleichendes Altern, paar Kröten auf der Bank, einstmals von schlanker Gestalt, jetzt klapperdürr, aber mit Spitzbauch, jahreszeitabhängige Ekzeme, unausrottbare Schuppen, Zähne gesund, so einigermaßen jedenfalls, Leber eher weniger. Das fasst es, fasst mich ganz gut zusammen, möcht ich meinen. Dieses Jahr, also das Jahr, das wir jetzt haben, war ich, wie es der Zufall will, auch selber wieder mal in Arcady, diesmal indes recht glanzvoll, hab meinen Allerwertesten majestätisch auf den Axel-Vander-Lehrstuhl für Dekonstruktion gepflanzt, man denke! Offenbar waren die Dellen, die mein wissenschaftlicher Ruf in letzter Zeit unerklärlicherweise abbekommen hatte, vom fernen Gegenüber dieses fernen Kontinents aus nicht zu sehen gewesen. Ich hatte zwei kurze Vorlesungen pro Woche, eine Handvoll angenehm lustloser Studenten, keine Verwaltungsaufgaben und wenig oder gar keinen Kontakt zu den Leuten an der Fakultät, die sich mir verrückterweise als meine Kollegen vorstellten. Eine bequeme Sache also, und eine dringend benötigte Entlastung für meinen knochigen alten Hintern. Wie Sie inzwischen mitgekriegt haben werden, bin ich auf meine ver- sowie beschlagene Art genauso eingebildet wie der Mann, dessen Leben und Charakter ich hier an die Tafel schlagen will.

Es war April; ist es nicht immer irgendwie April, wenn was passiert? Ich saß in der Frühstücksnische – ja, mein nettes kleines arkadisches Häuschen am Hang durfte sich einer solchen rühmen, gemütlich und so was von charmant und in den höchsten Tönen belobhudelt von der übertrieben zerstreuten Dame, von der das College dieses Schmuckstück gemietet hatte – und studierte den Brief nicht etwa, wie man hätte glauben können, sondern sah ihn sozusagen von der Seite an, mit wachsamem Auge. Ich fand Briefe schon immer schwer verdaulich, schwerer als beinahe jede andere Art von Texten, ganz gleich, wie abstrus oder wie schwerfällig sie auch verfasst sein mögen. Das liegt, glaube ich, teilweise an der Abruptheit, mit der sie eintreffen, aus heiterem Himmel, nicht mal *mit Verlaub:* Niemand kann sich dagegen wehren, dass der Postbote kommt, weder der scheuste Eremit noch der verbittertste Misanthrop. Und dann diese plump-vertrauliche Art, wie Briefe ihre Adressaten adressieren. Wie kann ich denn für all die fremden Leute ihr ›Lieber‹ sein?

Oh, sieh mal an, jetzt hab ich einen Marmeladenfleck gemacht an einer Ecke vom Kuvert. Eigenartiges Zeug, diese Marmelade, geht überall hin, egal, wie sehr man aufpasst mit dem Löffel; das hat was Außerweltliches, als habe Marmelade ihren Ursprung irgendwie woanders, auf einem anderen Stern, wo Masse und Kinetik anderen Gesetzen folgen als den hier üblichen. Das gilt für viele Dinge, finde ich. Mit zunehmender Macht und Häufigkeit ist alles nicht mehr das, was es zu sein scheint.

Als ich die Unterschrift sah, nach der ich als Erstes gesucht hatte, bekam ich einen Schreck: einfach Adam Godley, ohne unterscheidendes ›jr.‹. Denn, Sie erinnern sich, es ist der Sohn, mit dem wir uns befassen, das wollen wir mal gleich am Anfang klar und deutlich hervorheben, obwohl ein gewisses Maß an Verwirrung nicht zu vermeiden ist. Ich glaube, streng genommen darf ein Sohn, der den Vornamen seines Vaters hat, die näher bestimmende Abkürzung weglassen, sobald der Vorfahr tot ist. Sei's drum, einen Augenblick lang hatte ich das Gefühl, einen Ruf von oben erhalten zu haben, von einem jener Unsterblichen, obschon der Begriff Unsterblichkeit im Fall von Adam Godley sen. ohne Frage metaphorisch gemeint ist.

Nervös untersuchte ich den Brief, befühlte ihn eilig hier und da, hastig wie ein Feuerwehrmann bei seinem ersten Einsatz. Dann trank ich eine zweite Tasse Tee und las ihn mir noch einmal durch, langsamer, aufgeregt, mit einem flauen Gefühl in der Magengrube. Ich verschlang förmlich den dort skizzierten Vorschlag, überlegte etwa eine Sekunde, wie ich darauf erwidern sollte, und beschloss – als hätte es denn in der Sache eine Wahl gegeben –, umgehend zu antworten und zu sagen: Aber selbstverständlich, ja doch, sicher! Mir den Hut vom Kopfe reißend, einen Diener machend, einen Kratzfuß, mich erneut verbeugend, danke, danke, danke! Sie meinen, dass ich das nicht machen würde? Der ehedem gefeierte, wenn auch inzwischen mehr und mehr vergessene Biograf Isaac Newtons würde es ablehnen, die Lebensgeschichte des Newton unserer Tage aufzuschreiben? Dazu nein sagen? Da hätte ich ja als ein Riesenrindvieh dagestanden. Mit Geld hatte das nichts zu tun, davon war in dem Brief eh keine Rede. Die Einladung abzulehnen, kam nicht infrage, jedenfalls nicht für mich. Die Sache war perfekt dazu geeignet, meinen ramponierten Ruf aufzupolieren und ihm wieder zu seinem alten Glanz zu verhelfen. Außerdem machte zu dieser Zeit ein Gerücht die Runde, ein sehr starkes sogar, nämlich, dass mein alter, aber dennoch unermüdlicher Rivale Pavel Popov zuversichtlich auf das Eintreffen just derselben Einladung wartete, die da soeben postwendend mit Trari-Trara zu mir den Hang hinaufgetrabt und in mein abgeschiedenes Häuschen gekommen war, und der Teufel soll mich holen, wenn ich einem wie Popov den Vortritt ließe. Wusste ich doch nur zu gut, dass mein polnischer Feind bereits eine Monografie über Godleys Leben und Werk mit dem herabsetzenden

Titel *Der Brahmane* verfasst – besser gesagt zusammengeschmiert – hatte, ein mieses Ding, voll von Missverständnissen, falschen Annahmen und glatten Lügen. Der reinste Schund. Weg mit dem Mann!

Und doch, als ich dann behutsam das Marmeladenglas zuschraubte, bekam ich plötzlich schlechte Laune. Es war mir peinlich, ich könnte sogar sagen, ich schämte mich, dass ich so eifrig, so begierig auf das Angebot des jungen Adam eingehen wollte. Nun ja, ich war beachtet worden, richtig? Und nicht bloß beachtet, sondern sogar ausgewählt? Was bin ich denn auf einmal für ein großes Balg, das der Mama heulend am Rockzipfel zuppelt und um Aufmerksamkeit bettelt.

Gleichviel, der Würfel war gefallen und hatte dreimal nacheinander die große dicke Sechs gebracht. Noch am selben Tag bat ich die Dekanin meiner Abteilung, eine trübsinnige alte Jungfer, De-Winter-Professorin für Post-Punk-Philologie und – berühmte – Verfasserin des zukunftsweisenden Essays *Queere Tropen in Websters Dictionary*, für den heutigen Nachmittag und für morgen Vormittag jemanden zu finden, der meine Seminare übernimmt, und dann bereitete ich mich mit leicht beklommener Freude auf das Abenteuer vor, unverzüglich ostwärts aufzubrechen. Warum sollte ich nicht Godleys Lebensgeschichte schreiben? War ich etwa kein vielseitiger und talentierter Mensch, geehrt mit zahllosen akademischen Auszeichnungen, Autor von *Die Macht der Schwerkraft: Isaac Newton und seine Zeit*, Inhaber der Axel-Vander-Professur am Arcady College sowie weiterer bedeutender Ehrendoktorwürden?

Gleich am nächsten Morgen ließ ich mich mit dem Vakuumexpress von der West- an die Ostküste schießen und war bereits am späten Vormittag in dem kürzlich umbenannten New Amsterdam angekommen. Dort fand ich eine ganze Palette stilisierter Frühlingswetter vor, glitzernde Regenschauer, aufziehende Wolken und prächtige Sonnenstrahlen, die die Fassaden der *schrapers,* so der zärtliche Spitzname der siegreichen Holländer für diese hervorspringenden Hochhaustürme, von denen so viele während der jüngsten Invasion durch Raketenbeschuss beschädigt wurden und nun in Trümmern liegen, jäh aufblitzen ließen. Wie immer in den Schluchten dieser in die Höhe gebauten Stadt, stellte ich mir vor, durch das schmale Bett eines breiten Flusses zu schreiten, dessen transluzenter blauer Untergrund gelassen über meinem Kopf dahinfloss, einem Kopf, der sich, als ich aus den rußigen Tiefen von Stuyvesant Central auftauchte, anfühlte, als sei er in den letzten dreieinhalb Stunden reibungsloser superschneller Fahrt durch luftloses Dunkel in einem Schraubstock eingeklemmt gewesen; wirklich, ich hasse diese Züge, obwohl sie deutlich schneller sind als das inzwischen veraltete Flugzeug, dem ich keine Träne nachweine. Adam Godley, also Adam Godley der Sohn – inzwischen bin ich's schon bald leid, Sie ständig daran erinnern zu müssen – hatte vorgeschlagen, dass wir uns in einem dieser aufgetakelten Grandhotels an der Südseite des Parks treffen sollten. Dies sei, wie der junge Mr. G. Nachsicht heischend schrieb, die einzige Ecke in der Stadt, wo er sich auskenne, sei das doch in alten Zeiten, als Gotham noch Gotham war, der Lieblingsort seines Vaters gewesen. Ich, der arme kleine Stipendiat von einst, war schwer beeindruckt, wenn nicht gar ein wenig von Ehrfurcht ergriffen, dass ich so gänzlich ungehindert in ein solches *paleis* der Klugheit, Eleganz und Schufterei eintreten durfte.

Adam der Zweite war, wie ich sah, ein großer, aber sanfter Bursche mit scheuen Augen, ganz und gar nicht das, was ich erwartet hatte, und seinem Vater überhaupt nicht ähnlich, weder im Aussehen noch im Umgang. Er hat etwas Verhuschtes, Gedankenverlorenes an sich, wie jemand, der darum ringt, sich aus den Netzen eines obskuren, uralten Kummers zu entwinden – eine Bürde, derer sich einer, der weniger zartbesaitet ist, schon längst entledigt hätte. Es gab Gerüchte über irgendein Ärgernis oder eine Tragödie, die ihm und seiner Frau widerfahren war, aber die Einzelheiten weiß ich nicht mehr, falls ich sie überhaupt je wusste. Ich fragte ihn, wie er von mir erfahren hatte, worauf er mit einem hinreißend entwaffnenden Lächeln antwortete und mit der schüchternen Behauptung, es gebe auf dieser Welt wohl nur sehr wenige, denen der Name William Jaybey nicht bekannt sei. Was, wie wir wohl wissen, keineswegs zutreffend ist, oder kann man etwa bei Ihnen daheim mit meinem Namen etwas anfangen? Und so musterte ich den Schmeichler mit scharfem, aufmerksam prüfendem Blick. Was ich nicht wusste, doch schon bald erfahren sollte, war, dass Adam Godley mit Ironie rein gar nichts anzufangen weiß. Er könne sie wahnsinnig machen mit seiner prosaischen Art, sagt Helen, seine Frau. Aber sie kann einen auch wahnsinnig machen – in diesem luftblauen Kleid und den goldenen Sandalen, jedenfalls mich, dessen allzu menschliches Herz bald zerspringt in tausend Stücke. Ich hätte vorsichtiger sein sollen, misstrauischer gegenüber dem, was mir da angetragen wurde, ja, das hätt ich in der Tat. Aber an jenem Tag, da war mein Kopf so leicht, dass es ein

Kinderspiel war, ihn mir zu verdrehen, und das, obwohl er unversehens auf einem Tablett landen konnte.

Ernsthafte Bedenken kamen mir erst, als ich erfuhr, dass ausgerechnet Professor Benjamin Grace, Emeritus am Lehrstuhl für Poststrukturalistische Studien an der University of Arcady – ich weiß, ich komme einfach nicht mehr los von diesem Ort –, mich *ex cathedra,* oder vielleicht besser *ex culo,* als idealen Verfasser der autorisierten Biografie von Adam Godley sen. empfohlen hatte. »Professor Grace war ein Freund meines Vaters« – als ob sein Vater Freunde gehabt hätte – »und ein großer Bewunderer Ihrer Person«, sagte Adam, der Sohn, jetzt zu mir, und seine sandfarbene Stirn errötete im Glanz der eigenen Ernsthaftigkeit. Wobei sein abschweifender Blick mir allerdings verriet, dass er den unsäglichen Benny Grace sehr wohl durchschaut hatte, so freundlich er der Welt ansonsten auch gesinnt sein mochte. Ein »großer Bewunderer«? Ich konnte richtig hören, wie Benny das sagte, mit vor falscher Aufrichtigkeit triefender Stimme und Augen, in denen ein unterdrücktes Hohnlachen blitzte.

Wie sehr ich geschmeichelt war, sieht man daran, dass nicht einmal Bennys grotesker Schatten, der jetzt, bildlich gesprochen, auf den Tisch fiel, mich dazu bringen konnte, hastig aufzuspringen und davonzulaufen. Ich bin es nun mal nicht gewohnt, derart gebauchpinselt zu werden und meine Fähigkeiten so sehr aufgebauscht zu sehen; die Haine der Akademie, durch die ich mühsam meinen Weg mir bahne, sind selten sonnig und es herrscht dort häufig Dürre. Nun ließ ich mich in die verstörend warmen Tiefen des niedrigen Sessels sinken, in dem man schwerlich den Eindruck vermeiden konnte, sich zu fläzen, setzte mir die Brille auf und studierte die Getränkekarte. Dutzende von Cocktails, Dutzende, ein jeder immer raffinierter ausgetüftelt als der vorige, und nicht ein einziger darunter, den ich wiedererkannt hätte. Ich schwankte zwischen – wieder mal typisch ich – zwischen Haarlem Globetrotter und My Old Dutch, entschied mich aber schließlich für den altmodischen Old Fashioned, der wie geschaffen schien für mich. Der Kellner in seiner gestreiften Weste und mit diesen albernen elastischen Metallbändern, die man, warum auch immer, oberhalb der Ellenbogen um die Hemdsärmel trägt – ja, ja, die Zahl der Dinge, die mich irritieren, hat kein Ende –, lächelte sein allzu vertrauliches Lächeln und entfernte sich tänzelnd.

Die Familie, sagte der junge Adam, als habe er es nicht bereits in seinem Brief geschrieben, die Familie und er hätten beschlossen, eine Biografie, die offizielle, seines Vaters in Auftrag zu geben, und sie seien übereingekommen, mir den Auftrag zu erteilen, diese zu verfassen. Wenn er auf diese Art von »der Familie«, ihren Wünschen und Entschlüssen sprach, hatte er einen Ton, der mich an einen gekachelten Raum mit hohen Bleiglasfenstern denken ließ, mit einem Eichentisch darin, um den ein gutes Dutzend ernst dreinblickender Leute sitzt, alle von Verdienst und Würde, alle mit schwarzen Kegelhüten und eng anliegenden Hauben auf dem Kopf, alle in schwarzem Taft und mit weißen Halskrausen, eine Szene, wie auf den Gemälden von Frans Hals oder Pieter de Hooch. Es gehe wohlgemerkt, so fuhr er fort, erkennbar sich für seine Mission erwärmend, um eine genaue, detaillierte und umfassende Darstellung des Lebens Adam Godleys, nicht um eine – »wie heißt doch gleich das Wort, nach dem ich suche?«

»Eine Hagiografie?«

»Eine Mohrenwäsche, hätte ich beinah gesagt, aber ja, eine Hagiografie, genau das ist es, ich meine, nein, das ist es nicht, ich meine, das ist das, was wir *nicht* wollen, auf gar keinen Fall. Ein Porträt des Mannes, mit Warzen und so weiter, das ist das, was wir uns wünschen. Und wir glauben, ich sage es noch einmal, wir glauben, dass Sie der Richtige sind, um das für uns zu tun. Professor Grace lobt Sie in den höchsten Tönen, den allerhöchsten.«

Ich nickte, betrachtete angelegentlich meine Fingernägel und legte die Stirn in Falten. Sollte ich der bemühten Aufrichtigkeit dieses Mannes Glauben schenken? Er hatte etwas von einem Hochstapler, den plötzlich das schlechte Gewissen plagt. Und was, fragte ich mich, was hat Benny genau vor? Warum hatte er sich diesen saftigen Auftrag nicht selbst geschnappt, als er die Chance dazu gehabt hätte? Der Benny Grace, den ich von früher kannte, hätte sich eine derart rare Gelegenheit, Profit und gleichzeitig Karriere zu machen, ganz sicher nicht entgehen lassen.

Die Getränke kamen. Der junge Adam hatte Bier bestellt.

»Und hier Ihr klassischer Manhattan, Sir«, sagte der Kellner mit seinen Ärmelhaltern zu mir, indem er dem Fuß des Glases eine hübsche Papiermanschette verpasste und es mit einer forschen, an das Festziehen einer Schraube erinnernden Bewegung des Handgelenks vor mir auf den Tisch stellte. Eine goldbraune Locke fiel ihm schräg in die Stirn; du schon wieder, Ganymed. Wir sind überall, in jeglicher Gestalt, ihr kommt bloß nicht darauf, uns zu bemerken. Das Glas hatte die Form eines kristallenen Kelchs; ich beäugte es misstrauisch; was, wenn der Drink vergiftet war?

Ich monierte streng, dass ich eigentlich einen Old Fashioned bestellt hatte. Der Kellner sah mich mitleidig an – ganz zerknautschtes Lächeln und gebleichte Zähne. »Is dasselbe, Sir«, sagte er. Womit mir wieder mal gekonnt der Wind aus den Segeln genommen war. Ich räusperte mich geräuschvoll und polterte noch ein bisschen, wie man das eben so macht, wenn man öffentlich bloßgestellt wird als jemand, der keine Ahnung hat, zupfte mir die Hosenbeine zurecht und zuckte, typisch Provinzmaus, mit den Schnurrhaaren. Der große Meister Godley verfolgte das kleine Missgeschick mit mildem, nachsichtigem Blick; er war weitaus schlimmere gesellschaftliche Fehltritte gewohnt, hatte doch sein Vater regelmäßig coram publico herumgebrüllt und die grässlichsten Szenen gemacht.

Das alles, meine Verwirrung ob des Cocktails, die verrauchte Scheinwelt des Oak Room, ja selbst die metallenen Ärmelhalter, das alles verfinsterte jetzt der Geist von Benny Grace, der in meiner Vorstellung als eine Art pfingstliche Fledermaus auf ledrigen schwarzen Flügeln überm Tisch schwebte. Es gibt Leute, und ich hab so einige davon erlebt, wo man sich grau und schal und schäbig fühlt, wenn man bloß an sie denkt, und der Gedanke sich wie Mehltau über alles legt. Deren Aufgabe ist es unter anderem, uns an all die kleinen Ausrutscher und Schandtaten der Vergangenheit zu erinnern, die in jedem Leben passieren und die uns jedes Mal von Neuem zusammenzucken lassen, wenn die Erinnerung daran uns überfällt. Oho, sagen sie, dachtest du etwa, wir hätten vergessen, was du wann und wo getan hast, zum Beispiel, wie du einmal im überfüllten Fahrstuhl aus Versehen laut gefurzt hast und alle es gehört und sich nach dir umgedreht haben, oder der Abend, als du dem

Bruder deiner Verlobten vorgestellt wurdest und ihn für ihre Schwester hieltest und mit deren Namen angesprochen hast, oder wie du – also der war richtig gut, hört ihr auch alle zu? –, wie du dich einmal bei einer Party zu der Frau hinter dir umgedreht und sie heiser flüsternd angefleht hast, dich vor dem gnadenlosen Langweiler zu retten, der dir seit zwanzig Minuten auf die Nerven geht, und sie eiskalt erwidert hat, das sei ihr Mann. So ist er, der Benny, erst legt er dir freundschaftlich den Arm um die Schultern, und im nächsten Moment ringt er dich nieder und lässt dich keuchend zwischen den Zigarettenkippen und den Häppchenspießchen liegen.

Ich nippte an meinem sirupsüßen Drink und beobachtete den jungen Adam, der mit den Gedanken offensichtlich gerade ganz woanders war. Er saß zusammengesackt auf seiner Sesselkante, mit glasigem Blick, die Ellenbogen auf die Knie gestützt, die Hände vor der Brust gefaltet. Ich konnte nicht umhin, ihn zu bemitleiden, wie er so dasaß und mit einer mysteriösen innerlichen Qual zu ringen schien. Sein Gesicht war blass und hatte rote Flecke, ein warmer, hefiger Geruch ging von ihm aus. Er war viele tausend Meilen durch die Nacht gereist, am äußersten Rand der Stratosphäre entlang, ein Teil seines Geistes schwebte wahrscheinlich immer noch in den schwindelerregenden Höhen jener blauschwarz glänzenden Zone da oben; diese pneumatisch betriebenen stromlinienförmigen Luftschiffe werden sich niemals durchsetzen, das hoffe ich jedenfalls. Ich kann diese ganzen technischen Spielereien, die sie immer wieder erfinden, nur missbilligen – schick und ungeschickt in einem. Mir reichen schon mein Pergament, mein Federkiel, die Quastenkappe, meine spitzen

Hauspantoffeln und unten, neben meinem Stuhl, der Löwe, dazu ein Blick auf die ideale Stadt, funkelnd, spielzeugklein und eingerahmt von einem quadratischen Fensterchen hoch über meinem Kopf, denn ich betrachte mich nicht als Teil dieser forschen, fortgesetzt korrodierenden neuen Welt, die solche Schrecken in sich birgt.

Wir redeten weiter, und eine ganze Weile ging es ausschließlich ums Geschäftliche, doch bald schon kam die Unterhaltung ins Stocken, wir gerieten ins Schwafeln, summten zerstreut vor uns hin, trommelten mit den Fingern auf die Armlehnen unserer Sessel, schauten ratsuchend nach oben, machten ein nachdenkliches Gesicht und guckten Löcher in die Luft. So geht es eben heutzutage zu in dieser rezessiven godleyisierten Welt. Es ist ein sonderbares Phänomen, obwohl wir allesamt davon betroffen sind, auch wenn wir's kaum noch merken. Ich muss daran denken, wie wir als junge Leute die Böschung hinunterrannten zu einem sonnenbeschienenen Strand, uns kopfüber in die Wellen stürzten und sofort stehenbleiben mussten, sogar die Tollkühnsten von uns, beinah stehenbleiben jedenfalls, gehemmt und aufgehalten vom Gewicht des Wassers, wohl oder übel ausgeliefert dem trägen Sog der See. So erging es auch uns beiden, als wir dort im Hotel Grand Plexus am Central Park Zuid traumverloren in den trüben Wassern des Oak Room umherschwammen.

Plötzlich fuhr ich hoch. Adam hatte wieder angefangen zu reden, aber hatte ich ihn wirklich recht verstanden? Mir war, als habe er gesagt, ich solle für die Zeit der Arbeit an der Biografie als Logiergast bei den Godleys wohnen und dort schreiben. Und ja, das hatte er in der Tat gesagt. Und zwar nicht als Vorschlag, sondern so, als sei es schon beschlossene Sache und nicht mehr rückgängig zu machen; Adam Godley der Jüngere hat durchaus etwas von der gebieterischen Entschlossenheit seines Vaters. Es wäre doch schließlich das Vernünftigste, sagte er, wenn ich in Arden House logieren würde, dem Stammsitz der Familie, wo der größte Teil von Godleys Schriften deponiert sei und in einer stählernen Gruft lagere, deren Errichtung und Ausstatttung von der öffentlichen Hand finanziert wurde, damit dieses unermesslich wertvolle nationale Gut sicher bewahrt werden könne. Wissenschaftseinrichtungen in allen Ecken der Welt – und Ecken hat sie wohl, die runde Welt, sogar unvorstellbar viele, gleichermaßen unvorstellbar wie die zahllosen Unendlichkeiten an Seelen, wie die Brahma-Theorie kontraintuitiv beweist – hatten lauthals ihr Interesse kundgetan an diesem fabelhaften Fund und wollten ihn sogleich käuflich erwerben. Doch Adam ließ sich nicht erweichen. Die Schriften mussten in Arden bleiben. Und ich anscheinend ebenfalls.

Aber hoppla, Augenblick mal, brrr. Der Bursche legte ja ein beängstigendes Tempo vor, ich muss dieses stürmische Ross zügeln, eh es zu spät ist, sagte ich mir. Wenn ich schon keinen Widerspruch einlegte, so musste ich zumindest meine Vorbehalte geltend machen gegen diesen Auftrag, den anzunehmen man mich drängen wollte, wenn nicht sogar bereits gedrängt hatte. Der Vorschlag an sich war besorgniserregend vage. Als ich zum Beispiel fragte, an welche Verlage man sich denn gewandt habe, guckte der Kerl, den ich da vor mir hatte, verwirrt und leicht erschrocken. Über diesen Aspekt der Angelegenheit habe man noch gar nicht gesprochen, nuschelte er; er gehe eher davon aus, fuhr er fort, dass die Familie den Text privat drucken und binden lassen werde. Ich zog erstaunt die Brauen hoch. Solche Bücher, sagte ich nach einer Pause, würden selten ernst genommen, weil man davon ausgehe, dass sie schon einer Vielzahl von Verlagen angeboten worden seien und keines der dortigen Lektorate zu der Überzeugung gelangt sei, dass sich eine Veröffentlichung unter kommerziellen Gesichtspunkten lohne. Über diesen Punkt dachte Godley ein paar Augenblicke nach, dann hellte sich seine Miene auf. Benny Grace habe ihm versichert, sagte er, dass er für meinen Messias den Johannes den Täufer spielen würde, und Professor Grace sei, wie jeder wisse, nicht nur ein Mann, der zu seinem Wort stehe, sondern auch eine einflussreiche Persönlichkeit in der Welt der Wissenschaft und der wissenschaftlichen Publikationen und kenne mit Sicherheit auch noch andere einflussreiche Leute, die er um Unterstützung bitten könne. Und damit faltete er abermals die Hände und sah mich beinah flehend an. Womit es also wieder an mir war, mir die Sache gründlich zu überlegen. Ich wollte dieses Buch schreiben, trotz meiner Vorbehalte. Rein beruflich wäre es ein frischer Wind, und den hatte ich, wie bereits angedeutet, bitter nötig. Und dennoch zögerte ich. Ich war in der Erwartung nach New Amsterdam gekommen, lange, komplizierte Verhandlungen führen zu müssen, und nun schien irgendwie selbst über die Details schon Einverständnis zu bestehen. Wie war das bloß passiert? Ich hatte mich nie zu irgendetwas ja sagen hören, und doch saß ich jetzt hier, Zahnbürste und Pyjama schon so gut wie eingepackt, bereit, mich auf dem Stammsitz der Familie Godley einzuquartieren. Ich kam mir kompromittiert vor. Ich kam mir vor wie ein notleidender kleiner Schreiberling, den man vom Fleck weg angestellt hatte und der im Begriff war, in

Windeseile nach Doughty Hall verfrachtet zu werden, um dort Sir Digby Doughtys Memoiren zu verfassen und sich nacheinander in zwei oder auch drei seiner herumpoussierenden Töchter zu verlieben. Es war die mieseste Sache der Welt, und doch passierte sie. Ich tunkte die Oberlippe in die rauchig schmeckende Neige meines Drinks. Die Olive an ihrem Spießchen sah wie ein aufgespießter kleiner Kopf aus.

Und? Haben wir in die Hände gespuckt und unsere Vereinbarung mit Handschlag bekrätigt? Nein, das haben wir nicht. Adam der Jüngere hatte sein Ziel erreicht, und doch wirkte er noch verstörter und niedergeschlagener als gewöhnlich. Was war bloß los mit dem Kerl? Manche Menschen sind die geborenen Grübler – sehen Sie mich an. Aber Adam grübelte anscheinend immer über etwas anderes als über das, was gerade anstand, wie ein verzweifelter General, der eine Strategie für seine übernächste Schlacht entwirft in einem Krieg, der, wie er weiß, bereits verloren ist. War das echt, oder war es einstudiert? Zwei bunte Hunde, dachte ich, wir beide, ich mit meinem albernen Drink und der hagere Godley mit seinen wunden, geröteten Lidern und seinen nervösen, unbehänden Händen.

An jenem Abend, noch hibbelig vom Reisefieber und beschwingt vom Erfolg unserer Verhandlungen, gingen wir zusammen in die Stadt, um uns im Grote Apfel, wie die rotbackigen Holländer die eroberte Stadt ebenso zärtlich wie einfallslos zu nennen pflegen, ein wenig zu vergnügen, auf welche Art auch immer. Wir hatten Drinks und Dirnen, eine handfeste Kneipenschlägerei und eine Nacht hinter Gittern, und am Morgen durften wir verkatert und mit schamroter Birne vor Gericht erscheinen, wurden im Schnellverfahren abgeschoben mit der donnernden Warnung, uns nie wieder in dieser Stadt blicken zu lassen. Was wir natürlich auch nicht taten; ehrlich, Leute, ihr glaubt aber auch alles. Was tatsächlich passierte, war, dass wir, als unser Treffen zu Ende war oder, besser gesagt, sich verläppert hatte, einander zum Abschied die unbespuckten Hände schüttelten und Godley von dannen schlurfte, um irgendeine nicht näher bezeichnete eigene Großtat zu vollbringen, während ich in meditativ gemessenem Tempo in östlicher Richtung durch den Park schlenderte und eine böse Ahnung mir wie ein Stachel unterm Fingernagel stak.

Abgestiegen war ich im Pantaloon Club mit seiner schäbigen Eleganz, wo ich mich in meinem höhlenartigen, unbehaglichen Zimmer – das Gebäude ist fast so alt wie das Land – angezogen auf das hochherrschaftliche Bett legte und den Nachmittag in unruhigem Halbschlaf zubrachte. Dann stand ich auf, verschwitzt und eingezwängt, drehte trübsinnig noch eine Runde im Park und ging wieder zurück, um in dem menschenleeren, grabesdunklen Speisesaal ein frühes Abendessen einzunehmen. Ich frage mich, ob irgendwer alleine speisen kann, ohne das Gefühl zu haben, Spott und Mitleid zu erregen; der Kellner – weiße Jacke, angejahrt, plattfüßig – bediente mich mit mitfühlender Miene; er sprach mich murmelnd an, und sein Gemurmel war punktiert von kurzen pfeifenden Seufzern. Vor dem hohen Fenster neben mir das hell erleuchtete Dunkel der Vijfde Avenue, auf der gleich einer endlosen Herde der Berufsverkehr vorüberrauschte. Ich bestellte eine tröstliche Flasche edlen Rotweins und trank sie aus. Als die Rechnung kam, schossen meine Augenbrauen in die Höhe, beinah bis zum Haaransatz; ob ich mich trauen würde, dem Hause Godley einen 93er Cheval Blanc in Rechnung zu stellen? Ich ließ es schließlich bleiben; ich hatte Skrupel oder war, wie üblich, feige.

Als ich mitten in der Nacht erwachte, hielt mich ein namenloses Grauen fest in seinen Klauen, namenlos freilich nur so lange, bis mir wieder einfiel, wozu ich mich vor gerade einmal ein paar Stunden an jenem flachen Tisch im Plexus, wo das zitternde Nachglühen vieler katastrophaler Geschäfte wie Ektoplasma in der versengten, überklimatisierten Luft schwebt, von Adam Godley hatte verführen lassen. Ich lag auf dem Rücken, hatte das Betttuch hochgezogen bis zum Kinn und hielt mich mit beiden Händen daran fest wie ein schiffbrüchiger Seemann an seiner Spiere. Von draußen spritzten die Straßenlaternen ihr blässlich gelbes Licht an die Zimmerdecke und über eine von den Wänden. Was hab ich bloß getan, fragte ich mich. Was hab ich bloß getan?

Am Morgen fuhr ich mit dem Vakuumexpress zurück nach Arcady; wenn ich in so ein Ding einsteige, kommt es mir immer vor, als würde ich mich in den Lauf eines überdimensionalen Spielzeuggewehrs hineinzwängen. Ich war verkatert und hatte einen Tatterich – erst der Wein zum Abendessen und hinterher in der Harlequin Bar des Clubs noch der große kristallene Cognacschwenker mit dem Frapin Fontpinot und der litauische Barmann, der in voller Montur samt gepuderter Perücke und gefältelten Spitzenmanschetten um die Handgelenke eine umherhuschende Maus laut und mit Schmackes ins Jenseits beförderte, indem er mit dem Absatz drauftrat, bevor ich hinaufgetorkelt und ins Bett gefallen war und ins Vergessen. Oder nein, nicht ins Vergessen. Im Tiefschlaf, vor dem panischen Hochschrecken früh um vier, träumte ich einen Traum. Darin stieg ich aus einem Zug, und mich traf –

Über viele Jahre, ja eigentlich den größten Teil seiner Haftzeit über, war sich Felix Mordaunt so vorgekommen, als sei er eine Uhr. Keine Uhr im herkömmlichen Sinne, die gewissenhaft gewartet und gestellt wird und zügig die Minuten und die Stunden anzeigt, aber dennoch eine Uhr. Sein Gefängnistag war strikt eingeteilt, genau wie bei den mechanischen Figuren oben an den Türmen der Kathedralen auf den zentralen Plätzen sorgfältig gepflegter mittelalterlicher Städte, die alle Viertelstunde ihre Runde drehen; wie sie gehorchte er einer unsichtbaren archaischen Mechanik aus Stiften und Rädern, Ratschen und Hebeln. Das störte ihn nicht weiter; er hatte schon immer etwas für klare Muster übriggehabt. Er mochte die paar Freiheiten nicht, die er hatte – was nützten sie ihm schon? Die Langeweile des Gefängnislebens versetzte ihn in eine nur leicht nervöse Apathie – in die auch alle anderen verfielen, nicht nur die Mitgefangenen, sondern auch das Personal und die Wärter, bis hin zum Gouverneur persönlich, einem wortkargen Junggesellen, der etwas Lauerndes an sich hatte und ein schlimmes Zucken in der linken Wange. Selbst die

Besucher spürten es, die Ehefrauen und Freundinnen, die, wenn die ihnen zugestandene Stunde vorbei war, durch das Haupttor hinausschlurften, die Handtaschen fest an sich gedrückt, mit Gesichtern, die jede Farbe verloren hatten, und steifgliedrig wie Automaten. Und alle murmelten sie vor sich hin, der Tag wird kommen, oh ja, der Tag wird kommen, da wir mit brennenden Fackeln aufmarschieren hier, die Tore stürmen, die Schlösser mit bloßen Händen erbrechen, die Zellentüren aufreißen und die Insassen hinausführen ins Freie – *o welche Lust!* –, die Blicke und die Arme hoch erhoben. Ja, ja, irgendwann. Im Grunde ihres Herzens aber wussten sie, sie würden es nicht tun; woher sollten sie auch die Energie nehmen, wie die Entschlossenheit aufbringen? Ihre Welt ist eine, die im Schwinden ist, so wie die unsere, natürlich, wenn wir den Fakt nur akzeptieren könnten.

Sogar die Insassen, sosehr sie auch in ihren Ketten schmachteten, beklagten sich nicht über ihre erbarmungswürdige Lage, nicht ernsthaft jedenfalls, nicht wirklich von Herzen. Es herrschte unter ihnen, zumindest unter denen, die imstande waren nachzudenken, die stillschweigende Einsicht, dass Kraftlosigkeit und Trägheit ihren Teil zu einem natürlichen Zustand beitrugen, der nicht nur für solche wie sie bestimmt und ihnen angemessen war, sondern auch für alle anderen, all die bedenkenlosen anderen da draußen, die ihre Tage und Nächte in vorsätzlicher Taubheit für das Klirren jener unsichtbaren, ihre Handgelenke so lose und dennoch so unlösbar umklammert haltenden Ketten verbrachten. Das Gefängnis ist der gefallene Ort, der nie vergisst, dass es einmal ein Paradies gab, und eingesperrt zu sein ist die passende Strafe für die Ausgestoßenen, was sie durchaus wissen. So hätten sie es alle ausgedrückt, so oder so ähnlich, hätte sich irgendwer bemüßigt gefühlt, sie zu fragen. Ja, wenn man's sich recht überlegt, dann ist der Käfig schon der rechte Ort für sie, für uns.

Jetzt ist Mordaunt draußen und bewegt sich unter den Langzeitinsassen, die an dem Traum festhalten, frei zu sein, und seine Verwirrung wächst mit jedem Tag. Es gibt da so einen Effekt, so ein Gefühl von allgemeinem Verlöschen, als würden viele kleine Turbinen wieder und wieder vergebens versuchen in Gang zu kommen, so ein Gefühl, dem er allenthalben begegnet, seit seiner Rückkehr nach hierher – wenn es denn eine Rückkehr ist, und eine nach hierher, was indes, wie ihm jedermann und alles ein ums andere Mal freundlich versichert, gar nicht der Fall ist –, besonders, wenn es sich um irgendwas Bestimmtes handelt, ein Datum etwa, einen Zeitpunkt, einen Ort. Er hatte es ja an sich selbst bemerkt an jenem ersten Tag, als er den Lady's Way betrat und das Gefühl hatte, sich zu verwandeln, hatte gemerkt, wie er sich da in eine neue Form seiner selbst verwandelt gefühlt hatte. Und auch die anderen, sie alle, sehen ab und an, und gar nicht mal so selten, aus, als wären sie nicht mehr dieselben anderen, die sie eben noch gewesen waren, sondern völlig andere andere. Dieses Phänomen, dieser Zustand, in den sie immer wieder verfallen und er mit ihnen, ist gekennzeichnet durch etwas wie ein, wie soll man sagen, etwas wie ein verträumtes Ausweichen; alle Nachfragen scheinen bei den Befragten ein unbehagliches Zurückschrecken zu bewirken, ein Wegschauen, ein Sichabwenden, als habe man sie bei irgendeiner verstohlenen kleinen Aktion ertappt, die sie vergessen hatten und an die sie nicht erinnert werden möchten. Aber auch das trifft es nicht ganz. Er kriegt ihn nicht, er kriegt ihn einfach nicht zu fassen, diesen Effekt, weil er immer gleich wieder unscharf wird und nie so lange stillhält, dass er ihn festhalten kann. Vielleicht bildet er sich das alles bloß ein, vielleicht ist es eine Wahnvorstellung, etwas, das nur in seinem Kopf passiert, nicht in der Welt. Aber das weiß er besser, er weiß, dass es passiert, er sieht ja die Ergebnisse. Als er mit diesem Rätsel ringt, diesem und ähnlichen, beginnt er sich zu fragen, ob er vielleicht verrückt geworden ist. Aber wenn ja, dann muss es sich um einen Metawahnsinn handeln, meint er, den Wahnsinn des Verrückten, der weiter sieht und schärfer blickt als die Gesunden rings um ihn herum, auch wenn das, was er sieht, ihn vor ein Rätsel stellt. Er war so lange weg, verstehen Sie, dass sein Blick auf die Dinge ein unschuldiger oder zumindest ein uninformierter Blick ist. Wir wissen nur zu gut, was er bloß ahnen kann.

Verwirrt wie nie, denkt er über das Wesen der Zeit nach, nicht über die geheimnisvolle Wesenheit, die es nicht gibt und die uns dennoch strampelnd und kreischend von der Wiege bis zur Bahre trägt, sondern über die anders geartete, mit allen ihren Wechselfällen, jene, die sich zusammenzieht und ausdehnt, sich aufbäumt und sich biegt und in die Adam Godley einen Knoten knüpfte, den niemand wieder aufkriegt. Stellen Sie sich den Moment vor, da Sie mitten auf dem Meer plötzlich Ihr Weinglas loslassen und es Ihnen aus der Hand rutscht, und noch eh es fällt, blitzt vor ihren Augen die Gesamtheit all der Dinge auf, die kommen werden, vom Sternenregen auf den Dielen Ihres Esszimmers bis zu dem Splitter, der in Ihrer Socke steckt und sich übermorgen in Ihren großen Zeh hineinbohren wird – diese Art Zeit. Mit Naturphilosophie kennt oder kannte Mordaunt sich aus, und während des letzten Vierteljahrhunderts hatte es ihm nicht an Muße gefehlt, sich einigermaßen ausgiebig mit den neuesten Verwicklungen zu beschäftigen, zu denen man es unterdessen in jener anspruchsvollen Disziplin gebracht hat, die sie heute mit ihrer Sucht, die alten Dinge mit törichten neuen Namen zu versehen, Superphys nennen, was sich anhört wie ein Gesundheitsdrink. Wobei sich allerdings in jenen Jahren der vorhandene Fortschritt gewissermaßen in Rückschritt verwandelt hatte und unser Universum sich als ein immer kleiner werdender Flusenball unter einem leeren Bett in einem unbewohnten Haus in einem verworrenen Wald auf einer vereisten Insel auf einem sterbenden, in rückläufiger Bewegung durch die unermessliche Dunkelheit des Multispace schwebenden Planeten erwies. Kein Fortschritt also, nur Rückschritt; keine Expansion, nur Schwund. Und was wird das Ende sein? Ein Affe in den Weiten der Savanne, der sich einen Axtkopf macht aus einem Feuerstein? Nicht einmal das. Nicht einmal irgendetwas. Ein Haufen Singularitäten, infinitesimalen Punkten mit unendlicher Masse, die sich bereit machen zu bersten und noch nicht die Spur einer Vorstellung von uns haben.

Oh, er kannte seinen Godley, das war nicht sein Problem. Er las von den bestürzend schädlichen Godley-Syndromen, wovon anscheinend jede Woche ein neues aus dem Boden schoss und hochging wie ein Feuerwerk und das Himmelszelt da droben in eine noch widerwärtigere Nuance von Schwefelgelb tauchte. Er las und hatte seine Zweifel. Hinter Zuchthausgittern, abgeschieden von der endlos sich verästelnden Welt, hatte er Godleys radikale Neubewertung aller Dinge als Fantasterei abgetan, als überkandidelte hypothetische Lightshow, aufgeführt in einem spielerisch ausgedachten Reich. Stimmt schon, er war genauso fasziniert wie alle anderen, als der sich aus den Feldgleichungen der Brahma-Theorie ergebende Godley'sche Interferenz-Effekt – jener Effekt, dessen Realität, wie wir alle nur zu gut wissen, von den Deterministen, den Priestern und den Einfaltspinseln bis heute heftig angefochten wird – den Beweis erbrachte, dass sich jeder Zuwachs an Wissen über das Wesen der Realität unmittelbar auf diese auswirkt und jede erleuchtende neue Entdeckung, die wir machen, eine gleiche und entgegengesetzte Verdunkelung mit sich bringt, als stanze man ein Loch in die Wand der großen Kugel, die Zeit und Raum und alles andere ist. »Und jeder Geistesblitz von jedem Eierkopf pikt das nächste Loch in die Schale«, wie Adam Godley bemerkte, zweifellos mit einem Kichern, dessen Echo ich beinahe hören kann. Und dennoch vermutete Mordaunt in seiner dumpfen, abgestumpften Isolation darin einfach bloß die Darlegung eines universellen Symmetrieprinzips, eine Abwägung von x gegen y mit dem vorhergesagten Produkt z. Aber das war es nicht und ist es auch nie gewesen; Godley, sah er ein, hat uns gezeigt, dass wir, so verblüffend es uns auch erscheinen mag, die Welt allein dadurch, dass wir auf eine bestimmte, spezifische Weise über sie nachdenken, permanent abnutzen. Mordaunt jedoch beharrte selbst dann noch, als die Godley'sche Geometrie mit einem allgemeinen Verbot belegt, die Fakultäten dichtgemacht und die Professoren in Pension geschickt worden waren – man munkelte, diejenigen unter ihnen, die mehr auf dem Kasten hatten, sollten zwangsweise in ein tiefes Koma versetzt werden, damit sie aufhörten mit ihrem katastrophalen Gegrübel –, weiterhin darauf, dass das alles bloß Theaterdonner sei, nichts als die Folge eines dieser periodisch wiederkehrenden Kribbeligkeitsanfälle der Menschheit, und sich gewiss bald legen werde. Er war, wir sagen es noch einmal, im Irrtum, aber hartnäckig in seinem Irren.

Als nunmehr freier oder doch halbwegs freier Mann findet er es bemerkenswert, dass es draußen auch nicht anders ist als drinnen. Niemand beschwert sich, niemand fordert etwas, niemand stellt eine parlamentarische Anfrage. Das allmähliche Unheil, das sich an der Substanz der Welt vollzieht, wird kaum bemerkt. Die große Verunklarung wird von Tag zu Tag tiefer, der Geist im Allgemeinen stumpft immer weiter ab, indes sich alles allenthalben mehr und mehr verlangsamt. Doch Mordaunt dachte gar nicht daran, sich von Adam Godleys – wie er meinte – abgehobenem Hokuspokus täuschen zu lassen; denn ja, er hatte sich fest in die Reihen der Leugner eingereiht. Man hatte ihn herausgelassen aus dem Rund der Stäbe und der Speichen und ihm erlaubt, vom Glockenturm herabzuklettern und sich unter die verblendeten Gaffer im Hof der Kathedrale zu mischen, doch er spürte, dass er zu den wenigen zählte, die wach waren, oder vielleicht der einzige Wache war in dieser Schar von Schlafwandlern. Würde er einen davon ansprechen, ihn an den Schultern packen und ihn schütteln, es würde, dessen war er sich ganz sicher, kein Licht aufgehen hinter des Schläfers dunstverhangenem Auge.

Und das entsetzte ihn am meisten, der allgemeine Erschöpfungszustand, den dieses ganze Treiben im Bereich des Zwischenmenschlichen erzeugt hatte. Am Anfang, als es losging, hatte er sich nicht groß darum gekümmert, schließlich war er den Trott des Lebens hinter Gittern gewohnt. Aber es dauerte nicht lange, bis er nach und nach verstand, dass es um etwas Ernstes ging, obschon er sich auch dann immer noch nicht sicher war, worum es eigentlich ging; er war sich genauso wenig sicher wie alle anderen. Es war, als sei er im Freien unterwegs an einem jener langen, wolkenverhangenen und dennoch leuchtenden Hochsommertage, an denen das tiefe, glänzende Licht eher einer Okklusion gleicht und die Gestalten, die sich darin bewegen, so ein metallisches Glitzern bekommen, das das Auge blendet und es täuscht. Es war der Ort, war dieses Arden, das frühere Coolgrange, was ihn zuerst erschütterte. Als er in Billy Hipwells kleinem roten Auto an der Küste entlangflitzte, hatte er zunächst gemeint, es sei so was wie eine Heimkehr. Er wusste, dass von denen, die er aus Jugendtagen kannte, niemand mehr am Leben war, hoffte aber zuversichtlich, wenigstens in dem baufälligen alten Haus selbst und in seiner Umgebung dem zu begegnen, was ihm vertraut war, den Blicken in die Ferne, also dem, was bleibt. Und als er dort ankam, erkannte er tatsächlich vieles wieder, etwa die geschwungene Auffahrt zum Lady's Way, den morastigen Durchgang und das rostige Tor, die sonnengeblendeten Fenster an der Rückseite des Hauses, den Hof, auf dem es immer noch nach dem längst verschwundenen Hühnerauslauf roch, und drinnen im Haus bekannte Gegenstände, bescheidene, wohl wahr, die beflissen vor ihm Aufstellung nahmen und geradezu darum baten, wiedererkannt zu werden: der Garderobenständer dort im Flur, ein Kaminbesteck auf einem Feuerrost, die höhlenartige Küche mit ihren Töpfen und Pfannen und den Tulpen auf dem Tisch. Doch als er sich nun diese Talismane genauer vornahm, schienen auch sie seltsam verändert, schienen noch weniger sie selbst zu sein, als sie's in einem Traum sein würden. Was war geschehen, welche Veränderung in der Beschaffenheit der Dinge hatte das Coolgrange, das er kannte, so verwandelt und dieses unbekannte Arden daraus werden lassen? Ist das schon wieder Godley mit seiner teuflischen Einmischung in das Wesen unseres armen Planeten?

Er sehnt sich nach Erleuchtung, nach Aufklärung. Dass sich so viel von dem, was ihm vertraut gewesen war, verändert hatte, ließ Zweifel bei ihm aufkommen und auch etwas wie Furcht, ob er's wahrhaben wollte oder nicht. Wo ist seine Welt geblieben? Er könnte eine Untersuchung in die Wege leiten, doch wie die Fragen formulieren, wie irgendjemand in die Zange nehmen – wie und vor allem wen? Schließlich ist er noch immer drinnen und schaut hinaus. Wie könnte sich das Auge selbst betrachten, außer im Spiegel?

Und in der Hoffnung, dass er so die Zeit zurückdrehen könnte, erwog er, Schritt für Schritt zurückzugehen. Eines Morgens in aller Frühe trat er durch die immer unverschlossene Vorderür – ist denn der Diebstahl aus dem Land getilgt, zusammen mit so vielen anderen Dingen? – und tappte durch das schlafende Haus, bis ihn sein Weg unweigerlich in die Küche führte, jenen kaum sich drehenden Strudel, der jeden unweigerlich in sich hineinzieht. Dort setzte er sich und stützte den Unterarm auf den Tisch, genauso wie er es an jenem Tag getan hatte, als er hier angekommen war und Helen ihn vom Hof aus einzutreten bat. Für jede Nut gibt's eine Feder, für jede Schwalbe einen Schwanz. Es schien ihm so, als ob das Licht jetzt sonderbar im Fenster lag, aber dann dachte er daran, dass ja so früh am Morgen alles sonderbar aussieht, weil das die menschenleere Stunde ist, in der die unbewegten Dinge ihr eigenes Leben führen.

Er hatte noch nicht gefrühstückt und fühlte sich irgendwie leer und ein bisschen schwindlig. Auch war er auf eine vage Weise den Tränen nah, vage, weil er keinen Grund zum Weinen wusste, jedenfalls keinen bestimmten. Seufzend erhob er sich vom Stuhl und öffnete die klapprige Hintertür, überquerte den Hof und betrat den belaubten Durchgang. Klammes Sonnenlicht und ein Duft nach Lehm und Flieder, wildem Geißblatt und taufeuchtem Moos. Lautlos tauchte von irgendwoher der Hund auf und hinkte auf wackeligen Beinen neben ihm her. Zusammen machten sie den Eindruck, diese zwei, als hätten sie schon einen langen, beschwerlichen Weg hinter sich und kämen geradewegs aus einem fernen, legendären Reich. Sie gelangten zu der kleinen hölzernen Pforte unter dem steinernen, von Weißdorn umrankten Bogen. Das war die Stelle, wo er erst vor ein, zwei Monaten gewissermaßen durch sein eigenes Spiegelbild hindurchgegangen und eingetreten war in diese Anderswelt der Spiegel und der Labyrinthe. Jetzt müsste er zurückgehen können durch dieses Rippeln, diesen Riss im Polster der Welt, und alles wäre wieder umgekehrt. Ja, das müsste er können, doch er konnte es nicht. Etwas hinderte ihn daran, eine Wand aus Licht, ein Klotz aus Luft. Der Weg hinab zum Avernus ist einfach, wie wir wissen, aber versuchen Sie mal, wieder hochzukommen, dann werden Sie schon sehen. Und so stand er da, die Hand an der niedrigen Pforte, den neugierigen Blick des Hundes auf sich gerichtet, und blickte sehnsuchtsvoll hinüber nach der anderen Seite von alldem, wo das verlorene Jenseits lag.

War er vielleicht im Irrtum, überlegte er, und Godley war die ganze Zeit im Recht gewesen?

Am Bahnhof wurde ich von einem großen dunklen Mann mit buschigen Augenbrauen erwartet, der mich mit finsterer Freundlichkeit begrüßte und etwas sagte, vermutlich seinen Namen, aber so leise, dass ich ihn nicht verstand. Wer mochte er sein, oder was? Über sich selbst sagte er nur, er sei von Arden House geschickt, äußerte sich aber nicht dazu, in welcher Eigenschaft. Er war kein Mitglied der Familie Godley, dessen war ich mir ziemlich sicher, trat aber auch nicht auf wie ein Faktotum. Der Kleidung nach – Tweedjackett, wollener Schlips, gestreiftes Hemd, Twillhose mit scharfer Bügelfalte, brauner Borsalino, leicht schäbig, mit breiter Krempe und nicht mehr so neu wie letztes Mal, als wir ihn sahen – könnte er ein Provinzanwalt sein, allerdings einer von zweifelhafter Redlichkeit. Er war nicht mehr jung, aber auch noch nicht alt – Anfang sechzig, schätzte ich – und hatte eine merkwürdig feuchtwarme Aura, als sei er erst kürzlich von einer längeren, aber nicht übermäßig zehrenden Krankheit genesen. Mit der höflichen Gewandtheit eines Meisterdiebs nahm er mir die Tasche ab. Der Wagen stehe direkt vor der Tür, sagte er, wir hätten nur eine kurze Fahrt vor uns, hinauf ins Hügelland. Ich überlegte, ob ich ihn bitten sollte, seinen Namen zu wiederholen, ließ es aber bleiben, da ich befürchtete, damit irgendeine ländliche Anstandsregel zu verletzen; ich bin nun mal ein Stadtmensch, mir ist nicht wohl, wenn ich keinen festen Boden unter den Füßen habe, das heißt kein Straßenpflaster.

Ich fühlte mich entschieden unsicher. Als ich nach meiner Rückkehr von New Amsterdam nach Arcady ein zweites Mal mit der eiskalten Frau Professorin Dickinson – an der Fakultät bekannt als Dictionary Dickinson oder kurz Dic-Dic – zusammentraf und sie darüber informierte, dass ich den Vander-Lehrstuhl ab sofort räumen werde, wurde dies mit schmallippigem Schweigen und einem stechenden Blick quittiert. Dic-Dic hatte so eine Art, die Augenbrauen zusammenzuziehen und das Kinn vorzurecken, die mich jedes Mal von Neuem verunsicherte. Mit Nachdruck wurde ich daran erinnert, dass ich laut Vertrag in diesem Semester noch sechs Wochen zu unterrichten hätte. Es folgte ein hartes, von beiden Seiten mit kühler Höflichkeit ausgeführtes Gezerre, an dessen Ende es mir schließlich gelungen war, sie von den sechs Wochen auf drei herunterzuhandeln. Ich packte meine Bücher ein, darunter ein halbes Dutzend aus der Universitätsbibliothek geliehene, und bat den Hausmeister, einen Burschen, der so dick ist, dass er mehr kullert als läuft, sie in seinem Pelican mit Allradantrieb, auf den er ungeheuer stolz ist, unten im Tal zur Post zu bringen.

Und dann blieb nichts mehr weiter zu tun, als darüber nachzudenken, wie ich mir die Zeit vertreiben konnte. Die Tage zogen sich in die Länge, und die einsamen Abende, die ich für gewöhnlich angenehm und erholsam fand, waren jetzt einfach nur öde. Zum Dinner ging ich immer in den Parnassus Club, wo ich abends meist alleine war und das gelangweilte Personal auf quietschenden Sohlen traumverloren um mich herumtrippelte, als wär ich gar nicht da. Und während ich so in der Luft hing, ergriff mich eine eigenartige, auf nichts Bestimmtes zurückzuführende Melancholie. Ich fühlte mich wie ein verlassener Liebhaber, nur dass es niemanden gab, der mich liebte und von dem ich hätte verlassen worden sein können. Im nimmer endenden Sonnenschein, im riesigen, mantisähnlichen Schatten der großen spillerigen rostroten Brücke machte ich meine einsamen Spaziergänge an der Bay entlang. Eines Abends in der Paris Bar auf dem Campus – benannt nicht nach Paris in Frankreich, sondern nach dem Paris von meiner Halbschwester Helena, Ledas Tochter – machte mich eine junge Frau an, die ich zunächst für eine meiner Studentinnen hielt. Hinterher überlegte ich, ob sie vielleicht in Leder und Netzstrümpfen auf den Strich ging, um die Studiengebühren bezahlen zu können.

Und dann, an einem ganz normalen Morgen, war ich auf einmal frei; das war eine Überraschung, auch wenn es vielleicht komisch klingt, und eine Erleichterung noch dazu, denn in dieser neuen Phase des allgemeinen Niedergangs rechne ich stets damit, dass das Unvermeidliche unvermeidbar nicht passiert. Ich gab meinen Studenten eine nervtötend lange Leseliste, schüttelte mir Arcadys goldenen Staub von den geflügelten Fersen, und schwupp, war ich wieder zurück auf heimatlichem Boden, mit flatterndem Puls und beklommenem Herzen. Je weiter ich Arcady hinter mir ließ, desto größer wurden meine Zweifel hinsichtlich des Auftrags, den mir Adam Godley aufgebürdet hatte: Was, wenn ich die Biografie seines Vaters verhunzte? Ich sah die Schlagzeilen schon vor mir: *der Sache nicht gewachsen – einzigartig schlecht gerüstet – keine ausreichenden wissenschaftlichen Kenntnisse – unverzeihliche Schnitzer – eine schändliche Karikatur.* Hätte ich doch Adam Godleys Brief bloß nicht gelesen, hätte ich ihn doch nur zerrissen und aufgegessen. Sollte doch das Feld, das ohnehin von Ampfer und von Disteln überwuchert ist, dem Popov überlassen bleiben. Die Westron-Welle war vorüber, für mich waren die glücklichen Tage vorbei. Ich würde nie mehr in Arcadys weichen Sesseln oder auf irgendeinem vergleichbaren Lehrstuhl sitzen, nicht wenn Frau Professorin Dic-Dic was damit zu tun hätte, und das hätte sie gewiss, daran hatte ich nicht den geringsten Zweifel.

Der Wagen war eine Überraschung. Ich hatte mit irgendeiner schäbigen alten Karosse gerechnet, so was wie einer Kreuzung von, sagen wir mal, Landauer und Leichenwagen. Ich hatte noch nie in einem Sprite gesessen und war extrem befangen, als ich meine langen Gräten nach allerlei unbeholfenem Rumgezappel und Geschiebe und unter Aufschürfen beider Schienbeine endlich in der verstörend intimen, aber entschieden unbequemen Umarmung des Beifahrersitzes untergebracht hatte. Das Verdeck war unten. Wir fuhren los. Mein Fahrer lenkte den Wagen lässig mit dem Daumen und zwei Fingern seiner rechten Hand, während er mit der Linken wie ein Schachgroßmeister, der ein kompliziertes Eröffnungsgambit vorführt, den Schaltknüppel betätigte. Wir fuhren an der Stadt vorbei – Doppeltürme, Fischgeruch, Kohlenrauch – und bogen in eine unnatürlich gerade, schmale Straße ein, die meilenweit über Hügel und durch Täler ging, ohne eine Kurve oder irgendeine Abweichung.

»Das ist die sogenannte Hunger Road«, sagte der große Mann neben mir in vertraulichem Ton. »Ein Arbeitsbeschaffungsprojekt aus den Jahren der Hungersnot.«

Hurtig rollten wir dahin in dem emsigen kleinen Auto, rechts von uns eine immer schmaler werdende graublaue Flussmündung und links ein Moor. Der Wind zerzauste mir das Haar und schlug mir trommelnd um die Ohren.

»Sagen Sie mal, Mr. ähm –?«

»Mordaunt«, murmelte der Fahrer.

»Ja, tut mir leid, ich habe Sie vorhin nicht richtig verstanden, als Sie –« Energisches Räuspern. »Sagen Sie mal, wissen Sie vielleicht, warum sich Adam Godley ausgerechnet hier in dieser Gegend niedergelassen hat?«

Mordaunt hob die Brauen, ließ die Augen aber auf der Straße. Ich meine, ich war schließlich der mutmaßliche Biograf dieses Mannes, und als solcher sollte ich ja wohl die Antworten auf derlei Fragen kennen, oder nicht?

»Ich glaube, er ist dort geboren«, sagte Mordaunt nach einer Pause und zeigte mit dem Daumen über die Schulter. »Da hinten in der Stadt.«

»Ja, aber –«

Das Thema war anscheinend eine Sackgasse, man lenkte ab und ließ es fallen. Schweigend legten wir Kilometer um Kilometer zurück. Riesengroß wölbte sich der wolkengetüpfelte Himmel über dem Wasser rechter Hand, das inzwischen nur noch die Größe eines recht ansehnlichen Flusses hatte, während die sumpfigen Stellen auf der linken Seite mit wässrigen Spritzern schräg einfallenden Sonnenlichts gemustert waren. Die Moortümpel glänzten wie runde Scheiben von poliertem Zinn.

»Das Auto ist übrigens nicht meins«, informierte mich

Mordaunt in seiner eigenartig leisen, ernst-vertraulichen Art; es war, als würde er mir eine ungemein bedeutungsvolle, nur wenigen Privilegierten zugängliche Tatsache mitteilen. Und dann, noch leiser: »Gemietet.«

Ich fror im Fahrtwind, der vorüberrauschte; Mordaunt war ohne Mantel und schien das Wetter gar nicht wahrzunehmen. Der schier endlose April ist unterdessen längst vorbei, bald schon beginnt der Juni, und für die Jahreszeit ist es außergewöhnlich kühl. Mit schnurrendem Motor fuhren wir den sanften Anstieg eines kleinen Hügels hinauf. In dieser Gegend gibt es eine Menge solcher Hügel, obwohl, im Grunde sind das ja gar keine Hügel, sondern eher kleine grasbewachsene Huckel, sanft gerundet, napfkuchenförmig wie meine Kopfbedeckung. Bescheidenere Vertreter jener Spezies, von der Hirnea House umzingelt ist. Es gibt einen bestimmten Begriff dafür, den ich vergessen habe – ja, doch, ich bin allwissend, aber nur manchmal. Moränen? Nein, das sind Felsen und anderes Geröll. Egal, sei's drum, das ist ja hier schließlich keine Sightseeingtour.

»Ich bin zufällig selbst Mathematiker«, sagte Mordaunt plötzlich unerwartet lebhaft, und dabei schaute er triumphierend drein, wie jemand, der einen Trumpf ausspielt. Dann, nach kurzer Überlegung: »Das heißt, ich war. Früher.«

»Verstehe«, sagte ich und verspürte ein leises Unbehagen. »Dann ist das wohl –?«

Er wartete kurz, neigte den Kopf ein wenig seitwärts, und als ich meine Frage unbeendet ließ, richtete er sich wieder auf, schürzte die Lippen und nickte, als könne er sich schon denken, was ich hatte fragen wollen.

»Nein, ich bin per Zufall hier, könnte man sagen«, sagte er.

Vielleicht ist er ein arbeitsloser Schauspieler, dachte ich, der sich ein paar Mäuse als Fahrer und Adlatus verdient. Die Stimme und das Auftreten dafür hatte er. »Ach, und ich hab gedacht«, sagte ich, »ich hab gedacht, Sie machen vielleicht bei – bei einem Projekt mit – über –«

Keine Ahnung, warum, aber irgendwie schien ihm mein zaghafter Vorstoß zu gefallen.

»Über Adam Godley? Nein, nein.« Pause. »Obwohl ich in der Tat auch hier geboren wurde.«

»Ach ja?«

»Darum bin ich ja auch zurückgekommen.«

»Also doch nicht rein zufällig.«

»Nein. Aber dass ich hiergeblieben bin, das war Zufall, meinte ich.«

»Ach so.«

Und damit war die Unterhaltung, wenn's denn eine war, auch schon wieder zu Ende. Mordaunt schaute mit leerer Miene auf die Straße, das Lenkrad lässig zwischen den zwei Fingern und der Daumenspitze haltend. Er kam mir von Minute zu Minute ungreifbarer vor. Nicht, dass er keine Gefühle gehabt hätte, er wirkte nur wie jemand, der ganz und gar in seiner eigenen Welt lebt, einer Welt der blanken, unbewegten Teilnahmslosigkeit. Wenn er etwas gesagt hatte, versank er danach jedes Mal abrupt in Schweigen, als habe sich in seinem Innern ein Motor abgeschaltet, um Energie zu sparen und sich bereit zu machen für die nächste Runde.

Doch dann, und wieder war ich überrascht, ja sogar leicht bestürzt, fing er auf einmal an, ohne Punkt und Komma zu reden und mir einen Vortrag über seine Familie zu halten, über ihre Herkunft und Geschichte hier in diesem ansonsten unscheinbaren, wogenumspülten Winkel im Südosten des Landes. Nach Aussage ihres Nachfahren seien die Mordaunts angesehene Leute gewesen und seien es noch immer. Sie hätten in Eroberungskriegen gekämpft und, wenn es sich ergab, auch an Rebellionen teilgenommen; ein zäher Schlag seien sie gewesen, stolze Reitersmänner, behände mit dem Schwert und der Muskete; Männer mit hoher Bildung und mit Bürgersinn, Mäzene von Dichtern und Malern, von Gelehrten und Sängern, vortreffliche Handwerksmeister und Landwirte; kurzum, ein edles, vornehmes Geschlecht. Die farblose, monoton leiernde Stimme, mit der er all das von sich gab, stand im krassen Gegensatz zu den bombastischen Dingen, die er behauptete, ganz so, als habe er das alles auswendig gelernt; ja, vielleicht war er tatsächlich ein Schauspieler.

Ich empfand ein heftiges Unbehagen; wenn jemand derart angibt, kriege ich immer ganz feuchtkalte Hände, werde panisch und habe Beklemmungen, wahrscheinlich weil ich es so peinlich finde, anfühlen tut es sich aber eher wie blankes Entsetzen, als ob mich ein gieriger Löwe anbrüllt. Hätten wir nicht so ein Tempo draufgehabt, ich glaub, ich hätte meinen ganzen Mut zusammengenommen, wäre mit einem Satz über die niedrige Tür rausgesprungen und hätte mich in meiner Verzweiflung quer durch den Sumpf und in die Berge geflüchtet. Inzwischen dachte ich, ich sei einem gefährlichen Betrüger in die Hände gefallen, einem schlauen, ausgepichten, durchtriebenen und durchaus überzeugenden Verrückten, der vielleicht aus einer nahen Irrenanstalt entwichen war. Teufel noch eins, wer war der Kerl? Hatte er mich mit meinem Namen angesprochen, als er auf dem Bahnhof plötzlich vor mir stand? Nein, er hatte nur den seinen gesagt, oder das, was ich dafür hielt, hatte ihn eher gehaucht, mit diesem schüchternen Unterton. Ob er eigentlich wusste, wen er bei sich im Auto hatte, oder hatte er mich rein zufällig ausgesucht? Vielleicht war das seine Masche, am Bahnhof herumzulungern und arglose Reisende anzusprechen unter dem Vorwand, er sei von Arden House geschickt worden, um sie abzuholen und sie dann ins wilde Landesinnere zu bringen und sie blutrünstig zu erledigen. Alles war möglich hier draußen in dieser barbarischen Gegend, dieser Terra incognita.

Jetzt schwieg Mordaunt; die Familiensaga, die er soeben beendet hatte, schien seine Reserven komplett erschöpft zu haben, jedenfalls für den Moment, und sein innerer Motor hatte sich wieder abgeschaltet. Wir erklommen die sanfte Anhöhe – manche sagen ja, die Auswirkungen der Brahma-Theorie würden sogar die Konturen des Planeten abflachen –, und bald darauf waren wir zu meiner großen Erleichterung am Ziel.

»Arden House, wie sie es heute nennen«, sagte Mordaunt und lachte höhnisch und abschätzig auf. »Zu meiner Zeit, da hieß es Coolgrange. Das soll mir mal einer erklären.«

Wir verließen die Straße und fuhren zwischen zwei verwitterten steinernen Pfeilern hindurch. Das Haus steht am Ende einer kurzen geraden, von Spurrinnen zerfurchten Auffahrt. Es sieht aus, als sei es nicht gebaut worden, sondern habe sich über zwei oder drei unbestimmte Jahrhunderte hinweg willkürlich angesammelt. Die späteren Blounts, die geistig minderbemittelt und zunehmend pleite waren, hatten es mächtig vernachlässigt, während die Godleys, von sporadischen Anfällen von Betriebsamkeit gepackt, immer mal wieder Ansätze gemacht hatten, alles nach und nach zu renovieren, dazwischen jedoch alles wieder verfallen ließen, sodass das Ganze insgesamt schäbig wirkt und etwas von einem Provisorium an sich hat, etwas Behelfsmäßiges. Das eigentliche Wohnhaus ist eine weitläufige Angelegenheit mit einem spitzen Dach, weiß getünchten, mit der Zeit gelblich gewordenen Wänden und Fenstern, die irgendwie zu schielen scheinen und deren verwaschene blaue Läden völlig unpassenderweise an die südliche Provence erinnern. Der Bau umschließt, was man von vorn nicht sehen kann, ein Viereck, das eine Art Innenhof bildet und das Adam Godley sen. vor Jahren mit Klarglasplatten überdachen ließ. Die Verglasung war keine gute Idee, die Bleifassungen wurden undicht, was zu anscheinend unlösbaren Problemen mit Feuchtigkeit und Schimmel führte. In sämtlichen Zimmern knarrt das Gebälk, die Zugluft fegt gleich einer Horde Hausgespenster durch die Räume, und wenn es regnet in der Nacht, dann hört man in den oberen Etagen von allen Seiten her die Tropfen trommeln – ein regelrechtes Tröpfelpotpourri, ein Wach-Albtraum für alle, die nicht schlafen können. Im Herbst verstopft das welke Laub die vorsintflutlichen Dachrinnen, und im Sommer verwandelt sich das Erdgeschoss in einen Sumpf, in dem die Luft stillsteht, schwer und feuchtwarm.

Das hervorstechendste Merkmal des Hauses ist ein hoher hölzerner Turm vorn an der linken Ecke mit Fenstern auf drei Seiten und einem kegelförmigen Metalldach, das eine Wetterfahne krönt; das Ding sieht in etwa so aus wie eine schlampig gemachte Nachahmung einer der weniger bravourösen Ausschweifungen des bayerischen Königs Ludwig. Ich hatte das Ganze in den letzten Wochen auf vielen Fotos, auf Sepia-Skizzen und in der Reproduktion eines bemerkenswert schlechten Ölgemäldes studiert, und mir war richtig unheimlich, als ich es jetzt dreidimensional und maßstabgerecht hier vor mir sah. Mir war nicht klar, was der Verrückte da neben mir meinte, als er sagte, früher habe der Name anders gelautet, denn nach meinen zugegebenermaßen zunächst noch flüchtigen Recherchen hieß das Anwesen seit jeher Arden House. Aber andererseits, so überlegte ich, konnte es natürlich durchaus eine andere Version geben, die in jeder Hinsicht mit dem Original identisch und von diesem nicht zu unterscheiden war. In Brahmas Haus, das so geräumig ist, so seltsam und so mannigfaltig, erzählt man sich, sind endlos viele Wohnungen.

Sehen Sie doch nur die winzigen Fliegen dort über der akkurat gestutzten Kugel des Miniatur-Lorbeers, so geschäftig – was weben sie und weben sie da wohl?

Und da war sie, meine Helle, und begrüßte mich. Ich hatte sie noch nie zuvor gesehen, weder im Leben noch in der Fantasie noch im Traum, und wusste auch sonst nichts über sie, und doch, als ich sie sah, da oben auf der Treppe, wie sie dort stand im dunstig frischen Morgenlicht, einen Arm erhoben, um die Augen vor den gleißenden Pfeilen der Sonne zu schützen, da hab ich sie sofort erkannt. Meine Bücherwürmernickelbrille beschlug bei ihrem Anblick. Ärmelloses blaues Kleid, braungebrannte Beine – diese wohlgeformten Fesseln, zart wie Schmetterlinge –, ihr Haar hatte die Farbe von altem Gold und war zum Chignon, so heißt das, glaube ich, geschlungen. Und sie hatte etwas in der Hand und hielt es hoch, nein, keinen Lorbeerzweig, obwohl, für meinen schon verzauberten Blick sah es glatt wie einer aus. Lächerlich, lächerlich, einer unbekannten Frau auf Anhieb verfallen zu sein; schließlich gibt es ihrer ja so viele und in so mannigfaltiger Gestalt. Aber der Blick muss nur auf diese oder auch auf jene fallen, gleich fängt alles an zu leuchten. Nicht einmal wir in unserem ewigen Zuhause dort oben auf dem Olymp, nicht einmal wir verstehen das, und darum versuchen wir unermüdlich zu ergründen, wie es sich wohl anfühlt, dergleichen zu erleben; denken Sie doch nur, in was sich Zeus, mein Vater, alles verwandelt hat, das reicht von Schwänen über Stiere bis hin zu goldenen Regengüssen, nur um mit diesem oder jenem gerade aktuellen Erdenmädchen seinen Spaß zu haben. Ja, all das ist äußerst unvernünftig, aber was nützt schon die Vernunft in Herzensangelegenheiten? Ich bitte Sie!

Natürlich war sie nicht gekommen, um mich zu begrüßen, jedenfalls nicht mit Absicht, nicht gezielt. Sie war im Garten gewesen, um dieses Sträußchen da zu pflücken, das sie in der Hand hielt, und war stehengeblieben, als sie auf dem Weg zurück ins Haus das flotte kleine lippenstiftrote Auto kommen sah.

»Es ist mir unbegreiflich, wie ein normal gebauter Mensch in so ein winziges Ding hineinpasst«, sagte oder, besser, rief sie hinunter von der oberen Stufe, auf der sie stand und gleichsam eingerahmt war von dem tiefen Dunkel der weit geöffneten Tür in ihrem Rücken, und zeigte mit belustigt hochgerecktem Kinn auf den Sprite. Dann lenkte sie den Blick auf mich und strahlte mich fröhlich an, als sei ich haargenau das, was sie brauchte, was sie heute aufheitern konnte. »Sie sind der Biograf«, sagte sie und verfiel in einen gespielten Cockneydialekt, »der, wo die ganzen schmutzigen Einzelheiten rauskriegen will über mein' Schwiegerpaps, der wo gestorm is, dadrum sie Sie hier.«

Vor Jahren hatte irgendwer ihr eingeredet, dass Händeschütteln eine heuchlerische Geste sei und unhygienisch obendrein, deshalb tat sie es nie, wie ich schon bald erfahren sollte; sie hält sich nicht sehr oft an ihre eigenen Grundsätze, in dem Punkt aber schon. Ich war dem schwerfällig die Treppe hinaufstapfenden Mordaunt nach oben gefolgt, und nun blieb ich stehen und stand mit einem Grinsen, das zweifellos idiotisch war, vor diesem leuchtenden Geschöpf, und übermannt von Schüchternheit und jäher, hilfloser Begeisterung, blies ich die Backen auf und flappte mit den Armen, wie ein bescheuerter Pinguin, dachte ich bei mir, der mit seinen albernen bescheuerten Flossen flappt. Doch ach, ich war, ich war verloren. Irgendwo in meinem Innern hatte ich eine sie-förmige Mulde gehabt, und nun war sie gekommen und hatte sich hineingeschmiegt und war mit einem Klick dort eingerastet. Liebe auf den ersten Blick! In all ihrer Banalität. So was war mir noch nie passiert; ich konnte gar nicht glauben, dass es jetzt geschah, wo ich in einem Alter war, da Eros, den der Mut verlassen hat, sich langsam darauf einstellt, seinen Köcher abzuschnallen und keine Pfeile mehr zu verschießen.

Mordaunt hatte meinen Koffer aus dem Auto geholt und ihn hochgetragen, und nun stellte er ihn ab, nickte mir schneidig zu, machte auf dem Absatz kehrt und stieg die Treppe hinunter, zwängte sich hinters Lenkrad und machte, dass er wegkam, und zurück blieb nur eine brackig stinkende Abgaswolke. Und oben auf der Treppe standen Seite an Seite ein unscheinbarer Mann und eine herrliche Frau und sahen ihm nach.

»Wie sind Sie denn mit Ivys Kumpel ausgekommen?«, fragte Helen.

»Ivys was?«

Sie nickte wieder rüber zu dem kleinen Auto, das schnurrend die Auffahrt hinuntersauste, und im Geiste hörte ich Mordaunt ganz deutlich abermals das Wort *gemietet* hauchen.

»So heißt der hier bei uns«, sagte sie. »Ich bin ja der Überzeugung, dass er eh unter falschem Namen unterwegs ist. Adam ist sich sicher, dass er ihn oder sein Gesicht schon einmal irgendwo gesehen hat. Auf einem Fahndungsplakat, nehme ich an. Er ist hier eines Morgens einfach aufgetaucht, unangemeldet, und mein Mann in seiner Weisheit hat gesagt, er darf hierbleiben. Er streitet das natürlich ab und sagt, ich sei's gewesen. Ich habe ihn am ersten Tag zum Mittagessen eingeladen, wissen Sie. Ein Fehler. Jetzt werden wir ihn nicht mehr los. Er wohnt da drüben« – sie deutete mit ausladender Geste hinüber zu einem anderen, nicht sehr weit entfernten Hügel – »bei Ivy, unserer arg gebeutelten Dienstmagd, daher der Spitzname, den wir für ihn haben, das dürfen Sie ihm aber nicht erzählen, dass wir ihn so nennen, und ihr auch nicht. Ich hätte ihn ja weggeschickt, aber Adam ist ein Narr, der würde jeden alten Streuner aufnehmen. Wie war das, als ihr euch in« – diesmal imitierte sie ein näselndes niederländisches Quaken – »Nuu Ams getroffen habt? Ich wollte ja, dass er mich mitnimmt, aber er wollte nicht. Ich bin nur einmal dort gewesen, vor zig Jahren, als es noch New York hieß. Ich hab Rebecca West gespielt in diesem blöden Stück. Eine totale Katastrophe. Ich war viel zu jung und hatte von nichts eine Ahnung, weder auf noch hinter der Bühne.« Sie kam einen Schritt auf mich zu und zupfte mir mit Daumen und Zeigefinger geschwind irgendwas vom Revers. »Blattläuse«, sagte sie und zeigte mir ihre Fingerspitze, auf der ein grasgrüner Schmierfleck war. »Dieses Jahr sind die Biester eine echte Plage hier.« Sie blickte an mir vorbei und schaute sich um, wobei sie mir ihre Kinnlinie zeigte, die Windung ihres Ohrs und leise vor sich hin summte. »Hat er Sie lange überreden müssen?«, fragte sie. »Ich meine, Adam, dass Sie diese Sache machen mit dem Buch. Er sagt, Sie sind genau der Richtige dafür. Er hat sich's nun mal in den Kopf gesetzt, dass man die Lebensgeschichte seines Vaters erzählen muss und dass dafür nur Sie infrage kommen. Ich glaube, irgendjemand anders hat es machen wollen, aber er hat gemeint, Sie oder keiner. Er ist ein richtiger Dickkopf, auch wenn man ihm das gar nicht zutrauen würde. Ich bin schon so gespannt drauf, was Sie schreiben werden. Und auf die ganzen Leichen im Keller, die Sie zutage fördern werden! Haben Sie vielleicht schon welche gefunden? Ein paar Skelette?«

Ich brachte nur ein schwaches Achselzucken zustande, unfähig, ihr klar zu antworten. Irgendwie ging meine Stimme nicht richtig; ich war mir sicher: Wenn ich es versuchen würde, käme weiter nichts heraus als nur ein panisches, ängstlich-beklommenes Mückensummen. Inzwischen war ich wie gelähmt vor Schüchternheit, stand stocksteif da wie ein Ketzer, den man in die Eiserne Jungfrau gesteckt hat, hatte den linken Arm im rechten Winkel auf dem Rücken und umklammerte mit der Hand den rechten Ellenbogen, ein hoffnungsloser Fall. Sei's drum, mein Herz hämmerte wie verrückt, und dabei war mir völlig klar, dass sie jetzt in ihren Bühnenheldinnenmodus verfallen war, eigenwillig und höchst angespannt, hier eingesperrt in diesem alten

Haus in der tiefsten Provinz, und niemand da, der ihrer Schönheit, ihrem Charme und ihrer wachen, wiewohl verschleierten Intelligenz gebührend Anerkennung zollte, das heißt, niemand als ihr Publikum, das im Moment allein aus mir bestand. Und wieder schenkte sie mir dieses Lächeln, das hell und funkelnd war, obgleich ich darin eine Spur von aufrichtigem Kummer sah, von einem Kummer, der nicht Teil der Rolle war und der tief saß, der gleiche Kummer, der mir auch schon in den Augen ihres Mannes aufgefallen war. Ich bin normalerweise nicht so scharfblickend, nicht wenn es um die Lebenden geht – Geschichte war meine erste Profession, wissen Sie noch? –, doch jähe Liebe, die blickt tiefer.

»Ich bin Helen«, sagte sie.

Und sie war wirklich eine Helena.

Ich streckte die Hand aus, und prompt versteckte sie ihre auf dem Rücken. Was ganz und gar nicht unhöflich gemeint war. Und doch traf mich die traurige Erkenntnis, dass dies wohl meine einzige Gelegenheit gewesen wäre, jemals zu erfahren, wie sich ihre Haut anfühlt, und diese Chance hatte sie mir genommen. Kein Händeschütteln. Prinzip ist Prinzip. Doch ach, zu *küssen eifrig deine zarte Hand!*

Ich japste, hustete und fragte heiser murmelnd, ob vielleicht ihr Mann –?

»Ach, der ist gar nicht da, macht irgendwas mit Kühen.« Auf ihre Stimme ist sie offensichtlich stolz, ein Instrument mit tiefem, dunklem Klang, auf dem sie gerne übt. »Er hält sich immer noch für einen Bauern, aber er hat keine Ahnung. Sind Sie zu früh? Ich bin sicher, dass er hier sein wollte, wenn Sie –« Sie lässt den Satz verklingen, wendet sich mit einem gedankenverlorenen, mählich verblassenden Lächeln ab und tritt ins Dunkel der Türöffnung. Dann dreht sie sich noch einmal um. »Ist das alles, was Sie bei sich haben, nur diese Tasche da und diesen popeligen Koffer?«

»Der Rest ist noch unterwegs. Meine Bücher.«

»Richtig. Ihre Bücher.«

Das ist das Haus. Hier ist die Eingangshalle mit dem Garderobenständer und dem verträumten Spiegel. Das Wohnzimmer: gewienertes Parkett, abgewetzte Chintzbezüge, Kaminbesteck aus Messing, auf dem marmornen Sims eine Uhr, die ticktack macht. Neben einem durchgesessenen Sessel, der wackelt, weil ihm eine Rolle fehlt, liegt ein vergessenes Buch auf dem Boden, noch aufgeschlagen und mit dem Gesicht nach unten. Plötzlich beginnt das Parkett unter unseren Füßen ganz leicht zu beben. Ich schaue Helen an. »Da kommt ein Zug«, sagt sie. »Hinter dem Zaun da drüben sind die Gleise. Wir sind das schon gewohnt, aber wenn man nicht darauf gefasst ist, kann es einen schon erschrecken, wie auf einmal alles zittert.«

Dann weiter in die Küche, das Herz des Hauses, wie wir inzwischen wissen. Die Kochmaschine und das alles haben Sie ja bereits kennengelernt.

»Möchten Sie etwas?«, fragt Helen und kraust nachdenklich die Stirn. Das ist doch alles schon einmal passiert, denkt sie. »Tee, oder –« Ja, genau das.

Sie wirft das feuchte, schon halb welke Glockenblumensträußchen auf den Tisch. Das war es, was sie draußen in der Hand gehalten hatte, als sie die Augen vor der Sonne schützte – Hasenglöckchen! Sonderbar, wie sich die Dinge auf einmal behaupten, wie sie sich vordrängen, um ihren großen Augenblick zu haben. Es ist eine drangvolle Welt, die Welt, die wir für sie geschaffen haben, und eines schönen Tages wird sie sie rausdrängen aus dem Dasein. Ach, und wie still es dann auf einmal sein wird! Und dann bleibt uns nichts weiter übrig, als in den Spiegel unserer unsterblichen Seele zu blicken bis in alle Ewigkeit.

Es gab das übliche Ankunftstrara, sie fragte, ob ich ins Bad müsse, und ich tat so, als hätte ich es eilig auszupacken und mich einzurichten. Ich merke, dass sie froh ist wegen des Tees, weil ich keinen will; die Küche und das ganze Drum und Dran, das ist entschieden nicht ihr Ding.

Sie sagt, sie möchte mir mein Zimmer zeigen, und geht voraus. Ich nehme meine Tasche mit, aber den Koffer wird mir jemand anders hochtragen. Wir steigen die immer schmaler werdende Treppe hinauf. Auf dem letzten Stück können wir nur noch einzeln hintereinandergehen. Ich geh voraus, darauf bedacht, zu zeigen, dass ich weiß, was sich gehört, und drücke meine alte, prall mit weiß der Himmel was gefüllte Ledertasche an die Brust, als sei's ein großes weiches braunes Baby mit Schnallen dran. Obwohl, ich muss gestehen, dass ich sie zu gern mal von hinten sähe. Ich habe keine Ahnung, ob der leise Duft, der mich anweht, von ihr kommt oder immer noch von diesen Hasenglöckchen. Ich denke an die Blumen, die auf dem Küchentisch verwelken, wo sie sie hat liegen lassen, und plötzlich fühle ich, wie eine große, hauchige Blase aus irgendetwas Heißem in mir anschwillt; wie empfänglich ich auf einmal bin für diese Feinheiten, wie unreif und empfänglich, noch neugeborener als das Taschenbaby, das ich in meinen Armen halte. Es war bereits ein langer Tag, ich bin ganz zitterig, nichts wird mehr so sein, wie es war, mein ganzes Leben wird nun aufgewirbelt, als rühre einer drin herum mit einem Stock, sodass es trübe wird. Sie öffnet eine kleine

Tür, die bündig mit der Wand abschließt und hinter der noch eine Treppe ist mit, wie ich flüchtig zähle, genau sieben hölzernen Stufen, sofern man die ganz oben auch als Stufe wertet. Wir steigen, wie zuvor, Stufe um Stufe hoch, hinauf zum Licht, das, einem Schwall leuchtender Staubpartikel gleich, auf uns herniederweht.

»Und das«, sagt sie – *sie, sie* –, tritt vor, macht diese Tür noch weiter auf und drückt sich mit dem Rücken dran, dass ich an ihr vorbei hineinschauen kann, »das ist das Himmelszimmer.«

Inzwischen – ein Wort, das, nebenbei bemerkt, durch die Brahma-Theorie überflüssig geworden ist –, *inzwischen,* sage ich, steuert Mordaunt den Sprite durch Ivy Blounts torlose Toreinfahrt und ist überrascht, um nicht zu sagen sprachlos, als er dort – welch krasser Stilbruch! – einen schnittigen schwarzen Dolphin erblickt, der vor dem Cottage im Gras parkt. Seine Verblüffung währt nur eine Sekunde, dann weiß er: Wer anders als sein alter Kumpel Billy Hipwell konnte in so einer todschicken Karosse hier in dieses bukolische Fleckchen Erde hinter den sieben Bergen geholpert kommen? Der wollte natürlich den Sprite wiederhaben, keine Frage. Aber wie konnte er wissen, wohin er fahren musste? Soweit ich mich erinnere, und das ist ziemlich weit – glauben Sie mir, ein Göttersöhnchen vergisst nur, was ihm nicht erinnernswürdig ist –, hatten wir ihm doch bei Hipwell Hire keine Adresse hinterlassen. Miss Nasenring, das schlaue Ding, hatte sie anscheinend für ihn ausgeschnüffelt. Der Dolphin ist funkelnagelneu, leise tickend steht er in der Sonne und riecht nach einer Mischung aus brodelndem Salzwasser, Gummi und kratzfestem Lack. Mordaunt steigt aus seinem plötzlich wesentlich bescheideneren Vehikel, das ja eigentlich auch Hipwell Hire gehört, und umrundet langsam dieses gänzlich andere, fantastische und absurde Gefährt, wobei er die Finger einer Hand auf dessen warmer, sachte schwelender Haut entlangspazieren lässt.

Er zögert. Er denkt nach. Wägt ab. Er könnte wieder in den Sprite steigen und einfach losfahren, auf und davon, nichts und niemand könnte ihn aufhalten, den freigelassenen Mann, der er ist. Doch warum sollte er? Was hat er zu befürchten von seinem Billy Boy? Und dennoch zögert er, bleibt neben Billys Luxusschlitten stehen, der mit seinem imposanten Glanz die Sonne, die auf alles ringsum scheint, noch heller und noch leuchtender erstrahlen lässt. Er wird nicht abhauen, nicht die Flucht ergreifen. Hat er sich nicht entschlossen, eine neue Version seiner selbst zu erschaffen, sein eigener Avatar zu werden? Und muss er dazu nicht von der Vergangenheit und ihren alten Lasten so viel wie irgend möglich abstreifen? Ihm ist durchaus bewusst, wohin er zurückgekehrt ist, auch wenn Coolgrange für ihn jetzt weniger die Vergangenheit bedeutet als vielmehr einen halb imaginierten Ort oder auch Zustand gegenwärtiger Vorzeit. Und aus dieser wurde er durch eine Finte eines schwer fassbaren, sich permanent verzweigenden Universums ausgelöscht, jedenfalls so gut wie. Die Namensänderung schmerzt ihn vor allem. Doch was bedeutet das auf lange Sicht? Müssen wir ihn etwa noch einmal daran erinnern, dass er sich schließlich selber einen neuen Namen ausgedacht hat, warum sollte sich sein altes Heim dann nicht dasselbe antun oder antun lassen? Und vielleicht werden sich diese Umwandlungen, Coolgrange in Arden House und alles andere, am Ende für ihn vorteilhaft auswirken. Hier kann der alte Magwitch ungehindert bleiben, unbekannt und unerkannt, fürs Erste.

Von drinnen aus dem Cottage kommt schallendes Gelächter. Er macht die Stimme seiner Wirtin aus, ungewohnt wild und fröhlich. Vielsagend seufzt er. Ihn plagen eine Menge kleine Ärgernisse, von denen Ivy Blount nicht das geringste ist und auch gar kein so kleines.

Er geht seitlich um das Haus herum, vorsichtig stelzend, weil Ivys Hühner überall was fallen lassen, zinkweiß, smaragdgrün, beige-oliv, er ist schon oft hineingetreten. Und tatsächlich, da ist eine von diesen komischen barocken Kreaturen, knopfäugig, angelegentlich im Kies scharrend; als er näher kommt, kriegt das Tier es mit der Angst – er ist bekannt dafür, dass er nach ihnen tritt – und rennt mit wehenden Unterröcken steifbeinig kollernd weg. Er tritt ein durch die Hintertür, die stets nur lose eingeklinkt ist, denn Ivy ist so lächerlich vertrauensselig. Das Überschreiten einer Schwelle stellt für ihn stets eine Reihe winzig kleiner, aber dennoch bedeutsamer Übergänge dar: von draußen nach drinnen, vom Licht in den Schatten, von einem Er zu einem anderen Er. Nichts taugt besser dazu als der Knast, das Selbst-Bewusstsein eines Selbst zu steigern, gleichgültig, ob real oder fiktiv.

Die Tür, also die Hintertür, führt direkt in die Küche. Hier herrscht ein munteres Treiben. An dem runden rohen Holztisch, der zur Feier des Tages ein blütenweißes Tischtuch mit blau bestickten Kanten trägt, sitzen drei Leute – ein Trio. Zweites Frühstück, man trinkt Tee, die Stimmung ist beinahe festlich. Gewichtig hallen seine Schritte, als er eintrtt, auf dem Steinfußboden. Ivy, beschwingt, erzählt gerade was – doch wohl nicht etwa einen Witz, oder? –, aber als sie seine massige Gestalt die Türöffnung verdunkeln sieht, verstummt sie; ihr Gesicht verfinstert sich.

»Ach, Sie sind's«, sagt sie, ihre Stimme klingt auf einmal matt.

Billy hat einen dunkelbraunen Dreiteiler mit breiten, arg missratenen Nadelstreifen an. Am Revers trägt er – durchaus verblüffenderweise – ein erschlafftes Primelsträußchen.

»Hallo, alter Freund«, sagt er mit seinem typischen harmlosen Augenzwinkern.

Es ist mindestens ein Dutzend Jahre her, seit sie sich zuletzt gesehen haben, doch in Mordaunts Augen hat sich Billy erstaunlich wenig verändert. Und das erschreckt ihn mehr, als wenn aus seinem Freund ein krummer alter Mann geworden wäre.

»Hallo, Billy.«

Am Tisch sitzt neben Billy seine kesse junge Assistentin. Nennen wir sie Deirdre, was aus ihrem Mund wie Dierdrie klingt.

»Mr Hipwell ist hier, weil er seinen Wagen holen will«, sagt Ivy mit einem Anflug von Genugtuung. Sie nimmt es ihrem Untermieter furchtbar übel, dass sie ihn sich hat aufhalsen lassen, obwohl sie selber nicht mehr weiß, wie das passieren konnte.

»Aha«, erwidert Mordaunt und lächelt verlegen.

Er betrachtet das Geschirr auf dem Tisch. Da stehen Ivys beste Teetassen und ihre kleinen Tellerchen mit dem gewellten Rand, alle mit der gleichen Ansicht des Fujiyama bemalt, dann eine silberne Zuckerdose und eine kleine silberne Zange und auf einem silbernen Untersetzer die Teekanne selbst, wie eine glatte, heiße, weiße Henne, aus deren Schnabelspitze eine sich zierlich windende Volute aus Dampf aufsteigt; außerdem ein Pflaumenkuchen, von dem schon ein beeindruckend großes Stück gegessen worden ist, und Erdbeeren in einer Schale und ein silbernes Kännchen mit Sahne. Ivy stammt aus vornehmem Hause, sie weiß, wie man ein Festmahl anrichtet.

»Hol dir doch einen Stuhl ran«, sagt Billy großzügig, ganz so, als sei er hier zu Hause. Mordaunt tut so, als habe er ihn nicht gehört, bleibt stehen und lächelt zerstreut hinunter zu den dreien. Er findet es zunehmend sonderbar, ja geradezu erschütternd, Billy noch immer so zu sehen, wie er ihn früher kannte, und dennoch anders, wie er hier sitzt in diesem fremden Rahmen, und dann noch dieser unglückliche Anzug, er gleicht einer Skulptur, die noch in ihrem Stein gefangen ist, aber schon halb herausgehauen, wobei man sich fragt, wer Billy Hipwell wohl in Stein meißeln wollen würde. Bei näherer Betrachtung zeigt sich, dass ihn die Jahre doch etwas weichgezeichnet haben – am Haaransatz die blasse Rückzugslinie, die Augenlider leicht erschlafft, in den zu langen und zu schmal geschnittenen Spionskoteletten etwas Marmorstaub –, aber er ist noch immer Billy, unser Billy Budd. Mordaunt kommt sich schon selber vor wie eine Statue, die leicht auf ihrem Sockel schwankt, als ob ein weit entferntes Beben sie erschüttert habe.

Deirdre grinst ihn an; sie guckt so unverschämt bescheidwissend; wie viel hat Billy ihr wohl über ihn erzählt und über ihre Zeit zusammen auf dem Anvil Hill? Er sieht, sie hat sich gründlich überlegt, was sie für eine solche Landpartie am besten anziehen soll. Sie hat ein eng tailliertes kariertes Damensakko an mit Lederflecken an den Ellenbogen und um den Hals ein loses Tuch aus cremefarbener Seide mit einer Brosche aus Opal; er würde sich nicht wundern, wenn sie aufstehen würde und darunter Breaches und Reitstiefel zum Vorschein kämen. Und Sporen? Nein, Sporen wären dann doch zu viel des Guten. Sie war mit ihrem Stuhl auffallend nah an Billys rangerutscht, was, zusammen mit einem gewissen selbstgefälligen Besitzerstolz in ihren Augen, Mordaunt bestätigt, dass das, was er bereits vermutet hatte, als er ihr bei Hipwell Hire zum ersten Mal begegnet war, tatsächlich zutrifft, nämlich dass sie den Boss bumst, um es unverblümt zu sagen. Sie hat bis jetzt noch nicht ein Wort gesagt. Sie wartet auf den richtigen Moment. Mordaunt hat einen Blick für Karrieregeilheit.

Schließlich setzt er sich hin, die Stuhlbeine schurren über den Steinfußboden. Hier isst er immer, überwacht von Ivy Blount in Schürze, Strickjacke und derben Männerhosen und innerlich brodelnd vor Wut. Wegen Adrian Duffy – der überkandidelte Vorname macht ihn ein bisschen weniger schlimm, nicht wahr? –, der sich noch nicht ein einziges Mal hat blicken lassen, seit Mordaunt hier abgestiegen ist, was in den Augen der permanent beleidigten Ivy noch ein weiteres Argument ist gegen diesen fremden Eindringling; selbst wenn er ihren Liebsten nicht vertrieben hätte, seine bloße Gegenwart, hier, auf ihrem Grund und Boden, ist eine Zumutung.

»Du bis ja hier gut untergebracht«, sagt Billy mit diesem vertrauten langsamen Lächeln, das nett und gleichzeitig durchtrieben ist, zu Mordaunt. Das Primelsträußchen an seinem Revers pfeift auf dem letzten Loch; die Blumen auf dem Felde, wie kurz ist doch ihr Tag.

Ich könnte mit ihm in die Berge fahren und ihn töten, denkt Mordaunt – wir müssen unbedingt diesen Wagen behalten –, aber was ist mit dem Mädchen? Mit Billy würde er schon fertigwerden, wenn er sich den Überraschungseffekt zunutze machte, doch Deirdres Schädel, nimmt er an, wäre die härtere Nuss und nicht so leicht zu knacken. Die Göre bringt ihn aus der Fassung mit ihrem spöttisch amüsierten Blick. Andererseits ist sie auch bloß ein Mädchen, und hat er nicht schon einmal eine kaltgemacht, lang, lang ist's her?

»Soll ich Ihnen Tee eingießen?«, fragt Ivy mürrisch.

Auch ihr antwortet er nicht, tut so, als hätte er sie nicht gehört; der Krieg, den die zwei miteinander führen, läuft meistens wortlos ab. Nun schwebt die Stille überm Tisch, wie der Dampf aus der Teekannentülle. Rex der Hund kommt zur Tür herein, sieht Mordaunt und bleibt stehen. Mordaunt streckt die Hand aus, das Tier geht zu ihm, sehr ernst, ohne mit dem Schwanz zu wedeln. Sie haben sich geeinigt, Mensch und Hund, haben ein Band geknüpft. Kaum zu glauben, dass Mordaunt die Biester früher hasste, bevor er Mordaunt war, und zwar ohne Ansehen von Rasse, Alter und Geschlecht.

Wie ein Zauberkünstler, der einen Trick vorführt, holt Billy ein schönes altes silbernes Zigarettenetui aus der Tasche, öffnet es mit einem Daumendruck und präsentiert es auf der ausgestreckten Linken den anderen am Tisch. Er scheint in dieser Runde der Einzige zu sein, der raucht. »Wie praktisch«, sagt er, wieder mit diesem Augenzwinkern. Er sucht sich eine Zigarette aus, klopft das eine Ende geschickt auf den zart schraffierten, abgegriffenen Deckel des Etuis und zündet sein Feuerzeug an. Diese ganzen teuren Spielzeuge, stellt Mordaunt säuerlich fest; der Billy lässt sich's gut gehen.

»Ich nehm auch eine«, sagt Deirdre und reckt sich impulsiv empor.

»Klar, Schnecke«, erwidert ihr Chef gutmütig, macht das Etui wieder auf und bietet nochmals an.

Ich könnte, überlegt Mordaunt, ich könnte sie auch beide umbringen, ihn und, ja, und seine Zuckerschnute ebenfalls, das soll mir erst mal einer nachweisen, und dann verscharr ich sie, und an der Stelle verstreu ich diese Primeln da, die halb verwelkten. Aber er weiß schon, dass das nichts als eine leere Fantasie ist. Die Zeit des Blutvergießens ist für ihn vorbei, glaubt er zumindest.

»Sind Sie zurück vom Bahnhof?«, fragt ihn Ivy beiläufig. Er nickt und zuckt die Achseln. Sie freut sich, dass man ihn auf einen Botengang geschickt hat, wo er sich doch immer so aufspielt. »Und wie ist der so, dieser Doktor, wie heißt er gleich noch mal?«

Mordaunt krault den Hund hinterm Ohr, zieht die Stirn kraus und denkt kurz nach über die Frage, als würde sie dessen bedürfen.

»Dröge«, sagt er dann bedächtig.

Ivy schnieft. »Na, Sie müssen's ja wissen.«

»Und außerdem ist er Professor und kein Doktor.«

Deirdre muss lachen über dieses kleine Wortgefecht, dann schluckt sie, schielt rasch zu ihrem Dienstherrn rüber und schlägt drei zusammengelegte Knubbelfinger vor den knallroten kleinen Mund. Nervös stippt sie ihre brennende Zigarette am Rand des Aschenbechers ab. Mordaunt ist sicher, dass ihr dieses unbesonnene Kichern einen Klaps einbringen wird. Billy ist zwar hoffnungslos romantisch, aber nach eigenem Bekunden immer streng mit seinen Mädels. »Lass dir bloß nicht von ihnen auf der Nase herumtanzen, das verdirbt sie nur.«

Ivy steht auf, sie räumt unwirsch das Geschirr ab und

stellt es beleidigt klappernd in die Spüle. Sie wird immer wütender, man hat sie nämlich, wie sie selbst es nennen würde, entwürdigt, das heißt beschämt, doch auch, in diesem Fall, ihr einen Strich durch die Rechnung gemacht. Eben lief noch alles wie geschmiert, und jetzt ist alles im Eimer. Mordaunt könnte ein nichtsnutziger Onkel sein, den man in Acht und Bann geschlagen hatte und der zurückgekehrt und im denkbar ungünstigsten Moment hier bei ihr gelandet ist. In den Mr Hipwell hatte sie sich gleich verguckt, hat ihm seinen Nadelstreifen verziehen und sogar die kleine Derbe mit dem Mopsgesicht, die er bei sich hatte; sie waren wirklich ganz gut miteinander ausgekommen, sie beide, besten Dank auch; der Mr H. hat Storys aus dem Autohandel erzählt – der kann echt gut erzählen, man muss sich bloß erst mal an seinen Dubliner Gossenjargon gewöhnen, damit man ihn versteht –, und wie er sie dabei taxiert hat, dieser unverschämte Blick. Jetzt ist's erst recht ein Jammer, denkt sie, dass Duffy nicht da ist. Der kann schon den Mordaunt nicht ausstehen, da sollt er erst mal den ungemein sympathischen Wm. Hipwell, esq. sehen. Ja, er hat ihr seine Visitenkarte gegeben, besser gesagt, Deirdre hat sie auf sein Geheiß wie das Herz-Ass aus einem akkuraten, von einem Gummiband zusammengehaltenen Packen in ihrer Handtasche gezogen und sie Ivy ohne große Grazie quer über den Tisch zugeworfen. Ivy, die arme, wackere, zerstreute Ivy, wie sehr sie sich doch danach sehnt, sich festzuhalten, und findet einfach keinen Halt. Auch wenn sie sich gestattet, sich ein wenig, ein ganz klein wenig, ganz kurz nur Hoffnungen auf ihn zu machen, auf den ausgelassenen Billy, er wird bald wieder weg sein, wird losfahren, in die weite Welt hinaus, wohin sie ihm nicht folgen kann.

Ob er wohl wiederkommt? Ach, wird er wohl. Alle werden sie wiederkommen, bis hin zum Mondlicht zwischen den Bäumen, zur Spinne in ihrem Netz.

Deirdre spricht, mit schräg geneigtem Kopf und hochgerecktem Kinn, ganz die forsche Geschäftsfrau. »Ich krieg den Autoschlüssel«, sagt sie zu Mordaunt. Ihr Ton ist spitz und spröde, und wieder merkt er, wie sehr sie sich zusammenreißen muss, um nicht zu lachen. Entweder sie findet alles lachhaft, oder sie hat diese Glubschaugen, die immer irgendwie verstöpselt wirken, schon von Geburt an; eher wohl Ersteres, glaubt er. Sie hat schließlich allen Grund, froh zu sein, immerhin hat sie Glück gehabt und sich einen wohlhabenden Sugar-Daddy geangelt, der freilich, was ihr indes kaum bekannt sein dürfte, in jungen Jahren wegen diverser Vergehen im Gefängnis saß, als da wären Störung der öffentlichen Ordnung, schwerer Raub mit Körperverletzung und, ach ja, Unzucht mit einem Minderjährigen, wobei der Geunzüchtigte ein lauthals die Nichteinvernehmlichkeit des Aktes verkündender Elfjähriger mit zwei eifersüchtig auf ihn aufpassenden und extrem großen Brüdern war. Oh ja, Billys Jugendtage waren farbenfroh und gar nicht selten blutrot; lassen Sie sich bloß nicht von seiner spitzbübischen Unschuldsmiene täuschen, die er heute noch zur Schau trägt.

Mordaunt denkt noch über die Schlüsselfrage nach – soll er ihn ihr übergeben, oder soll er verhandeln, ihr drohen? –, als ein neuer Schatten über die Schwelle tritt, wenn auch einer, der weniger massiv ist als der seine.

Die Jahre haben Anna Behrens' Schönheit nicht geschmälert, sondern sie nur umso stärker akzentuiert. So jedenfalls sein erster Eindruck nach dieser langen Zeit. Sie ist groß, immer noch schlank, vielleicht inzwischen leicht gezeichnet, man könnte sogar sagen, ein klein wenig abgemagert, die Schultern etwas kantiger, die Wangenknochen schärfer konturiert, und ihr Haar, das einst die Farbe windgeschliffenen Weizens hatte, hat jetzt den weichen Silberton von feucht gewordener Asche. Doch was für eine Haltung, welche Anmut, welch träge Selbstgewissheit. Sie steht im Türrahmen, auf einen Stock aus Ebenholz gestützt, und ist auch so noch immer elegant. Sie trägt ein hellblaues Kostüm mit engem Rock und drüber einen dunkelblauen Regenmantel mit Kimonoärmeln. Alles in allem hat sie etwas an sich von Perlmutt, etwas Sprödes, Schillerndes. Sie kommt aus jener anderen Welt, die Ivy fürchtet, der Welt der blonden Frauen mit dem trägen Blick, die Kostüme aus blauer Seide tragen und teure Gehstöcke schwenken, und es scheint, als wolle sich die triste Küche schier verkriechen vor ihrer Wirklichkeit. Mordaunts Blick ist ausweichend, außen im Augenwinkel blitzt bei ihm kurz das Weiße auf, Billy Hipwell rappelt sich hoch, und Deirdre durchbohrt die andere bereits mit Blicken. Ivy zieht den Mund zu einem verkniffenen kleinen Kreis zusammen, macht aber keinen Mucks. Der Hund knurrt leise.

»Ich war auf dem Weg zum Haus«, sagt Anna mit leicht verwundertem Lachen an Mordaunt gewandt, »und habe auf der Auffahrt einen ziemlich merkwürdigen Mann getroffen, der mir gesagt hat, dass ich dich hier finde.«

»Und hier bin ich«, antwortet Mordaunt ausdruckslos. In seinem Kopf herrscht ein Gedankenwirrwarr, in das sich durchaus zärtliche Erinnerungen mischen. Aber Anna ist die Letzte, von der er erwartet hätte, dass sie ihn aufspürt. Sie haben einmal miteinander geschlafen, vor vielen Jahren, nicht nur einmal. Davon ist herzlich wenig übriggeblieben; herzlich wenig, aber etwas doch, etwas ganz bestimmt.

Er schaut zu den anderen, zu Billy, der plötzlich ganz schüchtern ist, zu Billys mürrischem Mädchen, zu Ivy mit ihrem wilden Haarschopf. Es ist auch alles zu viel – was, weiß er selber nicht. Kurz herrscht Stille, dann fangen plötzlich alle an zu reden und hören augenblicklich wieder auf. Er hat ein Gefühl, als sitze da ein unsichtbares Publikum unten vor dem Proszenium dicht gedrängt im Dunkeln, das sich vor Lachen wälzt in einem unfreiwillig komischen Moment, Text vergessen, Kulissen umgefallen, dem Hauptdarsteller ist die Perücke verrutscht.

»Das ist Anna Behrens«, sagt Mordaunt; wie seltsam, denkt er en passant, dass jeder einen Namen haben muss, zwei Namen haben muss. »Anna, das ist mein alter Freund Billy Hipwell, und –«

»Deirdre«, sagt Deirdre scharf, mit zusammengekniffenen Augen, und ihre glänzende Stupsnase zuckt ein bisschen.

»Ja, Deirdre«, echot Mordaunt rasch. »Und –«

Ivy schiebt sich in den Vordergrund, behauptet ihr Nachfragerecht als Hausherrin.

»Von den Behrensens aus Whitewater House?«, fragt sie Anna.

»Ja, stimmt«, sagt Anna mit gefurchter Stirn und lächelt dann vorsichtig. »Und Sie sind –?«

»Ivy –«

»Ivy Blount! Du liebe Güte, na das ist ja –«

»Ja!«

Die zufällige Begegnung zweier Menschen ist ein eigen Ding, das ist mir schon des Öfteren aufgefallen.

Mordaunt nimmt Anna ins Visier und mustert sie mit seinem Würgerblick. Wird er sie auch töten müssen? Was um alles auf der Welt soll er bloß mit so vielen Kadavern machen, wie bringt er die nur alle unter die Erde? Und was hat Ivy mit den stinkreichen Behrenses aus Whitewater House zu schaffen? Alles sehr verstörend.

»Verzeihung, aber ich muss mich setzen«, erklärt Anna. »Dieses vermaledeite Knie.«

Letzte Woche, teilt sie der um den Tisch versammelten Runde mit, während sie mit Leidensmiene ihren prächtigen Mantel ablegt, sei ihr die Kniescheibe rausgesprungen; irgendwas mit einem Pferd. Billy, bereits auf dem besten Wege, total den Kopf zu verlieren, bringt eilig einen Stuhl und erklärt beflissen, er kenne da jemanden, einen Knocheneinrenker, der – »Die Leute schwören auf ihn«, versichert er ihr, indem er ihr den Stuhl sachte hinschiebt, damit sie ihren hübschen, wohlberockten Hintern daraufpflanzen kann. Sie schenkt ihm ein ebenso strahlendes wie höflich abweisendes Lächeln.

Ivy zeigt auf die Teekanne, die auf ihrem Untersetzer brütet. »Möchten Sie –?« Die Teezeremonie wieder. »Ich könnte noch mal frischen brühen.«

Zur Antwort erhält sie ein neuerliches Aufblitzen jenes gedankenverlorenen Lächelns. Anna hatte immer schon etwas von einer Königin, überlegt Mordaunt. Er hat Angst, dass sie ihn mit seinem Namen anspricht, seinem alten Namen, dem einzigen, unter dem sie ihn kennt. Das wär ihm aber peinlich. Er spürt ein amüsiertes Kribbeln ganz oben in der Nase. Was soll er machen, o Gott der Kreuzwege, was soll er bloß machen?

Und die Sache ist natürlich ganz einfach, wie ich Ihnen nun zeigen werde. Den Autoschlüssel der finster dreinblickenden Deirdre, der Annas Ankunft das Grinsen komplett aus dem Gesicht gewischt hat, aushändigen; Billy die Hand schütteln und dabei so was murmeln wie also dann, bis die Tage; Ivy zunicken und Anna auf die Beine helfen, sie mit ihrem Stock – stapf-stapf – zur Türe dirigieren, und dann raus hier. Ich, unsichtbar, treibe sie vorwärts, und dabei bilden sie sich ein, sie handelten aus eigener Kraft. Der Hund, der sphinxhaft unterm Tisch sitzt, sieht Mordaunt nach und gibt ein gekränktes Winseln von sich, weil er sich verlassen fühlt: Für einen Hund ist jedes Handeln absolut und jedes Fortgehen endgültig. Er starrt mich an, der Einzige hier, der mich sehen kann.

Als Anna geht, schaut sie sich nach Mordaunt um und muss lachen.

»Um Gottes willen, Fre–«

»Pssst!«

Wie scheu und zaudernd sie doch scheint, die Küste, bei gazezartem Wetter, am Beginn des Sommers. Will sagen, ihm erschien sie so, speziell an jenem leicht bewölkten Tag, als er, an seiner Seite Anna, in dem verlotterten Küstenörtchen Ballyless ankam. Denn woher soll er wissen, wie der Mai in, sagen wir mal, in Madagaskar ist oder meinetwegen auch am Ufer des Kaspischen Meeres oder an der Copacabana, wo jetzt der Winter anfängt, nicht der Sommer, und wo die beinah nackten Mädchen mit dem honigfarbenen Teint der Jahreszeit gemäß sich ausgelassen in der Brandung tummeln? Nachdem er Anna aus Ivy Blounts Cottage hinausbefördert hatte, blieb ihm nichts weiter übrig, als ihr zu folgen, was er auch tat, buchstäblich auf dem Fuße. Sie hatte viele Kilometer zurückgelegt, um ihn zu sehen, und egal, was sie damit bezweckte, er konnte sie nicht einfach abweisen: Selbst ein Mörder muss Manieren haben. Sei's drum, in Ivys Küche konnten sie unmöglich bleiben, nachdem Anna dort aufgetaucht war, genauso strahlend und so unerwartet wie der Engel der Verkündigung. Aber was sollte er mit ihr machen? Sie mitzunehmen in das Große

Haus, wie die Familie die schimmelige Bruchbude liebevoll, wenn auch nicht ohne Ironie nennt, die nach Mordaunts geschätzter, aber, halten zu Gnaden, fortschreitend zerbröselnder Erinnerung seit jeher ihr Zuhause war, kam nicht infrage. Der Gedanke, sie Adam Godley oder gar dessen Frau vorzustellen, war absurd, geradezu grotesk, auch wenn er gar nicht hätte sagen können, warum. Gewiss, es gibt keinen Grund, Anna überstürzt wegzuschicken, ist sie doch das, was man gemeinhin unter einer Grande Dame versteht, wenn wir damit weniger Klasse meinen, sondern eher Geld, was wir hier tun. Aber sie ist lästig, und trotz ihres ganzen Reichtums muss man sie unbedingt wieder loswerden, und zwar ruckzuck. Sie stellt gewissermaßen die Gefahr einer irgendwie gearteten Störung dar – und wieder kann er nicht recht sagen, welcher Art das eine oder das andere sein könnte –, und das ausgerechnet jetzt, wo er sich unverrückbar niedergelassen hat. Denn er fühlt sich ziemlich wohl hier, insgesamt. Er hat ein nettes Zimmer im oberen Stockwerk mit einem netten Blick über Wiesen und Hügel bis hinaus zum Horizont, wo er ein Stückchen von der See schimmern sieht, er kann sich sogar mit Ivy abfinden, fürs Erste jedenfalls, solange er sich überlegt, was er für den Rest vom goldenen oder wenigstens vergoldeten Herbst seines Lebens mit sich anfangen soll; der Winter ist dann eine andere Sache.

Anna lachte über das winzige Auto und weigerte sich einzusteigen. »Mit diesem Knie?«, sagte sie. »Und außerdem, du hast den Schlüssel doch dem Mädchen da gegeben.« Ja, richtig, in diesem spritzigen kleinen Sprite gibt's keine Spritztour mehr für mich, dachte er traurig, doch dann sagte er sich, dass ihm das nichts ausmachte und dass es so vielleicht sogar am besten war. Das Auto war zu klein für ihn, er war zu groß dafür. Ihm war ja klar, wie albern das bestimmt aussah, wenn er hinter dem Lenkkrad saß, wie wenn ein ausgewachsener Mann, ein mehr als ausgewachsener Mann, vergnügt in einem Tretauto für kleine Kinder rumkurvt.

Als er so über Kindheitsdinge nachdachte, fiel ihm ein, wie er am Tag seiner Entlassung auf der Fahrt durch die splitternde Welt darüber nachgedacht hatte, der See einen Besuch abzustatten und dort ein Krümchen Trost für seine verunsicherte Seele zu suchen. Damals hatte er es aufgeschoben, aber warum nicht jetzt?

Der Stachel des Argwohns lässt ihn wieder innehalten. »Woher wusstest du eigentlich, dass du zum Cottage kommen musstest?«, fragte er mit leiser Renitenz.

»Ich sag doch, auf der Auffahrt hab ich einen Mann getroffen, den hab ich gefragt, wo ich dich finde. Knurr mich nicht so an.«

»Was denn für einen Mann?«

»Grobschlächtig, ungehobelt, Typ Ackergaul, würde ich sagen.«

Er nickte. »Hört sich nach Duffy an«, sagte er düster. »Aber jetzt sag doch mal, woher du wissen konntest, dass ich in Coolgrange bin« – er lachte verhalten – »beziehungsweise in Arden House, wie sie es heutzutage nennen.«

Sie schüttelte den Kopf. »Weiß ich nicht mehr.« Er sah, ihr Blick war plötzlich vage, irgendwie verschwommen, als ob sie sich im Geiste unumkehrbar von ihm löste, von ihm und von sich selbst, von allem. Da ist sie wieder, diese Eigenschaft der Dinge, plötzlich leer zu sein und scheinbar zu versinken.

Der Grund dafür, denkt er auf einmal, dass ihm das so bekannt vorkommt, dieses Gefühl, dösend durch eine Welt zu treiben, die allmählich, ganz allmählich, austrudelt, nach dem ersten oder zweiten oder hundertundsiebenundvierzigsten Gesetz von irgendwas oder irgendwas ganz anderem, die immer weiter trudelt und doch nie ganz zum Stillstand kommt, der Grund, warum er meint, es wiederzuerkennen, ist vielleicht ganz einfach der, dass es im Gefängnis auch so war. Konnte das sein? So einfach?

»Was ist denn los mit dir?«, hörte er Anna sagen.

»Wie bitte?«

»Du siehst aus, als ob du gleich ein Ei legst.«

Ihr Wagen parkte auf dem kleinen Weg vor Ivys Tor. Ein Cachalot, ein Wahnsinnsschlitten, ein wahrer Pottwal von einem Cabrio, noch schicker und noch größer als Billys großer schicker Dolphin. Die Motorhaube war rußschwarz, die Metallteile glänzten grau wie der Bauch von einem frischgefangenen Fisch. Sie öffnete die Fahrertür und warf den Krückstock auf die Rückbank, wo er klappernd liegenblieb.

»Los, rein mit dir«, sagte sie, »wir machen eine kleine Spritztour.«

Mit Erleichterung sah er, dass sie anscheinend wieder zu sich gekommen war, sich wieder gesammelt hatte, denn nun ist sie wieder so, wie sie vor einer Minute war, entschlossen, spontan – Anna und ihr großes, unbekümmert funkelndes Auto.

»Ich würde gern die See sehen«, sagte er. *La mer, la mer, toujours recommencée!* »Ich würde gerne an die See fahren.«

Und so kam er nach Ballyless, nach Ballyless on Sea.

Er kennt den Ort, als Junge war er manchen Sommer

hier, ein Stück von seiner Kindheit dauert fort bis heute, und sei's auch nur der scharfe Salzgeruch der Luft und wie idyllisch alles aussieht. Das Dorf besteht aus einer geraden Straße, etwa einen Kilometer lang, mit Hotels und Pensionen, sonnengebleichten Villen, kleinen Läden an der einen Seite und an der anderen einem ausgefransten Rand von schilfbewachsenen Dünen, dahinter liegt der Strand. Anna fuhr langsam mit offenem Verdeck und heruntergelassenen Fenstern, als sei ihr Beifahrer ein Held, der sich seinem Publikum zeigen sollte, ein Feldherr, siegreich heimgekehrt aus Troja, das in Schutt und Asche liegt, oder ein Dichter auf dem Wege zum Parnass; fehlten nur noch Konfetti, Lorbeerkranz und eine jubelnde Menschenmenge. Er kam sich vor wie ein Idiot.

Es überrascht ihn, dass man ihn ungehindert bis hierher hat kommen lassen, wo er es neulich doch nicht mal durchs Friedhofstor geschafft hat. Irgendwie schien das ein besonderer Eingang in die und zugleich der Ausgang aus der alten Welt zu sein, die für ihn verloren ist. Falls dem so wäre, könnte man auch gleich versuchen, sich durch das Auge eines Stundenglases wieder nach oben zu quetschen.

Ballyless, das Dorf an sich, wirkt geradezu ostentativ unverändert. Die beiden Hotels, das Beach und das Golf, sind noch immer, wie sie waren, genau wie Myler's, ein Zwischending aus Pub und Lebensmittelladen, und die Kirche mit dem Blechdach, die im Sommer sonntagmorgens durchaus unheilig nach einem Gemisch aus Leimfarbe und warmem Holz roch und wahrscheinlich nach wie vor so riecht. Gedankenverloren sah er sich das alles an, und wenn er ein anderer wäre, hätte er vielleicht eine nostalgische Träne vergossen. Der Tag war, wie gesagt, bewölkt, aber die

Wolken sind ungeheuer hoch und dünn, bloße Wattefetzen vor dem Blau, und die Luft ist weißlich hell, alles nackt und scharf umrissen wie auf einer überbelichteten Fotografie. »Wohnst du wirklich mit dieser Frau zusammen?«, fragte Anna.

»Ich bin ihr Untermieter.«

»Ihr Mitbewohner! Mein Gott. Bringt sie dir Näpfe mit stärkender Brühe und reibt dir zur Nacht die Brust ein?« Er betrachtete ihre Hände am Lenkrad. Sehnen, stark hervortretende Adern, ein paar verstreute kleine Leberflecke. Ein aufregender Anblick, fand er, so ein zart gebautes Wesen und lenkt so ein riesiges Auto, mit all den vielen Anzeigern und Messgeräten, dem moschusartigen Geruch, dem leisen, drohenden Brummen des Motors. Er kaute auf seiner fleischig-samtigen Unterlippe herum, etwas, das er schon immer gerne tat, so eine Art heimliches Spielen an sich selbst. »Und du willst da auch künftig bleiben?«, fragte sie weiter. »Ich meine –?«

Er wandte den Blick ab und fuhr mit den Fingern über die sonnenwarme lederne Armlehne neben sich in der Tür. Dort war ein eingebauter Aschenbecher, unter dessen geschwungenem Chromdeckel ein Klumpen zerdrückter Zigarettenstummel vor sich hin stank. Nun sagen Sie schon, Sherlock, wer? Irgendein eleganter Schurke, ein vornehmer Geck vom Lande; sie konnte sich's schon immer aussuchen, die Anna; ihn hat sie sich ja auch ausgesucht, nicht wahr? Bloß behalten hat sie ihn nicht lange. »Nett von dir, dass du mich besuchen gekommen bist«, sagte er, »uneingeladen. Möchtest du mir nicht erzählen, hinter was du her bist?«

Sie lachte und trat so hart aufs Gaspedal, dass der Wagen

einen Satz machte, als hätte er von hinten einen kräftigen Stoß bekommen, zum Beispiel mit einer Harpune.

»Ach, Freddie, du änderst dich auch nie.«

»Ich heiße Felix«, sagte er streng. Und diesmal sprach er es *fie* am Anfang aus und nicht *fé;* er wollte nicht, dass sie ihn trällernd auslachte und ihm ihre weißen Zähne zeigte, wie sie's immer tut. »Und Menschen ändern sich halt nicht.«

»Sie ändern Ihren Namen, Mr.« – sie gestikulierte unwirsch mit den schlanken Fingern ihrer erhobenen Hand – »wie noch mal?«

»Mordaunt.«

»Mordaunt?«

»Mordaunt.«

»Richtig. Doch, ja. Passt zu dir.«

Ihr Lippenstift war blass, und wenn sie lächelte, dehnten sich ihre Lippen und glänzten grau. Wie ein Wurmpaar, bei dem der eine zierlich auf dem anderen klebt, dachte er und grinste in sich hinein, das Bild gefiel ihm. So was kommt ihm in den Sinn. Es hatte einmal eine Zeit gegeben, da hatte sie gesagt, dass sie ihn liebt. Sie hatte es nicht ernst gemeint, das war ihm damals klar gewesen und ist ihm heute klar; sie hatte es bloß gesagt, um zu hören, was er sagen würde, um zu sehen, was er täte. Seine jünglingshaften Erregungszustände hatten sie amüsiert, seine Selbstverliebtheit, sein Verlangen nach der Welt, die sie in dem Moment vielleicht verkörperte, die sie ihm aber weder geben konnte noch wollte. Sie war ein, zwei Jahre jünger, doch er hatte immer das Gefühl gehabt, sie sei so alt wie Eva. Zweimal hatten sie miteinander geschlafen, und noch ein drittes Mal, als Daphne, seine Frau, mitgemacht hatte.

Es gab auch noch ein viertes Mal, viel später, doch das ist für uns nicht von Belang. Bei diesem Dreier damals hatte Anna Daphne erheblich mehr begehrt als ihn. Das alles, was in jener Zeit passiert war, sieht er wie auf einer kostbar illustrierten Seite in einem alten Buch mit quastengeschmückten Lesebändern, auf der man einen ernsten Grandseigneur im kobaltblauen Gewand erblickt, umringt von einer Schar von Damen mit Porzellangesichtern und irrsinnig hohen spitzen Hüten, an deren Spitzen hauchdünne Schleier befestigt sind, und eine davon wiegt ein Einhorn im Schoß. Seine Vergangenheit als Sage dargestellt, wie lachhaft.

»Wie gut du mich doch kennst«, sagt Anna in ihrer fröhlichen, leicht dahinplätschernden Art. »Wie es der Zufall will, muss ich dich nämlich um einen Gefallen bitten.«

»Soso, wie es der Zufall will.« Hier ist die Eisenbahnunterführung, dort der kleine Bahnhof, zeitlos wie ein Spielzeug. Plötzlich streckte er die Hand aus und packte sie am Arm. »Halt an, dreh um –«

»Aua! Du tust mir weh.«

»– dreh um und fahr zurück.«

»Warum?«

»Ich will das alles noch mal sehen.«

Grummelnd folgte sie seiner Bitte und wirbelte das Lenkrad herum, die Reifen protestierten kreischend, und ein entgegenkommender Kleinbus wich wild schlingernd aus und raste mit einem empörten *»Paarp!«* an ihnen vorbei.

Mit noch größerem Interesse als zuvor sah Mordaunt sich alles an, noch ratloser und mit noch größerem Entzücken.

»Und ist es so, wie du es in Erinnerung hattest?«, fragte Anna und sah verstohlen zu ihm hinüber.

»Ja, genauso, fast.« Verwirrt grübelte er vor sich hin. »Ich versteh das nicht. Manches ist noch so wie früher und anderes ganz anders, nicht mehr wiederzuerkennen.«

»Na ja, Sie sind halt lange weg gewesen, *Mr. Mordaunt.*«

Er überlegt, wie er erklären kann, was sein Problem ist, und haben wir nicht Mitgefühl mit ihm? Es ist, als sei er nach langen Reisen durch ferne Länder über fremde Meere heimgekehrt und müsse nun erkennen, dass alles, was ihm hier in Ithaca vertraut gewesen war, sich auf unerklärliche Weise verändert hatte, sein Haus war umgebaut, die Schlösser ausgewechselt, die Hausmädchen verschlampt, ein fremdes Eheweib in seinem Bett, und seine Kinder Wechselbälger, umbenannt und störrisch, und auf dem Abtreter saß eine neue Katze und starrte ihn mit schmalen grünen Augen böse an. Eine gescheckte Miezekatze, richtig? Auf einem Rattanabtreter, reglos horchend, ob eine Maus zu hören sei. Wir lieben Präzision.

»Ach ja, und all das war das Werk von unserem verstorbenen Freund, dem ganz und gar ungöttlichen Adam, nicht wahr«, sagte Anna. »Er hat seine teuflischen Berechnungen angestellt, und prompt war alles nur noch ein einziges Durcheinander. Es war alles in Butter, vielen Dank auch, bis er seinen Daumen ins Räderwerk gesteckt hat, wodurch die Zahnräder kaputtgegangen sind.«

»Und das war alles?«, murmelte er verwundert, und seine Stimme klang, als würde er in einen Abgrund blicken und unten in der Tiefe Wolken sehen, als ob die Welt kopfstünde. »Das war alles? Mehr hat's nicht gebraucht?«

»Alles?«

»Ein paar Gleichungen?«

»Ein paar Gleichungen.«

Wie konnte sie so ruhig sein, so lässig? War sie hier oben

nicht an seiner Seite, schwebte überm selben Abgrund, mit all den anderen? Schauen Sie durch die Lücke in den Wolken, sehen Sie doch nur, wie tief es da hinuntergeht.

Wieder rollte sich ein Straßenabschnitt auf vor ihnen. Anna winkelte die Ellenbogen an, stemmte sich mit beiden Händen auf das Lenkrad und drückte sich seufzend mit dem Rücken an die Lehne ihres Sitzes. »Ich sollte eine Zigarette rauchen und fröhlich lachen«, sagte sie, »mein Haar im Wind wehen lassen, wie das Mädchen in der Tabakwerbung. Früher hab ich das auch gemacht, weißt du noch? Damals, als wir jung und schön waren.«

»Klar weiß ich das noch.«

»Tust du nicht.«

»Tu ich doch.«

Seidenglatt sauste der Wagen die steile Station Road hinunter – da, *Zu den Zedern,* traurig, wie schäbig es jetzt aussieht hier, im Vergleich zu früher –, und am Ende der Straße, in einer Lücke zwischen zwei Flachbauten, der Strand und dann ein gewölbtes Stück indigoblauer See und dann der Himmel, hoch, weit und kreidig. Und da fühlt er sich auf einmal ganz unbeschwert, als sei irgendwo eine Tür aufgerissen worden.

»Und was ist mit mir, hab ich mich auch verändert?«, fragte er.

»Hast du, ja, das hast du. Du bist – ich weiß nicht.« Sie sah ihn aus dem Augenwinkel an, taxierte ihn. »Als ob du dich in deinen älteren, bedrückteren Bruder verwandelt hättest. In diesen Sachen siehst du übrigens total von gestern aus.«

Er zog das Kinn ein und schaute skeptisch an sich hinunter.

»Ich dachte, das ist klassisch. Man sagt doch immer, Tweed kommt niemals aus der Mode, oder?«

Sie musterte ihn wieder, diesmal kritischer, und verkniff sich ein Lachen.

»In Bernstein eingeschlossen«, konstatierte sie.

»Du meinst, in Aspik. Du musst schon die richtigen Begriffe nehmen, wenn du beleidigend sein willst.«

Sie fasste ihn ins Auge.

»Na, wenigstens ist der Deckel neu; danke schön, Anna«, sagte sie mit einem Blick auf den Hut, den er auf den Rücksitz geworfen hatte, jawohl, den hatte sie für ihn bestellt und dafür gesorgt, dass er ihm am Morgen seiner Entlassung geliefert wurde; ein Rauskommensgeschenk, hatte sie auf das Kärtchen geschrieben, das sie unters Krempenband gesteckt hatte. Woher hatte sie gewusst, welche Größe sie kaufen musste? Noch so ein kleines Geheimnis. »Ich dachte, zur Feier des Tages«, sagte sie. »Hab mich erinnert, dass du mit Hut immer so was Zwielichtiges hast. Obwohl, du bist ja schließlich auch zwielichtig, nicht wahr? Haben sie dir das Ding wenigstens auf dem Silbertablett in die Zelle gebracht?«

»Sie haben die rosa Schärpe bewundert, die du um die Schachtel gebunden hattest. Oder war das der Hutmacher? Sehr hübsche Schleife jedenfalls.«

Links abbiegen. Das Strandcafé. Gegenüber ein kleiner brauner Laden, an den er sich noch ganz genau erinnert, nur dass es eine exakte Nachbildung des Originals ist, mit Fischernetzen an grazilen Bambusstangen, einem Netz voll gestreifter Wasserbälle und in der schmalen und stets offenen Tür, deren verglaster Teil innen einen zierlichen, mit den Jahren ausgeblichenen Vorhang aus Cretonne hat, ein roter Eimer, in dem ein Strauß von Windrädern mit rosa-weißen Blättern steckt. Ja, ja, alles da! Und im Fenster ausgestellt sind süßsaure Drops, Pfefferminzbonbons, Brausestäbchen und ein großes Glas mit Lakritzschnecken, die glänzen wie dicke schwarze Schnürsenkel. Menschen haben in Fabriken geschuftet, um diese Dinge herzustellen. Als er hochsah, kam ein kleiner Junge, der vor fünfzig Jahren er hätte sein können, aus der Tür mit dem Vorhang und aß hingebungsvoll und konzentriert wie ein Bildhauer, der aus einem formlosen Stück Porzellan ein zartes Kunstwerk modelliert, ein Eis in einem Waffelhörnchen.

Ein Sonnenstrahl, der sich kurz spiegelte, war gleich wieder verschwunden. Es war ein Tag grell wie Magnesium. Wie rasch das Licht unter der hohen weißen Wolkendecke sich verändert. Alles ist in ständiger Bewegung, nichts bleibt, wie es noch vor einem Augenblick gewesen ist, alles stürmt rücksichtslos voran auf seinem Weg.

»Hast du noch meine Sachen«, fragte er, »oder hast du sie abholen und verbrennen lassen?«

»Sie sind in einer Truhe irgendwo auf dem Speicher, jedenfalls das, was die Motten nicht gefressen haben. Wir müssen mal einkaufen gehen und dich anständig einkleiden.«

»Aber nur, wenn du die Rechnung übernimmst. Ich hab kein Geld.«

»Ach geh, du musst doch im Geld schwimmen! Hast schließlich jahrelang nichts ausgegeben und auf Staatskosten gelebt. Und wird man im Gefängnis nicht sogar auch noch bezahlt?«

»Zwei Pence pro Postsack.«

»Kleinvieh macht auch Mist. Ich könnte wetten, dass

du irgendwo einen großen Topf voll Zaster versteckt hast, die ganze Kohle, die du in der langen Schlechtwetterzeit gespart hast, um sie zu verjubeln, wenn die Sonne wieder scheint.«

»Du hast ja vielleicht Vorstellungen.«

»Erzähl doch mal, haben sie dir auch so Pfeile auf die Sachen gemalt? Gab es viele Vergewaltigungen? Ich stell mir vor, du hattest einen Jungen ohne Vorderzähne. Ich hab irgendwo gelesen, das ist der letzte Schrei dadrin im – wie heißt das noch mal? Im Karzer?«

»Im Karzer. Im Kotzer.«

»Und warum Kotzer?«

»Keine Ahnung. Vielleicht, weil es was ist, wovor sich alle ekeln?«

Sie lachte ein gurgelndes Lachen, das von ganz weit unten aus der Kehle kam.

»Der Mann da vorhin, der so schrill angezogen war, da hinten, wo du wohnst, der hat dich aber eigenartig angeguckt.«

Er biss sich auf die Lippen und zog die Augenbrauen hoch, wohl wissend, dass er, wenn er das tut, immer haargenau wie seine Mutter aussieht. »Scharf beobachtet«, sagte er. »Er war tatsächlich eine Weile lang mein Exoletus. Und jetzt tu nicht so, als wär dir dieses Wort geläufig.«

»Es muss mir nicht geläufig sein, ich kann mir auch so denken, was es heißt. Die Vorderzähne sind ihm nachgewachsen, ist mir aufgefallen.«

Wieder das Golf Hotel. Wieder Myler's. Der Bereich mit den Chalets. Hier war er mal gewesen, früher; einmal war das für ihn ein Ort gewesen, ein Ort, der ihm vertraut war. Oder? Als er hier einmal als Junge in die See hineingegangen war, war er auf einen Klumpen Sand getreten, der vor Schreck unter seinem Fuß ins Rutschen kam, und da hatte sich das Universum für einen Moment zur Seite geneigt. Nirgendwo ist Zuhause.

»Hast du mich vermisst?«, fragte Anna. »Hast du überhaupt mal an mich gedacht, auch nur ein einziges Mal?«

»Du warst nicht da, wie sollte ich dich da vermissen«, sagte er. »Du warst nirgendwo.«

In einem gewissem Sinne war beziehungsweise ist das wahr. Für ihn hören Menschen, die sich aus seinem Dunstkreis entfernen, auf zu existieren. Dazu hatte man ihn nicht erst einsperren müssen, das war bei ihm schon immer so gewesen. Er fragt sich, ob das an seiner fehlenden Vorstellungskraft liegt. Das mag einem wie der reinste Solipsismus vorkommen, ist es aber nicht. Dass die anderen real sind, kann er ohne Weiteres akzeptieren, doch eben nur abstrakt und nur, weil es für ihn ohne Belang ist, ob sie existieren oder Schimären sind, und dies genauso mannigfaltig wie die Welt. Auch ist es nicht direkt Gleichgültigkeit; er ist nicht Adam Godley. Es ist eher eine praktische Sache, so etwas wie ein logischer Schluss: Ich bin, mit meiner ganzen Amnesie, und folglich sind sie nicht, es sei denn, sie wären in meiner Sicht- und Hörweite, wären greifbar hier, sodass ich sie zum Leben erwecken kann. Der Baum im Wald, der fällt, ohne dass ihn jemand hört, tut etwas oder auch nicht, was genau ist ihm im Moment entfallen. Er kann sich einfach nicht vorstellen, dass Anna Behrens, um ein unmittelbares Beispiel zu nehmen, dass sie an irgendeinem Ort war, wo auch immer, irgendwas getan hat – gehen, reden, essen, ja selbst schlafen – in diesen ganzen Jahren, ein volles Vierteljahrhundert lang, ohne dass er da war, um ihre

Realität zu bezeugen. Auch hat es nichts zu tun mit Liebe, *die ferne Geliebte,* die so hoffnungslos unerreichbar ist; er hat sie nicht geliebt, genauso wenig, wie sie ihn geliebt hat. Er hat den Verdacht, dass er niemals irgendwen geliebt hat; wenn Liebe Selbstaufgabe fordert, sowieso nicht, wird er geltend machen, da ja für ihn ohnehin kein Selbst existiert, das er aufzugeben hätte. Es gibt einen Analogeffekt zu dem, den wir hier gerade diskutieren, den ich hier gerade diskutiere, nämlich, dass wenn sich andere aus seinem Dunstkreis entfernen oder er sich aus ihrem, er annimmt, dass er dann schlussendlich auch seinerseits für sie zu existieren aufhört, ganz gleich, ob für die anderen zum guten oder schlechten Schluss und Ende.

Zum Beispiel der Baum im Wald, die alte Kastanie: Fällt sie, so wird ihr Fallen immer von irgendwem oder irgendwas wahrgenommen werden, und sei es auch nur von einem Fuchs, einer Maus, einem Fadenwurm oder auch einfach nur von der Luft selbst, die wallt in Wellen und Partikeln, in funkelnden Wellikeln.

»Wie wär's mit einem Drink?«, fragte er.

Seine eben noch heitere Stimmung war verflogen, und ihn beschlich ein Unbehagen. Annas plötzliches Auftauchen hatte ihm einen Stoß versetzt; einen ganz leichten zwar, aber es war doch ein Stoß. Er wünschte, sie hätte ihn nicht ausfindig gemacht. Davor war er zufrieden gewesen, fast jedenfalls. Er hatte sich ganz wohlgefühlt in Arden House, in seinem Wiedereingliederungszentrum, auch wenn er hier unter Fremden und der Ort ihm fremd geworden war, einstmals Coolgrange, Nirgendwo-am-Lethe, da ist er wieder, der dunstverhangene Fluss. Doch nun war – geradewegs aus der Vergangenheit – diese Frau hier aufgetaucht mit ihrem provozierenden Humor und ihrer schelmisch-maliziösen Art, in deren Gesellschaft er sich eine Weile lang beschwingt gefühlt hatte, aufgemuntert, kurz davor, wieder das kühne alte Selbst seiner verwegenen Jugendzeit zu sein. Sehr verstörend. Er glich dem Mammut im Permafrost, die mächtigen Platten hatten sich verschoben, unter furchtbarem Knirschen und Ächzen war das Eis zerkracht und hatte berauschende Luft und Licht hereingelassen, helle Ausblicke, dunstige Fernen, das Tosen heftiger Winde. Genau das ist es, was er nicht gewollt hat, genau das ist es, was er nicht will; sein größter Wunsch ist, nicht zu sein, oder zu sein und zugleich nicht zu sein, beides in einem. Vor allem, weg zu sein von dem Geplapper, dem unaufhörlichen, ohrenbetäubenden Geplapper immer und überall um ihn herum, sogar in Arden, einem Ort, der doch, sollte man denken, in seine Einsamkeit versenkt sein müsste.

»Woher kennst du Ivy Blount?«, fragte er. »Woher kennt sie dich?«

»Mein Vater war mit ihr befreundet. Na ja, so was in der Art – weißt ja, wie Daddykins war. Bounder Blount, der Bär, ist immer mit seiner Tochter zusammen nach Whitewater gekommen, mit Ivy Spindeldürr. Hat ihm mal ein Gemälde abgeluchst, mein Vater, dem Bounder. Ein Bonington, sehr hübsches Bild.«

»Das mit den Fischerjungen am Strand?«

»Wie gut du dich erinnerst.«

»Wie könnte ich mich daran nicht erinnern?«

»Der arme Bounder, dieser Dummerjan, hat nicht gewusst, was er gehabt hat, so schlau er auch in vielen Dingen war. Aber so war er nun mal, mein Pap-Pah, hat immer nur geschaut, wen er übers Ohr hauen konnte.«

Sie lenkte den Wagen durch die Einfahrt des Golf Hotels. Oder war's das Beach?

Wie es denn gewesen sei, so im Gefängnis zu sitzen – »ich meine, in Wirklichkeit« –, fragte sie ihn, während sie im Schneckentempo über die kiesbestreuten Wege krochen und einen Parkplatz suchten. Die Dächer der in Reih und Glied stehenden Autos leuchteten wie die Buckel einer Schar von an den Strand gespülten Buckelwalen; hier wird der Pottwal-Cachalot sich sicher wie zu Hause fühlen. Mordaunt versuchte mühsam, Ordnung in seine Gedanken zu bringen, in sein Denken. Noch immer war ein Rest da von der Lethargie, die ihn vor einiger Zeit befallen hatte, von diesem Zustand, irgendwie zwischen zwei Welten festzustecken, zwischen vielen Welten. Ist es wieder das Gefängnis, an das er denkt? Jeder Lebenslängliche ist notgedrungen ein Eremit.

Wie sollte er ihr das beschreiben, wie? Das, was er hinter sich hatte, war ein Prozess der Läuterung, einer, der ihn so hat bleiben lassen, wie er vorher war, und doch – nun ja, nicht geschrumpft natürlich, das wäre in der Tat ein schlechter Scherz –, doch entblößt und geschoren, ja, und zwar bis auf die Knochen, geistig ausgemergelt. Er gefällt sich besser so, wie er jetzt ist. Es ist ein Naturzustand, sein Naturzustand, mager und adrett, entschlackt.

»Langeweile«, hörte er sich schließlich zu seinem eigenen Erstaunen sagen; das Wort kam ganz von selbst heraus, und es erschreckte ihn; er runzelte die Stirn.

»Was?«

Anna ist nicht bei der Sache, runzelt ebenfalls die Stirn, flucht auf die ganzen Autos und ihre verflixten Besitzer.

»Du hast mich gefragt, wie es im Gefängnis war.«

»Ja, und –?«

»Ich sag doch. Langeweile, die Essenz des Ganzen. Die Quintessenz.«

»Was ist der Unterschied?«

»Was?«

»Zwischen Essenz und Quintessenz.«

»Die Quintessenz ist die Essenz der Essenz. Stell dir Blut vor als Essenz und Lymphe als die Quintessenz. Meister Eckhart –« Er brach ab und zeigte drängend mit dem Finger. »Da ist eine Lücke!«

»Was? Wo?«

»Da, da!« Die alte Gereiztheit brach wieder hervor. »Guck doch hin!«

»Ist ja gut, reg dich ab.« Wie so oft bewunderte sie die Anmut, mit der das lange glatte Fahrzeug in dem Moment, wo die Bremsen zärtlich greifen, seine glänzende Nase senkt. »Erzähl mir was von diesem Meister Wie-heißt-er-noch-gleich und der Essenz der Langeweile.« Er schwieg, den Blick durch die Windschutzscheibe gerichtet. »Na los schon, Freddie, erklär's mir.«

Doch es war sinnlos, ihm gut zuzureden, sie kannte diese bockige, verkniffene Miene, die nach unten gezogenen Mund- und Augenwinkel. Der Moment war vorbei, er würde nichts mehr zu der Sache sagen. Was schade war. Sie genoss es immer, wenn er anhub, eine seiner Vorlesungen zu halten, das große blaue Kinn tief im Kragen vergraben, hineingerammt, als wär's ein Pflasterstein, und sein Mund auf- und zuklappte wie der Kiemenbogen eines gestrandeten Fischs. Meister Eckhart, in der Tat.

Sie hielt mit einer Hand das Lenkrad, griff mit der anderen nach der Rückenlehne ihres Sitzes, drehte sich halb um, spähte über die Schulter nach hinten und wendete mit einem schnellen, weiten, schwungvollen Bogen, wie ein Dressurreiter, der ein Rassepferd rückwärts in den Stall führt.

Er beobachtete ihr Gesicht. Sie dachte wieder an Godley, er wusste es; der Aasgeruch von diesem Kerl verpestete die Luft zwischen ihnen. Darum hatte sie ihn ausgesucht, sagte er sich angewidert, nicht um seiner selbst willen, sondern damit er einen alten Geist beschwören sollte.

»Ich schätze mal, du hast mit ihm geschlafen, damals?«

»Bingo!«, sagte sie, nachdem sie den Wagen geschickt in die Parklücke manövriert hatte. Sie schaltete den Motor ab.

Und da sitzen sie nun in der Hotelhalle, Seite an Seite auf einem langen niedrigen Sofa, das so weich gepolstert ist, dass sie sich vorkommen, als lümmelten sie am Strand in der warmen seichten Brandung. Die Lounge hat erhebliche Ähnlichkeit mit der guten Stube in einem Pfarrhaus: ein winzig kleiner, beige gekachelter Kamin mit eingebautem elektrischen Einzelheizstrahler, eine mit verblühten Rosen bedruckte Tapete in einem Farbton wie versengte Pappe, eine bedächtig, laut und vorwurfsvoll tickende Kaminuhr. Die Wand jedoch, vor der sie sitzen, ist geradezu tollkühn modern; sie besteht aus einer einzigen Glasplatte, die vom Boden bis zur Decke reicht und quer durch den Raum geht. Dahinter liegt ein kurzgeschnittener Rasen mit Krockettoren, einem Pitch-und-Putt-Parcours, drei nicht sehr glaubwürdigen Palmen und einer trostlosen, an einer hohen weißen Stange befestigten Fahne, deren dünne weiße

Flaggleine bei jedem Windstoß einen Knall hervorbringt, kurz, knapp und entschieden wie ein Pistolenschuss. Tapfer scheint die Sonne, sie macht Dienst nach Vorschrift. Gab es nicht eben noch Wolken, die den Himmel weiß getüpfelt haben? Die gab es, und nun sind sie weg; mehr davon und unheilvollere werden schon bald heranrollen. Auf dem Rasen vor dem Fenster sprüht ein unscheinbarer kleiner Brunnen eifrig lauter winzige Regenbögen, sie schwirren wie ein Schwarm von Kolibris. Drinnen trinken die zwei Freunde, die zwei was-auch-immer, Gin, unratsamerweise, wie Mordaunt vermutet, doch der Teil seines Wesens, der noch zur Freude fähig ist, erfreut sich an dem glasig blauen Schimmern, dem sprudelnden Perlen, der zitronigen Zitrone, und sieh doch nur, da ist auch wieder Eis, lauter kleine Eisberge, die in lustvoller Agonie herumtollen, sich gegenseitig anstupsen und knacken.

»Hast du schon mal darüber nachgedacht«, sagte Anna, während sie ihr ungelenkiges Bein vor sich auf den flachen Tisch hob und ihren teuren Schuh bewunderte, »dass all das irgendetwas zu bedeuten haben könnte?«

»Was meinst du mit ›irgendetwas zu bedeuten‹?«, fragte er misstrauisch und merkte, wie ein Unbehagen in ihm aufstieg. Aber er wusste durchaus, worauf sie anspielte, nämlich darauf, dass er bei dem heiklen Unterfangen, ein Gemälde aus dem hochherrschaftlichen Domizil von Annas Vater zu stehlen, ein Dienstmädchen, ein Hausmädchen, eine Hausangestellte umgebracht hatte, eine Geschichte, die bereits an anderer Stelle erzählt wurde und hier nicht wiederholt zu werden braucht. »Was irgendetwas?«

Anna massierte gedankenverloren ihr Knie; es war das linke, oder vielleicht auch das rechte. Er betrachtete stirnrunzelnd die breite, eng anliegende fleischfarbene Elastikbinde, die sie unter ihrem Strumpf trägt; ein Anblick, bei dem er wieder an seine Mutter denken muss, was ihm gar nicht recht ist, weder jetzt noch sonst irgendwann.

»Ich hatte damals das Gefühl«, sagte sie, »und ich hab das Gefühl noch immer, dass alles so, ich weiß auch nicht, so planvoll ausgetüftelt war, dass es nur Teil eines – wie soll ich sagen? – eines Musters war. Verstehst du?«

Zu seinem gelinden Entsetzen verstand er sie durchaus. Hatte er nicht schon selbst in diese Richtung gedacht, oder jedenfalls in eine ähnliche? Natürlich hatte er das. Selbst der Nihilist glaubt an das Nichts. Doch ach, das war ein gefährliches, ein sehr gefährliches Terrain, morastig, dass man einsacken und darin steckenbleiben konnte, wenn nicht gar völlig untergehen. Das war alles so viel gewesen, das begehrte wertvolle Gemälde, das unbequeme junge Dienstmädchen, das sich in seinem Blut wälzte, dann die Verhaftung, der Prozess und das Gefängnis, die Jahre, die Jahre, und nun saß er hier in einer trostlosen Hotelhalle an einem Tag im Sommer, hielt ein hohes Glas in seinen kalten Fingern, hörte die Bläschen zischen und zerspringen, während sein Verstand erstarrt bei dem Gedanken, dass das, was – dass das, was – ach, was spielt es denn für eine Rolle, was. Denn damit etwas irgendwas bedeuten kann, müsste es ja jemand inszenieren, wie ein schlechtes Theaterstück. Und dann ist da die Frage nach der Perspektive. Aus siderischer Distanz betrachtet, erscheint sogar die schnellste Hast als Stillstand und hält die Schnecke mit dem Panther Schritt.

Ihm war ein bisschen mulmig. Hätte er mal lieber doch den Tee getrunken, den ihm Ivy angeboten hatte, und ein

Stück Pflaumenkuchen, dass er was im Magen hat. Trinke nie auf einen leeren Bauch, hatte ihn sein alter Vater stets gewarnt, das war eines seiner vielen abgedroschenen Apophthegmata. Du liebe Güte, erst seine Mutter, jetzt sein Vater; welcher Gruseldämon würde wohl als Nächster hier in dieser Schreckenshalle unter seinem Stein hervorgekrochen kommen?

»Du redest der Teleologie das Wort«, sagte er, »mit deinen Mustern und Bedeutungen.«

»Aber meinst du nicht –«

»Und die Teleologie ist Theologie mit anderen Mitteln. Erzähl mir nicht, du bist religiös.«

»Das war ich doch schon immer«, entgegnete Anna vergnügt. »Dieses verdammte Knie«, sagte sie dann und verzog das Gesicht. Er hatte sich dort auf dem Sofa mit dem Oberkörper zur Seite gedreht und starrte sie missbilligend an, was sie mit einem kühlen Blick quittierte. »So hat mich meine Tante Minnie auch immer angesehen«, sagte sie lachend. »Und du, guck nicht so beleidigt, du siehst aus, als ob du gleich ›Also, ich muss doch sehr bitten!‹ sagen willst.«

»Willst du damit sagen«, sagte er, ohne auf ihren Scherz einzugehen, »dass du an das alles glaubst, an Tod und Auferstehung, an das kleine Jesulein und ans nächste Leben –«

»Ja, schon, größtenteils.«

»– an den Heiligen Geist? Ans Fegefeuer? An die Heiligen?«

»Oh, an die Heiligen auf alle Fälle«, sagte sie mit einer Inbrunst, von der er nur hoffen konnte, dass sie nicht echt war. »Die sind alle meine Freunde. Am meisten verehre ich die heilige Katharina von Siena. Sie hat die Stigmata gehabt, es hat sie aber niemand sehen können, und sie war mit

Jesus verheiratet und ist in Rom in einer Kirche begraben, die über einem Minervatempel errichtet wurde. Wer war Minerva, weißt du das, du, der du alles weißt, sogar, wer Meister Eckhart ist.«

Mordaunt atmete hörbar ein; er guckte wie jemand, der sich in die Enge getrieben fühlt. Er brauchte unbedingt noch einen Drink. Er hatte vergessen, wie diese listige, boshafte und auf eigentümliche Weise lästige Frau einen in ihren Bann ziehen konnte, wie sie es immer wieder schaffte, dass er sich überwältigt fühlte. Nun seht ihn euch doch an, wie er aus dem Gleichgewicht zu geraten droht, und warum, und für was?

»Du machst dich doch nicht etwa lustig über mich«, sagte er drohend.

»Überhaupt nicht«, erwiderte Anna mit gespielter Entrüstung und lachte.

Wenn Adam Godleys Brahma-Theorie richtig ist, und bis jetzt ist es noch niemanden gelungen, den Beweis für ihre Unrichtigkeit zu erbringen, obschon es an Versuchen nicht gemangelt hat, dann ist irgendwo in dem Wirrwarr von unendlich vielen Möglichkeiten die arme Kreatur, die von Mordaunt ermordet wurde, gar nicht gestorben, und Mordaunt ist ein unschuldiger Mensch. Ein schwindeln machender Gedanke, und es ist beileibe nicht das erste Mal, dass er ihn denkt.

»Du hattest doch selbst mal mit so was zu tun, oder nicht?«, sagte Anna zerstreut. »Gleichungen und so.« Es hatte in der Tat mal kurz so ausgesehen, als habe er eine Neigung für die Mathematik – seine Domäne, genauer gesagt, die Domäne, über die er dazu Zutritt zu erlangen hoffte, war die Wahrscheinlichkeitstheorie –, doch von dieser törichten Vorstellung hatten die Zeit und Adam Godley ihn abgebracht. Godley war dorthin gegangen, wohin ihm niemand anders folgen konnte, und den richtig fetten Fang hatte er mitgenommen, das prall gefüllte Bündel mit der Beute, kurzum den ganzen Krempel. »Übrigens«, fuhr Anna fort, »um deine Frage zu beantworten: Ja, ich hab mit ihm geschlafen, natürlich hab ich das. Genauso wie deine Frau.« Sie drehte den Kopf herum und warf ihm einen boshaft amüsierten Blick zu. »Hast du das etwa nicht gewusst?«

Eines Tages, nicht lange nach seiner Verlegung von Anvil Hill nach Hirnea House, hatte man ihn vom Tod seiner Frau und ihres gemeinsamen Sohnes informiert, ihres einzigen Kindes. Der Gefängnisdirektor, dieser gutmütige, wohlmeinende und rührend hilflose Mann, hatte ihn in sein Büro gerufen, dessen Fenster auf jene für uns so verdrießlich allgegenwärtig gewordenen niedrigen, dunstverhangenen Hügel hinausging, und ihm die Nachricht von der zweifachen Tragödie mitgeteilt. Das Einzige, was ihm von diesem Vorgang hinterher noch im Gedächtnis blieb, war ein Fleck von blassgelbem Sonnenlicht an der Wand hinter der linken Schulter des Direktors, nein, der rechten – wie sich die Dinge doch verdrehen –, der ihn nach proustscher Manier an einen ähnlichen Fleck an einer ähnlichen Wand in Vaublins *Porträt einer Frau mit Handschuhen* erinnerte, jenes Gemälde, für das er einen Mord begangen hatte, so stand es jedenfalls in der Anklageschrift. Das und wie der Direktor zu ihm sagte, die beiden seien umgehend getötet worden, Daphne am Steuer und ihr Sohn auf dem Beifahrersitz, und wie er gedacht hatte, dass die Formulierung »umgehend getötet worden« einen merkwürdig wertenden, merkwürdig amtlichen Klang habe, ganz so, als sei die Auslöschung seiner Ehefrau und seines einzigen Sprösslings zackig und auf staatliche Anweisung erfolgt.

Jetzt zupfte er sich einen Fussel vom Ärmel seines Tweedjacketts; er braucht eine dünnere Jacke für die sonnigen Tage, die nun bald da sein werden. Bei den Sachen, die Anna auf ihrem Speicher oben für ihn aufbewahrt hat, gibt's so eine. Vielleicht geht er irgendwann mal rüber und holt sie sich, warum denn nicht? Es hält ihn ja nichts davon ab zu gehen, wohin er will, und zu machen, was er möchte, jedenfalls vermutlich nicht.

Ja, er hatte es gewusst, dass Daphne damals, vor all den Jahren, mit Adam Godley geschlafen hatte. Anna musterte ihn immer noch mit diesem spöttischen Blick. Was soll schon sein, fragte er sich, ein kleines Techtelmechtel, ewig her, nicht wahr? Und doch spürte er einen ungewohnten kleinen Schmerz im Herzen. Oder nein: nicht eigentlich einen Schmerz, eher ein Bewusstsein von Schmerz, davon, dass welcher bevorsteht, wie wenn man im Zahnarztstuhl sitzt und der Bohrer an dem betäubten Nerv rüttelt und der Körper lautlos schreit aus Angst vor der noch nicht erfahrenen Qual. Neuerdings ist, was er fühlt, kein wirkliches Fühlen, sondern nur das Gefühl davon, wie sich ein Fühlen anfühlt.

Er denkt kaum noch an seine Frau oder an seinen Sohn. Es scheint, als hätten sie auf eine seltsame Weise ihren Platz in seiner Ahnenreihe eingenommen. Daphne könnte eine viel geliebte Großmutter sein, deren Schönheit die Annalen der Familie rühmen, der Junge – als er starb, ein Mann – ein Krieger und ein Dichter, allzu früh gefallen in einer Schlacht in alter Zeit, sagen wir mal, bei der Belagerung von Münster oder auf der salzgetränkten Erde von Karthago.

Er nahm an, dass diese merkwürdige Distanziertheit darauf zurückzuführen war, dass die beiden in seiner Abwesenheit gestorben waren, gewissermaßen hinter seinem Rücken: Erinnern Sie sich noch daran, was wir weiter oben über Menschen sagten, die, wenn sie sich nicht in seiner Gegenwart befinden, nirgendwo sind? Zum Entsetzen und zur hinter vorgehaltener Hand geäußerten Missbilligung selbst der hartgesottensten alten Knackis in seinem Zellenblock hatte er nicht darum gebeten, an der Doppelbeerdigung teilnehmen zu dürfen, und Daphnes Eltern hatten ohnehin deutlich erklärt, dass sie seine Anwesenheit am Grab der Tochter und ihres – *ihres* – Sohnes als äußerste Geschmacklosigkeit seinerseits betrachten würden, eine Meinung, an der er beim besten Willen nichts auszusetzen haben konnte.

Nun sagte Anna, sie müsse sich ein wenig frischmachen – tatsächlich sagte sie, dass sie, verdammt moch mal, pinkeln müsse –, und hievte sich, gestützt auf ihren Krückstock, mühsam ächzend hoch. Krückstock ist eigentlich nicht ganz korrekt, handelte es sich doch, wie Ivy mürrisch festgestellt hatte, um ein feines altes Stück aus Malakka-Rohr, schlank und geschmeidig, mit einem Messingbeschlag und einem ziselierten Silberknauf zwischen Schaft und Griff. Das Ding hatte ihrem verstorbenen Vater gehört. Mordaunt sah richtig vor sich, wie der alte Tyrann es schwang und damit auf einen Trupp lendenschurzbekleideter Hottentotten einprügelte, die unwillig im Gänsemarsch in die eine oder andere seiner fabelhaft ertragreichen, von seinen Vorvätern ererbten Diamantminen schlurften. Er sah die Frau davonhinken, wobei sie weniger hinkte als vielmehr torkelte, eine Hüfte bei jedem Schritt leicht einwärtsdrehend, als ob sie einen schweren Stechkahn durch ein seichtes, von Schilf fast gänzlich zugewachsenes Gewässer manövrierte. Sie wirkte plötzlich sehr gealtert; es schien, als habe sie die einfache Aktion, vom Sofa aufzustehen, um Jahre altern lassen. Er versuchte zu schätzen, wie alt sie sein mochte, aber es gelang ihm nicht. Stimmt schon, auf ihre Art ist sie noch immer eine Schönheit: kühn, klug und hübsch anzusehen, wie gesagt, und auch nicht ohne Anmut, selbst wenn sie torkelt. Aber irgendwas stimmt nicht mit ihr, eindeutig. Vielleicht ist es nur die Wirkung seiner Gegenwart; er hat schließlich selbst oft das Gefühl, einen lähmenden Einfluss auf andere zu haben, warum also sollte sie das nicht ebenfalls so empfinden? Doch nein, nein, in diesem Fall hat er nichts zu schaffen mit dem Verderben, das sie so geschwind ereilt hat. Irgendwie hat sie losgelassen; es ist, als habe sie sehr lange Zeit den Atem angehalten und ihn dann plötzlich wieder freigelassen, als habe sie ganz tief ausgeatmet und sei danach erschlafft in sich zusammengesackt. An der Tür blieb sie noch einmal stehen und musterte ihn müde und abwägend, als würde sie sich fragen, ob ihm ihre plötzliche Verwandlung aufgefallen war.

Die Uhr auf dem Kaminsims tickte, und die Zeit, sie tat, wie ihr geheißen, sie verging. Er überlegte, was sie wohl für Höschen trug. Das hielt er keineswegs für ungalant, und darum sollten wir es auch nicht tun; über ihre Unterwäsche zu spekulieren ist das Gleiche wie über ihre Seele. Für ihn war es schon immer eine äußerst wichtige Frage, wie weit die Zwiebel geschält werden darf, bevor wir nicht mehr das sind, was wir in den Augen der Welt gern sein wollen, sondern stattdessen zu unserem wahren, ungeschminkten Selbst werden und bar der schützenden Hüllen und Einfärbungen hinausgeschubst sind auf die Heide, wo wir in Schlüpfern stehen und zittern.

Unser wahres, ungeschminktes Selbst. Leises Kichern seinerseits.

Plötzlich stand vor ihm ein schlaksiger Junge mit feuerrotem Haar und üppig blühender Akne, der ein Tablett in seinen großen rauen, sommersprossengefleckten Händen hielt. Er bestellte noch mal zwei Gin Tonic – »Meine Frau«, Teufel noch eins, »ist gleich wieder da« – und der Junge nuschelte etwas und trollte sich. Mordaunt sah ihm nach. Er trug eine rotbraun-schwarze Kellnerjacke und eine schwarze Hose mit einem metallisch aussehenden, dunkel glänzenden Streifen außen am Bein. Die Hose war ihm viel zu lang, die Säume hinten mächtig ausgefranst. Der Anblick der Kleidung von Menschen hat für Mordaunt immer etwas Anrührendes, nicht die Tatsache, dass sie getragen werden muss, sondern dass sie nie richtig passt, egal, wie sorgsam sie geschneidert ist; im Gefängnis gab es nur wenig, was noch trauriger war, als zu sehen, wie ein junger Neuzugang mit roten Ohren und rasiertem Nacken in der verwaschenen, viel zu großen Häftlingsuniform ertrinkt oder aber regelrecht darin eingezwängt ist.

Anna, erinnerte er sich, während er immer noch in der Fächermappe seines Gedächtnisses kramte, bevorzugte seinerzeit, als er sie noch gut kannte, ein merkwürdiges Untergewand aus einem schweren grauen Stoff, ein Zwischending von viktorianischem Badekleid und türkischer Ringerhose, mit beinah knielangen Beinen und, sofern er sich das nicht bloß ausgedacht hatte, einem raffinierten Hosenstall mit Klappe und Knöpfen. Tja, damals trug man in der Blüte seiner Jugend die sonderbarsten Sachen,

Mädchen oder Jungen gleichermaßen, offenbar geerbt von ihren Urgroßvätern. Ach, die Zeit des Frohsinns und des schäbigen Glamours, bald vorüber, bald vorbei, obwohl, er war nie glamourös gewesen, und Frohsinn – nichts konnte ihm ferner liegen.

Er schaute auf die Uhr. Anna war schon ziemlich lange weg; inzwischen waren ihre Drinks gekommen, und das Eis darin schmolz bereits. Träge guckte er hinüber zu dem Pitch-und-Putt-Parcours, wo ein geschlechtsloses betagtes Pärchen, beide schick herausgeputzt in sämtlichen Nuancen von Pastell, herumtappte und im Schildkrötentempo eine Runde Golf oder so was spielte.

Und dann, unter den Kleidern, da ist unsere Haut, das größte menschliche Organ, denn ja, sie ist tatsächlich ein Organ. Die Haut ist etwas ungeheuer Faszinierendes für ihn; wie könnten wir nicht immer wieder staunen über diese Hülle, so robust und dabei so geschmeidig, die unser Inneres so diskret und meistens auch so effektiv zusammenhält, die unsere Sittsamkeit bewahrt und die die innere Verwesung abschirmt vor dem Blick der Allgemeinheit? Wir laufen durch die Welt wie eine schlecht gemachte Wurst, geformt wie die Alraune und vollgepackt mit Eingeweiden, Kot und Blut und Knochen, und machen uns nur selten, wenn überhaupt, Gedanken über diese pinke, schwarze oder gelbe Hülle, die uns umschließt, ohne groß Wind davon zu machen. Und was ist mit dem dickeren Zeug, dem Fleisch, das uns gegen die kleinen Alltagsüberfälle polstert? Einer von den zu Recht vergessenen *petits mâitres* der falsch verstandenen Ära des Kubismus – ich glaube, Braque, der Häusermaler und Melodeonspieler, oder vielleicht war es auch der Pablo Ruiz, der schwarzäugige kleine Teufel – hat mal gesagt, ein Haus aus Fleisch würde nicht lange halten. Und trotzdem halten Dinge, die aus Fleisch sind, sie sind durchaus haltbar, und zwar weit länger, als es der gesunde Menschenverstand erwarten oder prophezeien würde.

Anna kam zurück.

Ehrlich gesagt, sah sie jetzt noch schlimmer aus als vorher. Ihr Gesicht hatte einen blassen Fettfilm, und die Augen waren eingesunken. Alles in allem wirkte sie vollends ernüchtert, wie jemand, der tief in einen Spiegel geschaut und dort eine unumstößliche Wahrheit erblickt hatte. Dass sich ihr Zustand in so kurzer Zeit so sehr verschlechtert hatte, war erschreckend, aber auch ärgerlich. Er glaubte von sich, dass das Wohl der anderen ihm genauso sehr am Herzen lag wie allen anderen, das heißt herzlich wenig, aber falls Anna ihn absichtlich auserwählt haben sollte, gerade ihn und niemand anders, um ihm vorzuführen, dass sie an einer grauenvollen, möglicherweise tödlichen Krankheit litt, das würde er dann doch ein bisschen heftig finden. Hat er nicht schon genügend eigene Sorgen, ohne dass von ihm erwartet wird, auch ihre Last noch mitzutragen, worin auch immer sie bestehen mag? Sie setzte sich vorsichtig hin, legte den Stock beiseite und versuchte, ihr bandagiertes Knie bequem zu lagern. Was würde sie wohl als Nächstes sagen? Würde sie ihm – o Gott, bitte nicht! –, würde sie ihm ihr furchtbares Geheimnis anvertrauen? Um dem zuvorzukommen, fing er sofort an, ihr auf amüsante Weise – auf gewollt amüsante Weise – von Ivy Blounts langem traurigem Bemühen zu erzählen, Duffy, den Kuhhirten, so weit zu bringen, dass er ihre betrüblich lange Verlobung endlich in eine glückliche Ehe umwandeln möge. Er sah, dass sie nicht zuhörte, fuhr aber trotzdem fort. Als er das Thema Ivy und ihre unglückliche Liebe erschöpfend behandelt hatte, ging er schnell zu anderen Themen über – dem Charme der Küste, wie viele Kilometer sie wohl in ihrem gigantischen Auto schon zurückgelegt habe, Humes *Traktat über die menschliche Natur* usw. –, wie jemand, der auf dem Schafott steht und dem ungeduldigen Henker verzweifelt alles erzählt, was ihm in den Kopf kommt, um die Abtrennung desselben noch ein klein wenig länger hinauszuzögern.

»Freddie«, sagte Anna schließlich, indem sie mit der Fingerspitze sein Handgelenk berührte, »sei doch mal still.«

»Ich heiße –«

»Ich weiß, wie du heißt, verdammt noch mal. Würdest du mir bitte mal zuhören?«

Sie schwieg, er auch, einige Augenblicke herrschte erbittertes Schweigen. Dann griffen beide gleichzeitig nach ihren Gläsern und tranken. Es hat etwas seltsam Beunruhigendes, wenn man selbst und die Person, die einem gegenübersitzt, im selben Moment die gleiche kleine Aktion ausführen und dabei genau die gleichen Bewegungen machen – wie kommt das eigentlich? Das Erdenleben ist eine Plage von lauter winzig kleinen, unerklärlichen Verunsicherungen, finden Sie nicht auch?

Anna massierte ihr Bein oberhalb des Knies, umfasste die schmerzende Stelle mit beiden Händen, drückte zu und ließ wieder los und dabei stöhnte sie leise.

»Hat dich wirklich ein Pferd getreten?«, fragte Mordaunt.

»Eher gestupst, hätte er wohl gesagt, der Gaul, ein sprechender Gaul.«

»Geschieht dir recht. Stell dir mal vor, auf deinem Rücken würde einer sitzen und mit der Peitsche auf dich eindreschen.«

»Du bist nie eine Frau gewesen, *Felix.*«

»Stimmt, war ich nicht.«

»Aber du bist ein Tierfreund neuerdings. Ich bin religiös geworden und du hast dich in den heiligen Franz von Assisi verwandelt.«

Er schob dezent seine manschettenbeknopfte Manschette zurück – die Etikette wird gewahrt, wie man sieht – und schaute abermals auf seine Uhr. Er seufzte. Er spürte seine Lebensgeister wieder schwinden, sein Verstand ließ locker, merkte er, wie kurz vorm Einschlafen. Schon wieder dieser gottverdammte Godley-Effekt? Mühsam riss er sich zusammen. »Du hast gesagt, du wolltest mich um etwas bitten?« Besser, er bringt es hinter sich.

Das alte Pärchen auf dem Pitch-und-Putt-Parcours hat seine Schläger eingepackt und ist gegangen. Eine hässliche Wolke in der Farbe und scheinbar auch der Textur von blauem Mergel müht sich vom Horizont heraufzusteigen. Die Palmen rascheln unbehaglich mit den Wedeln. Jetzt werden wir gleich Regen haben, die Welt, sie weint.

»Stimmt ja«, sagte Anna und klopfte ihm mit ihrem Finger hart aufs Knie, »Fast hätt ich es vergessen.«

»Also?« Argwöhnisch.

Sie drehte sich zu ihm um und strahlte ihn beinah an.

»Ich will, dass du mich tötest«, sagte sie.

Ich lebe mich hier ein, ich lebe mich schön ein, was Sie gewiss zu hören freut. Ich arbeite jeden Tag, die Wochenenden eingeschlossen, hier oben in dem Himmelszimmer, das jetzt mein Zimmer ist, sitze vor einem kleinen Erkerfenster an dem Tisch vom alten Adam Godley. Der Tisch ist nichts Besonderes, aber ich bin ganz verliebt in ihn. Er ist klein, quadratisch und alt, und seine Platte mit der weinroten Ledereinlage ist übel zerkratzt und hat an einer Ecke eine besonders tiefe Furche, von der mein Blick oft angezogen wird, weiß nicht, warum; die einzige Schublade ist verzogen und klemmt. Auch ist ein Bein kürzer als die anderen, und ich musste ein dickes quadratisches Polster aus zusammengefaltetem Papier darunterschieben, damit er nicht wackelt. Es gibt einen passenden Drehstuhl mit einer Lyra im Rücken, geschwungenen Armlehnen und schrägen Beinen mit Rollen; sein gepolsterter Sitz ist ebenfalls aus rotem Leder, ringsherum eingefasst mit recht hübschen abgerundeten Messingnägelköpfen, die von den zahllosen Gesäßen, die sich über die Jahrhunderte hinweg tagtäglich dort hingepflanzt haben, das meine eingeschlossen, blank gewienert waren und einen tiefdunklen, warmen Glanz angenommen hatten. Nicht, dass ich dafür irgendeinen Beweis hätte, aber ich bin überzeugt, dass Stuhl und Tisch ursprünglich einem Kapitän aus der Zeit der großen Segelschiffe gehörten. Wenn es um unbelebte Gegenstände geht, bin ich für solche Fantasien anfällig. Ich spüre ihre Dinglichkeit, verstehen Sie, genauso wie ich meine eigene spüre. Darin bin ich mir mit Godley einig und fühle einen großen Weltgeist, der sich hindurchbewegt durch alle Dinge, sodass die Berge genauso wie die Mahagonitische ein schlagendes Herz besitzen und ein Gedächtnis, um sich zu erinnern. Außerdem gibt es ein Bett, denn ich schlafe auch in dieser Kammer oder versuche es zumindest. Das Bett, so schmal es ist, nimmt mehr als die Hälfte der Fußbodenfläche ein, was mich indes nicht weiter stört. Wozu brauch ich mehr Platz, als ich hier habe? Dieses kleine Rund, wenngleich nicht rund, ist ausreichend für mich, mehr als ausreichend. Wenn ich bedenke, dass ich jetzt dort sitz und seufze, wo einst der große Mann geseufzt hat und gesessen, dass ich in jenem Bett mich dreh und wälze, worin er sich zu drehen und zu wälzen pflegte, dann hat das Alltagsleben doch wahrhaftig ein paar Passagen, die bemerkenswert sind.

Sie verstehen schon, wenn ich ihn als großen Mann bezeichne, tu ich's nicht ohne Ironie. Denn es gibt keine großen Männer; das wird Ihnen jede Frau bestätigen.

Ich frage mich, warum der Raum hier Himmelszimmer heißt. So himmlisch ist er gar nicht, und aus dem Erkerfenster, bestehend aus drei hohen, schlanken Scheiben, deren mittlere nur um weniges breiter ist als die beiden abgeschrägten rechts und links, hat man einen dreifachen Blick auf Ardens wild wuchernden Rasen, die von Bäumen gesäumte Auffahrt und ansonsten kaum etwas. Zugegeben, Himmel ist zu sehen, aber nicht viel und auch nicht sehr bemerkenswert, noch nicht einmal bei Sonnenuntergang und im Morgengrauen oder wenn das Wetter stürmisch ist und Dinge in der blauen Luft herumgewirbelt werden, Blätter, Zweige, Krähen. Aber wieso sollte das bemerkenswert sein, in welcher Weise? Der Himmel ist einfach der Himmel, so wie alles andere einfach alles andere ist. Man müsste schon ein Tiepolo sein, um daraus ein gewölbtes Himmelreich zu machen, das nur so wimmelt von Göttern, Helden und dicken lüsternen rosa Putti; oder, wenn Ihnen das lieber ist, ein Meteorologe, um die Runen von Stratus, Cumulus und Cumulonimbus zu entziffern, Letzterer ist übrigens mein persönlicher Favorit, es ergötzt mich, zwischen seinen mächtigen eisweißen Säulen hindurchzusausen, den behelmten Kopf schön eingezogen, mit zusammengefalteten Fersenflügeln, fest in die Chlamys eingewickelt, und die Funken fliegen zu lassen. Auch stelle ich fest, dass der Himmel trotz seiner Allgegenwärtigkeit eine einzigartige und unheimliche Eigenschaft hat, die sein Vetter ersten Grades, das Meer, nicht hat, nämlich dass ihm jede Tiefe fehlt. Besäße man die nötige Sehkraft und wären Wasserdampf und Sternenstaub und der ganze übrige Himmelsmüll allesamt weggefegt, man könnte glatt, wenn man nach oben schaute, bis zu der Krümmung sehen am Ende der Unendlichkeit. Stellen Sie sich das einmal vor.

Fakt ist, dass ich hier oben in meinem fünfeckigen Turm genauso beschaulich und zufrieden lebe wie der heilige Simeon auf seiner Säule. Es hat zwar eine Weile gedauert, bis ich mich an das Haus und seine Rituale gewöhnt hatte, und es kann trotzdem noch unliebsame Überraschungen geben.

Sich an einem neuen Ort einzurichten, ist bestenfalls eine heikle Angelegenheit, und bedenken Sie doch meine Position, in der ich mich hier mit dem Leben eines Mannes beschäftige, der lange Zeit in diesem Raum an ebendiesem Leben gearbeitet hat, mit dem Unterschied, dass Godley sein Leben gelebt hat, während ich es nur schreibe.

Das Haus, das Gebäude selbst, ist noch weitläufiger und verwinkelter, stelle ich fest, als ich zunächst angenommen hatte, und das in wesentlich größerem Umfang, als es von außen schien. Es gibt Räume, die zu weiteren Räumen führen, und dann noch mehr Räume, nicht wenige davon vergessen oder einfach vernachlässigt und in verwahrlostem Zustand, in einigen Fällen sogar ganz extrem. In einem davon, hoch oben unter dem Dach, hat kein einziges Fenster mehr eine Scheibe, stattdessen hat man quadratische Stücke von Sackleinen davorgenagelt, um die starrenden Löcher zu verdecken; wenn heftiger Wind weht, was hier in dieser Gegend recht oft der Fall ist, hör ich das Rupfenzeug da oben leise flappen und klappen, als seien es die luvenden Segel der Barkentine meines alten Käpt'ns.

Von Anfang an wurde mir klargemacht – obschon ich weder sagen kann, von wem, noch, wie genau, also mit welchen Mitteln –, dass meine Zugehörigkeit zum Haushalt nur bis hierher und nicht weiter geht. So esse ich zum Beispiel nicht mit der Familie. Wenn ich es schaffe, frühstücke ich zeitig, noch eh die anderen aufstehen, und meistens schaffe ich es auch, denn die Godleys sind keine Frühaufsteher und Ivy Blount kommt nicht vor neun aus ihrem Cottage. Ivy ist es auch, die mir das Mittag- und das Abendessen hier heraufbringt in mein Zimmer, nicht ohne Murren, wie ich sagen muss; besonders ärgern sie die sechs, sieben steilen Stufen der engen Treppe, die sie mit einem großen silbernen Tablett in ihren alles andere als ruhigen Händen zu bewältigen hat. Ich weiß niemals im Voraus, was es gibt, muss einfach nehmen, was ich kriege. Was mich auch nicht weiter stört, denn Essen hat mich nie besonders interessiert, in meinen Augen ist es weiter nichts als Treibstoff. Nach dem Essen schleiche ich mich mit einem Buch oder ein paar ostentativ gelehrten Zeitschriften nach unten und mache es mir in einem Sessel unter einer Lampe in irgendeiner unbeachteten Ecke gemütlich. Niemand stört mich, niemand versucht, mich in ein Gespräch zu verwickeln oder mit mir über das Wetter zu reden. Natürlich bin ich immer bestrebt, einen Blick auf Helen zu erhaschen, aber sie zieht sich früh am Abend zurück oder bleibt in ihrem Zimmer und geht ihren eigenen geheimen Beschäftigungen nach. Diese Zeiten in der Abenddämmerung sind friedlich. Wenn Unruhe droht, nehme ich ein, zwei Schlückchen Whiskey aus der Flasche Jameson, die auf einem Bord der Eichenholzkommode in der Küche steht. Sie scheint nur für mich bestimmt zu sein, und wenn sie zur Neige geht, was erstaunlich schnell der Fall ist, ersetzt sie eine unsichtbare Hand durch eine volle Flasche. O O O, der Jamesohonian Rag.

Ich darf zu jeder Tageszeit herumstöbern und sicher auch bei Nacht, wenn ich es möchte. Das ist gut, weil ich ein unverbesserlicher Schnüffler bin. Ein Haus, in dem man selbst als Fremder nach Belieben umherstreifen darf, gibt ein geradezu erotisches Summen von sich, jedenfalls für jene, die, wie ich, Ohren haben zu hören. Das Vergnügen, in fremden Sachen zu wühlen, hat für mich vor allem mit der Heimlichkeit und mit der Vorsicht zu tun, die das verlangt. Ich möchte den sehen, der seine fünf Sinne beisammenhat und in einem fremden Haus herumtrampelt und sich eins pfeift. Man schleicht und zittert, hält inne bei der winzigsten Veränderung der Stille, bleibt stehen, den einen Fuß auf einer Stufe, den anderen in der Luft, jeder Follikel knistert und alle Härchen sträuben sich. Was ist es, das ein solches Zögern erzwingt, ein solches Unbehagen? Ist es die Wirkung einer übertriebenen Befangenheit? Bin ich übertrieben befangen? Was immer auch der Grund sein mag, ich mache weiter, stöbere herum und begrabsche alles, dabei am ganzen Leibe bebend. Erinnern Sie sich noch, wie Sie als Kind Verstecken gespielt haben, wie Sie bis zum Zerreißen gespannt im Kleiderschrank gehockt haben – gab es je ein undurchdringlicheres Dunkel? –, umgeben vom Geruch nach Mottenkugeln und schalem Schweiß und von den Sommerkleidern Ihrer Mutter, an den kaum zu bändigenden Nervenkitzel in ängstlicher Erwartung, dass die herrschsüchtige Schwester oder der übermäßig testosterongesteuerte große Bruder einen aufspürt? *Vraiment, c'est comme ça avec moi.*

Arden House fühlt sich an, als sei es hohl, doch klopfe ich mit einem Fingerknöchel dran, gibt es nur einen dumpfen Ton, so dumpf wie Stein. Dämpfe sickern aus dem Atrium, wie sie den verglasten Innenhof hochtrabend nennen, obschon auch das mit einem Augenzwinkern, und sorgen dafür, dass in den Räumen rundherum die Luft stets klamm und grünlich ist. Man kommt sich vor, als wäre man in einer Höhle, nein, einer Zisterne, einer großen Zisterne mit zahlreichen Kammern, die tief, tief unten auf dem Grund des Meeres ruht, in die die Fische hineinschauen und aus der ständig Luft entweicht. Ich finde das Gefühl des

Daseins unter Wasser, dieses Begrabenseins im Wasser, fast so schön wie das leise Hochgefühl des Himmelszimmers: Wie könnte sich das lahme Leben eines verkümmerten Subjekts wohl besser versenken als dadurch, dass es hier in der Versenkung in der Tiefe versinkt? Lahm? Ja. Verkümmert? Gewiss doch. Bei mürrischen Schreiberlingen steht Adam Godley im Ruf, ein Draufgänger zu sein, aber sein Biograf ist hier, um diese Legende zu widerlegen. Wie ich entdeckt habe, war mein Objekt hinter all dem Lärm und dem Getöse genauso schüchtern und so zaghaft wie wir alle. Sie meinen, Sie könnten das bestreiten? Überlegen Sie noch mal.

Ein weiterer eigenartiger Aspekt bei diesen ziellosen Streifzügen durchs Haus ist, dass ich mir dabei so gut wie unsichtbar vorkomme – nein, ich fühle mich tatsächlich unsichtbar, nicht nur so gut wie. Das ist ein eigentümliches Gefühl, aber ein starkes, und sollte doch die Tarnung überflüssig machen, denn wenn mich keiner sehen kann, warum bin ich dann derart auf der Hut? Ich fühl mich körperlos wie ein Gespenst und nehme an, sollt ich zufällig einem von den Lebenden begegnen, dass sie dann geradewegs durch mich hindurchginge und mich gar nicht bemerken würde. Sie: jawohl, sie. Denn es gibt nur eine, die ich immerfort zufällig wiederzutreffen hoffe. Oh, ich sehe sie die ganze Zeit, denn sie ist ja den größten Teil des Tages unterwegs, immer mit irgendwas beschäftigt, doch das nützt mir nichts. Was ich mir erhoffe, ist eine handfeste Begegnung, heimlich – ein Stelldichein! –, und ich weiß, ich kann Gift drauf nehmen, dass es dazu kommen wird, in dieser oder einer anderen Welt. Unverzagt verweile ich bei ihr, zumindest in Gedanken, und male mir verrückte

Möglichkeiten aus, die hoffentlich der Zufall einmal wahr macht – wenn alles andere zugrunde ginge und nur wir beide würden überleben –, doch selbst in dieser aufgeblähten Leidenschaft weiß ich, früher oder später, eher aber früher, wird er kommen, der Moment, in dem ein kalter Wind das Soufflé der Liebe in sich zusammenfallen lässt, dass es so platt ist wie ein Pfannkuchen.

Zum Thema Phantomwesen oder Halbphantome muss ich Ihnen eine aufregende, also jedenfalls seinerzeit aufregende Entdeckung erzählen, die ich eines Tages auf meinen Streifzügen durchs Haus gemacht habe. Es war eine Entdeckung, die sich, wie ich glaubte, reichlich auszahlen müsse, tat sie aber nicht. Ich hatte mich in eine von den oberen Etagen vorgewagt und lungerte dort herum, im Kopf nicht einen einzigen Gedanken, nur den, dass ich jetzt eigentlich an meinem alten Seebär-Schreibtisch sitzen und fleißig arbeiten oder zumindest überhaupt arbeiten müsste; müßig herumzutrödeln, wenn ich schreiben müsste oder mich bereit machen zum Schreiben oder, immer öfter, das, was ich schon geschrieben habe, zu vernichten, das macht mir immer Angst, mir armem emsigem Arbeitstier. Müßiggang ruft in mir stets eine buchstäblich körperliche Wahrnehmung hervor, dort, wo ich mein Zwerchfell vermute. Das Gefühl ist kaum von einem leichten Sodbrennen zu unterscheiden und bereitet mir, genau wie Sodbrennen, ein starkes Unbehagen, gibt mir jedoch, anders als Sodbrennen, seltsamerweise zugleich Auftrieb; es ist, als würde der Verbrennungsprozess, der in meinem Innern vor sich geht, ein Gas produzieren, das leichter ist als Luft, sodass ich, wenn ich laufe, das Gefühl habe, mich hüpfend vorwärtszubewegen, wie ein Ballon, der zu stark aufgeblasen ist, in balletthaften, hochfliegenden Sprüngen und schwerelosen Jetés, und mit den Zehen kaum den Boden zu berühren. Ist das nicht komisch, dass die Angst in mir wie Helium wirkt? Immer wieder bin ich von mir überrascht, mir immer wieder selbst ein Rätsel. Ich frage mich, ob das bei anderen Leuten auch so ist, ob auch sie sich ein Änigma sind, so wie ich mir. Vielleicht war das die wahre Quelle von Godleys Genius, dass er gesehen hat, wie unähnlich ein jedes Ding sich selbst ist, und aus dieser Einsicht heraus ein neues, nur allzu gültiges Bild davon gebaut hat, wie die Dinge in der menschlichen Sphäre sind, wenn es denn eine Sphäre ist.

Sei's drum, in diesem obskur erregten, schwer zu fassenden Zustand fand ich mich eines Morgens in einem großen, langen, hohen Raum im oberen Stockwerk wieder, wo es drei dunkelweiße Wände gab und nur ein Fenster, das den größten Teil der vierten Wand einnahm. Es war ein trüber, aber dennoch heller Tag, jedenfalls wirkte er im Fenster hell, denn die Luft draußen schimmerte bläulich grau, wie von einem dünnen, reglos verharrenden Rauch durchzogen. Die Einrichtung war ausgesprochen karg. Es gab ein breites Doppelbett mit kurzen dicken Beinen, das eher an ein Floß als an eine Schlafgelegenheit erinnerte und einen dunkelroten Überwurf hatte, der auf den ersten Blick aussah wie eine große Blutlache. Daneben stand eine Kommode mit einer Emaillekanne und einer Waschschüssel, bei der die Emaille an den Rändern hier und da abgeplatzt war und an manchen Stellen die preußisch-blaue Grundierung erkennen ließ; so viele schöne und geheimnisvolle Dinge, die wir ihnen schenkten, und die meisten davon nehmen sie nicht einmal wahr. Der Fußboden war nackt, die Dielen hatte man vor langer Zeit mit irgendeinem zähflüssig wirkenden, klebrigen bronzebraunen Zeug gestrichen, womöglich Kreosot. Ein säuerlicher, unangenehm kloakenartiger Geruch, nach dessen Ursache zu suchen ich mir lieber ersparte, lag in der Luft. Schräg unter dem rauchig leuchtenden Fenster stand noch ein eigenartiges Möbelstück, etwas mehr als ein Sessel, aber weniger als eine Couch, und, wie das Bett, auffallend niedrig – war ich vielleicht in die Höhle eines Zwergs gestolpert oder in die Kammer eines verstoßenen geistig zurückgebliebenen Kindes? –, und darauf ein Berg von Schals und Decken und außerdem ein Ding aus schwerer, zu einem ungesunden hellen Senfgelb verblasster Spitze, das, wie ich annahm, einst ein großer Vorhang gewesen war, und alles miteinander aufgehäuft zu einem nestartigen Gebilde. Vorsichtig und auf leisen Sohlen näherte ich mich diesem ominös anmutenden Arrangement, ängstlich zaudernd und dennoch von Neugier getrieben, wie ein Autofahrer, der spät in der Nacht auf einer einsamen Straße auf den noch rauchenden Schauplatz eines monströsen Unfalls mit mehreren Fahrzeugen und unzähligen Opfern stößt. Dort, wo ich das Zentrum dieses Deckendurcheinanders wähnte, gab es eine Öffnung, einen Strudel, eine Art Senkgrube, in die ich, mich auf Zehenspitzen vorbeugend, hineinspähte.

Nach ein paar Sekunden erkannte ich die schattigen Züge eines weiblichen Gesichts, oder eines Teils davon. Da war das schwarze Rund eines eingefallenen offenen Mundes, ein schlaffes Kinn mit ein paar vereinzelten Barthaaren und eine tiefe Augenhöhle. Was für ein Ding ist doch die ausgebreitete fragile Hülle eines geschlossenen Augenlids, das, wie es scheint, nach seinem Penny schreit und uns zugleich erinnert an die Schmetterlingsküsse unserer Jugend:

Erinnern Sie sich daran noch, an das zitternde Flattern, den ineinanderfließenden Atem, die brennende Berührung einer angespannten, heißen Wange an der eigenen? Es roch nach Alkohol; Whiskey, wie ich vermutete. Das war irgendwie beruhigend. Eine alte Frau also, sturzbetrunken vielleicht, aber nicht tot. Wer könnte sie sein, ganz allein hier oben, eingeschlossen und herzlos verlassen? Sie wissen es schon oder sollten es wissen, habe ich sie Ihnen doch erst kürzlich in der ersten Person aufgetischt, oder war's etwa in der letzten? Es war, ist, Adam Godleys Witwe, die einstmals schöne Ursula, Ursula die Schwein-Frau, wie ihr Mann sie zärtlich nannte, wenn er zu Zärtlichkeiten aufgelegt war, oder auch Kleiner Bär oder Großer Bär oder Nackter Bär, mit seinem, wie Professor Benny Grace es irgendwo in einer Fußnote beschreibt, knurrenden Lachen.

Ich stand wippend da und starrte hinab auf diese alarmierende Kreatur, Königin Tut in ihrem Leichentuch, oder auf das wenige, was ich von ihr erkennen konnte, und fragte mich, ob jetzt irgendwas von mir verlangt wurde, so was wie Rettung oder zumindest das Absetzen eines Notrufs. Aber vielleicht, dachte ich, vielleicht ist sie ja freiwillig hier; vielleicht hat sie sich eines Tages hierhergeschlichen, um sich zu verstecken, und ist vergessen worden; diese Familie ist, wie ich inzwischen weiß, zu allem fähig. Aber selbst wenn dem so sein sollte, wäre es dann nicht meine Pflicht, nachdem ich quasi über sie gestolpert bin, den Vergesslichen dort unten von ihr und ihrem Schicksal zu berichten? Mir rutschte das Herz in die Hose. Ich hörte schon die Sirene des Krankenwagens, sah, wie sie die Trage mit der festgeschnallten eingewickelten Gestalt unter der blutroten Decke hinunterschleppten, von einem Treppenabsatz zum nächsten, spürte Helens wütend-anklagenden Blick auf mir, dem Wichtigtuer, und auch die mildere und dennoch vorwurfsvolle Miene, mit der ihr Mann mich ansah. Warum, um alles in der Welt, hatte ich mich in dieses verrückte Haus locken lassen, um unter diesen unmöglichen Leuten zu leben, von denen ich jetzt selbst auch einer war?

Hinter mir vernahm ich ein Geräusch, das mir natürlich einen unverhältnismäßig großen Schreck einjagte. Wen hatte ich denn erwartet, den Geist von Godley dem Treusorgenden, der seine komatöse Frau eifersüchtig vor dem neugierigen Blick eines schurkischen Verlegerknechts abschirmen wollte? Mit einem Ruck richtete ich mich wieder auf, drehte mich um und sah, es war nur die Hausbesorgerin, Miss Blount, der Name, unter dem ich sie kenne – für alle anderen hier ist sie bloß Ivy, aber ich hab nun einmal angefangen mit der Miss, jetzt bleib ich auch dabei, deshalb ist sie auch eine Miss, für mich zumindest. Als sie mich sah, erschrak sie genauso sehr wie ich mich, als ich sie hörte; mein Anblick muss beängstigend gewesen sein, wie ich mich dort am Fenster vorbeugte, in scheinbar böser Absicht. Sie verharrte mit offenem Mund in der Tür, hielt sich an ihrem Tablett fest, es war das gleiche, auf dem sie mir immer meine Mahlzeiten bringt, und starrte mich, den Tageslicht-Nosferatu, entgeistert an. Stieß sie einen kleinen Schrei aus? Bestimmt hat sie's getan, denn wie wir wissen, ist sie ein nervöses Wesen. Ich machte einen Schritt nach vorn und tat das Gleiche, was man mich auch damals hatte tun sehen, als ich Helen an jenem ersten Tag auf der Treppe vor der Haustür begegnet war, das, was ich immer tue, wenn ich überrumpelt bin und ratlos: Ich griente sie verschwiemelt an wie ein Idiot und klopfte mit den Händen, die plötzlich groß wie Paddel schienen, auf die Taschen meiner ausgebeulten Leinenjacke.

»Ach, Dr. Jaybey!«, sagte sie mit zitternder und zugleich schriller Stimme – für sie bin ich ein Doktor, so wie sie für mich eine Miss ist. »Ich hab ja nicht gewusst, dass Sie das sind, so mit dem Licht vom Fenster hinter Ihnen.«

Sie war gekommen, um Mrs. Godley das Mittagessen zu servieren. Ich hatte das Gefühl, dass ich meine Anwesenheit erklären müsste, wusste aber nicht, wie ich mich ausdrücken sollte. Jedenfalls schien Miss Blount nach dem ersten Schreck, und nachdem sie mich erkannt hatte, meine Gegenwart als nicht weiter bemerkenswert zu akzeptieren; schließlich bin ich inzwischen ein fester Bestandteil des Haushalts. Sie stellte das Tablett auf den kleinen Intarsientisch neben dem sesselartigen Ding, auf dem die alte Frau lag. Aus dem Wust von Decken kam ein kleines, dünnes Stimmchen. »Der Zug hat heute wieder nicht gehalten«, quengelte es. »Er hält überhaupt nicht mehr hier.« Es folgte eine lauschende Stille, dann ein Rascheln, dann wieder die Stimme, unsicher jetzt und ängstlich: »Ist da jemand?«

Ich sah zu Miss Blount. Sie verzog das Gesicht zu einer Art komisch verzweifeltem Grinsen, bei dem sie Kinn und Mundwinkel nach unten sacken ließ, indes die Brauen in die Höhe gingen. Das ist so eine Sache, die sie immer macht, und es gelingt ihr jedes Mal, die Leute damit zu erschrecken. Helen nennt es ihr Frankensteins-Braut-Gesicht.

Nun schrie sie die dort liegende Gestalt beinahe an. »Hier ist ein Herr, der Sie besuchen möchte.« Pause; Warten. Und dann sprach sie wieder, sanft, als wolle sie ein ungezogenes Kind beschwichtigen. »Möchten Sie ihn nicht begrüßen? Sagen Sie: ›Hallo, Dr. Jaybey.‹«

Wieder vergingen ein paar angespannte Momente, und dann kam endlich ein Glied unter den Decken hervor, der langsam sich entfaltende Arm eines Faultiers, schlaffes Fleisch, die Handfläche nach oben gedreht. Miss Blount kramte in ihrer Schürzentasche und holte ein Gebiss hervor, die obere Platte auf die untere gepresst, beide zusammengehalten durch ein Gummi, das sie abriss. Die Hand nahm das Gebiss auf, schloss die Finger darum und zog sich wieder zurück. »Ich bewahr es für sie auf«, vertraute Miss Blount mir flüsternd an, »damit sie's nicht im Schlaf verschlucken kann und dran erstickt.« Unter den Decken war ein dumpfes Klick-Klack zu hören. Dann wieder Stille und ein Atemholen, ein kurzes Scharren und Grabbeln, dann ein Abstoßen und Hochhieven, die Frau hatte sich aufgesetzt.

»Na, da sind Sie ja!«, rief Miss Blount mit einem kleinen Händeklatschen. »Braves Mädchen, alle Achtung!«

Wilde graue Haarsträhnen auf mattrosa Kopfhaut, überraschend glatte, blasse Stirn, schnelle kleine dunkle Augen, glänzend wie zwei regenfeuchte Schlehen, ein klitzekleiner Span von einer Nase, das spitze Kinn mit seinen Barthaaren. Alles das, und doch auch Schönheit, Schönheit von beinah archaischer Art, wie ein Kopf, der fein gemeißelt ist aus altem, ausgebleichtem Stein. Sie sah mich an, den Fremden, und bewegte Kopf und Schultern ruckartig zur Seite, vogelhaft, als ob sie knicksen wollte. Ihr Blick war scharf, doch unstet, einen Moment lang dachte ich, sie würde sich wieder unter die Decke verkriechen. Etwas an ihr kam mir vage bekannt vor; war ich ihr schon einmal irgendwo begegnet? Sie war nicht so alt, wie der schlaffe Mund und das bärtige Kinn mich auf den ersten Blick hatten vermuten lassen, aber durchaus ziemlich alt, kein Zweifel. Und dann auf einmal so ein Lächeln.

Ich war natürlich sehr begeistert von meiner Entdeckung. Ich fühlte mich wie ein Anthropologe, der auf einen Stamm gestoßen ist, den noch keiner seiner Konkurrenten entdeckt hat, zahm wie Galapagos-Schildkröten, mit einer einzigartigen Sprache und urtümlichen Gebräuchen. Ich war voller Zuversicht, dass Adam Godleys Witwe, die ich fälschlicherweise für tot gehalten hatte, eine ergiebige Quelle für sonst unauffindbares Material über das Leben und die Persönlichkeit ihres verstorbenen Mannes sein würde; doch da sollte ich enttäuscht werden, und zwar schwer. Ihr Gedächtnis war wie eine Kiste mit Meißner Porzellanfiguren, die ein ungeschickter Träger auf einen Marmorboden hatte fallen lassen: Es waren alle da, der vertraute Pierrot mit seiner Pierrette und die dazugehörigen gerüschten Reifrockdamen und herausgeputzten Gecken, doch allesamt in Scherben – ein hoffnungsloses Durcheinander.

Als Ivy Blount gegangen war, blieb ich noch bei ihr, eine Stunde oder länger, dort in dem langen, kahlen Raum, unter dem breiten Fenster mit den vielen Scheiben, in dem ich mir vorkam wie in einer Kapelle, oder zumindest in einem Gebetshaus, errichtet von einer gestrengen Sekte, die sich dazu bekennt, in all ihren Belangen Schlichtheit und Einfachheit zu üben. Die Absonderlichkeit des Ganzen wurde noch verstärkt dadurch, dass es keinen Stuhl gab, auf den ich mich hätte setzen können. Ich hätte mir einen holen können, und wenn ich ihn von unten hätte heraufschleppen müssen, aber das tat ich nicht. Ich hätte also stehen müssen und ein ums andere Mal das Standbein wechseln, dabei den einen Arm quer vor der Brust, und mir in Ermangelung einer besseren Idee, gleichsam in Gedanken versunken, mit Daumen und Zeigefinger das Kinn streicheln; ansonsten hätte ich nur hin und her gehen können oder gar niederknien wie ein notleidender Neffe, der um die Gunst einer reichen kranken Tante buhlt, allein, die klebrigen Dielen luden nicht unbedingt zu einem Kniefall ein. Nachdem ich die Optionen durchgegangen war und allesamt verworfen hatte, entschloss ich mich zu einem Kompromiss und kauerte mich neben die alte Dame, die dünnen und nicht mehr ganz verlässlichen Beine unbeholfen untergeschlagen, stützte ich mich mit einer Faust auf dem Boden und mit dem anderen Arm so lässig, wie es eben ging, an der Vorderkante des – ach, Schluss mit dem Herumgeeier, nennen wir's doch Diwan, also an der Vorderkante des Diwans ab, auf dem sie inmitten ihres Deckenhaufens wie ein Yogi vor mir saß, mit nach oben gekehrten Handflächen, und mich aufmerksam betrachtete, mal staunend, mal misstrauisch, aber die ganze Zeit mit diesem unaussprechlich süßen, verlorenen Lächeln.

Habe ich schon erwähnt, was sie anhatte? Ein kragenloses Kattunhemd mit ausgewaschenen blauen Streifen, bis oben zugeknöpft und nicht besonders sauber. Außerdem eine wattierte Bettjacke aus verschlissener grüner Seide und selbstgestrickte fingerlose Wollhandschuhe. Ums linke Handgelenk hatte sie locker eine klobige Herrenarmbanduhr geschnallt, eine Patek Philippe, wie wir durchaus bemerkten, die wohl ihrem Mann gehört haben musste, der bekanntlich einen Sinn für Luxus hatte. Ihr Arm sah damit aus wie ein verdorrter Stock. Die Schüssel Haferschleim, die ihr Miss Blount auf dem Tisch zurückgelassen hatte, blieb unberührt; ihr leimiger Geruch hing noch in der Luft, nachdem sie längst gegangen war und auf der kalt gewordenen Suppe sich eine Haut gebildet hatte, eine graue, glänzende und irgendwie boshafte Haut, die ich noch immer vor mir sehe, was mir ganz und gar nicht lieb ist. Bemerkenswert, wie Dinge sich im Kopf festsetzen und man sie einfach nicht mehr loswird.

Die Frau entspannte sich, scheinbar beruhigt durch mein nicht bedrohliches Auftreten, und war plötzlich bereit zu reden; allerdings war das, was sie sagte, nichts als sinnloses Geplapper. Ab und zu hielt sie inne und schaute auf die große schwarzgesichtige Uhr, runzelte die Stirn und verfiel in Schweigen oder, genauer gesagt, in einen Zustand von Abwesenheit, als lausche sie mit einem inneren Ohr auf ein Geräusch oder ein Signal aus dem Innern des Hauses oder aus ihrem Innern, falls sie noch in der Lage ist, eines vom anderen zu unterscheiden. Oder sie unterbrach sich und schaute mich scharf an, und dabei verwandelte ihr Lächeln sich in ein vorwurfsvolles Stirnrunzeln, als hätte sie mich dabei erwischt, wie ich meine Gedanken schweifen ließ, oder als hätte ich einen Witz gerissen. Die meiste Zeit schien sie der Überzeugung, dass ich ihre tote Tochter sei, obwohl sie mich mehrmals auch mit Adam ansprach, wobei nicht klar war, ob sie den Älteren oder den Jüngeren meinte. Auf ihre Art wusste sie aber, was was war, denn sie war ja nicht komplett dement, sondern nur, wie man so schön sagt, nicht so ganz da.

Zu meiner Überraschung und zugleich mit einigem Entsetzen begann ich, ihre Launen, ihr ganzes Treiben merkwürdig anziehend zu finden, sogar faszinierend, könnte man sagen; ja, ich war fasziniert, definitiv. Wie, auf welche Weise? Über diese Frage grübelte ich nach, während ich ganz ungraziös neben ihr auf der Chaiselongue lümmelte, ich meine, dem Diwan – mein rechtes Bein schlief immer wieder ein, und der Arm, auf den ich mich stützte, zitterte und war total verkrampft –, und dann fiel es mir ein, an wen sie mich erinnerte. Sie hatte nämlich eine Vorgängerin, eine ganz unwahrscheinliche, weit zurück in der Vergangenheit, meine Güte, ich weiß gar nicht, wie lange ich an die nicht mehr gedacht hatte. Rätselhaft, wie das Gedächtnis funktioniert; dies zu bemerken, hatte ich schon öfter Anlass, wie Sie wissen. Das kostbare Spielzeug wird eine Weile lang geliebt, dann zärtlich in sein knisterndes Seidenpapier gewickelt, in einer Truhe auf dem Dachboden verstaut und schnell vergessen, bis der Tag kommt, an dem man im staubflirrenden Licht unter einem Dachfenster hockt und tief in der Holzwolle nach einer ganz anderen Sache wühlt und es mit einem Ah! erkennt und es herausgesprungen kommt, lebendig und so glänzend wie an jenem Tag, da ihm Geppetto zärtlich den letzten Lack verpasst hat.

Die Person, an die ich gedacht hatte, Mrs Godleys Vorgängerin, ist eine, die ich einst mit Algebra umworben habe. Haben Sie Nachsicht mit mir, es wird nicht lange dauern.

Wie alt war ich damals? Neun, zehn? Denn wir sprechen hier von einer längst vergangenen Zeit. Sie war die Cousine von Nachbarn, die drei, vier Häuser neben uns wohnten, als ich mit meiner Familie an einem baumbeschatteten Platz in meiner Geburtsstadt lebte, einem Ort, der mir heute so fern erscheint wie Ninive. Die Leute hatten eine Tochter, bei ihr war die Cousine zu Besuch, obschon zwischen den beiden kleinen Mädchen, wenn ich mich recht entsinne, keine große Liebe herrschte. Das Nachbarskind war eine ziemliche Vogelscheuche, an die ich mich kaum noch erinnern kann, nur an ein Kleid erinnere ich mich sonderbarerweise noch, das es immer getragen hat, aus verschossenem blauen Stoff, besetzt mit lauter schlaffen Knoten aus demselben blauen Stoff, die jeweils eine Art gleichermaßen schlaffer Blume bildeten, ich seh das Ding noch deutlich vor mir, am Ende jenes zunehmend enger werdenden Tunnels der Zeit. Die Besucherin, deren Namen ich bedauerlicherweise vergessen habe – nennen wir sie doch einfach Rosie, warum auch nicht? –, war aus ganz anderem Holz geschnitzt als ihre Cousine. Sie war klein und auf eine entzückende Art rundlich, ein hüpfender kleiner Ball, immer fröhlich, stets entflammbar und voller unverdrossen freudiger Erwartung; für sie war die Welt wie eine lustige, knallrot bemalte Schachtel, geschmückt mit lauter Regenbögen, Sternen und silberhellen Sichelmonden, deren Deckel sich irgendwann öffnen musste, und schwupp, käme der Hanswurst mit seinem irrem Grinsen auf seiner großen Wobbelfeder rausgehüpft.

Sie blieb einige Wochen im Haus ihrer Cousine, vielleicht einen Monat oder sogar noch länger, denn die Idylle, auf die ich hier zurückblicke, hat, wie mir scheint, wohl einen ganzen Sommer lang gedauert. Ich habe mich auf die diffuse, vorpubertäre Weise, wie wir's in jenen unschuldigeren Zeiten taten, in sie verliebt. Was sie für mich empfinden mochte, jedenfalls am Anfang, konnte ich mir nicht recht vorstellen, ich hatte jedoch den Verdacht, dass sie mich furchtbar albern fand. Wir spielten auf dem Platz, sie, ich und ihre vogelscheuchige Cousine sowie diverse andere Nachbarskinder, über die ich gar nichts weiß. Wir spielten Fangen, Schlagball und Himmel und Hölle, was bei uns, wie mir gerade wieder einfällt, Deibels Bett hieß – und stritten uns darüber, wer ›es‹ sein würde oder wer einen Sechser geschafft hatte. Wenn der Abend dämmerte und unsere kleine Gruppe der Spiele müde war oder sich langweilte oder beides, harrten wir noch lange aus, trotzten der Nacht, standen, die Ellenbogen auf den Rand des ausgetrockneten Pferdetrogs in der Mitte des Platzes gestützt, und diskutierten tiefernst über die brennenden Fragen, die unseren noch wenig ausgeformten Intellekt beschäftigten.

Eines Nachmittags lud ich Rosie und ihre Cousine – die ich gern losgeworden wäre, was aber nicht ging – auf unseren Hof ein. Dort stellte ich meine Spielzeugschultafel auf, die ich bekommen hatte, als ich klein war, und skizzierte mit Kreide eine Reihe einfacher algebraischer Übungen, die wir kürzlich in der Schule durchgenommen hatten. Es war klar, dass Algebra den Mädchen kein Begriff war und sie noch nie etwas davon gehört hatten, und so fuhr ich ganz beschwingt fort, ihnen diesen abstrakten Zweig der Mathematik gnadenlos zu erläutern; schon damals war ich, wie Sie sehen, ein Pedant und ebenso bereits ein Wichtigtuer.

Es war ein feuchter, blaugrauer Tag, ähnlich wie zufälligerweise auch der Tag meiner ersten Begegnung mit Mrs. Godley. Die zwei, die meine Schülerinnen spielten, saßen nebeneinander vor mir auf der flachen Stufe vorm Hühnerstall meiner Mutter, die Arme um die Beine geschlungen, den Rock straff über die Knie gezogen. Die Cousine, die ein ganzes Stück größer war als Rosie, stramm, mit rauer Haut und knochigen Knien, erscheint mir in diesem Bild als eine jener lebensgroßen Pappfiguren, hinter die sich Ausflügler stellen, während sie das Gesicht durchs ausgeschnittene Loch stecken und geistlos in die Kamera grinsen.

Rosie aber hatte ein unvergesslich bezauberndes Gesichtchen, rötliche runde Wangen und eine winzig kleine Hakennase; auch ihre Schultern waren rund, der Hals war kurz, die Brust war mollig, alles in allem sah sie wie ein kleiner, heller Vogel aus, wie eine Blaumeise zum Beispiel oder wie ein Rotkehlchen. Auch hatte sie das schnelle, flatterige Wesen eines Vogels und plusterte immerzu ihr Gefieder auf und wechselte fortwährend ruckartig den Neigungswinkel ihres Kopfes. Ich kann es nicht erklären, aber ich sehe sie mit einem reich bestickten und mit reihenweise milchigen kleinen Glaskugeln – vielleicht waren's auch Perlen, aber natürlich keine echten, wie sich Professor Pingelig genötigt fühlt hinzuzufügen – verzierten samtenen Pillbox-Hütchen. Auch ihr Kleid ist farbenfroh, rundherum mit wechselnden Bändern aus glänzender, spröde wirkender Seide besetzt. In meiner Vorstellung, ich meine, in meiner Erinnerung, trägt sie keine klobigen Schulschuhe wie ihre unförmige Cousine, sondern zierliche Pumps aus Stoff, abermals Seide, denke ich, und ebenfalls bunt gemustert, passend zum Kleid und zu ihrem Hütchen. So komisch es auch scheinen mag, das alles hat bewirkt, dass sie, für mich zumindest, also für den Teil von mir, der das Erinnern produziert, der letzten Kaiserin von China glich, der schlauen Witwe Cixi, obschon sie eher wie die uncharakteristisch fröhliche Version ihrer Ewigen Majestät aussah, faltenlos, rundäugig und rosig.

Ihre Cousine konnte mich nicht leiden, weder mich noch meine blöden Gleichungen – du lieber Himmel, was soll das denn alles bedeuten, und überhaupt, wen juckt es denn, ob $a + b = c$ ist? Rosie hingegen war entzückt, dass ich so viel wusste über so ein wunderbar geheimnisvolles Thema. Sie saß wie gebannt auf der flachen Stufe, zappelte vergnügt in ihren Kleidern und applaudierte mir, indem sie beide Hände vors Gesicht hielt und sie ganz schnell zusammenschlug, und gab bei jedem neuen Rätsel, das sich gleichsam wie durch Zauberei vor ihren Augen an der Tafel löste, ein kleines, freudiges Lachen von sich. Ja, sie hielt ihren Lehrer für ein Wunderkind, und sie liebte ihn dafür. War ich zuvor für sie nur eine Witzfigur gewesen, so war sie jetzt vollkommen überzeugt, und als ich sie das nächste Mal allein erwischte, ließ sie sich bereitwillig küssen. Ja, das ist, wie wir sehen, die Macht der reinen Mathematik.

Übrigens, falls Sie denken, ich wüsste es nicht besser, $a + b$ kann nicht gleich c sein. Godley dixit. Obwohl, um uns etwas dermaßen Offensichtliches zu sagen, hätte es seiner nicht bedurft. Apfel plus Orange ist gleich Elefant. Alles klar.

Jedenfalls mutet es in Anbetracht all dessen seltsam an, dass ich in Adams Godleys winziger, gedankenverlorener, verhutzelter Witwe auch nur das leiseste Echo meines längst vergessenen Liebchens wiederfand, aber so war es; die Fantasie, vermute ich, weht, wo es ihr beliebt. Ich war fast so vernarrt in sie wie seinerzeit in meine erinnerte Rosie. Oft kommt es mir so vor, als wäre ich gar nicht erwachsen geworden, als hätten sich die Jahre einfach um mich herum angesammelt, wie die Ringe im Stamm eines Baumes, als sei der ursprüngliche Schössling im Kern noch immer da, taufrisch, vor übermütigem Leben sprießend.

Ich nahm eine Decke von dem Hügel, auf dem die alte Frau saß, und legte sie ihr sorgfältig um die Schultern, denn es war kühl im Raum und ihre Wachspapierhaut, die sich über den Wangenknochen und den Knöcheln ihrer in fingerlosen Handschuhen steckenden Hände spannte, hatte einen bläulichen Schimmer. Wieder beobachtete sie mich genau, während ich diesen kleinen Dienst verrichtete, verfolgte jede meiner Bewegungen, runzelte die Stirn, blähte die Nüstern, wie um mich zu beschnuppern, indes ich meinerseits nur allzu offenkundig an ihr schnupperte. So aus der Nähe wusste sie gewiss, dass ich weder ihre Tochter noch ihr toter Ehemann sein konnte. Wer dann? Ein Bekannter, ein ehemaliger Bekannter, ganz bestimmt, weil, warum sollte ich sonst hier in ihrem Zimmer sein und so um sie herumschwirren. Ich sah, wie sie mich in den Überresten der Vergangenheit aufzuspüren versuchte, wie eine Amsel, die in einem Haufen toter Blätter einen Wurm sucht.

Draußen begann ein leichter Regen, klöppelte leise an die Fensterscheiben, rann in zittrigen kleinen Bächen am Glas herunter auf der Suche nach einer Lücke, durch die er eindringen und vor sich selber unterschlüpfen könnte.

Nun sprach Mrs Godley, wenn man ihr unzusammenhängendes Gebrabbel denn so nennen kann, es ging wohl um ein Mädchen, das gestorben war, nicht ihre Tochter, eine andere, irgendwo in Italien, von eigener Hand gestorben, wenn ich sie recht verstanden habe. So richtig Sinn ergab es nicht, was sie erzählte, doch mitten in ihrer Geschichte erschien plötzlich und ohne ein Geräusch ihr Sohn. Für einen, der so groß ist und so tollpatschig, bewegt er sich erstaunlich geschickt – gerade war er noch weg, im nächsten Augenblick ist er schon wieder da. Er hatte ein Buch bei sich. Er komme jeden Tag um diese Zeit hier hoch, um seiner Mutter vorzulesen, erklärte er mir mit verlegenem Stirnrunzeln. Die alte Frau beäugte ihn mit wütendem Erstaunen, fragte sich offenbar, wie viele von diesen verflixten Geistern, die ihr kein bisschen bekannt vorkamen, wohl noch aus dem Nichts hier auftauchten in ihrer Höhle.

»Na, La, hast du dich mit Mr. Jaybey unterhalten?«, fragte Adam sie in bemüht herzlichem Ton. La, so nennt sie die Familie. »Er ist hierhergekommen, um Pas Lebensgeschichte aufzuschreiben, hat er dir das erzählt?«

Darauf sah sie ihn grimmig an; nicht mal die ältesten, verschrobensten von ihnen, von uns, möchten, dass man sie behandelt wie verschrobene Alte. Sie tastete nach den Kanten der Decke, die ich ihr umgehängt hatte, und zog sie sich fest um die knorrigen, verschrumpelten Schultern, an denen kaum mehr dran war als an einem Kleiderbügel.

Fakt ist, dass sie es war, in diesem Augenblick war es mir klar, sie war es und nicht die alte Rosie, die dieses perlenbestickte Seidenhütchen trug, das da mit beiläufiger Lässigkeit so schief auf ihrer zarten alten Birne saß. Wie hatte ich die beiden nur verwechseln können, die süße junge Rosie und dieses traurige alte Klappergestell?

Ich hatte mich aufgerappelt, beschämt, dass man mich hier in dieser peinlichen Lage angetroffen hatte. Mein Blick fiel auf den Buchrücken in Adams schinkenknochengroßer Faust. Sieh an, es ist eines von meinen, eines von meinen eigenen: *Die Erfindung der Vergangenheit,* die Monografie, die ich geschrieben hatte, um Axel Vander zu entlarven, diesen Scharlatan. Aber Moment mal, dachte ich, Momentchen mal, das kann doch gar nicht sein. Was sollte ihn auf die Idee gebracht haben, seiner tütteligen Mutter jeden Tag eine Dosis aus dem Leben dieses Schurken zu verabfolgen, der doch ein noch viel größeres Ungeheuer war als ihr verstorbener Mann? Nein, nein, das musste eine plumpe Irreführung sein, da war ich mir ganz sicher: Das Buch wurde mit Absicht ausgewählt, um mir zu schmeicheln. Doch wie hätte er wissen können, dass ich hier war, dass ich es sehen und mir der Titel auffallen würde? Brachte er es etwa jeden Tag mit her, für alle Fälle? Was für ein Leben hat doch dieses kleine Buch geführt – einmal hätten sie beinah ein Foto davon gemacht mit diesem Schauspieler drauf, einem gewissen Cleave oder so ähnlich, ich weiß den Namen nicht mehr ganz genau, Sie wissen schon, wen ich meine.

Nun meldete Mrs. Godley sich zu Wort, mit dünner, aber neuerdings gefestigter, ruhiger Stimme. »Er ist gekommen, um Petra ihre Medizin zu geben«, sagte sie. Sie meinte Adam, aber mich funkelte sie an; sie glaubte wohl, mich endlich doch erkannt und als schamlosen Hochstapler und Quacksalber entlarvt zu haben. »Ich sag ihm, er vergeudet seine Zeit«, fügte sie scharf hinzu und funkelte mich immer noch so wütend an, »aber er hört ja nicht.« Ihr Sohn und ich, wir standen da und schauten schweigend zu ihr hinunter, er ebenso erstaunt wie ich, nehme ich an, ob dieses jähen Anfalls von scheinbarer Klarheit. Dann trübte sich ihr Blick von Neuem ein, und in ihre Augen trat wieder die alte Verwirrtheit. »Sie war vor einer kleine Weile hier«, sagte sie wehmütig, »meine Tochter, doch jetzt ist sie weg.« Und dann lächelte sie von Neuem, lieb wie eh und je, aber auch traurig, und einen Moment lang war sie wieder ein Mädchen, »Was sage ich? Natürlich ist sie weg, sie ist ja tot, meine arme Petra.«

Ich bin allein im Himmelszimmer an meinem Schreibtisch, arbeite, vorgeblich. Draußen schwindet der Tag, drinnen auch. Was mich als Biograf disqualifizieren sollte, was mich wirklich als überhaupt irgendetwas disqualifizieren sollte, ist, dass ich diese gottverlassene Welt nicht nach ihren eigenen Maßstäben beurteilen kann, genauso wenig, oder weniger noch, die Leute, mit denen diese Welt verseucht ist. Sie sind zu wenige und auch zu spät. Doch ich höre den Wind in einem Spalt am Fensterflügel, ein Geräusch, so schwach, dass es fast nicht zu hören ist, ein Pfeifen, kaum hörbar, aber schrill, ein kleines Liedchen, wie es wohl Josefine, die Sängerin, gesungen haben mag, wenn sie hinter dem Wandpaneel vor ihrem Volk der Mäuse stand, und ich rufe die andern herbei, alle die Nachkommen, die, wenn ich weg bin, hier sein werden und für die die Luft dann wieder pfeifen wird, vielleicht, wie dieses Mal an einem Abend im schwindenden Licht, und ich sage mir, trotz allem, sowenig es auch danach aussehen mag, es kann nicht alles ganz umsonst gewesen sein.

II

Doch dieses legendäre *anno mirabilia* begann, wie er behauptete, mit einem katastrophalen geistigen Zusammenbruch. Im Zustand lebhaftester Hoffnung und Erwartung war er um die halbe Welt gereist, nicht allein seiner Arbeit wegen, sondern auch, um seine, wie er sich ausdrückte, ›zerrütteten‹ Nerven zu reparieren, doch sein fast völliger Zusammenbruch in den letzten Tagen des vergangenen Dezember, schrieb er, habe ihn der größten Angst und höchsten geistigen Verzweiflung nahe gebracht. »Ich sehe keinen Ausweg«, schrieb er nur wenige Tage nach seiner Ankunft an Dorothy, »und ich bin überzeugt, dass hierherzukommen ein großer Fehler war, für den ich einen hohen Preis bezahlen werde.« Arcady, stellte er verbittert fest, sei denkbar weit davon entfernt, ein pastorales Umfeld zu sein, schon der Name des Ortes sei eine ebenso zynische wie ironische Falschbezeichnung.

Das College hatte ihm eine Wohnung in der Euclid Street zur Verfügung gestellt. Er nahm den Namen als ein gutes Omen, eines der wenigen, die man ihm damals zugestanden hatte. »Der Vater der Geometrie war unser aller

Papa«, sagte er oft, wobei der leicht abfällige Tenor dieses Bonmots uns keinesfalls an der Ernsthaftigkeit seiner Wertschätzung zweifeln lassen sollte; der ruhmreiche Hellene war einer der wenigen weltlichen Meister, die er auf gleicher Augenhöhe zu akzeptieren bereit war.

Seine Unterkunft bestand aus dem oberen Stockwerk eines zweistöckigen Holzrahmenhauses, bescheiden, aber nicht ohne Charme, wie man auf Fotos sehen kann [Abb. 3], auf einem flachen Grundstück von einem halben Morgen, am oberen Ende der Euclid Street, am Fuß des Vorgebirges. Es hatte ein steiles Schindeldach, vier kleine, sturmgeschützte Fenster und eine offene Veranda, auf der ein verwitterter alter, mit einer verschossenen Navajo-Decke drapierter Schaukelstuhl stand [Abb. 4]. Das Fenster über seinem Arbeitstisch blickte auf ein quadratisches Stück Rasen mit einem einzelnen Ahornbaum darauf, den immer viele Eichhörnchen besuchten, deren emsiges und oftmals amüsantes Treiben er in den rastlosen Phasen der Schwebe studierte, wenn »die Rechnungen nicht aufgingen«, wie er es nannte, und sein Geist »in den Leerlauf schaltete«. Das Grundstück, auf dem das Haus stand, gehört heute zum Gelände der Godley Memorial Laboratories in Arcady, kurz ArcLab. Das Haus selbst ist durch einen Brand zerstört worden, angeblich verursacht durch einen Blitz, der einen Tag nach dem Auslaufen von Godleys Mietvertrag einschlug, als er sich auf den Heimweg machte, »verfolgt«, so schreibt er, »von rasenden Furien«.*

* Die Aufzeichnungen der Wetterdienste vermelden keinerlei Anzeichen von Gewitteraktivitäten für dieses Gebiet und diesen Zeitraum. Wie wir im vorangegangenen Kapitel gesehen haben, war Godley jemand, der nicht müde wurde, die Wahrheit zu verdrehen, und keine Gelegenheit ausließ, sich selbst und seine Lebensumstände zu dramatisieren.

Nach seinen Angaben aus dieser Zeit hielt der starke Drang, sich das Leben zu nehmen, zu Beginn seines einjährigen Aufenthalts, also den ganzen Winter über, an. In jedem seiner Briefe an Dorothy kam er immer wieder auf dieses Thema zurück, obschon er in seiner Korrespondenz mit anderen Adressaten keinerlei wie auch immer geartete selbstzerstörerische Tendenzen erkennen ließ und sein Tonfall matt und leger wie immer war. Dorothy gegenüber aber stellte er sich als eine von Verzweiflung an ihre Grenzen getriebene Seele dar, mit dem daraus folgenden Drang, sich selbst zu zerstören; in Anlehnung an Nietzsche, den er vergötterte, schrieb er: »Ich habe tief in den Abgrund geblickt, und der Abgrund hat noch tiefer in mich hineingeblickt.« Belegt sind diese reichlich verstiegenen Behauptungen außer in seinen Briefen, die Dorothy aufbewahrt hat, einzig durch ein Telegramm von seinem dreiunddreißigsten Geburtstag, dem 25. Dezember – ein Datum, das er bekanntlich mit Sir Isaac Newton teilte –, mit dem er Dorothy auf ihr Telegramm mit Glückwünschen und Liebesbekundungen antwortete. In Godleys Telegramm heißt es: »Unwahrscheinlich, dass ich meine vierunddreißigste Haltestelle erlebe.« Unterzeichnet ist es mit »Der Gekreuzigte«.

Angesichts dieser klaren Vorhersage drängt sich einem der schwer zu widerlegende Verdacht auf, dass es sich um einen grausamen Plan gehandelt hat. Ist die Botschaft tatsächlich ein Ausdruck von Verzweiflung, oder ist es eher eine Geste, die auf die Nachwelt abzielt? Oder ist es bloß ein herzloser Scherz auf Kosten seiner Frau? Die Unterschrift legt das Letztere nahe. Natürlich ist das eine weitere Anspielung auf Nietzsche, aber es ist auch einer von einer

Vielzahl keineswegs nur scherzhaft gemeinter Vergleiche zwischen sich selbst und dem Menschensohn.

Die auffallendste und schrillste Schilderung seines Gemütszustandes zu dieser Zeit findet sich in einem langen, weitschweifigen Brief an Dorothy vom 29. Februar. In der vorangegangenen Nacht habe es einen Schneesturm gegeben, schreibt er, er habe stundenlang im Freien gesessen, im Schaukelstuhl auf der Veranda, absichtlich ohne Mantel und auch die schützende Indianerdecke verschmähend; sein Ziel, mit dem er sich auf diese Weise den Elementen ausgesetzt habe, sei gewesen, sich eine tödliche Dosis Lungenentzündung zu holen, erklärt er ihr. Ein solcher Akt der Verzweiflung, ja des Beinahe-Wahnsinns, wäre ein Beweis dafür, dass er auf Selbstzerstörung aus war. Doch auch hier lassen die Aufzeichnungen Zweifel an dem ganzen Vorfall aufkommen. Schneefälle sind in diesen Breiten äußerst selten, und von einem dortigen Schneesturm hat man noch nie gehört. In den Wetterberichten für die zweite Februarwoche ist lediglich von Morgennebel und vereinzelten nächtlichen Regenschauern die Rede.

Tausende Meilen entfernt war Dorothy in größter Sorge. »Er rief mich einmal spät am Abend an«, erzählte sie, »eigentlich eher in den frühen Morgenstunden. Er schluchzte, und ich konnte kaum verstehen, was er sagte. Er wolle ›Schluss machen‹, hat er gesagt. Ich wusste doch nicht, was ich tun soll. Ich war ja am anderen Ende der Welt.« Sie war machtlos, und was ihre Misere noch verschlimmerte, war der Umstand, dass sie von Godleys Mutter heftig missbilligt wurde, der »Witwe Godley«, wie der eigene Sohn die grässliche Person, der er mit einer Mischung aus Zuneigung, Verzweiflung und Verlegenheit begegnete, mit bitterer Ironie zu nennen pflegte. Dorothy war es nicht gewohnt, ihre Schwiegermutter ins Vertrauen zu ziehen, und so verschwieg sie ihr auch dieses Mal den Inhalt von Godleys Briefen und seinen sich mutmaßlich verschlechternden Geisteszustand. »Sie hätte mir ja doch wieder bloß vorgehalten, dass das alles meine Schuld sei«, bemerkte Dorothy betrübt, »wie immer.«

Er sagt, dass jene Nacht im Februar, als er angeblich bibbernd in der Euclid Street auf der Veranda saß, während der ›Schneesturm‹ tobte, der Tiefpunkt seines Aufenthalts in Arcady gewesen sei. Er war allein und isoliert, seine Frau war unerreichbar fern und er anscheinend nicht mehr in der Lage, selbst für sich zu sorgen. Er machte sich kaum mehr die Mühe, irgendwas zu essen, und verlor beängstigend an Gewicht. Er ließ sich einen Bart stehen und staunte, als derselbe grau und struppig wurde. »Ich war ein Trottel von siebenunddreißig Jahren«, bemerkte er mit grimmiger Ironie. Am meisten zehrte es an ihm, dass er mit seiner Arbeit ins Stocken geraten war und irgendwie nicht in der Lage, sie wieder aufzunehmen. Er hatte das Gefühl, dass es, wie er sich ausdrückte, »mit ihm vorbei« war.

Dorothy war über diese Aussagen verblüfft. Als sie ihn in der Woche vor Weihnachten verabschiedet hatte, zeigte er keinerlei Anzeichen geistiger Verwirrung. Ja, er ›spürte sein Alter‹, wie man so schön sagt. Viele der größten Wissenschaftler haben ihre glanzvollsten Leistungen vollbracht, bevor sie dreißig waren. Newton war fünfundzwanzig, als er die Gravitationstheorie entwickelte, Heisenberg sechsundzwanzig, als er die Unschärferelation veröffentlichte, genauso alt wie Dirac, als er die Dirac-Gleichung entwickelte.

Und was hatte Godley vorgelegt, das auch nur annähernd die Hoffnungen erfüllen konnte, zu denen er in seiner Jugend Anlass gab? Eine Handvoll Arbeiten, ein, zwei davon zugegebenermaßen brillant, in obskuren Fachzeitschriften publiziert, konnten ihm wohl kaum einen Platz im Pantheon der Unsterblichen sichern.

Bleibt die Frage, wie es um seine geistige Gesundheit in jenen Monaten tatsächlich bestellt war. Vielleicht hat er die Möglichkeit des Scheiterns in Betracht gezogen und tatsächlich darüber nachgedacht, seinem Leben ein Ende zu setzen, wie er Dorothy versicherte. Aber warum hat er keinem von den Leuten, die er zu der Zeit um sich hatte, etwas davon gesagt? Es ist natürlich möglich, dass er in tiefen Seelenqualen steckte, aber entschlossen war, »still zu leiden«, und seine Misere einzig Dorothy anvertraute, ansonsten aber an seiner gewohnten Maskerade aus Arroganz und unbekümmerter Verachtung festhielt. Doch würde nicht ein scharfsichtiger Beobachter wie beispielsweise Benny Grace hinter die Maske geblickt haben, mochte sie auch noch so fachmännisch ausgeführt sein?

Eine mögliche Lösung des Rätsels ist, dass er mit diesen Briefen an Dorothy »eine papierene Spur gelegt«, d.h. schriftliche Aufzeichnungen verfasst hat, die nach dem Rezept der Kosmologen der Antike »die Phänomene retten« würden. Sollte er in seinem Bemühen scheitern, jene Theorie auszuarbeiten, die unter dem Namen Brahma-Theorie bekannt werden sollte, so würde diese Korrespondenz beweisen, dass der Grund dafür sein lendenlahmer Geisteszustand war. Wie sollte ein Mann, der gerade einen totalen Nervenzusammenbruch hatte und Suizidgedanken hegte, die Konzentration aufbringen, die es brauchte, die geheimsten Codes des Universums zu knacken? Und indem er niemandem außer seiner Frau von seinem Kummer erzählte, würde er sich obendrein den Bonus verdienen, ein Muster an eiserner Beherrschung zu sein, schonungslos gegen sich selbst und ein Heiliger in seiner Rücksichtnahme auf die Empfindlichkeiten seiner Freunde. Das hieße natürlich, ihm in puncto Einfallsreichtum und Geheimhaltung geradezu satanische Fähigkeiten zuzuschreiben. *Verbum sat.*

Was auch immer an Godleys Zustand wahr sein mochte, Rettung nahte, und zwar, wen wundert's, auch diesmal wieder, wie so oft in seinem Leben, ja sogar bis an sein Ende, in Gestalt einer Frau.

Die Umstände seiner ersten oder, wahrscheinlicher noch, seiner zweiten Begegnung mit Anna Behrens sind unklar. Beide gaben an – und dafür hatten sie ganz ohne Zweifel ihre Gründe –, nicht mehr zu wissen, wo, wann oder wie genau sie sich in Arcady begegnet waren. Das Einzige, was sich mit Sicherheit sagen lässt, ist, dass es Anfang April war oder früher. In einem Brief an Dorothy, der auf den vierten April datiert ist, erwähnt Godley, er habe »neulich abends ein gepfeffertes Wortgefecht [gehabt] mit so einer reichen Ziege, die vorgibt, hier eine Galerie zu betreiben, und behauptet, dich zu kennen«. Zu dieser Zeit führte Anna Behrens eine kleine Kunstgalerie am unteren Ende der Paris Street, dort, wo die Straße sich am Rande von Hellenic Bay im Sumpfland verläuft. Sie war im vorangegangenen Jahr hergekommen, um an der University of Arcady zu studieren und über die Sieneser Schule des Quattrocento zu promovieren. Allerdings brach sie ihr Studium schon bald ab und begann in der

Galleria Gannaro zu arbeiten, besser gesagt, ›auszuhelfen‹, deren Besitzer ein reicher, aber notorisch knausriger römischer Emigrant von zweifelhafter Herkunft war. Eduardo Gannaro, bekannt als ›der Bernard Berenson der Bay Area‹, handelte mit moderner Kunst und, was noch lukrativer war, mit antiken Artefakten, die aus Europa, Asien und Amerika über verschlungene und, wie allgemein vermutet, illegale Kanäle importiert wurden. »Er ist ein schmieriger Spaghettifresser und offensichtlich ein Gauner«, schrieb Godley über ihn. Es gab damals Gerüchte über eine romantische Beziehung zwischen Gannaro und Anna Behrens, was der Grund dafür sein könnte, dass sie plötzlich ihr Studium abbrach, um bei einem wenig seriösen Kunsthändler zu arbeiten.

In dieser Phase ihres Zusammenlebens besaß Dorothy längst Übung darin, jedes noch so schwach aufleuchtende Licht im stürmischen Liebesleben ihres Mannes sofort zu erkennen. Das in dem dünnen blassblauen Luftpostbrief beiläufig erwähnte ›Wortgefecht mit so einer reichen Ziege‹ sprang ihr gleich ins Auge. In ihrer vorsichtigen Antwort schrieb Dorothy, Miss Behrens müsse sich irren, sie kenne niemanden mit diesem Namen. Mit Spannung wartete sie auf seinen nächsten Brief, aber die streitsüchtige Galeristin kam nicht mehr vor. Dorothy konnte sich nicht entscheiden, vertraute sie mir später an, ob dies ihren Verdacht beschwichtigen oder befeuern sollte. Wie wir gesehen haben, hat sich Godley immer wieder als geübter und gewiefter Heuchler erwiesen, und besonders bei Dorothy machte er sich einen Spaß daraus, Hinweise auszustreuen, denen sie folgen sollte, die meisten davon freilich falsch, aber so raffiniert ersonnen, dass es ihr nur selten glückte, die richtigen darunter zu erkennen. Diese »Anna Behrens«, diese angebliche Bekannte von ihr, musste eine Erfindung sein, das war Dorothy klar, eine fiktive Figur, hinter der sich eine nur zu reale Frau verbarg, mit der Godley eine Liebesaffäre angefangen hatte. Schwer zu sagen, warum er Anna Behrens unterstellte, dass sie behauptet habe, Dorothy zu kennen, zumal sie später abstritt, dergleichen je behauptet zu haben; wahrscheinlich war es weiter nichts als eine kleine Ausschmückung, gewissermaßen, um für Verwirrung und Vernebelung zu sorgen. Godley war nicht nur ein Lügner, er hatte auch ein Talent, die Lüge aufzuhübschen.

Ein paar begriffsstutzige Beobachter* zeigten sich verwundert und empört über die scheinbar kalkulierte Grausamkeit, die Godley den verschiedenen Frauen gegenüber an den Tag gelegt hat, die ihn im Laufe seines Lebens geliebt, gepflegt, ertragen und versorgt und die Demütigungen, die er ihnen regelmäßig antat, klaglos ausgehalten haben. Warum erwähnt er in seinem Brief an Dorothy den Namen einer Person, mit der er zu diesem Zeitpunkt höchstwahrscheinlich bereits eine Affäre angefangen hatte, so beiläufig? Warum musste er überhaupt auf sie zu sprechen kommen? Verständlich, wenn auch nicht minder verwerflich, wäre es nach Ansicht dieser Kommentatoren, hätte Godley gemeint, er habe Grund, seiner schon so oft misshandelten Frau wehzutun oder sich an ihr zu rächen, indem er ihr eine Falle stellt, die, wie jedes entzündliche Material, früher oder später würde hochgehen müssen.

* Siehe beispielsweise Pavel Popov, The Brahman: Notes on the Life of Adam Godley, Jagielonian University Press, 1.unbereinigte Auflage, *passim*.

Dorothy Lawless aber war nach allem, was wir von ihr wissen, eine sanfte, vertrauensvolle und treue Seele, der es im Traum nicht eingefallen wäre, Adam Godley genauso eiskalt zu betrügen wie er sie. Warum also war er so gemein zu ihr, mag man sich fragen, warum dieses jagohafte Ränkeschmieden zum reinen Selbstzweck, aus, so will es scheinen, grausamer Lust am Spiel?

An dieser Stelle aber heißt es innehalten und nochmals daran denken, dass man Adam Godley nicht mit normalen Maßstäben messen kann; diese Tatsache müssen wir uns bei all unseren Überlegungen bezüglich seines Charakters und seines Handelns stets vor Augen führen. Er war in sämtlichen Belangen seines Tuns ein höchst komplexer Geist, wissenschaftlich, gesellschaftlich und auch spirituell. Der letzte dieser drei Begriffe findet nicht häufig Anwendung auf diesen Mann. Wenn er überhaupt einer spirituellen Überzeugung anhing, dann dem Animismus, wenn auch einer privaten und typisch exzentrischen Version dieser dubiosen Lehre. Schon seit frühester Jugend war für ihn die Welt und jedes Objekt darin, von den fernen Galaxien bis zum einfachsten Molekül, von Leben durchdrungen, von weltlichem Leben. Er war kein Pantheist; er glaubte nicht an Gott oder irgendwelche wie auch immer gearteten Götter. Nach seiner Ansicht existiert auch die Seele nicht. Dieses ganze Konzept, behauptet er, ist Unsinn – im wahrsten Sinne des Wortes. Wir bestehen aus Materie, und ›es gibt kein rubinrotes Lämpchen, das da im Schrein unseres Busens ewig brennt‹. Vor unserer Zeugung existierten wir als reines Potenzial, und wenn wir sterben, dann zerfällt das körperliche Material, aus welchem wir bestehen, in lauter Teilchen und wird der Welt zurückgegeben und in ihr verteilt, und jedes dieser Teilchen wird teilhaben am universellen Prinzip des Lebens. Er zitierte gern Schopenhauer, und zwar dahingehend, dass wir nach dem Tod ›alles und nichts‹ sein werden.* Damit ist die schwierige, zeitlose und immer noch heikle Frage, wie das Bewusstsein aus der bloßen Materie entstehen konnte, leicht zu lösen. Die Materie, so Godley, ist nicht bloß, das heißt, sie ist weder nebulös noch träge, sondern sie ist, ganz im Gegenteil, lebendig, selbst auf der untersten Stufe, und folglich mit einem immanenten Bewusstsein von sich selbst als existierend: ist, mit anderen Worten, bewusst.†

Für seinen einzigen Anhänger hat dieser Glaube, wenn man es denn so bezeichnen darf, die Welt nicht etwa aufgewertet oder die Menschen darin nur umso wertvoller erscheinen lassen; er brachte ihn vielmehr dazu,

* »Du, als Individuum, endest mit deinem Tode. Allein das Individuum ist nicht dein wahres und bist und bleibst du Alles. Daher sagte ich, daß du nach deinem Tode, Alles und Nichts seyn würdest.« (*Kurzer Dialog über die Unzerstörbarkeit unseres wahren Wesens durch den Tod,* in: Arthur Schopenhauer, *Parerga und Paralipomena. Kleine philosophische Schriften,* zweite und beträchtlich vermehrte Auflage, aus dem handschriftlichen Nachlasse des Verfassers, Bd. 2, Frankfurt am Main 1850, Kapitel 10, § 142.)

† »… typisch wirres, wenn nicht gar schlicht unaufrichtiges Denken.« (Benjamin J. Grace, *Relevant Matter: An Autobiography,* [Paragon Press, S. 73].) In seinem Buch stellt Profesor Grace eine ganze Reihe falscher Behauptungen bezüglich seiner eigenen Rolle in Adam Godleys Leben und Werk auf. Zumindest teilweise dürfte der Groll des Professors dem Verlust seiner festen Stelle an der University of Arcady geschuldet sein, ein Verlust, den aufgrund der Schließung der Mathematischen und Naturwissenschaftlichen Fakultäten an akademischen Einrichtungen überall auf der Welt in der Folge der Entdeckung und Bestätigung des Godley'schen Interferenzeffekts (GIE) und des katastrophalen Abbaus in sämtlichen Aspekten des Lebens, speziell auf dem Gebiet der Technik, die der GIE bewirkte und noch immer bewirkt, auch Tausende andere erlitten haben.

die Dinge, wie sie sind, mit einem gnadenlos nivellierenden Auge zu betrachten. Für Godley besaßen alle Phänomene, und dazu zählte er auch die Menschen, selbst jene, die ihm am nächsten standen, die gleiche Bedeutung, den gleichen Wert; oder, anders ausgedrückt, die gleiche Bedeutungslosigkeit, die gleiche Wertlosigkeit. Angesichts dieses radikalen Egalitarismus waren Verhaltensweisen, die bei anderen empörend gewesen wären, in Adam Godleys Fall objektiv und leidenschaftslos, mit einem Wort: neutral. Wenn er jemanden beleidigte, so geschah es ohne die Absicht zu kränken. Ja tatsächlich ohne jedwede Absicht, sei es Schaden anzurichten oder sonst etwas. Man könnte sagen, dass er die milde Gleichgültigkeit der Erzengel in seine Weltbetrachtung einfließen ließ. Diese Reserviertheit wurde leicht für Arroganz, Halsstarrigkeit, maßlosen Egoismus oder gar für schiere Bösartigkeit gehalten. Er fand es absurd, dass man ihm diese und andere nicht minder tadelnswerte Affekte unterstellte. Wie konnte man ihm vorwerfen, diese oder jene Person geringzuschätzen, da er doch alle Dinge, Menschen eingeschlossen, gleich einschätzte? Zu betonen, dass er seine Wertung sehr niedrig angesetzt habe, ist eine Verkennung seiner Haltung in der Sache. Freilich kann man sagen, dass alle zu lieben bedeutet, keinen zu lieben, und dass eine solche verallgemeinerte Liebe keine Liebe im eigentlichen Sinne ist. Allerdings werden mit dieser Ansicht die Lehren unter anderem von Sokrates, Buddha und Jesus Christus samt seinen Heiligen zu Fall gebracht.

Anna Behrens war die Tochter des berühmten Kunstsammlers Sir Helmut Behrens – Erbe eines riesigen Vermögens, das sein Großvater, Hans-Urs von Behrens, in den letzten Jahren des neunzehnten Jahrhunderts durch den Handel mit Edelsteinen aus afrikanischen und südamerikanischen Minen angehäuft hatte.* Einige Zeit zuvor, zu einem nicht näher bezeichneten Zeitpunkt, war Godley zu Gast gewesen in Whitewater House, Behrens' Villa aus dem achtzehnten Jahrhundert, die der Staat nach Sir Helmuts Tod zu erwerben suchte, was aber nicht gelang.† Godley hatte kaum Erinnerungen an dieses Ereignis und konnte sich auch nicht entsinnen, durch wen oder warum er dorthin gelangt war, obwohl das möglicherweise der Tag war, an dem er und Anna sich zum ersten Mal begegneten. Anna war auf einem Schweizer Internat gewesen und hatte danach in Princeton, Oxford und an der Sorbonne studiert. Als Godley ihr in jenem Frühjahr in Arcady begegnete oder erneut begegnete, war sie Mitte zwanzig. Sie war eine große, schlanke Blondine, kühl, lakonisch und für ihr Alter ungewöhnlich intellektuell. Sie hatte jene Art Gelassenheit und Schönheit, die Adam Godley beeindruckte, vielleicht sogar einschüchterte, ließ er doch trotz seines weltmännischen Auftretens oft aus Versehen seine Maske fallen, sodass der dahinter lauernde ungeschliffene und unsichere Provinzler zum Vorschein kam. Anfangs amüsierte sich Anna über seine scheinbare Selbstsicherheit und Angeberei, wunderte

* Helmut Behrens legte freilich das Adelsprädikat ›von‹ ab, das er als affektiert empfand. Bemerkenswert ist der Zeitpunkt dieser Geste, nämlich zum Ausbruch des Krieges der Niederländer gegen das damalige Amerika und seine Verbündeten, allen voran Deutschland.

† Anna Behrens bezichtigte die Regierung der ›Unverschämtheit‹ und sagte, sie werde das Haus eher bis auf die Grundfesten niederbrennen als mitanzusehen, dass es ›unter die Vandalen‹ falle und ihnen offenstehe. Sie war ohne Frage ihres Vaters Tochter, wie man so sagt.

sich aber doch, dass sie sich von ihm angezogen fühlte.* Wenn sie für ihn ein neues Phänomen war, so war er es auch für sie. Er interessierte sich nicht für ihre Interessen und lachte über alles, was sie über die Sieneser Schule des fünfzehnten Jahrhunderts sagte. Auch die in Eduardo Gannaros Galerie ausgestellten zeitgenössischen Kunstwerke waren in seinen Augen nur wertloses Gekleckse und formloses Geschmadder von talentlosen Betrügern. Kunst sei Schwindel, sagte er zu ihr, es sollte verboten werden, sie zu praktizieren. »Lies mal Plato«, sagte er, »der Junge, der kann dir erzählen, was man mit diesen Schmierfinken machen sollte.« Umgekehrt sorgte die Sicherheit, mit der er seine Meinung in dieser Sache und in allen anderen Dingen, über die er zu urteilen sich anmaßte, vertrat, auch bei ihr für eine gewisse Belustigung. Doch seiner unbeirrbar intensiven Art, gepaart mit der unbekümmerten, eisigen Fröhlichkeit seines Auftretens, konnte eine Frau von ihrem Temperament und ihren Neigungen einfach nicht widerstehen. Dass er oft engstirnig und schnell beleidigt war und jäh und rasch wie ein Raubvogel zuschlagen konnte, steigerte seine Anziehungskraft nur noch mehr. Sie wusste, dass zu Hause eine Frau auf ihn wartete, sah aber keinen Anlass, darauf Rücksicht zu nehmen. Nachdem sie gehört hatte, wie Godley seine Frau mit diesen und anderen spöttischen Diminutiva bezeichnete, nannte auch sie Dorothy, wenn sie sich überhaupt dazu herbeiließ, sie zu erwähnen, nur

* Es gibt Anzeichen, wenn auch keine ganz eindeutigen und völlig schlüssigen, dass sie von ihm schwanger wurde. B. J. Grace berichtet in seinen Memoiren, Godley habe ihm eines Tages, zweifellos auf seine typische spaßige Art, über Anna gesagt: »Sie hat 'nen Braten in der Röhre. Nicht weitersagen.« Die Schwangerschaft, sollte sie denn bestanden haben, kam nicht zum Abschluss. Anna Behrens hat nie geheiratet und blieb kinderlos.

Dodo oder, noch abfälliger, Dot. Dorothys Briefe gab er Anna immer gleich nach Erhalt zu lesen, wobei darin für sie offenbar kaum etwas interessant oder unterhaltsam war.

Im Frühling dieses kritischen Jahres gab es noch eine weitere und vielleicht sogar noch bedeutendere Begegnung. Hatte Godleys Persönlichkeit eine leicht barbarische Note, so war Gabriel Swan der reine Wilde. Gleichwohl war er der einzige Mathematiker, sofern man einen derart unorthodoxen Denker überhaupt als solchen bezeichnen kann, dem Godley einen Verstand bescheinigte, der fast so subtil und erfinderisch sei wie sein eigener. Dies ist umso bemerkenswerter, als das, was Swan auf ihrem gemeinsamen Fachgebiet hinterlassen hat, trotz gegenteiliger Behauptungen eher zu vernachlässigen war, wie Untersuchungen gezeigt haben.* Er leistete schon früh einen nicht unbedeutenden Beitrag zur Physik der Zeitlichkeit und der Zeitlichkeitsberechnung; er war der Erste, der die Existenz des Chronotrons postulierte, des berüchtigten, schwer fassbaren Zeitteilchens, und er gehörte zu den frühesten Verfechtern der Realität der Überzeitlichkeit – einer Idee, die Godley selbst erst später entwickeln und sich zu eigen machen sollte. Doch diese Arbeit, so bedeutsam sie zu ihrer Zeit auch erscheinen mochte, wurde von der Flutwelle der Brahma-Theorie überholt, ja überrollt. Trotzdem ließ sich Godley durch nichts und niemanden von seiner Wertschätzung für diese angeknackste, dämonische Gestalt abbringen, die man schwerlich seinen Freund nennen kann, es sei denn, wir wollten Mephisto als Freund von Faust betrachten. In

* Auf diese umstrittene Angelegenheit wird in einem späteren Kapitel noch ausführlich einzugehen sein.

ihrer gemeinsamen Zeit in Arcady war Godley so sehr von ihm angetan, dass man den merkwürdigen kleinen Mann schon Godleys *âme damnée* nannte, sein intimstes und gefährlichstes Werkzeug. »Was ich an Gabriel Swan als Theoretiker am meisten bewunderte«, schrieb Godley, »das war seine Verachtung für die angewandte Mathematik. Er verabscheute die Technik, die in seinen Augen die unverzeihliche ›Demokratisierung‹, die verwerfliche Vulgarisierung der reinen Theorie war.* Er war der am wenigsten kontaminierte Geist, dem ich in meinem Leben begegnen durfte.« Diese Worte wurden nach Swans Tod geschrieben.†

* Die Technik verhält sich zur Wissenschaft wie der Kitsch zur Kunst. (Gabriel Swan, *obiter dictum*).

† Es wurde sowohl von B. J. Grace als auch von anderen mit Nachdruck darauf hingewiesen, dass ebenjene regressiven Auswirkungen, die seine Anwendung im Bereich der Technik mit Sicherheit haben würden, eines der wichtigsten Ziele des Brahma-Postulats waren. Wie Professor Grace schreibt: »Die erschöpfte und unrettbar verkommene Welt, die Adam Godleys wissenschaftliche Fortschritte uns hinterlassen haben, ist die Erfüllung seiner innigsten Hoffnung und seines tiefsten Ehrgeizes. Wir schulden ihm Dank – oder sollten wir besser sagen: Wir wünschen ihn zum Teufel? – für die plumpen, unzulänglichen Artefakte der Gegenwart, die zwangsläufig an die Stelle der unzähligen schnellen, hellen, blitzenden Kommunikationsapparate getreten sind, welche die Vorgodleysche Technik Millionen, ja Milliarden von Menschen auf der ganzen Welt leicht und kostengünstig zur Verfügung gestellt und damit ihr Leben bereichert und ihre Tage erhellt hat. Zu Recht sagt man von Adam Godley, er sei der *spiritus perniciosus* unserer Zeit und, wie zu befürchten steht, auch der kommenden.« (Grace, a. a. O., S. 73.) Es sollte darauf hingewiesen werden, dass Professor Grace im Schlusssatz dieser Passage ein wenig kokettiert, war er es doch höchstpersönlich, der Adam Godley dieses beiläufig von ihm erwähnte lateinische Epitheton verlieh. Zugegeben, der Professor hat durchaus Argumente vorzubringen, auch wenn er sie extrem überspitzt darstellt. In diesem Kontext darf nicht übersehen werden, dass die Selbstmordrate in den Jahren nach der allgemeinen Anerkennung der Brahma-Theorie und ihrer Konsequenzen weltweit enorm nach oben ging. Oder wie es ein anderer Kommentator, wenn auch etwas schrullig, so doch kurz und knapp auf den Punkt gebracht hat: »Vor Godley fand jedes Ereignis zwangsläufig genau in der Mitte der Ewigkeit statt; er war es, der ein Datum festgelegt und uns auf den Weg zum universellen Tod und zur Auflösung gebracht hat.«

Swan war der Ältere von beiden, wirkte aber wie der Jüngere. Er war von ausgesprochen kleinem Wuchs, stämmig und O-beinig, mit einem mächtigen Schopf glänzender schwarzer Locken, die ihm »geradezu in die Stirn stürzten, gleich einer dicken Traube, kurz vor dem Herunterfallen«, heißt es*, und ganz tiefblauen, fast schon violetten Augen, die schwere Lider hatten und außen nadelspitz zuliefen.† Es gibt einen unbestätigten Bericht darüber, wie er als Kind in einen Großbrand geraten war, angeblich, wenn auch eher unwahrscheinlich, in einem Anthrazitbergwerk, und dabei schwere Verbrennungen erlitten hatte; Fakt ist, dass sein Gesicht schrecklich vernarbt war, die Haut an Stirn

* Anna Behrens, in einem privaten Gespräch mit dem Autor.

† Axel Vander, eine der Koryphäen der geisteswissenschaftlichen Fakultät von Arcady, sagte damals über Swan, er habe »das verwüstete Aussehen eines besonders ausschweifenden Fauns«. Vander hatte kurz zuvor sein umstrittenes Opus magnum, *The Alias as Salient Fact: The Nominative Case in the Quest for Identity* veröffentlicht. Nach Vanders Tod entlarvte der dekonstruktivistische Kritiker Fargo de Winter ihn als Hochstapler und deckte als einen seiner beklagenswerten Züge eine lange Geschichte antisemitischer Äußerungen auf, obwohl Vander selbst Jude war, was er bis ans Ende seiner Tage verschwieg. De Winter war es auch, der den Nachweis erbrachte, dass Vanders ›Meisterwerk‹ nichts als ein Mischmasch aus vorgetäuschter Gelehrsamkeit, zweifelhaften Forschungsergebnissen und schamlosen Plagiaten ist. Die Frage, wie Gabriel Swan und Vander sich kennenlernten, bleibt ungeklärt, wie so vieles im Leben dieser beiden zwielichtigen Gestalten und notorischen Geheimniskrämer, wobei der eine zumindest ein brillanter Gelehrter war, der andere aber ein Opportunist, wie er im Buche steht. Vander ging später überstürzt und mit einem denkbar schlechten Leumund aus Arcady weg, nachdem seine langjährige Ehefrau unter verdächtigen Umständen verstorben war. Der Axel-Vander-Lehrstuhl für Dekonstruktionstheorie an der University of Arcady wurde durch ein Legat in Vanders Testament finanziert. Den umstrittenen Vorschlag, auf dem Campus von Arcady eine Gedenktafel für Vander anzubringen, ließ man nach einer Reihe gewalttätiger Studentenproteste fallen, bei denen ein Beamter der Polizeiwache von Arcady, Officer Orville Blank, auf tragische Weise sein Leben verlor. (Siehe Jaybey, *Die Erfindung der Vergangenheit: Leben und Taten des Axel Vander* [University of Arcady Press, überarbeitete Auflage in Vorbereitung]).

und Wangen blasig und teigig, sodass er, wie Axel Vander bemerken sollte, eine verblüffende Ähnlichkeit mit Arcimbaldos Gemüseporträts hatte. Damals, ehe Swan durch eigenes Versagen, Alkohol und geistigen Verfall zu einem aufgedunsenen Wrack geworden war, bahnte er sich geräuschvoll seinen Weg durch die Welt; spitzbübisch, allemal zu Streichen aufgelegt, erinnerte sein Verhalten an das einer Figur von Plautus oder Aristophanes. Godley, der dabei ohne Zweifel die frommen Warnungen seiner Kindheit im Ohr hatte, sagte über ihn, er sei sowohl ein Paradebeispiel für schlechte Gesellschaft als auch ein willkommener Anlass zu sündigen. Andere hingegen sahen in ihm eine tragische Figur, jemanden, der, einstmals vielversprechend, durch selbstzerstörerische Kräfte, denen er seit seinen unruhigen Kindertagen ausgesetzt war, gleichsam verglüht sei. Nicht belegen lässt sich der unter anderem von Pavel Popov erhobene Vorwurf, Swans psychischer und physischer Verfall sei unmittelbar auf den verderblichen Einfluss Adam Godleys zurückzuführen, der, so seine gelehrten Kritiker, den vermeintlichen Freund um den Verstand gebracht habe, indem er den ohnehin wackeligen Glauben des Verzweifelten an sich selbst und seine Talente auf subtile, teuflische Weise unterminierte. Wahr ist, dass Swans psychisches Gleichgewicht leicht zu stören gewesen wäre, und wahr ist auch, dass Godley ein Plagegeist von luziferischer Einsatzfreude und Erfindungsgabe war, doch besteht kein Zweifel an der enormen Hochachtung, die Godley für diese unglückliche, verlorene Seele hegte.

Anna Behrens begegnete Swan mit unverhohlener tiefer Abneigung, was indes bei der komplexen Persönlichkeit des Mannes nur einen masochistischen Zug zu nähren schien.

Seine Art, sich vor ihrer Verachtung zu schützen, bestand darin, sie scheinbar gar nicht wahrzunehmen und dennoch keine Gelegenheit auszulassen, ihr gegenüber eine übertriebene Pseudogalanterie an den Tag zu legen, »mit obszön schmatzender Leidenschaft angekrochen zu kommen, Kratzfüße zu machen und sich lüstern die Finger zu lecken«*, was ihre Abneigung für ihn nur noch verstärkte. Eine in allerlei verschiedenen Variationen überlieferte Begebenheit berichtet davon, wie sich Miss Behrens im Herbst jenes Jahres in Arcady auf einer nächtlichen Party dazu hinreißen ließ, dem Mann ein volles Weinglas in sein entstelltes Gesicht zu schütten. Die verschiedenen Versionen des Vorfalls sind allesamt tüchtig ausgeschmückt und darum durchweg mit Vorsicht zu genießen, jedenfalls, so viel steht fest, duldete Anna Behrens fortan nicht mehr, dass jemand in ihrer Gegenwart den Namen Gabriel Swan erwähnte.

Um noch einmal kurz darauf zurückzukommen, welche Rolle Swan bei der Formulierung der Brahma-Theorie gespielt haben könnte: Wir dürfen darauf verweisen, dass Godley im Vorfeld der Veröffentlichung seiner weltbewegenden Arbeit wiederholt mit ungewohnter und für ihn keineswegs typischer Großzügigkeit insistierte, Swan sei als Mitbegründer jener Theorie anzusehen, jedenfalls so gut wie. Bat man ihn jedoch zu erklären, wie und in welchem Umfang sein Freund denn im Einzelnen zu dieser glänzenden Neubestimmung des grundsätzlichen Wesens der Realität beigetragen habe, blieb er indes bemerkenswert vage. Es gibt eine Meinungsrichtung, die – wohlgemerkt ohne irgendwelche handfesten Beweise – die Behauptung

* Grace, a. a. O., S. 47.

vertritt, die tragenden Säulen der Brahma-Theorie, wie etwa die topologischen Feldgleichungen, jene Wunder an Eleganz und makelloser Einfachheit, die Gesetze, welche die ›unendliche Aufspaltung‹ der Weltlinien regeln, ja sogar das meta-mathematische Verfahren der Kombination und Rekombination der Singularitäten, das alles sei, zumindest in der Anfangsphase, das Werk von Gabriel Swan gewesen. Diese Schlauköpfe behaupten, Adam Godley, der angeblich alleinige Erfinder der Brahma-Theorie, verhalte sich zu deren eigentlichem Urheber Gabriel Swan wie Alfred Russell Wallace, der vermeintliche Vater der Evolutionstheorie, zu Charles Darwin, der der eigentliche, wenn auch uneingestandene Schöpfer derselben war. Das ist, gelinde gesagt, ziemlich weit hergeholt. Sobald die Brahma-Theorie veröffentlicht war und allgemeine Anerkennung erlangt hatte, ließ Godley Swan oder dessen etwaigen Beitrag an dem Projekt komplett unter den Tisch fallen. Swans Anhänger sehen darin den Beweis dafür, dass dieser in der Tat einen Beitrag geleistet hatte, und zwar einen nicht unbedeutenden, und dass Godley, nachdem er den Ruhm und den Reichtum sicher hatte, sehr daran gelegen war, das Meisterwerk für sich allein zu beanspruchen. Sie verweisen auf den krassen Unterschied zwischen seiner Knauserigkeit Swan gegenüber und der Großzügigkeit des gefeierten Wallace gegenüber dem übersehenen und vernachlässigten Darwin, oder auch des Astronomen Georg Joachim de Porris, bekannt als Rheticus, der das heliozentrische Weltmodell begründete, gegenüber dem einst berühmten, heute vergessenen Nikolaus Kopernikus. Stimmt schon: Wie beim Cricket, so gibt es auch in der Wissenschaft die Gentlemen und die Players, die Amateure und die Profis.

Viele sehr bedeutsame wissenschaftliche Entdeckungen wurden in Einsamkeit und Abgeschiedenheit gemacht. Denken wir nur an Rheticus und seine einsamen Jahre in Frauenburg an der Ostseeküste zu einer Zeit, da Europa von religiösen Unruhen heimgesucht wurde, oder an Johannes Kepler, der an der Wende zum siebzehnten Jahrhundert missverstanden und verkannt am Hof Rudolfs II. in Böhmen wirkte, oder an den jungen Isaac Newton, der während der Pestjahre in der zweiten Hälfte der sechzehnhundertsechziger Jahre auf dem Lande ausharrte, im Haus seiner Mutter in Woolsthorpe, Lincolnshire, oder auch an Albert Einstein, dem man einen Lehrauftrag verweigerte und der zu Beginn des zwanzigsten Jahrhunderts als ›Patentprüfer, Stufe 3‹ im Patentamt Bern schuftete. Adam Godleys Leistung im Verlauf jenes Sabbatjahres in Arcady dürfte der letzte Fall einer so vollständigen, allumfassenden und allem Anschein nach unwiderlegbaren Neuinterpretation der Naturgesetze durch einen einzelnen, völlig isoliert arbeitenden Geist gewesen sein. Die Verfahren, die er sich ausdachte, waren vollkommen neu und unerprobt; er musste eine ganz neue Form der Mathematik erfinden, um die mühsamen Berechnungen bewerkstelligen zu können, derer es bedurfte, um die Theorie zu erstellen. Gleichwohl behauptete er später, sich an kaum etwas von diesem Arbeitsjahr erinnern zu können. »Ich war natürlich da«, sagte er, »an meinem klapprigen kleinen Tisch mit dem Ahornbaum vorm Fenster, aber irgendwie auch nicht. Oft kam es mir so vor, als könnte ich ein Buch lesen oder spazieren gehen, und wenn ich wieder heimkäme, würde sich das Rechenpäckchen, an dem ich gearbeitet hatte, während meiner Abwesenheit von selbst gelöst haben.«* Er beeilte sich stets zu betonen, dass das alles nichts mit Zauberei zu tun habe und auch kein großes Geheimnis dabei sei. Nur schien das Verfahren, nach dem er arbeitete, auf einer tieferen als der für sein Bewusstsein erreichbaren Ebene zu operieren. Wir haben kaum etwas Schriftliches über diese Verfahren, sofern sie überhaupt je zu Papier gebracht worden sind, weil ja ein so großer Teil von Godleys Schriften bei dem Brand des Hauses in der Euclid Street vernichtet wurde.†

Wenn wir davon reden, dass Godley damals isoliert war, so meinen wir damit allein die intellektuelle Isolation. Seine angeblich zerfetzten Nerven heilten in jenem Frühjahr ganz ohne Therapie und, bemerkenswerterweise, auch ohne die geringste bleibende Traumatisierung. Jedenfalls war er, als er Anna Behrens kennenlernte und »von ihr an die Kandare genommen wurde«, wie er sich später ausdrückte, wieder völlig genesen. Anna sei »vielleicht kein richtig guter

* Das war die – wahrscheinlich wohlüberlegte – liebenswerte Ausdrucksweise eines Schulbuben, mit der er von seiner Arbeit redete; als ob man ihm ›Rechenpäckchen‹ aufgegeben hätte, die er ›erledigen‹ oder ›lösen‹ musste. Es war seine Masche, sich hausbacken und bodenständig zu geben. Manche konnte er damit überzeugen.

† Es wäre ein Versäumnis, würden wir nicht am Rande und nur um dieselben zu entkräften, auf die Gerüchte eingehen, die damals die Runde machten und deren Quelle wahrscheinlich der ungeheuerliche Eduardo Gannaro ist, der behauptete, »nicht Gott, sondern Godley« sei es gewesen, der das Haus zerstört habe: Godley selbst, so erzählte man sich, habe absichtlich eine Pfanne mit Fett in der Küche auf dem Herd stehen lassen, wohl wissend, dass sie aufflammen und in Brand geraten würde, sobald er sich in Sicherheit gebracht hätte. Es stimmt zwar, dass Godley ein gewaltiger Geheimniskrämer war, aber kann man sich wirklich vorstellen, dass er so weit gegangen wäre, ein Haus in Schutt und Asche zu legen, um »seine Spuren zu verwischen«? Die polizeilichen Ermittlungen zu dem Brand verliefen ergebnislos, wie so vieles im Leben dieses Menschen, der allemal schwer festzunageln war und große Freude daran hatte, Versteck zu spielen mit der Nachwelt.

Mensch«, schrieb er, aber sie tat ihm gut; sie »holte mich aus mir heraus«, und zum ersten Mal, seit er nach Arcady gekommen war, fing er an, mit Leuten außerhalb der losen Grenzen des Campus zu verkehren, er, der bislang innerhalb besagter Grenzen alles andere als gesellig gewesen war. Anna machte ihn mit Eduardo Gannaro und »seinem Trupp von rüpelhaften verweichlichten jungen Männern und phthitischen, mürrisch vor sich hin schweigenden Dienstmädchen« bekannt.* Da war natürlich Axel Vander, von Godley denkwürdig beschrieben als »von wuchtiger Gestalt, einäugig und ein Bein verkrüppelt, schrumplig und geschwärzt wie der Stumpf von einem alten Baum, der vom Blitz† getroffen wurde, einst, vor langer Zeit, in einer Sturmnacht auf dem Brocken.« Godley war kurzzeitig von Vanders Höllenaura angezogen; Gabriel Swan, angeblich »Vanders Intimus«, hatte sie miteinander bekannt gemacht, bevor er weitergezogen war, um sich zu Godleys Füßen niederzulassen und seinerseits zum Verehrer zu werden.

Zu diesem *cénacle* von Exilanten in Arcady, deren ältestes Mitglied und bedeutendster Geist Adam Godley war, gehörte in jenem Sommer auch ein Landsmann von ihm, der bald schon berühmt-berüchtigte Frederick (Freddie) Montgomery. Godley behauptete später, Montgomery sofort als verdächtige und potenziell gefährliche Figur erkannt zu haben, sodass es ihn durchaus nicht überraschte, als er ein paar Jahre später von dem scheinbar sinnlosen Mord an einer jungen Frau erfuhr, dessen man Montgomery in der Folge anklagte, ihn für schuldig befand und zu

* Axel Vander in einem erhalten gebliebenen Brief an Gabriel Swan (Vander Archives, Arcady University).

† N. B.: Wieder ein Blitz.

lebenslanger Haft verurteilte. Montgomerys Frau Daphne, von Benjamin Grace in seiner Autobiografie als »merkwürdig ungreifbar« beschrieben, war eine große dunkeläugige und keineswegs unschöne junge Frau, zu der Anna Behrens eine Zeit lang eine nach Godleys Vermutung widernatürliche Beziehung unterhielt. Sie starb später tragischerweise durch einen Verkehrsunfall, bei dem auch ihr Sohn ums Leben kam und der passierte, als Montgomery schon im Gefängnis saß; den angebotenen eintägigen Hafturlaub zur Teilnahme an der Doppelbestattung lehnte er ab. Es gab damals Andeutungen, wonach Daphne Sekunden vor dem Unfall bei dem Versuch beobachtet worden sei, ihrem Sohn ins Lenkrad zu greifen. Allerdings hatte sie zu Lebzeiten nie irgendwelche Anzeichen einer suizidalen Veranlagung erkennen lassen; anderslautende Aussagen sind mit Vorsicht zu genießen. Ihre Geschichte ist wahrlich traurig und erinnert in manchem an die von Godleys erster Frau Dorothy.

Es ist wenig wahrscheinlich, dass einer dieser arcadischen Bekannten – ausgenommen vielleicht der angehende Mathematiker und spätere Mörder Montgomery – den geistigen Horizont besaß, die Komplexität der Arbeit, mit der Godley befasst war, zu begreifen oder den Wandel, den sie in unserer Vorstellung von der Welt und den bis dahin noch unerkannten Kräften, die diese erhalten und antreiben, herbeiführen würde, in vollem Umfang zu würdigen. Und es erübrigt sich zu sagen, dass er gar nicht daran dachte, die Leute aufzuklären. »Mit jemand anders als mit Fachkollegen über seine Arbeit zu reden, wäre unentschuldbar ordinär«, antwortete er einmal auf eine Frage eines furchtloseren Interviewers und fügte noch hinzu: »Ich sorge schon dafür, dass ich keine Fachkollegen habe.« Zu diesem Zeitpunkt war Gabriel Swan bereits tot.*

Swan war es auch, der als Erster die Brahma-Theorie unter dieser Bezeichnung erwähnte, und zwar in einem Brief an die Redaktion der *Annalen der Mathematik.* Allerdings lautete der Begriff, den er verwendete, *Theorem,* nicht *Theorie,* aber durch Einsteins Relativitätstheorie und Ähnliches war den Journalisten der letztgenannte Begriff gewiss eher vertraut, sodass sie keinen Anlass sahen, den lateinischen Sprachgebrauch zu akzeptieren, der sie verstörend an ihre Schulzeit erinnerte. So gelangte der Name Brahma-Theorie in die Alltagssprache und blieb auch dort, sehr zu Godleys tiefem, lebenslangem Missfallen. Der Titel seiner Abhandlung, die er den *Annalen,* einer ehrwürdigen und hochspezialisierten, bis auf den heutigen Tag im Leipziger Universitätsverlag erscheinenden Vierteljahresschrift, einreichte, war kurz und bündig: ›Über Singularitäten und

* In dem Jahr, als Godley Opfer eines Schabernacks wurde, der ihn kurzzeitig glauben ließ, er habe den Sobrero-Preis erhalten – dessen ebenso berühmter wie umstrittener Träger er selbstverständlich einige Jahre später werden sollte –, schrieb ihm Axel Vander in einem Brief, dessen Poststempel und Absenderadresse unleserlich sind, um ihn ob des grausamen Scherzes, den man ihm gespielt hatte, zu trösten, und tat dies mit den Worten, dass er den Preis gewiss in einem anderen Jahr bekommen werde, um sich im Folgenden in einer Weise über die Brahma-Theorie zu äußern, aus der man schließen konnte, dass er zumindest eine gewisse Wertschätzung für deren Komplexität und Implikationen hatte. Die Aufrichtigkeit der Gefühle, die er hinsichtlich des besagten Schabernacks zum Ausdruck brachte, geriet jedoch in Zweifel, als mehrere Mitglieder der Jury des Sobrero-Preises Adam Godley in persönlichen Mitteilungen wissen ließen, als Urheber des Schabernacks werde niemand anderes als Vander selbst vermutet, obwohl die Sache nicht zu beweisen sei. Nach seiner Kenntnis von Vanders Charakter hält der aktuelle Biograf es für sicher, dass sowohl die Idee zu einem derart herzlosen Streich als auch seine Ausführung für den Mann durchaus typisch wären. Kein Wunder, dass er und Gabriel Swan einander nahestanden, waren doch beide Erzbetrüger, wobei Letzterer einen brillanten Intellekt besaß, während Ersterer ein Scharlatan war.

die Aufspaltung der Weltlinien‹. Der Text zeigte, auf was für ein völlig neues und vor ihm noch von niemandem betretenes Terrain sich Godley da begeben hatte, und im Redaktionsgremium verfügte niemand über hinlängliche Kenntnisse der höheren Mathematik; ja, die Leute dort hatten keinen Schimmer von der Metamathematik, die Godley eingeführt und in der er seine Theorie formuliert hat, und waren folglich nicht in der Lage, die Abhandlung zu interpretieren oder die Tiefe und Breite ihrer Implikationen in vollem Umfang zu erfassen. Das hinderte sie allerdings nicht daran, ihre Meinung kundzutun, und so gab es eine lebhafte Diskussion darüber, ob man den Beitrag überhaupt zur Drucklegung annehmen sollte. Theorien, die erstmals in den *Annalen* erscheinen, galten und gelten als von der wissenschaftlichen Welt anerkannt, und Adam Godley war den erhabenen Teilnehmern an dieser Diskussion völlig unbekannt, obschon sich einige von den zwar durch und durch bizarren, aber dennoch eigentümlich überzeugenden Behauptungen, die er in seiner Abhandlung aufstellte, beeindruckt und zugleich verblüfft zeigten. Irgendwie hörte Gabriel Swan davon, dass die Entscheidung in Leipzig auf Messers Schneide stand, und unternahm es, ohne Godley zu konsultieren, dem Gremium persönlich einen Brief zu schreiben, in dem er sich begeistert für die ›Brahma-Theorie‹, wie er sie nannte, einsetzte. Godley hat ihm diese impulsive und, wie er es sah, unverschämte Initiative niemals verziehen, und hätte er die Gesellschaft dieses Menschen, den er mal den Ziegenmann, dann wieder das Verrückte Kind oder auch einfach Mefisto nannte, nicht so sehr geschätzt, dann wäre es gewiss zu einem irreparablen Bruch zwischen den beiden gekommen.

Nach langem Zögern und Zaudern wurde der Beitrag schließlich angenommen. In der internationalen Öffentlichkeit blieb die Veröffentlichung, die am Ende jenes Jahres erfolgte, als Godley sich anschickte, Arcady zu verlassen, weitgehend unbeachtet. Godley selbst wollte keine Reklame dafür machen und unterließ es sogar, in Kreisen, die seine Bedeutung zumindest im Ansatz hätten erkennen können, davon zu reden. »Die Allgemeinheit muss betteln gehen für mein Töpfchen Kaviar«*, sagte er jedem, der so tollkühn war, ihm zu widersprechen, und wies den Betreffenden zurück mit jenem raschen abweisenden Schniefen durch die zusammengekniffenen und hochgezogenen Nüstern, das Feind und Freund gleichermaßen vertraut werden sollte. Es brauchte einen standhaften Verfechter, wie Gabriel Swan es gewiss gewesen wäre und wie es B. J. Grace später zu sein vorgab. Doch Swan befand sich bereits am Beginn jener selbstzerstörerischen Abwärtsspirale, die schließlich zu seinem vorzeitigen Ableben führte. In der Leipziger Erstveröffentlichung seines, wie Godley selbst das Papier allemal zu nennen pflegte, ›Singularitätentraktats‹ stand als Widmung: »für Gabriel Swan, *maiorem magister*«. In späteren Auflagen wurde diese Hommage, die ursprünglich am Fuß der Titelseite prangte, stillschweigend weggelassen.

Anna Behrens erfreute sich ansehnlicher Zuwendungen seitens ihres Vaters, und sie war es auch, die die Veröffent-

* In diesem Kontxt scheint der Hinweis angebracht, dass Professor Pavel Popov, damals noch ein junger Mann und Mitglied des Redaktionsgremiums der *Annalen*, einer der Anführer jener Fraktion war, die sich gegen die Veröffentlichung von Godleys Arbeit aussprach.

lichung des Traktats in Buchform* unter dem vom Verfasser autorisierten Titel *Über Singularitäten und die Aufspaltung der Weltlinien* finanzierte. Das Buch kam in einer limitierten Auflage von nur zwanzig Exemplaren heraus, der Vertrieb erfolgte durch Eduardo Gannaro vom Unbegrenzt Verlag Basel. Ein hübscher Band im Folioformat, der zwar nur achtzehn Seiten hat – zwölf Text, vier Fußnoten sowie ein kurzes zweiseitiges Vorwort –, aber einen Einband aus dunkelblauer Seide, und vorn in den Buchdeckel sind, innen mit Blattgold abgesetzt, Godleys Initialen eingeprägt und dazu passenderweise die beiden Zwillingsovale einer Lemniskate [Abb. 5]. Von den ersten fünf Exemplaren, die der Drucker per Einschreiben nach Arcady sandte und die Godley am Vorabend seines achtundzwanzigsten Geburtstags erreichen sollten, wurde eines von Anna Behrens sofort, wiederum ohne Godleys Zustimmung oder Wissen, an ihren Vater in Whitewater House geschickt. Nachdem Helmut Behrens das Buch und den Begleitbrief seiner Tochter erhalten hatte, reiste, er, obwohl er sich keinen Reim auf die Theorie machen konnte, auf Anweisung seiner Tochter unverzüglich nach London, wo er, wie alle Welt weiß, den Präsidenten der Royal Society und drei der führenden

* Die Version, die der Druckerei vorlag, war eine maschinengeschriebene Kopie des handschriftlichen Originals; der Verbleib des eigentlichen Manuskripts ist in der Godley-Forschung nach wie vor ein heiß diskutiertes Thema. Es gibt verschiedene Theorien. Einige behaupten, es sei bei dem Feuer im Haus in der Euclid Street verbrannt, andere hingegen meinen, dass es schon vorher gestohlen und heimlich an Eduardo Gannaro verkauft worden sei. Was die Identität des Diebes betrifft, so gibt es eine ganze Reihe von Verdächtigen, darunter Frederick Montgomery; sogar Axel Vander wurde als möglicher Täter in Betracht gezogen. Es ist eher unwahrscheinlich, dass das Rätsel gelöst wird, solange das Papier nicht wieder auftaucht, wenn es denn überhaupt noch existiert.

Mitglieder derselben zum Mittagessen in den Athenaeum Club einlud und ihnen den kostbaren Band zeigte. Zwar waren noch viele Hürden zu überwinden, unter anderem der Widerstand einiger bedeutender Persönlichkeiten aus der Welt der Wissenschaft, die es hätten besser wissen müssen, und dennoch: Der Rest ist Geschichte.

Godley mag isoliert und für sich gewesen sein, vor allem in den ersten Monaten seiner Zeit in Arcady, aber »Alleinheit ist nicht gleich Einsamkeit«, wie er selbst betont hat und wie wir bereits festgestellt haben. Der Einsiedler, als den die Zeitungsschreiber ihn dargestellt haben, ist er nie gewesen. Allerdings galten strenge Regeln, wann der eine oder andere aus dem kleinen Kreis seiner Vertrauten ihn aufsuchen durfte. Besuche im Haus in der Euclid Street waren nur nach klarer Vorankündigung und unter der Bedingung gestattet, dass der Gast jederzeit und ohne Vorwarnung oder Erklärung aufgefordert werden konnte, das Haus zu verlassen. Gelegentlich ließ sich Godley zum Essen ausführen. Sein Lieblingsrestaurant war das Constellation, ein hoch oben in den Arcady-Hills gelegenes Etablissement mit mehreren Sternen, von dem man einen ungehinderten Blick ins Tal mit seinen Lichtern hatte, die »gleich Edelsteinen in der Dunkelheit dort unten verstreut waren«.* Die Einzige aus seinem engsten Kreis, die sich die Preise im Constellation leisten konnte, war Anna Behrens, obschon Eduardo Gannaro Godley einmal dorthin mitnahm, allerdings eher gegen Ende von dessen Aufenthalt in Arcady, nachdem der Singularitätentraktat publiziert und ihr Autor, wie dem durchdrin-

* Grace, a. a. O., S. 87; die selbstverliebte Geziertheit an dieser Stelle ist typisch für B. J. Graces blumigen und übernervösen Stil.

genden Scharfblick des Kunsthändlers nicht entgangen war, allmählich auf dem Weg zu großem Ruhm und womöglich auch zu einem anzapfbaren Vermögen war. Samstagmorgens frühstückte Godley immer in Joe's Diner in der Academy Avenue [Abb. 6], einem altmodischen Esslokal mit Plastikstühlen und rot-weiß karierten Tischdecken; an die schweren grau-weißen Kaffeetassen konnte Godley sich noch Jahrzehnte später erinnern. Sie klapperten, wenn man sie auf ihre Untertasse stellte, ein Geräusch, das ihn, wie er sagte, an das Lachen von alten Männern mit falschen Zähnen erinnerte; sein Verhaftetsein im Animismus ließ ihn häufig derartige anthropomorphe Vergleiche anstellen. Die Kellner trugen lange röhrenförmige weiße Schürzen, witzelten unentwegt und fluchten laut, aber in freundlichem Ton übereinander und nicht selten auch über die Gäste. Hier freute sich Godley, wenn er beidseitig gebratene Spiegeleier mit Rösti und Roggentoast mit Gelee bestellte, wobei Letzteres, wie man ihm erklären musste, kein richtiges Gelee war, sondern das, was er als Marmelade bezeichnen würde. Auch Joe's Diner hatte er durch Anna Behrens kennengelernt; sie sagte, wie sie ihn an dem ersten Morgen, als sie zusammen dort waren, an dem Ecktisch sitzen sah, der sein Stammplatz werden sollte, unter der »rumpelnden zischenden« Kaffeemaschine, eine der typischen überdimensionalen Leinenservietten in den Kragen gesteckt und wie ein Lätzchen über die Brust drapiert, Kleckse von Eigelb und glänzende Buttertupfer am Kinn, habe sie kurz geglaubt, sie könnte in ihn verliebt sein, während er bereits darauf bestand, dass sie gar nicht anders könne, als es zu sein.

Obwohl ein unermüdlicher Arbeiter, gestattete er sich doch die eine oder andere Zerstreuung. Zwar hatte er weder ein Ohr noch einen Blick für die hohe Kunst, fand aber Gefallen an dem, was man später als ›Populärkultur‹ bezeichnen sollte. Er hatte eine Vorliebe für die wahnsinnig schmalzigen, zuckersüßen, billigen Schnulzen der unmittelbaren Nachkriegszeit. Auch ›das Kino‹ liebte er sehr und ging oft in die Nachmittagsvorstellungen im Arcady Arthouse [Abb. 7], einem Kino auf dem Campus, das vor allem klassische Schwarz-Weiß-Filme aus Hollywoods Blütezeit zeigte. Am liebsten sah er Western. Er und Gabriel Swan, der seine Begeisterung für »diese Moritaten unserer Zeit«, wie Godley sie nannte, teilte, nahmen stets die beiden mittleren Plätze in der ersten Reihe und saßen verzückt da, die Gesichter in kindlicher Glückseligkeit zur flimmernden Leinwand erhoben. Mehrere Kommentatoren, allen voran Pavel Popov und B. J. Grace, äußerten die Vermutung, dass diese scheinbare Vorliebe für einfache Lustbarkeiten und Zeitvertreibe eine sorgfältig geplante Täuschung war, mit der das Bild einer bodenständigen Persönlichkeit mit unprätentiösem Geschmack vermittelt werden sollte, ganz in der Tradition anderer Meister der Maskerade, wie etwa der beiden Alberts, Einstein und Schweitzer, und des Philosophen Ludwig Wittgenstein. »Ich schauspielere«, pflegte Godley zu sagen, »also bin ich ein Schauspieler.« Nach Swans Tod ist er nie mehr ins Arthouse gegangen und hat alle seine Schallplatten verschenkt oder weggeworfen.

Bei der Arbeit durfte ihm niemand zuschauen. Wie sich die Blätter des Millimeterpapiers, das er kistenweise verbrauchte, mitunter wie von selbst Zeile für Zeile mit winzigen Zahlenkolonnen zu füllen schienen, genauso wollte er, wie schon früher angedeutet, andere glauben lassen, dass sich die Arbeit irgendwie ganz von allein erledige und seine Anwesenheit dort oben an dem Tisch vorm Fenster mit dem Ahornbaum davor nur dann vonnöten war, wenn ein Bleistift angespitzt werden musste oder der Füllfederhalter leer war. Sein Arbeitszimmer nannte er scherzhaft ein »schwarzes Loch«, aus dem nichts herauskommt, nicht einmal Licht. Wenn er nicht an seinem Schreibtisch saß, sondern irgendwo in der Welt unterwegs war, bekannten die Leute, sie hätten das unheimliche Gefühl, dass er da sei und gleichzeitig nicht da, hier anwesend und gleichzeitig irgendwo anders. Er genoss diese Legendenbildung sehr, förderte sie aktiv und trug häufig heimlich selbst dazu bei. In späteren Jahren machte es ihm Freude, sich als Magus zu sehen, als einen, der eingeweiht ist in Geheimnisse, als Hohepriester des Arkanums, als Zelebrant uralter Rituale in einer Bruderschaft des Einen, und gleichzeitig bestand er darauf, dass er ja nur ein kleiner »Nummernschieber« sei, einer, der »Summengaunerei« betreibe. Einige nahmen ihn mit diesen Falschaussagen beim Wort. Doch so mancher, der daraufhin meinte, ihn von oben herab behandeln zu können, fand sich zu seiner Überraschung unwiderstehlich hineingezogen ins Perihel der Umlaufbahn des Zauberers, um sodann im weit kühleren Aphel kurzerhand wieder hinausgeworfen zu werden.

Als Meister des Verschweigens schaffte er es, in einer großen, unerschöpflichen Ausschüttung von Licht und Nahrung scheinbar unendlich viel von sich zu geben, ganz wie die Sonne selbst. Eine Fähigkeit, die er sich früh angeeignet und immer weiter verfeinert hatte. Die Menschen kamen zu ihm in der Annahme, dies aus eigenem Antrieb zu tun, und bemerkten gar nicht die Anziehungskraft, die er auf sie ausübte. Wenn er jemand Neues ins Visier nahm und beschloss, sich für ihn oder, was häufiger vorkam, für sie zu interessieren, saß er reglos da und observierte denjenigen oder diejenige mit diesen verhangenen dunkelvioletten Augen: beobachtend, forschend, abwägend, und dann fällte er sein Urteil. Er hatte für jeden seiner Gefangenen einen Platz, eine feste Umlaufbahn um den lodernden Stern, der er selbst war. Transite zwischen den Planeten waren nur erlaubt, wenn er sie festgelegt hatte, und keiner durfte versuchen, dem anderen das Licht zu nehmen. Dort, im Zentrum seines kleinen Kosmos, regierte er, *le Roi Soleil,* angeblich *malgré lui.* Und doch, trotz aller Vorbehalte, können wir nicht umhin zuzugestehen, dass die Romantik eines derart heftigen Extrems von Eigensinn, Eigennutz und unerbittlicher Entschlossenheit etwas Beeindruckendes, ja Bewundernswertes hat.

III

Ich war schon gut zwei Wochen in Arden House, drehte Däumchen und wurde immer mürrischer, als sich Adam Godley endlich dazu herbeiließ, mir mit einer für diesen tollpatschigen Menschen geradezu feierlichen Geste die geheime Gruft zu offenbaren, in der die Schriften seines Vaters verwahrt sind. Eine Gruft? Ach was! In Wahrheit handelt es sich um eine höchst bizarre Einrichtung, bestehend aus zwei hinter falschen Wänden verborgenen Alkoven in einem der sechs auf den an vier Seiten verglasten Innenhof hinausgehenden Räume im Erdgeschoss. Ein großer Raum mit angenehmen Proportionen, doch obwohl oder gerade weil dort jede Menge klobiges, platzgreifendes Zeug herumsteht, ist er genauso düster und ungemütlich wie der Rest des Hauses – kein Wunder, dass sie so viel Zeit in der Küche verbringen, wo es wenigstens den größten Teil des Tages warm ist. Übrigens nennen sie den Raum hochtrabend die Bibliothek, was irreführend ist, weil es dort nicht ein einziges Buch gibt, und auch von einem Bücherregal oder einem Bücherschrank ist weit und breit nichts zu sehen. Ein seltsames Gehäuse für die Aufbewahrung derart wertvoller Materialien, muss ich sagen, wenn man den Zustand der Außenmauern, also von der Hofseite aus, bedenkt: von unten bis zur Sockellinie feucht und darüber sitzt der Schwamm. Die beiden Alkoven rechts und links eines hohen Fensters in der Mitte reichen bis zur Decke und nehmen zusammen die gesamte Wandbreite ein. Sie sind so flach, dass selbst ein Mensch von normaler Größe sich kaum hindurchzwängen kann. Als Adam eine der beiden Geheimtüren öffnete – sie sind wie schräge Fensterlaibungen gestaltet, unten und oben an der Decke hübsch verziert mit Perlstab und Volute –, musste er einen Schritt zurücktreten, damit ich an ihm vorbeikam, und sogar dann musste ich mich praktisch noch seitlich hineinschlängeln. Boden, Decke und die verputzten Trennwände in den Alkoven sind mit einer feuerfesten Verkleidung verstärkt – wer hat sich nur so einen Blödsinn ausgedacht? Adam ist natürlich mächtig stolz darauf und freute sich wie ein Pfadfinder, als er mir die versteckten Dinger an den falschen Laibungspaneelen demonstrierte, die, wenn man draufdrückt, die federgetriebenen Vorrichtungen loslassen, die sie verschlossen halten. Godleys Schriften werden in flachen Stahlschränken aufbewahrt, abgeheftet in mattroten Pappmappen, akribisch, wenn auch exzentrisch katalogisiert; diese Aufgabe wurde kurz vor ihrem traurigen, selbstverschuldeten Tod von Godleys Tochter Petra versehen, diesem *Niemandskind* – muss ich noch mehr sagen? Die Temperatur im Innern wird elektronisch konstant gehalten, und die Luft ist trocken und schal. Mein erster Gedanke war, dass man hier drin kein Klaustrophobiker sein möchte, und dabei durchfuhr mich ein wärmendes Aufglimmen von Boshaftigkeit, das ich mir nicht erklären konnte oder kann.

Ich frage mich, ob die Godleys wissen, wie unwohl ich mich unter ihnen fühle und unter den Schatten, die in ihrem Haus herumspuken. Und wenn sie's wissen, kümmert es sie dann?

Die Aufzeichnungen an sich bergen wahrlich keine großen Geheimnisse – ich versuche, nicht zu viel darüber nachzudenken, welche Schätze bei dem Brand in der Euclid Street verloren gegangen sein könnten –, und ich verstehe nicht recht, wodurch diese übertriebenen Sicherheitsmaßnahmen gerechtfertigt sind. Allerdings muss ich sagen, dass ich die Sachen bisher nur oberflächlich geprüft habe. Wer weiß, vielleicht finde ich ja unter all der Schlacke noch die eine oder andere Trüffel. Im linken Alkoven ist das wissenschaftliche Material verwahrt, die Notizbücher und Arbeitsblätter und so weiter, im rechten die Korrespondenz; hier ist ›voluminös‹ das freilich etwas abgedroschene Wort, das mir zuerst einfällt. Unter den Briefen von Gleichgesinnten – nicht, dass er zugegeben hätte, Gleichgesinnte zu haben, jedenfalls nicht unter den Lebenden – befinden sich ein bewundernswert munterer von Feynman, dessen Lebenswerk durch die Brahma-Theorie zunichtegemacht wurde, und ein ziemlich erbärmlicher von Falconer, dito. Nur der überragende, wenn auch blutleere Meistertheoretiker Paul Dirac grüßt Godley in einer zwar ein wenig steifen, aber dennoch herzlichen Notiz, die er an ihn richtete, nachdem die wissenschaftliche Welt zu ihrem allerhöchsten Missvergnügen gezwungen war, die Bedeutung seiner Leistungen anzuerkennen, »die sich größtenteils«, wie Dirac mit freundlicher Hochachtung schrieb, »nicht einmal adäquat in Worte fassen lassen«, mit gebührender Hochachtung als Kollegen und als Ebenbürtigen. Es gibt unzählige Seiten von Millimeterpapier, das Godley sein ganzes Arbeitsleben lang benutzt hat, allesamt mit den krakeligen Kritzeleien des großen Mannes bedeckt und zugleich mit Tintenflecken übersät, da er Wegwerffüller benutzte und alles in rücksichtsloser Eile niederschrieb, wobei sein Geist der Hand vorauslief. Außerdem Durchschläge zahlreicher von ihm verfasster Artikel, die meisten davon in hohem Ton formulierte, aber mit vergifteter Feder niedergeschriebene Erwiderungen auf Angriffe und Kritiken diverser Konkurrenten, und derer gab es nicht wenige, möchte ich hinzufügen. Außerdem wird eine umfangreiche Sammlung von Sonderdrucken aus wissenschaftlichen Zeitschriften dort aufbewahrt, die von geringem Interesse sind und dem armen Schreiberling bei seiner gewaltigen Aufgabe, die er als Biograf zu leisten hat, noch weniger helfen werden.

Ich merkte, dass der junge Adam – ich werde aufhören müssen, ihn so zu nennen, immerhin geht der Bursche auf die fünfzig zu – ob meiner recht verhaltenen Reaktion auf diese Schatzkammer, die er er mir aufgetan hatte, ein wenig deprimiert war, aber zu mehr konnte ich mich leider nicht aufschwingen. Stimmt schon, einem jeden Forscher, und mag er seines Gegenstands auch noch so überdrüssig sein, wird ein kalter Schauer über den Rücken rieseln, wenn er zum ersten Mal ein Dokument in die Finger kriegt, auf dem die verschwitzte Schreibhand seines Objekts ruhte; für so jemanden ist ein Fleck von Zigarettenasche oder der Mandala-Abdruck an der Unterseite einer Teetasse wie ein Blutspritzer für einen Bluthund. Apropos Blut: Als ich an einem verregneten und ansonsten nicht weiter auffälligen Nachmittag in den Ordnern mit der Korrespondenz stöberte, stieß ich auf ein viermal gefaltetes, vergilbtes A4-

Blatt: »An den Herausgeber, *Nature:* Sir, ebenso amüsiert wie nachsichtig habe ich gelesen, was Professor Lackaffe für seine Widerlegung meiner Widerlegung seiner Widerlegung hält, und« – und darunter ein verräterischer rostbrauner Fleck, den ich zunächst für ebendieses hielt. Bei näherer Betrachtung stellte sich jedoch heraus, dass es sich nicht um Blut handelte, sondern – und das ist vielleicht noch interessanter – um einen eingetrockneten Lippenstiftfleck. Was gäb ich nicht dafür zu wissen, wessen Lippen das wohl waren, die sich auf dieses Stück Papier gedrückt hatten, und aus welchem Anlass.

Adam ließ die Zwillingstüren der Schatzkammer zuschnappen und geleitete mich mit einem resignierten Seufzer in die, Sie haben richig geraten – in die Küche; ich frage mich, ob es irgendwo ein Volk gibt, bei dem das Klo der Ort im Haus ist, wo sich alle treffen. Er bot mir eine Flasche Bier an. Ich bin eigentlich kein Biertrinker, aber ich trank das Zeug trotzdem und verkniff mir das Rülpsen. Morgensonne im Fenster und dahinter das junge, belebende Grün des Sommermorgens. Adam saß am Tisch, ein Bein um die Sprosse zwischen seinen Stuhlbeinen gewickelt, den anderen Fuß mit dem Absatz seiner Sandale unter den Hintern geklemmt, eine Haltung, in der er noch mehr wie ein zu groß geratener Schuljunge wirkte. Was er für einen großen Kopf hat, wie eine Sandsteinkugel vom Pfosten eines stattlichen Tors. Er hat immer so einen leicht verwirrten, leicht gequälten Gesichtsausdruck wie jemand, der einst frohgemut und munter war und sich gar nicht erklären kann, was eigentlich passiert ist, dass er es jetzt nicht mehr ist. Aber, wie gesagt, irgendwie herrscht im ganzen Haus so eine Stimmung. Das muss das Vermächtnis von Godley *père* sein, von dem alten

Vesuv höchstselbst, in dessen anhaltend mefitischen Dämpfen wir überlebenden Pompejaner blindlings umhertappen müssen. Wie kann der junge Adam – da, schon wieder – der Sohn eines derart arroganten, großspurigen Vaters sein? Anscheinend haben seine Gene, die er von der Mutter hat, die giftigen von Vaters Seite überwältigt. Ich merkte, dass er immer noch verstimmt war, und wäre froh gewesen, wären mir die rechten Worte eingefallen, um seine Schatzkammer zu loben und ihm sein schweres Herz damit ein ganz klein wenig zu erleichtern. Wie hält es seine wunderbare Frau bloß mit ihm aus?

Nun redete er von seiner Mutter, sagte, es komme einem vielleicht grausam vor, dass die Familie sie ganz allein da oben in dem großen kahlen Zimmer lasse. Nicht zum ersten Mal fing er von diesem Thema an, das sein Gewissen offenbar belastete, was ja auch richtig war. Fakt ist jedoch, sagt er und kehrt die fleischigen Handflächen nach oben, Fakt ist jedoch, dass sie aus eigenem Entschluss dort oben bleibt. Es scheint, dass Mrs Godley, die wohl ihren eigenen Tod voraussieht und die vielleicht sogar den Tag und selbst die Stunde kennt, sich nach und nach von weltlichen Besitztümern befreit hat, einschließlich eines anständigen Zimmers samt einem Bett, um dermaleinst bei ihrem Hinscheiden mit so wenig Ballast wie möglich beladen zu sein.

»Sie hat verlangt, dass wir alles ausräumen, bis auf das Bett«, sagt Adam. »Es gehörte ihnen, weißt du, ihr und meinem Vater, aber wir mussten die Beine absägen, damit sie rein- und rauskommt. Außerdem hat sie darauf bestanden, dieses schreckliche Chaiselongueding zu behalten, auf dem sie den ganzen Tag vor sich hin döst.«

Ich nickte höflich; wie wir wissen, ist die alte Frau in meinen Augen nicht halb so bemitleidenswert, wie ihr Sohn sie darstellt. Ich gebe zu, sie spricht und handelt so, als ob sie gaga ist, doch ich vermute, hinter ihrer blassen, makellosen Stirn verbirgt sich eine ganze Menge mehr, als ihr Sohn ihr zutraut. Sie erinnert mich an eine von diesen fantastischen christlichen Mystikerinnen des Mittelalters, Julian von Norwich etwa oder Hildegard von Bingen, die Seherin vom Rhein; ich denke auch an Kaiserin Theodora, an ihre Darstellung auf den herrlichen Mosaiken in Ravenna: dieses schmale, spitze Gesicht, diese großen, dunklen, starren, leidenschaftslosen Augen. Ich weiß nicht, wie alt sie ist, aber sie könnte noch zig Jahre weiterleben, in ihre Wickeltücher eingehüllt wie eine lebende Mumie.

»Alles wird gut werden«, hörte ich mich murmeln, als ich innehielt, um mir einen Bierrülpser in die Faust zu drücken, »und alles jeglicher Art wird gut werden.«

Adam sah mich forschend an, er schien sich zu fragen, ob diese gnomische Äußerung vielleicht ein düsterer Scherz sein sollte.

»Glauben Sie?«, fragte er vorsichtig.

»Nein, natürlich nicht«, fuhr ich ihn an und merkte, wie meine Stirn rot wurde. »Das ist bloß so eine Albernheit, die irgendjemand mal gesagt hat.«

Ich weiß nicht, wie man mit Leuten redet, das ist eine Tatsache. Ich werde immer ganz wuschig, und dann platze ich mit irgendwas heraus, was mir gerade in den Sinn kommt, und weiß selbst nicht recht, was ich da sage. Das verschafft mir ein Gefühl, als würde ich jäh und unaufhaltsam in die Tiefe stürzen, wie im Traum. Der Akt des Sprechens ist für mich eine Form der Verteidigung, verzweifelt, ohne jede Wirkung, ein brennender Stock, den ich dem Tiger, der zum Sprung ansetzt, vors Maul halte. Julian von Norwich, also wirklich! Die ich jahrelang und nicht mal unbegründet für einen Mann gehalten habe. Ich als Historiker!

Adam kam wieder auf seine Mutter zurück. »Die arme La«, sagte er in einem Ton, als würde er im Geist die Hände ringen. »Sie war recht lebhaft früher, als sie jung war.« Er hielt inne, zog die Stirn in Falten. »Hat Pa jedenfalls immer gesagt.«

Dann schwiegen wir und schwenkten unsere Bierflaschen, hörten die seifige Neige darin schwappen. Ich dachte an Adams Frau. Ich denke viel an sie, wie Sie sich vorstellen können. Ich habe sogar den Verdacht, dass ich ständig an sie denke, dass sie immer da ist, die Hintergrundstrahlung meines inneren Universums, vor der jetzt alle gröberen Ereignisse meines Lebens, Denkens und Empfindens sich unbeholfen abspielen. Ich komme mir vor wie ein Narr, der hilflos in den Fängen dieser absurden Leidenschaft zappelt. Und doch möchte ich nicht ohne sie sein; Liebe wärmt noch das kälteste Herz. Aber Sie dürfen mich nicht missverstehen. Wenn ich von Liebe spreche, meine ich, nun ja, also nicht wirklich Liebe, nicht im weltläufigen Sinne. Ich bin nur auf ihr Fleisch erpicht und nicht auf ihre Seele. Und warum auch nicht? Eine Obesssion des Fleisches ist nicht weniger edel als eine Obsession des Herzens, des sogenannten. Den Körper anzubeten heißt ihm zu verzeihen, dass er Körper ist, und das ist doch nicht wenig, oder? Wozu noch mehr verlangen? Aber natürlich gibt es noch mehr, gab es noch mehr. In gewisser Weise, denke ich – der Gedanke kommt mir gerade –, in gewisser Weise wollte ich sie sein. Himmel noch mal! Wahrhaftig liebestoll.

Eine Amsel, die unsichtbar vorm Fenster saß, fing an zu pfeifen wie ein Botenjunge. Man stelle sich mal eine Welt vor ohne Amseln. Doch andererseits, man stelle sich mal eine Welt mit Amseln vor.

Adam wechselte das Thema und erkundigte sich, ob das, wie er es scheinbar ohne die geringste Spur von Ironie nannte, ›große Werk‹ denn gut vorankomme. Er neigte auf diese jungenhafte Art den Kopf und blickte von der Seite zu mir hoch. »Wollt bloß mal fragen.«

Ich muss gestehen, dass ich im ersten Augenblick gar nicht wusste, was er meinte. Ich hab manchmal so Aussetzer, mitunter passe ich nicht auf.

»Ich bin gerade mit dem zweiten Kapitel fertig geworden«, antwortete ich vorsichtig. »Es hat ein Weilchen gedauert.«

Was es jedoch nicht hätte müssen, erwog ich hinzuzufügen, hätten Sie mir eher Zugang zu den Sachen da hinter der Trennwand gewährt, in dieser miefigen klammen sogenannten Bibliothek, wo's keine Bücher gibt.

»Wirklich?« Adam guckte überrascht. »Das ging ja schnell.«

»Am Anfang geht es immer schnell«, gab ich zurück, »eh die Bedenken kommen.«

»Bedenken?«

»Hinsichtlich des eigenen Könnens – der eigenen Fähigkeiten. Ob es klug war, die Aufgabe anzunehmen.« Sollte ich meinem Herrn und Zahlmeister so etwas sagen? Oder künftigen Zahlmeister, denn bis jetzt hab ich noch keinen Penny gesehen, weder gesehen noch war davon die Rede.

Aber ich konnte wieder mal nicht an mich halten, ich altes Plappermaul. »Und natürlich Zweifel an dem Projekt an sich.«

Das führte zu einer trübsinnigen Pause.

»Zweifel«, murmelte Adam, drehte und wendete das Wort hin und her und betrachtete es von allen Seiten, als sei es eine Münze in einer fremden Währung und von unbekanntem Wert. Plötzlich und mit einer fast gewaltsamen Bewegung befreite er seinen unterm Stuhlbein eingeklemmten Fuß, drehte sich zu mir herum, langte mit beiden Armen quer über den Tisch und sprach mit fürchterlichem Ernst: »Aber mein Vater war doch ein großer Mann, oder nicht? Ich meine, ein Genie, nicht wahr?« Ich hatte mich klugerweise zurückgelehnt und die Arme verschränkt, weil ich Angst hatte, er könnte nach mir fassen und, ach, weiß der Himmel, meine Hand ergreifen und sie ans Herz drücken, schließlich ist hier alles möglich, in der unmöglichen Welt von Arden. »Wissen Sie«, fuhr er mit belegter Stimme fort, »über seine Arbeit hat er nie mit mir gesprochen –«

»Da waren Sie nicht der Einzige.«

»– also kann ich mir kein Urteil erlauben. Nicht, dass ich mir eins erlauben könnte, wenn er mit mir gesprochen hätte« – kurzes verhaltenes Auflachen –, »weil, ich verstehe ja nicht viel von dem, was er gemacht hat, seine Theorien und so –«

Seine Stimme verebbte.

»Auch darin sind Sie nicht der Einzige«, sagte ich spitz.

Doch er war nicht bei der Sache, er verglühte fast in einem Fieberbrand aus Zweifel und Bedürftigkeit.

»Wissen Sie«, sagte er, »ich frag mich manchmal, na ja, ich frag mich einfach, ob –«

Und dann verstummte er und schüttelte sich, reumütig und verzweifelt. Es war ganz einfach eine schauderhafte Situation. Was sollte ich ihm sagen? Wir wussten beide, was und wie sein Vater war. Ich fühlte mich wie ein viktorianischer Schuldirektor, der vom Kapitän der Schulmannschaft angefleht wird zu bestätigen, dass sein berühmter und hochdekorierter Vater, anders als die Jungs in seiner Klasse es behaupten, in der Schlacht an den Klippen von Blighty standhaft gegen die Horden der Eingeborenen gekämpft und nicht etwa den Schwanz eingezogen und das Weite gesucht hatte. Denen hier kann ich allemal was vormachen, und euch genauso, aber diesmal war mir klar, ich musste schweigen, musste bei der Wahrheit bleiben, die, wie wir ja wissen, überhaupt nicht klebrig ist, sondern rutschig wie Seide, wenn auch nicht so glatt. Ich könnte sagen, es war das Berufsethos, das mir verbot, ihm die diplomatischen Plattitüden aufzutischen, die er hören wollte, doch das werde ich nicht tun. Wenn Adam Godley groß war, worin lag dann seine Größe – lieben Sie nicht auch die unverbesserliche Vertracktheit der Wörter – jenseits seiner Arbeit? Mit seinen Ehefrauen ging er widerwärtig um, machte wer weiß was mit wer weiß wie vielen Mädchen – das werde ich wahrscheinlich sehen, wenn ich mich durch die Berge von Papier im rechten Alkoven wühle –, und seine Kinder hat er umfassend misshandelt, den einen, diesen so bedürftigen alten kleinen Jungen, den ich hier vor mir habe, hat er kaputtgemacht und die andere dazu getrieben, Hand an sich zu legen. Seine Freunde, oder solche, die es werden wollten, hat er ausgebeutet und seine Konkurrenten gnadenlos sowie mit großem, finsterem Vergnügen niedergestreckt. Inzwischen sollte ihn die Welt als das erkennen, was er war und was da sonst noch an verborgenem Dreck vorhanden ist, das hole ich ans Licht. Wie aber sollte ich das alles seinem Sohn erklären?

Fakt ist, dass ich mit meinen Gedanken immer noch halb, mehr als nur halb, bei Helen war, der herrlichen und – jedenfalls für mich – unantastbaren Frau dieses Mannes, obwohl ich mich schwertue zu sagen, was ich mir von ihr zu erwarten oder zu erhoffen wage. Kaum etwas ist so lächerlich wie die Lüsternheit eines alten Mannes. Obwohl Lüsternheit nicht das rechte Wort ist; es ist mir zu, nun ja, zu lüstern. Was ich für Helen fühle, ist so was wie eine rückwärtsgewandte Sehnsucht. Wenn Sie so wollen, stellen Sie sich mich vor, wie ich, mit einer Hand am heißen Ohr, angestrengt einem mählich verklingenden Ton einer vergessenen süßen, melancholischen Musik nachlausche. Ach, hören Sie doch auf zu kichern. Ich weiß sehr wohl, was passieren würde, wollte ich eine falsche Bewegung machen, ihr zu nahe kommen oder ein falsches Wort in die verwunschene Höhle ihres Ohres sprechen. Wie könnte ich nicht larmoyant sein, Schiffbrüchiger, der ich bin? Crusoe hat sich in seine Ziegen verliebt, nicht wahr? Auch ich war ja verloren und als vermisst gemeldet, galt als ertrunken, abgetaucht und ruhte still dort unten in der Tiefe, Perlen als Augen und so weiter, als sie mir einen nackten Arm hinabgereicht – seht nur die winzig kleinen Silberbläschen, die an jedem Daunenfaden haften – und mich, schon Schwamm geworden und wässrigen Nachtripperfluss vertropfend, hochzog und mir den wundersamen Lebenskuss gegeben hat, und da bin ich nun zwischen blondem Ufer und azurnem Wasser, gestrandet zwischen Palmen und Papageien, vor mir nur einen fernen Horizont, den ich niemals erreichen werde, eine hoffnungslose Liebe nährend, die wie ein Furunkel am Hintern brennt, und weit und breit kein Apotheker, den ich ersuchen könnte, eine Salbe mir zu mischen, um den Stich zu kühlen. Du liebe Güte, was für ein Metapherneintopf!

In meinen weniger erregten Augenblicken, wenn ich mich zurücklehne und die Ellbogen aufstütze, schwelge ich in der Glut dieser Liebe, der ich schnurstracks verfallen war, als ich sie oben auf den Stufen vor der Haustür stehen sah in ihrem ärmellosen Kleid, den einen Arm erhoben – es gibt nicht viel, was so erregend ist wie jener kleine Schattenfleck in der entblößten Achselhöhle einer Frau –, ein Sträußchen feuchter Glockenblumen in der Hand, und sie zu mir, auf mich, herunterblickte mit ihrem leicht verhangenen, selbstverliebten Lächeln. Ich wusste nichts von ihr an jenem Tag, nur ihren Namen, den Adam mir wohl in New Amsterdam gesagt hatte, doch dieser allererste Blick ließ mich im Innern taumeln, als hätte eine leise, sanfte Kugel mich direkt ins Herz getroffen – Was war der Auslöser? Das Blau ihrer Augen, der Glanz ihres Haars, der kleine Hügel blasser Haut dort oben, wo ihr nackter Arm auf ihre nackte Schulter trifft? War es das Licht der Aprilsonne oder der Duft dieser Blumen mit den hängenden Köpfen? War es die Form ihrer Fesseln? Das alles, alles das. Sie war die Vollendung eines Bildes, das ich, ganz ohne es zu ahnen, in mir trug, eine Szene wie auf einer altmodischen Postkarte oder auf dem Deckel einer Keksdose, mit einem Mädchen mit lockigem Haar, das vor einem strohgedeckten Häuschen am Zaun lehnt, mit Hecke, Bach und Malven und einem Ast mit einem Piepmatz drauf. Ja, ich hatte auf sie gewartet, ohne dass ich es wusste. Hätte es eine andere auch getan? Möglich, wahrscheinlich, doch das denk ich mir lieber nicht.

Ich bilde mir ein, dass ich zu jeder Tageszeit nur innehalten müsste, still sein und mich konzentrieren, um ganz genau zu wissen, wo im Haus sie sich gerade aufhält. Wenn ich in meinem Adlerhorst hocke, auf gleicher Höhe mit den Baumkronen, bin ich ein Überwachungsapparat, der so präzise geeicht ist, dass er die Flugbahn eines Godley'schen Teilchens aufspüren kann. Irgendwo unter mir regt sie sich, macht einen Schritt, bleibt stehen, gähnt, schon zuckt die Nadel. Mit den Fühlern meiner Fantasie folge ich ihrer Spur von Raum zu Raum, sehe, wie jedes Zimmer immer kleiner wird als das vorherige, bis sie sich schließlich, ganz ohne sich dessen bewusst zu sein, in eine jener flachen Nischen wagt, in denen die Reliquien ihres Schwiegervaters lagern; das Geheimschloss hinter ihr schnappt zu, und ich, Ritter Blaubart, umfange sie mit meinem wallenden Umhang und –

Die hohe schmale Tür auf der anderen Seite der Küche ging auf, und sie kam schnell herein, patschte mit ihren Sandalen die drei flachen Stufen herunter und blieb stehen. Hatte ich nicht gewusst, dass sie kommen würde, hatte ich nicht den ganzen Weg über wahrgenommen, wie sie sich näherte? Ich könnte lügen, tu ich aber nicht: Ich habe es nicht gewusst. Alles Selbsttäuschung, ich kann sie genauso wenig im Kopf behalten, wie ich im Handstand einen Hornpipe tanzen kann. Doch Selbsttäuschungen sind etwas Tröstliches, drum sind sie wohl auch so allseits beliebt.

»Ihr beide«, sagte sie und sah uns starr mit einer einstudierten Miene an, in der sich große Überraschung und

Missfallen die Waage hielten. »Ihr trinkt hier Bier, und dabei ist noch nicht mal Mittag.«

Heute trug sie Shorts mit weitem Bein – mein armes Herz – und eine blaue Leinenbluse. Ihre Sandalen waren fußförmige Ledersohlen, mit dünnen bis zur halben Wade kreuzweise gewickelten Riemen befestigt; darin sind ihre Füße nackter noch als nackt; die schöne Wölbung unter ihrem Spann raubt mir den Atem. Das Haar zurückgekämmt wie immer und im Nacken von einem Stückchen Schleifenband gehalten. Die breite, flache Stirn, die weit auseinanderstehenden blauen Augen, die Nase, die von der Stirn in einer Linie hinabgeht zu der tiefgekerbten Rinne über ihrer Oberlippe, doch halt! Jetzt keinen Millimeter weiter südwärts: Es war, als sei aus einer Marmorstatue eines der großen Griechen eine lebendige Frau herausgetreten. Und ich, o Gott, der ich geringer bin als ein Insekt, das ihr am Bein hochkrabbelt.

Etwas, das ich besonders köstlich finde, die feinere Variante jenes Sommersprossensattels über ihrer Nase, das sind die winzig kleinen Flecke, dunkler noch als Schokolade, so dunkel, dass sie beinah schwarz erscheinen, und fast zu winzig, um sie zu erkennen, die über die leicht aufgeworfenen, cremeweißen Pölsterchen verstreut sind, die sie unter ihren Augen hat. Dieser Effekt ist mir besonders bei hochschwangeren Frauen aufgefallen, was allerdings in diesem Falle nicht der Fall sein kann, denn Helen kann nicht schwanger sein, nicht mal ein wenig. Ich trauere um sie, die trauert in ihrer Kinderlosigkeit. Ich könnte ihr von Martha, meiner getrennt lebenden Ehefrau, erzählen und von ihren drei, vier allesamt verpfuschten Babys – immer wieder hat sie es versucht, das arme Ding, wie besessen, ich meine Martha –, was ihr vielleicht ein Trost wäre, aber wohl eher nicht. Ich müsste sie mal anrufen, meine Frau, wir haben uns sehr lange schon nicht mehr gesprochen. Ich hab gehört, sie hat jetzt einen korrekten Staatsbeamten, alle Achtung! Hoffentlich ist er korrekt zu ihr; ich war es nicht. Wie Sie sehen, hatte ich einmal ein Leben, in einer anderen Version der Dinge.

Und doch gibt's auch mit Helen einen seltsamen Effekt, ich frage mich, ob es nur mir bei mir so ist oder bei allen, die Hals über Kopf und rettungslos verliebt sind. Der Gedanke an sie, die Vorstellung von ihr, war so sehr in meinem Kopf, in meiner Vorstellung, dass ich sie kaum erkannte, als sie wirklich auftrat und wie ein Licht hereinbrach in den Raum. Oder nein, so stimmt das nicht, nicht ganz; das heißt, es stimmt und es stimmt nicht. Das Bild von ihr, der Entwurf von ihr, den ich im Kopf hatte, war so lebendig und so stark, dass er mir fast genug war und sie selbst, leibhaftig, mir fast überflüssig vorkam. Ergibt das einen Sinn? Ich weiß, daraus könnte man schließen, dass sie für mich nicht existierte, nicht ganz, obwohl das, was da existierte, ganz eindeutig sie war, das lebendige, atmende Wesen. Alle meine Wörter haben heut zwei linke Hände.

Irre Sache, sagt der Kobold, der in meinem Innern hockt, das mit der Liebe bei den Sterblichen.

Jedenfalls stand sie unten an der Küchentreppe mit dieser hübschen, ruhigen, fürchterlichen Maske, die sie trägt, wo andere ein Gesicht haben. Adam drehte sich zu ihr herum.

»Ich hab Professor Jaybey grad die Gruft gezeigt«, sagte er mit unentschlossenem Lächeln; er hat ein bisschen Angst vor ihr, das ist ganz klar.

»Ja?« Sie wandte sich mir zu. »Stickig da drin, nicht wahr? Ich geh ja da nicht rein. Dieses ganze blöde Papier.«

Adam seufzte, und es war, als fasse er beschwichtigend nach ihrem Arm. Dass jemand abfällig über die Schätze der Familie redet, tut ihm weh, das ist mal klar.

»Dieses ganze blöde Papier«, sagte Adam, und seine Stimme war zu laut, sein Lächeln geradezu zur Faust geballt, »ist biografisch unermesslich wertvoll, sagt Professor Jaybey.«

Ich hatte nichts dergleichen gesagt. Helens Blick war immer noch auf mich gerichtet. Sie lachte auf, kurz, rau und trocken. »Gewiss doch«, sprach sie, und ihr Mann in seinem Kummer schaute finster drein.

Sie ging zum Kühlschrank – ein uraltes misslauniges Modell von der Größe eines Sarkophags, das ich sogar im Himmelszimmer oben leise ächzen und bibbern höre –, riss die Tür auf und spähte stirnrunzelnd hinein. Adam warf mir einen sonderbaren Blick zu, warnend und gleichzeitig bittend. Die Spannung in der Luft schien irgendwie noch zuzunehmen. Helen holte eine Weinflasche aus dem Kühlschrank; sie war bereits geöffnet, es war aber noch Wein drin. Sie kam damit zum Tisch. Sie stellte sie auf den Tisch. Sie holte ein Glas aus dem Schrank. Sie stellte das Glas auf den Tisch. Sie goss Wein in das Glas. Und alles das mit mürrischer Bedächtigkeit. Sie gleicht einer Mänade, hartäugig, schwergliedrig, unnachgiebig.

Die Hälfte dieser Flasche, die sie gerade aus dem Kühlschrank nahm, hat Helen selbst getrunken, und sie hat vor, sie noch vor Mittag ganz zu leeren. Ein Chablis, spritzig und erfrischend, genau das richtige Labsal für ihr grambeschwertes Herz. Um diese Jahreszeit ist sie fast täglich angetütert, was Adam immer wieder leise stöhnen lässt, bei Ivy aber für zufriedenes Grienen sorgt. Adam fürchtet eine Szene, das Schluchzen, das Geschrei, die Fäuste, die auf seine Brust trommeln, das hat er oft genug erlebt als Junge, wenn seine betrunkene Mutter mit seinem herzlosen Vater zeterte, weil er sie unentwegt betrog und sich dabei noch lustig machte über sie. Helens Trauer dauert schon so lange, sie kann sich weder selbst davon kurieren noch kann's ein anderer. Der erste Todestag ihres verlorenen Kindes steht bevor, und sie ist fest entschlossen, den Anlass zu begehen, der, wie der Zufall es grausamerweise will, auf ihren eigenen Geburtstag fällt: Geburtstag, Todestag, alles in einem. Aufbrausend und unverschämt ist ihr Verhalten, sie lacht schrill und hält immer wieder inne, um sich in Positur zu werfen, ihre Augen glänzen und ihr Mund ist schief. Das ganze Haus schleicht wie auf Zehenspitzen um sie herum, hält die Luft an, wünscht sich, das schreckliche Ereignis möge endlich kommen und vorübergehen.

Das Kind hat nur so kurze Zeit gelebt, dass er kaum sagen kann, es hat gelebt. Übrigens war sein Name Hercules, hatten wir das bereits erwähnt? Sein Vater hatte ihn sofort verkürzt und Clem daraus gemacht. Helen hatte gesagt, sie habe ihn geträumt, und mochte keine Widerrede dulden. Das werde ihr das Kind niemals verzeihen, erklärte Ursula, dass sie ihm einen Namen aufgebürdet hat, der so sehr dazu angetan ist, Hohn und Spott hervorzurufen. Ihr Schwiegervater lag bereits im Sterben, hat aber noch die Kraft gehabt, sie auszulachen und zu sagen, wenn sie den kleinen Kerl nach einem solchen Helden nenne, könne ja gar nichts anderes aus ihm werden als ein Muttersöhnchen. Und als das arme Würmchen einging, hat es keinen überrascht. Ja, an jenem Tag, dem Tag, an dem der kleine Clem den Anfall hatte und kurz darauf erstickt war, da wurde heftig eingehämmert auf die Brust von Helens Mann. Es war bereits der zweite derartige Verlust – ein paar Jahre vorher gab es eine Totgeburt, hab ich das schon gesagt? –, und nun ist Helen unfruchtbar. Dass ich das schon gesagt hab, weiß ich wohl. Das alles hat mir Ivy Blount einmal heimlich anvertraut, als sie mir mein Mittagessen rauf ins Himmelszimmer brachte und dablieb, während ich es aß. Mitleid empfand ich keines. Das Einzige, woran ich dachte, so mit vollem Munde, das war die Zeugung des verlorenen Jungen. Ich stellte mir die beiden vor, Helen und ihren oberlastigen, weichhäutigen, kleinfüßigen Gemahl, einander krampfhaft in den Armen haltend, keuchend, stöhnend, und war ganz froh, dass ihre kleinen Kümmerlinge ihnen weggestorben waren. Ja, ich bin schrecklich; Liebe kennt halt keine Grenzen.

Doch Helen war selbst noch in ihrer Trauer nicht bereit, dem Trübsinn zu verfallen. »Ich gebe eine Party«, verkündet sie auf einmal trotzig, ganz spontan. »Eine richtig große, dicke, fette Party, ja.« Adam kniff kurz die Augen zu, wie um sie davor zu verschließen, was da auf ihn zukam. Die letzte Party, die es hier gegebem hatte, war die aus Anlass der Verleihung des Sobrero Prize an Adam Godley. Das war so eine richtig wilde Fete, die sich über mehrere Tage hinzog und erst zu Ende war, als Petra raufging in ihr Zimmer und mit der Zackenschere sich komplett die Haare abgeschnippelt hat, und Benny Grace hatte alleine einen riesigen Humpen voll Champagner ausgetrunken und sich den Oberschenkelhals gebrochen, weil er über den Hund gestolpert war. Brav, Rex. Guter Hund.

Nun nahm Helen ihr Weinglas in beide Hände und hob es an die Lippen und trank einen tiefen Zug. Ich musterte ihren glatten, schlanken Hals, dachte an den ersten Adam und an Adams Apfel und daran, wie undurchdringlich seltsam alles ist. »Das ist doch eine gute Idee, findet ihr nicht?«, rief sie laut und provokant. »Ein Sommernachtstraum.« Ihre Augen glänzten feucht; sie schien zu weinen, während sie unsicher lachte. »Wir laden alle ein«, sagt sie, »das ganze verdammte County!«

Mordaunt hatte sich nicht vorstellen können, dass er zum letzten Mal etwas von Anna Behrens gehört oder sie gesehen hatte, und das hatte er auch nicht. Der lustlos lachenden Fassade zum Trotz, die sie der Welt darbot, besaß Anna einen schier unbezwingbaren Willen; ihr Leben stand ganz im Dienste der Verfolgung selbstsüchtiger Ziele. Schließlich war sie Helmut Behrens' Tochter. Besitzergreifend war sie und verwöhnt, zwei ihrer Eigenschaften, die wohl jeder andere missbilligt hätte und für die Mordaunt sie, zwar nicht unverdrossen, aber doch bewunderte. Trotzdem wär es ihm lieber gewesen, wenn sie nicht so plötzlich und so überstürzt aus der Vergangenheit hier hochgeploppt wäre. Es war, als sei Ophelia lächelnd aus dem glasigen Strom unter der Weide aufgetaucht und würde nun verlangen, dass man etwas tun, ihr etwas antun soll. Warum konnte sie ihn denn nicht in Ruhe lassen? Noch gar nicht lange draußen, nicht zu vergessen, unter Auflagen, denn lebenslang ist lebenslang, schätzt er die Einsamkeit. In den Gefängnissen, in denen er gesessen hatte – und Hirnea House war genauso ein Zuchthaus wie der Anvil –, brauchte es List, Einfallsreichtum und auch Schmiergeld, bedachtsam eingesetzt, um irgendwann, an irgendeinem Tag oder in irgendeiner Nacht, mal fünf Minuten ganz für sich zu haben, denn sogar in der Nacht, wenn er reglos auf seiner Pritsche lag, allein in einer Ecke einer Zelle aus aufgewühlter Finsternis, hatte er sich beobachtet und überwacht gefühlt. Er konnte Anna schwerlich unterstellen, dass sie eine Spionin sei, aber ein Eindringling war sie auf jeden Fall. Menschen, die viel Zeit haben, sind eine Gefahr, weil sie sich immer einbilden, dass andere genauso untätig und ziellos wie sie selbst sind. Wie wird er sie nur los? Es sollte einfach sein, das ist es aber nicht. Wider Erwarten hat er noch immer manches von einem Gentleman an sich, und sanfte Umgangsformen, einmal eingeimpft, sind ebenso beständig wie Fingerabdrücke. Sie oder ich, wir könnten einfach sagen, sie solle weggehen und uns in Ruhe lassen, aber nicht so er, oh nein, nicht er.

Bald nach ihrem gemeinsamen Ausflug ans Meer kam die obligate Vorladung, getarnt als ganz spontane Einladung, zu einem weiteren vergnügten Tag zu zweit. »Diesmal fahren wir ins Landesinnere«, schrieb Anna, »weil du ja neuerdings so ein Naturfreund bist.« Die Nachricht war mit T&T-Express gekommen; Anna bevorzugte empfindsame, aber entschlossene Gesten, selbst bei etwas so Banalem wie dem Versenden einer Nachricht. Der Kurier, der ungewöhnlich schmuddelig aussah mit seinen mattgoldenen Litzen und dem verbeulten Dreispitz, war ostentativ stehengeblieben, um auf ein Trinkgeld zu warten, bis Mordaunt ihn mit diesem leeren Blick anstarrte, den er manchmal hatte, und der Kerl die Lippen spitzte, sich frech eins pfiff und sich verdünnisierte. Jetzt saß Mordaunt bei Ivy Blount am Küchentisch und starrte düster auf das dünne Rechteck aus türkisfarbenem Telegrammpapier, das an der Teekanne lehnte. Ivy war unterwegs zu einem ihrer zahlreichen moribunden Verwandten, und er hatte sich darauf gefreut, den Rest des Vormittags damit zu verbringen, dass er in ihren Sachen kramte; allzu viele traurige Geheimnisse, denen er noch nicht auf den Grund gegangen war, gab es bei ihr nicht mehr, doch dies wäre das erste Mal, dass er die Chance hätte, sich in ihr Schlafzimmer zu schleichen und dort, im letzten Allerheiligsten, herumzustöbern.

Er seufzte und trank die Neige Tee, die noch in seiner Tasse war – er mochte diese seegrasartige Beschaffenheit lauwarmer Teeblätter –, stand auf und stapfte schweren Schrittes die Treppe hoch ins Bad, um sich zu rasieren. Ein fürchterliches Loch war das, und dann dieser niederschmetternde, flau-gräuliche Geruch, der dort drin herrschte. Irgendwann nach seiner Ankunft hatte Ivy hier eine provisorische Wäscheleine gespannt, ein Stück orangen Bindfaden, befestigt am Knopf des Durchlauferhitzers über der Badewanne und an einem rostigen Nagel in der Wand neben dem Fenster, sodass Mordaunt jedes Mal darunter durchkriechen musste, um ans Waschbecken zu kommen. Noch so ein plumper Trick von Ivy, auch das Teil ihrer Taktik, ihn so lange zu ärgern, bis er früher oder später seine Niederlage eingestand und auszog. An diesem Morgen hingen auf der Leine ein Nylonunterrock, ein einzelner wollener Strumpf und ein Paar schlabbrige Schlüpfer, mit Gummizug am Bein, die wohl einst dunkelblau gewesen, durch wiederholtes wöchentliches Waschen aber ausgeblichen waren und nun einen besonders unansehnlichen Mauveton hatten. Er bückte sich zähneknirschend unter dem Bindfaden hindurch und richtete sich vor dem

Waschbecken wieder auf, wobei sein linkes Auge aus dem an einer Fensterecke angebrachten Rasierspiegel riesengroß zu ihm herunterglotzte.

An jenem Nachmittag vor vielen Jahren, damals in Arcady, hatte Anna mitten im Liebesakt nach seiner Schulter gefasst, damit er aufhörte zu tun, was er gerade machtvoll tat, war mit dem Mund nah an sein Ohr gekommen, um heiser flüsternd zu verlangen, dass er sie schlagen solle. Sie wollte nicht bloß einen Klaps, oh nein. Er sollte sie verletzen, sie in die Rippen boxen, ihr auf die Brüste hauen und ihr mit seinem Gürtel den Hintern versohlen. »Nur nicht ins Gesicht«, sagte sie und drückte ihm den Finger sachte auf die Lippen, »oder auf die Beine und die Arme, nicht auf die Stellen, wo man dann die Spuren sehen würde.« Und dabei hatte sie ihn ganz entzückend angelächelt, mit zusammengekniffenen Augen. Bis dahin hatte er nie eine Frau geschlagen und war, ehrlich gesagt, ziemlich schockiert, dass er nunmehr dazu gedrängt wurde. Auch war er sich durchaus nicht sicher, wie er vorgehen sollte, doch als er zauderte, kniff sie ihn schmerzhaft in die empfindliche Stelle zwischen Rippenbogen und Hüfte und befahl ihm, endlich loszulegen. Er gehorchte und bemühte sich nach Kräften, aber es war nicht gut, er war nicht mit dem Herzen dabei, und zu guter Letzt verlor Anna die Geduld und schubste ihn mit einem ärgerlichen Seufzer weg, dann rollte sie sich auf die Seite und murrte, von ihr aus könne er sich wieder anziehen und verschwinden. Aber er ging nicht, und nach einer Weile gab sie nach, und sie machten weiter, wo sie stehengeblieben waren, und alles war in Ordnung, so schien es jedenfalls. Die Sache wurde nie wieder erwähnt, stand aber fortan immer zwischen ihnen, sie klemmte wie ein hartes kleines Samenkorn in einer Spalte im Gedächtnis. Was ihn verwirrte, war nicht, dass Anna ihn gebeten hatte, sie zu schlagen, sondern dass sie ihn mit ihrer Frage so heftig in Verlegenheit gebracht, ihn geradezu entmannt hatte. Er brachte in der Folgezeit so manchen Hintern, der ihm dargeboten wurde, ganz unbekümmert und con brio zum Erröten, doch dass er bei Anna damals an jenem Nachmittag versagt hatte, verstörte und verwirrte ihn, und das tut es bis heute. Trotzdem fragte er sich manchmal, ob Annas Einladung zu einer Orgie der Gewalt vielleicht so etwas wie ein Freibrief war für eine spätere, weit folgenreichere und tödliche Gewalttat; das mag einem weit hergeholt erscheinen, aber die menschliche Motivation ist nun mal rätselhaft.

Nach der Rasur wusch er sich das Gesicht ab, tupfte es trocken, schnippte sich einen Spritzer Seifenschaum vom linken Ohrläppchen – irgendwie passierte ihm das jedes Mal, wenn er sich rasierte, und jedes Mal genau dort, am linken Ohrläppchen – und dann duckte er sich wieder unter der Wäscheleine hindurch, versuchte dabei, Ivys schlabbrigem Schlüpfer auszuweichen, dessen eines Bein mit einer fischig kalten Liebkosung seinen Nacken streifte. In der Küche hielt er inne, um eine Halfpennymünze in die Johannisbeermarmelade in dem Schälchen auf dem Tisch zu stecken – er hatte auch seine Tricks, um Ivy zu ärgern –, nahm seinen Hut und trat durch die Tür hinaus ins wässrige Sonnenlicht. Er hatte Anna gesagt, sie solle nicht zum Cottage kommen, sondern ihn am Tor erwarten, um das Risiko zu minimieren, dass jemand aus dem Großen Haus sie beobachtete, obwohl er selbst nicht wusste, was es ihn kümmerte, wenn man ihn mit ihr sah. Nun schlenderte er die Auffahrt hinunter, Hände in den Taschen, den Hut zurückgeschoben, die rasierten Wangen angenehm gerötet. Die Sonne mühte sich noch immer redlich ab zu scheinen, doch von der See her schoben dicke Wolkenberge sich heran.

Anna beugte sich über den Beifahrersitz und öffnete ihm die Tür. »Du siehst abscheulich selbstzufrieden aus«, rief sie und schaute strahlend zu ihm hoch.

Im Wagen roch es nach heißem Leder und nach dem süßlichen, leicht schlammigen Parfüm, das Anna trug. Sie setzte eine Sonnenbrille auf, deren winzige runde Gläser so dunkel waren, dass sie undurchdringlich wirkten, und lenkte den Cachalot aus dem Halbkreis der Einfahrt, dass der Kies zu beiden Seiten spritzte. Wieder bewunderte er ihre schroffe, sachliche Art im Umgang mit dem Auto; sie hatte ihren Strauß mit diesem dicken Wagen offenkundig längst ausgefochten und gewonnen, für sie war die Sache damit ein für alle Mal erledigt. Auf der Straße fuhr sie sehr schnell und brummte dabei vor sich hin. Mordaunt saß da, die Hände locker im Schoß. Je finsterer der Himmel wurde, desto mehr verdüsterte sich seine Stimmung. Anna schwieg über weite Strecken. Er spürte, dass sie nachdachte; er war immer beunruhigt, wenn Anna nachdachte.

Sie fuhren auf gerader Straße durch eine eher langweilige Landschaft – struppige Felder, verstreute Grüppchen langer dürrer Birken, die wie betrunken wirkten, eine Kette eher halbherziger Hügel –, als die schwer durchhängenden Bäuche der Wolken auf einmal platzten und ein prasselnder Hagelschauer niederging. Die Körner waren so groß und fielen so dicht, dass Anna kaum durch die Windschutzscheibe sehen konnte und gezwungen war, den Wagen an den Straßenrand zu lenken und ihn dort schräg zur Fahrbahn zu parken. Sie saßen staunend da und schauten in das von allen Seiten wild herniederstürzende eisige Weiß und hörten, wie es über ihren Köpfen aufs Verdeck trommelte. Flatschen von wachsartigem Schneematsch liefen im Zickzack an der Windschutzscheibe runter.

»Das ist ja zum Fürchten«, sagte Anna mit dünnem Kinderstimmchen, krümmte die Schultern, ließ die Hände in den Ärmeln ihres Mantels versinken und zog den Kopf ein, ganz, ganz tief, bis an die Nase.

»Das ist bloß ein Sommergewitter«, sagte Mordaunt mit so düsterer Emphase, als hätten seine Worte in Wahrheit eine ganz andere Bedeutung.

Das war ihm schon einmal passiert, in Italien, auf gerader Straße, auf halber Strecke zwischen zwei Hügelstädten, Todi und Terni, oder? Auch damals hatte eine total verängstigte Frau neben ihm gesessen – wer nur? Daphne, nimmt er an, seine inzwischen tote Frau. Ja, denn an jenem Morgen hatten sie vorgehabt, im Lago Trasimeno zu schwimmen, konnten aber keine Badestelle finden. Stattdessen gingen sie in ein Café am Rande einer Klippe über dem weiten blauen, silbergesprenkelten Wasser und setzten sich unter einen Baldachin aus Weinrankengeflecht, aßen ungesalzenes Brot und salzige Oliven und tranken eine Flasche von dem ekelhaft süßen Wein aus der Region. Er erzählte seiner Frau von der Schlacht am Trasimenischen See, in der Hannibal mit seinen Elefanten die Römer besiegte und auf Rom marschierte, wo der Senat in aller Eile Fabius den Cunctator zum Retter wählte – »Fabius den *was?*«, sagte Daphne und musste lachen, bis sie sich an ihrem Wein verschluckte und die Leute aufblickten und finster guckten –, der Fabius, der, wie ich sanft anmerke, ein Freund der Götter war und ihnen, uns, die Reichtümer des Landes opferte, jedenfalls, sage und schreibe, den dreihundertdreiunddreißigsten Teil davon. Danach, im Auto, schmollte Daphne und sagte, sie sei es leid, dass er immer so auftrumpfe mit den ganzen Dingen, die er wisse und sie nicht, und dann kam der Hagelschauer, und er musste an die Seite fahren und das Auto schräg zur Fahrbahn parken, so wie dieses Auto hier jetzt gerade parkt, und Daphne griff nach seiner Hand und zitterte, und genauso muss sie Jahre später, in einem anderen Auto, auf einer anderen Straße, ihre Hand ausgestreckt und die ihres Sohnes am Lenkrad festgehalten haben, als der Lastwagen um die Kurve gerast kam, direkt auf sie zu, und zur Seite kippte, weil die Ladung sich verschoben hatte – alles aus dem Lot hier –, und Mutter und Sohn wurden totgequetscht, obwohl der Fahrer von dem LKW, so sagt man, ohne einen Kratzer überlebt hat. Nun ja.

»Nun ja«, sprach Anna, »Sommergewitter oder nicht, es macht mir Angst. Als Nächstes kriegen wir noch Donner und Blitz.«

Und was wäre ich für ein Gott, würde ich ein solches Stichwort ignorieren? Ich hob den Finger und sofort sauste ein gezackter Triton am Himmel hinunter und schlug in einen der verzagten Hügel ein, und gleich darauf machte es Kraack! Rumms Rumpel-Rumpelrumms Rumms Rumms, und Anna quiekte und kroch noch mehr in sich zusammen und schaffte es beinah, sich unterm Lenkrad zu verstecken.

Mordaunt seufzte. Sein letztes bisschen Geduld ging schnell zur Neige. Man sollte meinen, die Jahre im Gefängnis hätten ihn Nachsicht gelehrt, aber er war schon immer jähzornig und ist es nach wie vor. Man könnte sogar sagen, das, was die arme junge Frau vor all den Jahren umgebracht hat, war sein Jähzorn und nicht irgendeine Aufforderung von Annas Seite zu erotischer Gewalt. Sie war einfach eine zu viel, die sich ihm in den Weg gestellt und ihn behindert hat, und dieser Fehler kostete sie das Leben. Ja, ja, vergessen wir niemals, dass unser Mr Mordaunt ein gefährlicher Bursche war und ist, mit dem man sich bessser nicht anlegt.

Der Sturm endete so schnell, wie er begonnen hatte, und es war, als ob die Welt da draußen vor der Windschutzscheibe den Kopf hob und sich argwöhnisch umsah. Anna zündete sich mit unsicherer Hand eine Zigarette an. Alles tropfte.

»Das erste Anzeichen«, sagte sie nachdenklich, »war so ein schwarzer Fleck in meinem linken Auge. Tiefschwarz, glänzend wie Schuhcreme und groß wie ein Sixpencestück. Zum ersten Mal sah ich ihn eines Morgens, als ich aufgewacht bin, eigentlich noch vor dem Aufwachen, ich meine, er hat mich geweckt. Es dauerte nicht lange, also hab ich es vergessen. Dann wurde – es war ziemlich komisch – auf diesem Auge meine Sehkraft immer schwächer, ich ließ mich untersuchen, der Arzt hat mir mit einer sehr hellen Lampe ins Auge geleuchtet, und da sah ich ihn wieder, diesen Fleck, genauso groß und an genau derselben Stelle wie zuvor, links, nur ein Stückchen weiter unten und dieses Mal nicht schwarz, sondern tief dunkelrot, wie die Unterseite eines Korkens, den man das erste Mal aus einer Weinflasche zieht, auch mit diesen verschnörkelten kleinen schwarzen Linien, die da drüberlaufen. Eigentlich ganz hübsch, wirklich. Ich war fasziniert, hab gar nicht wieder wegschauen können, nur dass ich ihn nicht richtig sehen konnte, weil es sich wegbewegte und immer weiter wegbewegte, während ich mich bemühte, ihm zu folgen. Dem Arzt habe ich davon nichts erzählt, weil ich ja immer noch nicht dachte, dass das was Besonderes ist.«

Mordaunt versuchte, das Fenster an seiner Seite aufzumachen; er war Nichtraucher, und der Qualm von Annas Zigarette stach ihm in die Nebenhöhlen, sodass er husten musste. Warum nur sind die Dinge immer gegen ihn, warum müssen sie ihm ständig in die Quere kommen. Lachend sah sie zu, wie er sich mit dem Fenster zu schaffen machte. »Du siehst aus wie ein Matrose, der aus einem sinkenden Schiff zu entkommen versucht.« Sie tippte auf einen Knopf in der Armlehne ihres Sitzes, und schon glitt sein Fenster mit sanftem Rauschen hinunter.

»Hat das Ding einen Namen?«, fragte er, bemüht, sich nicht gereizt und nicht wie ein Versager anzuhören, was ihm aber nicht gelang. Er war wütend auf sich, dass er noch nicht mal wusste, wie das Fenster aufgeht.

»Ja klar«, sagte Anna, »ich hab ihn allerdings vergessen. Dr.-Sowieso-Syndrom – hoffentlich ist der Dokror wenigstens stolz auf sein Werk.«

Die kühle, feuchte Luft, die durch den Fensterspalt hereinströmte, hatte eine beruhigende Wirkung auf Mordaunts Stirn. Für ihn ist es, wir sagten es bereits, die reinste Qual, wenn andere so rücksichtslos sind, sich über ihre Maläsen auszulassen. Er schämt sich für sie, für ihr heulendes Elend, ihre trostlos herunterhängenden Augenwinkel, ihre gekränkte, lamentierende Prahlerei. Als sei Kranksein ein selbstgewählter Zustand, den sie zwar nicht wollten, der sie verdrießt und ihnen gleichzeitig ein Gefühl von Erhabenheit gibt, wie bei der Jungfrau Maria und ihrer unmöglichen Schwangerschaft.

Aber es ließ sich nicht vermeiden. Anna war in Fahrt, und er wusste, dass sie bis zur Erschöpfung weitermachen würde, außer es würden Tränen dazwischenkommen: Auf Tränen ist immer Verlass, die bringen selbst die gnadenloseste Jammerjule zum Schweigen. Ihm fiel auf, dass er die Fäuste im Schoß geballt hatte, aus Wut oder aus Angst, er wusste es nicht, denn seiner Erfahrung nach gab es dazwischen keinen nennenswerten Unterschied. In solch brenzligen Situationen wie dieser hier hatte er jedes Mal so einen irrsinnigen Drang zu lachen, dann war es ihm, als ob in seinem Innern eine große Blase immer weiter anschwoll und das Gas darin gleichzeitig immer stärker komprimiert wurde. Mürrisch schaute er auf die glänzende Straße vor ihnen und die durchnässten Felder ringsherum, wo die noch nicht geschmolzenen Hagelkörner wie Mottenkugeln im Gras lagen; im triefnassen Blattwerk der Birken glitzerte ein Sonnenstrahl. Für die Jahreszeit untypisches Wetter erinnert ihn immer vage an die vage Vergangenheit; wie das wohl kommt? Etwas von Frühling hat er jetzt, der Sommertag, so etwas Raues, Öliges, glatt wie ein frisch geschälter Stecken.

Da sprang auf einmal ruckend, schuddernd der große alte Motor an, und er kam wieder zu sich. Anna erzählte irgendwas von einer Wespe – hatte sie wirklich Wespe gesagt?

»Ich weiß nicht, was für eine Art«, fuhr sie ihn ungeduldig an, »eine Wespe halt, irgendeine tropische Art. Ich hab irgendwo was darüber gelesen, in einer Zeitschrift im Wartezimmer bei irgendeinem Arzt, und ich war weiß Gott schon bei einigen. Die sucht sich eine Assel oder so ein Krabbeltier, das etwa zehnmal so groß ist wie sie selber, und sticht dem Viech mit ihrem giftigen Dingsda, ihrem Fühler oder so, in die Stirn und lähmt es dadurch, und dann legt sie ganz schnell ihre Eier und packt sie in den Körper von der Assel. Und dann, bevor die Wirkung nachlässt, deckt sie sie mit Steinen zu –«

»Wer deckt was mit Steinen zu?«

»Na die Dingsda, die Wespe! Die deckt die ganze Assel komplett mit Steinen zu, die baut sie richtig ein, wie in so eine Mönchszelle, dass sie nicht wegrennen kann, bis sie wieder zurückkommt. Dann macht sie sich davon und lässt sie dort sitzen, lebendig begraben. Also die Wespe, die macht das. Nicht lange, und in der Kellerassel schlüpfen die kleinen weißen Wespenbabys und fangen an, sich von ihr zu ernähren, bei lebendigem Leibe.« Anna unterbrach sich, atmete tief ein, hielt einen Moment die Luft an und ließ sie in einem langen, absteigenden Seufzer wieder ausströmen. Sie starrte mit weit aufgerissenen Augen durch die Windschutzscheibe. »Stell dir das mal vor«, sagte sie, »stell dir mal vor, du wirst aufgefressen, von innen heraus.«

Er sagte nichts; er hatte nichts zu sagen. Anna startete den Wagen und manövrierte ihn zurück auf die nasse Straße, und dann fuhren sie mit quietschenden Reifen weiter.

»Ich möchte wirklich, dass du tust, worum ich dich das letzte Mal gebeten habe«, sagte sie. »Das ist mein voller Ernst.«

Fast schüchtern sagte sie das, zog dabei die Stirn kraus, warf ihr Haar zurück, räusperte sich. Er musste wieder daran denken, wie sie ihn gebeten hatte, sie zu schlagen, damals an jenem Nachmittag vor zig Jahren, wie sie ihm die Finger in seine nackte Schulter grub und er ihren Atem heiß an seinem Ohr spürte. Ungeduldig rutschte er auf seinem Sitz hin und her. Nicht, dass er ihr nicht glauben würde, wenn sie sagt, dass sie krank ist. Sie hat ihn überzeugt – er kann sie beinah sehen, die winzigen kleinen weißen Wespen dort in ihrem Kopf, wie sie sich gütlich tun an dem, was sie dort finden –, ach, hätte sie's doch nicht getan. Doch was sie da von ihm verlangt, das ist absurd, abscheulich und absurd. Wie kann sie sich erdreisten? Er ist gekränkt, zutiefst gekränkt.

»Ich würde wieder ins Gefängnis kommen«, sagt er sachlich. »Und diesmal käm ich nicht mehr raus.«

»Nein, nein. Ich hab alles geplant.« Jetzt lag die Straße vor ihnen im prallen Sonnenschein, und über jeder Pfütze waberten samtig schimmernde Nebelschwaden. »Dass du es warst, wird keiner wissen.«

Sie fing wieder an zu plappern; er versuchte nicht hinzuhören, tat es aber doch, allerdings nur mit halbem Ohr. Sie würde ihn wissen lassen, wann, zu welchen Zeiten sie an bestimmten Orten wäre, Zeitpunkt und Methode sollten ihm überlassen sein. Für die Öffentlichkeit wäre es ein zufälliger Angriff durch einen unbekannten Angreifer. Er sollte es ohne Vorankündigung tun – »ich möchte dich nicht kommen sehen« – und sauber bitteschön und zügig. Sie würde elegant gekleidet sein, in Scharlachrot, damit das Blut nicht zu sehr auffällt; sie wollte eine malerische Leiche sein. Oh, und noch was: bitte nicht erdrosseln, das erzeuge so einen gewissen Effekt, der äußerst unschön sei und peinlich, habe sie gehört. Sie warf ihm einen vielsagenden Blick über den Rand ihrer Brille zu, deren Gläser schwarz und glänzend waren wie Eulenaugen. »Versprochen?«

Er würde ihr überhaupt nichts versprechen. Kommt ja gar nicht infrage, wie konnte sie so was von ihm verlangen?

Denn sie meinte es todernst, das war ihm klar. So gern sie sich sonst auch flatterhaft und verspielt gab, in diesem Augenblick war sie so, wie sie wirklich war.

Sie kamen an einem Bauernhaus vorbei. Hinten im Hof auf einer Wäscheleine hingen Kleidungsstücke, warfen die Beine in den Wind, ganz bei sich, wie Revuegirls im Korsett. Er dachte an Ivys Wäscheleine im Badezimmer; darum würde er sich kümmern, sobald er wieder zu Hause war. Er würde die Treppe hochlaufen, die Badezimmertür aufreißen, die Schnur packen, sie vom Nagel rupfen, sie zusammenrollen und mitsamt Ivys Schlüpfer, ihrem Unterrock und ihrem dreckigen, halb aufgeräufelten Strumpf in die Toilette stopfen. Genau das würde er tun.

»Zuerst werde ich blind«, sagte Anna, den Blick auf die Straße gerichtet, »links seh ich jetzt schon kaum noch was, da, wo der Fleck drin ist. Dann verliere ich das Gedächtnis und werde keinen mehr erkennen, und am Ende werde ich auch nicht mehr wissen, wer ich selber bin.« Sie hielt inne, nickte langsam, die Lippen fest zusammengepresst, gleichsam als Selbstbestätigung. »Tiere sterben mit offenen Augen, hast du das gewusst? Wir sind die Einzigen, die es nicht ertragen, das Unausweichliche zu sehen. Wenn du dich von hinten anschleichst und mich überraschst, dann bin ich weg, eh ich noch dazu komme, die Augen zuzumachen, das kannst du mir doch garantieren, oder?«

Sie hatten den höchsten Punkt des Anstiegs erreicht und sahen vor sich ein sich fächerförmig ausbreitendes Tal mit einem Schachbrett aus Feldern, Höfen, geduckten Wäldern und grasbewachsenen Wegen, die zu hohen Toren führten; mitten hindurch zog sich ein Fluss, wie eine dahinmäandernde Naht aus Quecksilber; der Himmel war nach seinem Wutausbruch eisblau und übersät mit kleinen dicken, flauschig-weißen Wolken.

»Und überhaupt«, stieß Anna greinend wie ein kleines Kind hervor, »das ist doch nicht zu viel verlangt. Und außerdem, es wär ja nicht dein erstes Mal.«

Er verhakte die Finger so fest ineinander, dass die Gelenke knackten.

»Ich würde meinen, dass du meinen würdest, einmal reicht«, entgegnete er in sonorem Anwaltston. Euer Ehren, wenn Sie wollen, dass ich dem Gericht erzähle –

Den langen Weg hinab ins Tal; diese Felder, diese Gehöfte.

»Denkst du manchmal noch an sie?«, fragte Anna.

»An wen?«

»Du weißt schon. Sie.«

Ja, er wusste Bescheid. Und ja, er denkt noch oft an sie, nicht mit Reue und gequält, so wie am Anfang, sondern beinah zärtlich, liebevoll melancholisch, als ob, als ob sie eine Tochter wäre, die er vor langer Zeit verloren hat. Ihre Augen, die ihn ansahen durch die blutverschmierten Strähnen. Einmal, in Marokko, hatte eine andere ihn auf genau die gleiche Weise angesehen, hinter einem Perlenvorhang, und ihn eingeladen, hatte Zärtlichkeiten gemurmelt in ihrer weichen, schleppenden exotischen Sprache, und er hatte kein Wort verstanden.

»Nach Möglichkeit denk ich an gar nichts«, sagte er.

Anna zündete sich eine weitere Zigarette an, eine Hand am Lenkrad, ein Auge geschlossen vor der flackernden Flamme des Feuerzeugs.

»Es ist dir ganz egal, was aus mir wird«, sagte sie.

»Nein.«

»Es hat dich doch nie wirklich gekümmert, oder?«

»Nein.«

»Nein, ich weiß schon, dass es dir egal war, egal ist.«

»Und warum hast du dann gefragt?«

»Weil ich dachte, du lügst mich an. Wenigstens das hättest du machen können. Es würde dich doch nicht umbringen, so zu tun, als ob.«

Es war, als streite sich ein Liebespaar.

»Was macht dein Knie?«, fragte er. »Tut's noch weh?«

»Meinem Knie geht es gut.«

Er erinnert sich an jenen Abend im Maghreb, in einer Villa am Meer, ein Zimmer mit geschlossenen Fensterläden und die zerschmolzene Sonne, die endlich untergegangen war, und der leise Wüstenregen, der verstohlen fiel und sein Bestes tat, um kein Geräusch zu machen und die beiden nicht zu stören in ihrer wonnigen Liebesmüh'. Die großen, trockenen, aufregend spröden braunen Lippen des Mädchens, die Zungenspitze eine feucht glänzende rote Perle, die Handflächen staubig rosa und rau wie Papier. Sie umarmte ihn ganz leicht, wiegte ihn wie ein Kind im Arm. Ist er jetzt, was er damals war? Das alte Rätsel.

»Mein Stock da hinten«, sagte Anna und deutete mit dem Kinn hinüber, »damit könntest du es tun.«

»Was?«

»Mein Stock. Mein Krückstock.«

»Zu leicht.«

»Dann streng dich halt mehr an.«

»Sei nicht so vulgär.«

Sie lachen beide matt.

»Ich habe etwas«, sagte Anna plötzlich, »da würdest du dir alle Finger danach lecken. Etwas Wertvolles.«

»Was denn?«

Sie lächelte ihr Katzenaugenlächeln. »Das möchtest du wohl gerne wissen.«

»Ja, möchte ich.«

»Ach, plötzlich hab ich dein Interesse. Wir sind wohl knapp bei Kasse, was? Ohne Moos nix los, oder?«

»Sag schon.«

Wieder ein Bauernhaus, wieder ein Hof, ein Obstgarten dahinter. Hier leben und ein Niemand sein, die Vögel zwitschern im Morgengrauen, die Kühe muhen in der Abenddämmerung. Eine Welt für sich, abseits, abgeschieden.

»Kennst du das Original von Adams berühmtem Traktat, seiner Doktorarbeit oder was es war?«

Wasserglas. Warum fiel ihm jetzt dieses Wort ein?

»Du meinst, das Manuskript, die Brahma-Theorie? Das handschriftliche?« Er wandte langsam den Kopf und sah sie ungläubig an. »Du willst mir doch nicht sagen, du hast –?«

Sie nickte kurz und eifrig, schaute nicht zu ihm hinüber, sondern durch die Windschutzscheibe, und lächelte mit fest zusammengepressten Lippen, wieder wie ein spitzbübisches Kind.

»Ja, ich hab's behalten«, sagte sie. »Ihm war's egal – ich glaub, er hatte ganz vergessen, dass ich es noch hatte.« Sie hielt inne, kniff wieder die Augen zusammen, immer noch lächelnd, den Blick immer noch starr nach vorn auf die Straße gerichtet. »Es muss wahnsinnig viel wert sein. Komm doch mal nach Whitewater und schau's dir an. Aber du darfst mir nicht sagen, dass du kommst. Du musst mich überraschen. Ich werde ganz in Rot sein, und du in deinen Mördersachen.« Jetzt wandte auch sie den Kopf und sah ihn an, und ihre Augen blitzten vor gleichsam manischer

Fröhlichkeit. »Du hast das doch schon mal gemacht, bist gekommen, um was Kostbares zu stehlen, und hast dann ein Mädchen abgemurkst. Weißt du nicht mehr?«

Sie solle ihn zurückbringen nach Arden House, sagte er. Sie hielt vor dem überdachten Tor. Wortlos stieg er aus und knallte die Tür zu, gab vor, die beiden dicken Tränen nicht zu sehen, die wie zwei Perlen aus irgendwas in ihren nachlassenden Augen bebten, während sie immer noch lächelte und lächelte.

Wasserglas: wie Perlen aus Wasserglas.

Helen, die Hausherrin, rennt sich buchstäblich die Hacken ab. Also nicht wortwörtlich. Sie rennt eh nicht viel. Auch würde sie wohl ungern Hausherrin genannt werden, weder dieses Hauses noch irgendeines anderen, sieht man doch dabei gleich die Hausfrau vor sich – mit Kopftuch, Wischlappen, Abwaschwasser. Und außerdem, die alte Mrs Godley, ihre Schwiegermutter, ist ja noch unter uns, die waltende Witwe, wenn auch schon tatterig, und rennen tut selbst Ivy Blount hier mehr im Haus, als Helen es je tat. Doch heute Vormittag ist sie bestens gerüstet für das, was ansteht, ganz wie ein Handwerksmann, nein, eine Handwerksfrau. Die Party muss vorbereitet werden. Sie trägt eins von Adams großen weißen Hemden, das ihr viel zu weit ist, sodass man denken kann, es sei ein Malerkittel, darunter Jeans oder auch einen Overall, so heißt das doch, oder eher eine Latzhose, so sagt man wohl dazu – mit weitem Bein und locker sitzend ums Gesäß, über den Schultern breite Träger, ein angeschnallter Latz. Dies wenig schmeichelhafte Outfit macht sie in meinen Glotzaugen irrsinnig begehrenswert. Schon allein das Unförmige dieses Gewands, in dem die Umrisse ihrer Figur nur zu erahnen sind, lässt meine Fantasie losrattern wie eine Dampfmaschine, bei der die Kolben dröhnen und die Rohre glühen. Sie hat ihr Haar zurückgebunden und trägt kein Make-up, was mir sagt, dass ich für sie nur so ein ausgelatschtes altes Etwas bin, der Schlosseunuch, harmlos wie ein alter Tattergreis und ganz gewiss nicht einer, für den sie sich erst groß in Schale werfen muss. Ich betrachte ihre Füße in den Sandalen mit dem Zehensteg und entdecke, dass der Lack an ihren Zehennägeln abgeplatzt ist – noch so ein Indiz für Schlampigkeit, das mich, gepaart mit diesem weiten Hemd und diesen jeansartigen Dingern, an eine wilde Range auf einem Floß erinnert: Ach, meine Huckleberry Helen. Wie weit doch das Begehren reicht.

Doch heute hat sie viel zu tun, so viel zu tun, und leuchten tut sie, dass mir richtig schwindlig wird. Seit dem frühen Morgen telefoniert sie mit dem Metzger, mit dem Bäcker, mit dem Mann, der das Gemüse bringt im Lieferwagen. Und Ivy Blount hat sie zuerst umschmeichelt und dann angeherrscht, damit sie einen Kuchen backt, und Adam hat sie in die Stadt geschickt, eine Kaskade Weine kaufen, Roten, Weißen, Schaumwein und Rosé. Es läuft doch alles, denkt sie, wie geschmiert. Alles.

Draußen ist es warm, im Fenster ihres Arbeitszimmers, wie sie es gern nennt, baumelt ein großer, luftiger Käfig aus Sonnenlicht. Es ist ein niedriger brauner Raum, in dem früher der Landpfarrer am Sabbatabend seine Predigten verfertigt hat. Dies hier ist ihr Privatgemach, und ich habe das Privileg, dass ich hier sein darf. Ich sitz an einem kleinen runden Tisch und pale Erbsen in eine Kupferschüssel, während sie an ihrem unaufgeräumten Rollschreibtisch sitzt, der in hauchzartes, grünlich schimmerndes Licht getaucht ist, das vom Garten her durchs Fenster fällt. Sie hantiert mit dem Telefonhörer wie mit einer Hantel. Nach jedem Anruf schreibt sie die Bestellung in ein Schulheft, beugt sich tief übers Blatt und blinzelt, denn sie sieht schlecht, genau wie ich; als mir das erstmals auffiel, wurde mein Herz, eines Liebenden Herz, erneut von einer großen, heißen Welle von Zärtlichkeit und Mitleid überrollt. Natürlich ist sie zu eitel, um eine Brille zu tragen. Hin und wieder blickt sie auf und lächelt mir mit ihrem schiefen Lächeln zu. Ich bin ihr Liebessklave, was sie, wie ich weiß, nicht ohne Wohlgefallen registriert und wunderbar possierlich findet. Unnötig zu sagen, dass ich ihr meine Leidenschaft nicht gestanden habe – da würde ich zuvor tot umfallen und tu's vielleicht auch so –, aber sie kann sehr deutlich sehen, wie es um mich steht: daran, wie meine Schultern hängen, daran, wie mir die Hände zittern, wenn sie in der Nähe ist, an dem schwermütigen Blick in meinen liebeskranken Augen. Ich frage mich, ob wohl die anderen im Haus schon wissen, wie sehr ich ihr verfallen bin. Ob es ihr Mann bemerkt hat? Ob Ivy Blounts finsterer Untermieter meinem Geheimnis auf die Spur gekommen ist? Ich habe die schreckliche Befürchtung, dass es vielleicht gar kein Geheimnis ist, für niemanden. Wer weiß, vielleicht bin ich längst das Gespött des ganzen Hauses. Aber was kümmert's mich?

Durchs Fenster sehe ich ein kleines leuchtendes reinweißes Wattewölkchen, das ganz allein im Blau schwebt, und denke mir, es ist der letzte Atemzug von einem gespensterdünnen Jüngling, einem Kind der Poesie, das sich vor einem Augenblick auf eine Couch gelegt und seinen stillen Atem in die Luft gehaucht hat. Eine Fliege landet auf dem

Tisch und steht mir gegenüber, stützt sich auf vier wackelige Beine und reibt die Vorderfüße kräftig aneinander, als würde sie sich waschen. Hübsche Geschöpfe sind das, die Stubenfliegen, ihre gepanzerten Flanken nicht schwarz, wie sie dem denkfaulen Beobachter wohl erscheinen mögen, sondern von einem spröden, leuchtenden Buntglasblau, die Flügel wie Tinte im Wasser und ihre Augen rot wie Hagebutten; immer aktiv sind sie, immer beschäftigt mit sich selbst, mit Reiben, Kratzen, Lecken. Fliegen, die wir so nebenbei erschlagen, ohne uns darum zu kümmern, welch fein verflochtene Daseinsnetze wir damit zerreißen.

Helen steht auf, nimmt die Weinflasche vom Fensterbrett, schenkt sich nach, kommt lässig zurückgeschlurft und setzt sich an den Tisch, mir gegenüber. Ich rieche den Wein in ihrem Atem, scharf und sauer, mit einem Hauch von Zitrusfrüchten. Sie hat mir keinen angeboten. Sie denkt, ich finde es nicht gut, dass sie so früh am Tag schon trinkt, und sie hat recht.

Die Wolke ist noch immer da, sehen Sie nur, sie hat sich nicht bewegt, bloß die Konturen sind jetzt aufgeweicht, sie hat sich aufgeplustert, gleicht nun eher einem Kissen als einem ersterbenden Atem. Es gibt gewisse Sommermorgen, ruhig, mit einer körnigen, diffusen Helligkeit und dem Gefühl von glühend roten Höhen und weiten in der Luft flirrenden Schluchten, Morgen, die es fertigbringen, für mich die Kindheit wieder auferstehen zu lassen, nicht die reale, die, in der ich einst herumgetappt und dann aus ihr hinausgestolpert bin, sondern die andere, die prälapsarische Version, die wir uns für uns selbst vorstellen, oder die ich mir für mich vorstelle, in der all das, was kommen sollte, in dunstiger Ferne mir vor Augen stand, ein schwebendes wattefarbenes Miasma aus Möglichkeit und Potenzial, und beides unleugbar.

Helen zündete sich eine Zigarette an.

»Sie wissen doch, dass er ein schrecklicher alter Lustmolch war, nicht wahr?«, sagte sie. Wir hatten uns in den Pausen zwischen ihren Telefonaten über ihren Schwiegervater unterhalten. »Ich hab genau gemerkt, wie er mich immer beobachtet hat und mir unter den Rock gucken wollte, selbst als ich guter Hoffnung war und dick wie 'n Sperrballon. Noch auf dem Sterbebett hat er's getan – als er angeblich im Koma lag, aber ich schwör's, dass ich ihn blinzeln sehen habe. Die Lider waren ein ganz klein wenig offen, und dazwischen, da war so ein grauenhaftes schleimiges Glänzen, als sei ihm eine Schnecke über die Augäpfel gekrochen.« Sie schauderte, zog die Schultern hoch, biss sich auf die Lippen und wackelte angewidert mit dem Kopf. »Dafür war er berüchtigt«, sagte sie, seufzte resigniert und trank einen Schluck Wein. »Brutaler alter Dreckskerl, der.« Sie hielt das Glas hoch und musterte es angewidert. »Das Zeug ist lauwarm.«

Ich fuhr mit dem Daumennagel an der Naht einer Schote entlang und riss sie auf, prasselnd wie Schrotkugeln hüpften die Erbsen in die Schüssel. Ich mag es nicht, wenn sie so über Adam Godley spricht, forsch, laut, mit funkelnden Augen. Nicht etwa, dass mich stören würde, was sie über ihn erzählt, aber die Art und Weise, wie sie es erzählt, passt nicht zu ihr. Sie hat die Angewohnheit, ihre sichelrunden scharfen Zähnchen zu zeigen, die sich im Unterkiefer vorn zusammendrängen, sodass ihr Mund fast wie ein Maul aussieht. Verzeihen Sie, ich sag nur, was ich sehe.

»Als er schon in den letzten Zügen lag, da hatte er noch

was mit einem Mädchen, gerade mal ein Viertel so alt wie er war die, wussten Sie das? Nein?« Sie klopfte mit der Zeigefingerspitze auf ihren Zigarettenstummel, ein Zentimeter Asche schwebte lautlos abwärts und landete auf dem Teppich zu ihren Füßen. Sie kann mitunter eine richtige Schlampe sein, stell ich mit Nachsicht fest. Die Filterlosen, die sie raucht, sind dick wie Tafelkreide und ganz bestimmt nicht gut für sie. Sie lachte hell und böse auf. »Sagen Sie bloß, Sie wussten nichts von dieser Kleinen in Venedig, die sich umgebracht hat, genau wie seine Tochter Petra, nur dass sie viel mehr Aufsehen erregt hat? – Also dieses andere Mädchen, meine ich.« Sie riss die Hand nach oben und ließ sie, einem Wasserspringer gleich, der einen Kopfsprung macht, an ihrer Schulter vorbei in hohem Bogen abwärts in die schwarzen Tiefen unter der Tischkante tauchen. Sie sah mich an, schüttelte langsam den Kopf und schnalzte mit der Zunge. »Sie sind mir ja ein toller Biograf.« Sie sog den Zigarettenrauch tief ein und kniff vor dem kräuselnden Qualm die Augen zusammen. Sie rutschte so weit nach vorn, dass die Tischkante gegen ihren Brustkorb drückte, und stützte schwer die Ellenbogen auf. »Na schön, dann werde ich es Ihnen mal erzählen«, sagte sie. Und das tat sie.

Frisch ausgepalte Erbsen haben so einen leisen Duft, der mich an den Geruch von Flieder erinnert, nassen Flieder, Flieder am Abend, nach dem Regen. Die Welt hat ihre geheimen Übereinstimmungen, die nicht immer rein zufällig sind. Wie wenig wir doch verstehen von den Dingen, den Wanderungen der Tiere, den scheinbar offenen Augen des Schäferhunds, hinter denen sich seine wirklichen verbergen, von den Schwärmen der Stare, von der kreisrunden Liebesblüte, die der japanische Kugelfisch so zärtlich in den Sand des Meeresbodens schreibt. Adam Godley selbst wäre der Erste, der das atemberaubende Maß unserer Unwissenheit zugeben würde, er, der angeblich alles weiß.

»Und aus war's mit dem Vögelchen«, schloss Helen, »dem allerletzten von der Vogelschar des alten Bocks.« Sie strahlte mich an; ihr Blick war mittlerweile leicht verschwiemelt; stimmt schon, sie sollte untertags nicht so viel trinken, wirklich nicht. »Na, ist das was?«

Geht es Ihnen auch so – jemand erzählt einem etwas Wichtiges, etwas, wovon man bisher keine Ahnung hatte, man ist ganz aufgeregt, und gleichzeitig denkt man, dass man das im Grunde lieber nicht gehört hätte. Ich hatte bereits ein Kapitel über Adam Godleys zahlreiche Liebschaften skizziert und war sicher gewesen, jede einzelne davon aufgespürt und tabellarisch erfasst zu haben, und nun kam die Nachricht von einer spät erblühten Leidenschaft, von der ich noch nichts wusste und der ich nachgehen musste. Verdammter Mist; noch ein Grund mehr zu zaudern. Helen hatte mir einen spitzbübischen Blick zugeworfen. Konnte ich ihrer Geschichte von dem Mädchen in Venedig und Godleys verhängnisvoller Vernarrtheit trauen? Helen war schließlich früher Schauspielerin, sie musste sich damit auskennen, wie Geschichten aufgebaut sein müssen und wie Plots zurechtgebastelt werden.

Mir wurde ein wenig schwindlig, wie ich hier saß, vor mir dieses überwältigende Geschöpf, zum Riechen nah. Ich stellte mir vor, wie wir beide jeweils an einem Ende einer Schiffschaukel saßen – wissen Sie noch, in unserer Jugend, diese Dinger auf dem Jahrmarkt? –, die mit jedem Schwung höher aufstieg und durch die Kraft des Aufschwungs mich zurückdrängte und derart einzwängte, dass ich, so nah ich ihr auch war, nicht einmal hoffen konnte, ihren Hemdsärmel zu streifen, geschweige denn den Arm um sie zu legen, als würde sie es zulassen, selbst wenn ich's könnte. Verstehen Sie mich nicht falsch, ich weiß schon, dass ich hier nur spiele, die Stunde ausschmücke, so wie gewiss auch Godley spielte mit seinem Mädchen damals in Venedig. Flieg hoch, du liebes Schaukelboot!

Von der Küche her, die ein Stück weiter hinten auf der anderen Seite des Flurs liegt, hörte ich die Hintertüre klappen, als ob jemand vom Hof hereinkommen wollte. Wir waren ganz still, Helen und ich, und sahen uns wortlos an. Wer immer auch da draußen war, es musste jemand sein, den wir kannten, irgendwer, der uns vertraut war, doch hätte unser Anblick auch vermuten lassen können, wir würden glauben, dass ein Räuber oder irgendein Ganove bei uns einbricht. Ich hörte mein Herz rasen. Ein winziges Kleckschen Sonne am Rand der Schale vor mir auf dem Tisch feuerte nach allen Seiten kupferfarbene Fäden aus Licht um einen Kern herum, der brodelnd in der Mitte siedete, wie eine Galaxie im Innern einer Galaxie. Ein Schrank ging auf, ein Wasserhahn wurde aufgedreht, wir hörten, wie das Wasser plätscherte. Tief in meinen Eingeweiden pochte etwas, oder vielleicht auch in denen von Helen, unmöglich zu sagen, was. Was war denn los, dass wir uns hätten fürchten müssen? Nichts, gar nichts. Wir waren zwei Kinder, die einander Angst einjagten, weil uns das Gruseln Spaß machte. Man kennt solche Momente, da man zurücklauscht, weit hinaus über die Kindheit, tief hinab bis in die Höhle, und da draußen, jenseits des Feuerscheins, das Gerücht von reißenden Bestien. Etwas dehnte sich zwischen uns aus, dehnte und dehnte sich immer weiter, und mir schien, als sollte ich ihr, meines Vaters Tochter, niemals wieder so nah sein, weder in diesem noch in einem anderen Leben, was für Geschöpfe wir doch sind. Helen, Helen, Helen, Helen die Vielstimmige, die Schiffe vom Stapel Lassende, Entmannerin der Männer.

Über den Flur näherten sich schnelle Schritte, und dann stand Adam in der Tür mit einer angeschlagenen weißen Tasse in der Hand. Er trug seinen blauen Fischerpullover, braune Kordhosen, schon ziemlich abgescheuert an den Knien, dicke Wollsocken und die üblichen Jesuslatschen. Als er mich sah, zog er ein finsteres Gesicht. Ich fürchte, der arme Kerl lebt ständig in heller Aufregung und Angst um seine impulsive und verspielte Frau, von Eifersuchtsgedanken gepeinigt, die er sich weder auszusprechen traut, noch wagt er, ihren dunklen Einflüsterungen Glauben zu schenken. Ich kann's ihm nicht verdenken, mir würde es genauso gehen. Ich frage mich jedoch, welche Bedrohung ich für ihn und für sein Eheglück wohl darstellen könnte, ich verstaubter alter Kauz mit meinem Bauch und meinem Mehrfachkinn, mit meinen ganzen Ticks und meinem Tatterich? Und trotzdem ist es so, dass selbst die Bleichenwangs auf dieser Welt einstmals bewundert wurden, und wer weiß schon, ob es diesem hier nicht auch noch mal so gehen könnte? Hab ich denn nicht, als ich ein Knabe war, mit weiter nichts als ein paar Gleichungen, quietschend auf einer Spielzeugtafel hingekritzelt, ein Rosenknospenkind erobert? Wahrlich, Master Adam, es gibt mehr Dinge in der Algebra als Eure Schulweisheit et cetera.

Ha!

Helen erkundigt sich bei Adam nach dem Wein. Ja doch, hat er besorgt, sagt er mit einem Anflug von Verärgerung.

Er hat ihn draußen gelassen, im Wagen. Er wird ihn später reinbringen. Er zieht ein mürrisches Gesicht, sagt nein, er hat sich mit dem Preis nicht übers Ohr hauen lassen. Er starrt auf die Tasse in seiner Hand, als habe er sie ganz vergessen, hebt sie zum Mund, trinkt von dem Wasser, das darin ist. Er starrt die Wand an, in seinem Unterkiefer zuckt ein Muskel. Sein Blick ist grämlich und verunsichert. Er sieht aus wie ein stämmiger Junge, der zum ersten Mal eine lange Hose anhat. Helen zwinkert mir vergnügt zu. Ihre Augen sind inzwischen ganz benebelt – die Flasche Chablis auf der Fensterbank ist zu zwei Dritteln leer –, gleichzeitig aber funkeln sie noch immer so verschwiemelt. Wie wär's, wenn ich von jetzt an jeden Satz, jeden einzelnen, bis zum Schluss, mit dem magischen Buchstaben *H* wie Helen begänne?

Ha.

»Ich hab ihm grad vom letzten großen Seitensprung von deinem Paps erzählt,« sagte meine Liebste in locker stichelndem Ton zu ihrem Mann. »Er hatte keine Ahnung von der ganzen Sache – ist das nicht zum Piepen?«

Adam sah mich an mit diesem Blick, der für ihn typisch ist: hündisch, beleidigt, traurig. Er denkt wahrscheinlich, ich war das, es ist meine Schuld, dass seine Frau jetzt halb betrunken ist, obwohl er weiß, dass sie das auch ganz gut alleine kann, ohne dass irgendwer ihr dabei hilft oder sie dazu anhält. Er tut mir leid, ganz ehrlich, auch wenn's nicht so aussieht. Helens verlorene Kinder waren ja auch seine, und er ist mit ihr verheiratet. Ja, und sie ist mit ihm verheiratet. Das ist halt Fakt, da hat man was zu kauen dran.

Er ging hinaus. Wir hörten, wie die Kühlschranktür geöffnet wurde, und wieder das Geräusch von etwas, kein

Wasser dieses Mal, das eingegossen wurde, gluck-gluck. Er kam mit einem Glas Milch zurück, das er beinah in einem Zug austrank – wie durstig er heut ist –, und warf den Kopf sonderbar vehement zurück, wie um auf etwas hinzuweisen. Er drehte sich zu Helen um, doch die jauchzte erfreut und klatschte in die Hände. »Schau dich mal an«, rief sie, »du hast ja einen Schnurrbart!« Sie lachte unsicher, schlug sich die Hand vor den Mund und stotterte irgendwas. Adam wischte sich mit dem Pulloverärmel den Milchbart von der Oberlippe. Helen sieht, wie niedergeschlagen und verärgert er doch ist, lässt mit gespielter Reue die Schultern hängen und macht ein tiefbetrübtes Clownsgesicht.

Ich weiß, ich sollte jetzt vom Tisch aufstehen und mich davonschleichen; ich habe es mir zur Regel gemacht, Szenen von ehelichem Unfrieden, selbst wenn sie lautlos sind, zu meiden. Helen sieht, dass ich den Gedanken fasse, sie reißt die Augen auf und wirft mir einen Blick zu, drohend, befiehlt mir wortlos dazubleiben. Adam trank seine Milch aus. Ich nehme an, er neigt dazu, sich schnell zu langweilen, genau wie ich, oder mehr noch dazu, selbiges zu fürchten, was genauso schlimm ist, wenn nicht schlimmer. Das wäre mindestens zum Teil eine Erklärung für jenen Hauch von traumverlorenem Kummer, der ihn stets umgibt. Vielleicht ist er aber auch gar nicht gelangweilt, sondern von Natur aus melancholisch; das bin ich auch, das müsste ich doch kennen.

»Ich hab was Ulkiges gehört über den Burschen, der bei Ivy wohnt«, sagte er und kam zum Tisch.

Er hat heute so einen merkwürdigen Gang, als ob er sich bei jedem Schritt gleich noch mal umdrehen und auf etwas reagieren will, das irgendjemand hinter seinem

Rücken sagt. Seine Körperfülle ist ihm eine Last, er probiert alles Mögliche, um besser damit klarzukommen, senkt den Kopf, knickt in der Hüfte ein, spannt die großen, runden, weich wirkenden Schultern an wie ein Kohlenträger, der sich einen zu schweren Sack aufhuckt. Er kann sich nicht wehren gegen sich selbst und die obskuren Qualen, die ihn plagen; ich stelle mir vor, dass seine Schwester, die Selbstmörderin, genauso war, eine reinere Destillation von ihm und seinen Schmerzen. Ich habe Fotos von ihr gesehen, von Petra, und von beiden zusammen, auf denen Bruder und Schwester sich kein bisschen ähneln. Ich stell mir vor, dass sie ihrem eigenen Geist im Leben ähnlicher gewesen ist als jetzt im Tod. Den hab ich nämlich vor kurzem gesehen, also ihren Geist, ich werde Ihnen gleich davon erzählen.

Adam taucht die Finger in die Schüssel vor mir, nimmt ein paar Erbsen, schiebt sie sich in den Mund und zerkaut sie. Er betrachtet den Tisch und den leeren Stuhl daneben. Ich halte inne und frage ihn ohne Rücksicht auf die Belanglosigkeit meiner Frage, ob er schon mal darüber nachgedacht habe, was für ein Leben so ein Stuhl wohl führen müsse. Sehen Sie ihn sich doch an, hockt den lieben langen Tag auf allen vieren da, als würde er Gehorsam leisten, und weiß die ganze Zeit, dass jeden Augenblick irgendein Arsch, ob mager oder fett, ob sauber oder nicht, dem's in den Sinn kommt, sich mal eben hinzusetzen, sich auf ihm niederlassen kann. Es müsste ein Ritual geben, ehe man sich setzt, zum Beispiel einen kleinen Knick, oder eine Art Kniefall mit emporgerecktem Allerwertestem. Das sind wir den leidgeprüften Lasttieren schuldig, die uns tragen, ohne je zu protestieren, höchstens, dass sie mitunter quietschen oder – in ganz seltenen Fällen – mal zusammenbrechen.

»Na los, erzähl schon«, drängt Helen ihren Mann.

Er hat aufgehört, über Stühle nachzudenken – hat er wirklich über Stühle nachgedacht? –, und setzt sich nun auf einen von denen, die am Tisch stehen, zwischen Helen und mich. Er schaut von ihr zu mir und dann wieder zu ihr. Macht ein verwirrtes, ein verwundertes Gesicht und legt die Stirn in Falten.

»Bei Walker's hat man über ihn geredet«, sagt er, »als ich den Wein geholt hab.«

»Wer ist ›man‹?«

»Ach, Frauen. Hausfrauen. Die wissen, dass er hier wohnt.«

»Ja? Und?«

Helen ist niemals so sehr Schauspielerin, wie wenn sie was getrunken hat. Sie hält das Rückgrat sehr, sehr gerade, reckt den auch so schon langen Hals und schafft es gar, ihre Pupillen weit zu stellen. Nun fällt ihr Blick auf ein abgebranntes Streichholz auf dem Boden, sie greift es geschickt mit der Kerbe unter ihrem großen Zeh und hebt es auf, hoppla, das schlaue Affenmädchen.

»Anscheinend«, sagte Adam leise und kratzte dabei bekümmert mit dem Fingernagel an irgendetwas Hartem, das an seiner Tasse klebte, »anscheinend ist er tatsächlich hier aus dieser Gegend, aber er ist nicht der, der er zu sein behauptet, und er heißt nicht Mordaunt.«

»Wusst ich es doch!«, krächzte Helen und schlug so heftig auf den Tisch, dass ihr Weinglas einen Hüpfer machte.

»– und er war im Gefängnis.«

»Auch das war für mich klar! Vom ersten Tag an, gleich, als er hier angekommen ist –«

Sie unterbricht sich und dreht sich triumphierend und

erfreut zu mir herum. Und es kommt mir vor, als ob ich irgendwo in weiter Ferne etwas leise läuten höre. Ich würde denken, dass mir bloß die Ohren klingen, doch dafür ist es zu weit weg, eine ferne Alarmglocke. Irgendwas braut sich zusammen, irgendwas ist kurz davor, preisgegeben zu werden. Kennen Sie das, wenn Sie bei Einbruch der Dunkelheit vor einem unbeleuchteten Schaufenster stehen und die Schemen der Menschen, die hinter Ihnen auf dem Bürgersteig hin und her gehen und sich in dem dunkel schimmernden Glas vor Ihnen spiegeln, miteinander verschmelzen und übergehen in eine unbewegte, tiefenlose Schattenebene – wie – wie ich weiß nicht, was. Aber genauso geht es mir jetzt, während ich darauf warte, zu erfahren, was Adam uns sonst noch zu sagen hat.

»Sprich weiter«, drängte Helen wieder, »sprich weiter.«

Adam zuckte die Achseln.

»Sie haben gesehen, dass ich lausche, die Frauen, und da haben sie aufgehört«, sagte er. »Du weißt ja, wie sie sind.« Er hielt inne und sah uns beide wieder an. »Ich werde ihm wohl sagen müssen, dass er gehen soll.« Er seufzte. Er hasst Konfrontationen.

Und ich? Was soll ich davon halten? Ich dachte, ich hätte alles im Griff, und nun löst das Gespinst sich an den Rändern auf. Wenn ich an einem Fädchen ziehe, wird dann alles auseinanderfallen? Ich werde müde, wenn ich daran denke.

Die Jahre hinter Gittern hatten Felix Mordaunt von dem Verlangen nach Besitz geheilt, genauer gesagt, er selber hatte sich davon geheilt. Billys Zellenseite sah aus wie die Hütte eines Cargo-Cult-Anhängers, ein immer weiter anwachsendes Sammelsurium seiner Kostbarkeiten, darunter ein in Kunstleder gebundenes Album mit bis zur Geisterhaftigkeit verblichenen Schnappschüssen von seiner Familie und von ihm als jungem Mann sowie die elegante grasgrüne und wundervoll detailliert modellierte Lokomotive von Hornbys Flying Scotsman und, um die Gitterstäbe am Kopfende seines Bettes gewunden, ein Rosenkranz mit einem grünlich weißen, im Dunkeln leuchtenden Christus am Kreuz. Auch war die Wand neben seinem Bett von oben bis unten mit Pin-ups bepflastert, wobei das größte, das den Ehrenplatz einnahm, ein schwarz-weißes Hochglanzporträt von Ingemar Johansson war, auch Thors Hammer genannt; für Billy, seinen glühenden Bewunderer, war dieser Mann der bestaussehende Weltmeister im Schwergewicht. Da er das Zartgefühl seines Zellengenossen nicht verletzen, oder besser, ihn nicht provozieren wollte – denn wenn man Billy reizte, konnte er sehr gefährlich sein –, blieb Mordaunt nichts weiter übrig, als dieses ganze Zeug zu tolerieren. Seine eigene Zellenhälfte war genauso kahl wie der Besucherraum des Gefängnisses. Das Einzige, was er dort präsentierte, waren eine kleine elektrische Uhr und ein Kalender, Ersteres, um die Zeit zu messen, Letzteres die Dauer. Am Anfang hatte er eine Kunstpostkarte von Vaublins *Porträt einer Dame mit Handschuhen* unter seiner Matratze versteckt, die Anna Behrens ihm zum Haftantritt geschickt hatte. Er wusste selbst nicht, warum er es für nötig hielt, die Karte zu verstecken. Auf die Rückseite hatte Anna ›Grüße von deiner alten Flamme‹ geschrieben, was ihm zunächst wie eine Geschmacksverirrung vorkam, die ihr gar nicht ähnlich sah, bis ihm schlagartig klar geworden war, dass sie damit nicht sich selbst meinte, sondern die armselige Frau auf Vaublins Bild. Da zerriss er die Karte und warf sie ins Klo. Er musste viermal spülen, weil die Pappefetzen immer wieder hochkamen, und als sie endlich alle weg waren, merkte er, wie er schwitzte und wie ihm die Hände zitterten. *Nicht,* hatte das Mädchen, die Frau, das Hausmädchen gesagt, damals an jenem Sommertag vor langer Zeit, mit eigenartig fester, klarer Stimme, in dem Moment, bevor er, Thor der Schreckliche, ihr den ersten Schlag mit dem Hammer versetzte, überm linken Auge war's, direkt am Haaransatz. Er hatte diese Stimme oft im Traum gehört, wie sie ganz ruhig immer dieses eine Wort aussprach, wieder und wieder, aber jetzt nicht mehr. Die Zeit dämpft alles und bringt es zum Schweigen.

Seit er wieder auf Coolgrange ist, oder seit er hier in Arden ist – er hat es mittlerweile aufgegeben, sich das Hirn darüber zu zermartern, wo er jetzt genau sein soll, und nennt das Anwesen Coolarden oder Ardgrange, wenn er es überhaupt irgendwie nennt –, hat er wieder angefangen, Dinge zu sammeln, Schmuck und Kleinigkeiten, die er hier und da im Haupthaus aufgestöbert und mitgenommen hat und sie in allen möglichen Verstecken in seinem Zimmer oben über Ivy Blounts Küche verbuddelt. Zum Beispiel einen Drehbleistift aus altem Silber, das sich seidig anfühlt und auf dem die Initialen A. G. eingraviert sind, den hatte er zufällig auf einem Bord im Esszimmer entdeckt, wo ihn jemand in ein kristallnes Whiskeyglas gestellt und dort vergessen hatte. Zufällig entdeckt stimmt nicht ganz, hatte er doch genau so was gesucht, etwas, das personalisiert und einzigartig war und reif, entwendet zu werden. Auch einen Apostellöffel hat er, sehr hübsch, obschon vom langen Gebrauch so abgegriffen, dass die Figur oben am Stiel, die die zerbrechlichen Arme vor der Brust verschränkt hat, weniger wie ein Apostel als wie der mumifizierte Überrest eines Miniatur-Pharaos aussieht; die Schale hat hinten drei winzige Punzen eingestempelt, deren eine die Zahl 925 umschließt, während die zweite eine Tudor-Rose zeigt und die dritte einen stilisierten Leoparden, der einen unglaublich langen, peitschenartigen Schweif schwingt. Diese Zeichen waren nur mit einer Lupe zu erkennen, und nach langer, frustrierender Suche hatte er auch eine gefunden, nämlich in dem Raum dort im Obergeschoss, in dem sie Godleys Witwe halten. Die Lupe war nicht groß, aber schwer, mit dicker Linse und einem Stiel aus Bein. Die alte Frau, die unter ihrem Hügel auf dem Diwan kauerte, hatte ihn sofort gehört, als er über die Schwelle trat, und sich augenblicklich aufgerichtet, wachsam und scharfsichtig. Weder schien sein Eindringen sie erschreckt zu haben, noch schien es sie zu stören. Sie beobachtete ihn mit vogelhafter Aufmerksamkeit, den Kopf zur Seite geneigt, während er sich leise im Zimmer hin und her bewegte, Schränke öffnete und sich auf ein Knie niederließ, um unters Bett zu schauen. Schließlich fand er die Lupe; sie steckte an der Seite des Diwans, auf dem die Frau hockte, in einer Polsterfuge. Er fragte sie höflich, ob er sie sich ausleihen dürfe, aber sie sagte nichts, sondern starrte ihn nur weiter aufmerksam an, als gehöre er zu einer seltenen und faszinierenden Spezies, die sie noch nie gesehen hatte. Danach hatte er sich vorgenommen, ihr noch einmal einen ausführlicheren Besuch abzustatten, aber irgendwie war es nie dazu gekommen. Die Godleys sprachen nicht von ihr, jedenfalls nicht, wenn er dabei war. Ihm kam der Gedanke, dass sie vielleicht ein Geist sein könnte, den seine überhitzte Fantasie ihm aus dem Totenreich heraufbeschworen hatte. Warum nicht? So viel sonderbarer wär das auch nicht als alles andere, was einem hier in diesem sonderbaren Reich begegnen mochte.

Die erlesensten Stücke seiner Sammlung befanden sich in einem ovalen Kästchen aus poliertem Holz, das die Farbe von dunklem Honig hatte und dessen Deckel aus Japanglas an einem einzelnen winzigen, zierlich gearbeiteten Messingscharnier befestigt war. Er hatte es in einer Schreibtischschublade im Himmelszimmer gefunden, bevor man den Raum Jaybey, dem jetzigen Bewohner, zugewiesen hatte. Die Lade klemmte, und er hatte – zähneknirschend und fluchend – frustrierende fünf Minuten gebraucht, um sie mithilfe eines stählernen Brieföffners aufzustemmen. Als er den Deckel öffnete, überkam ihn kurz ein merkwürdiges Gefühl von weihnachtlicher Aufgeregtheit. In dem Kästchen befanden sich zwei pralle Perlen, die auf einem Bett aus schwarzem Samt nebeneinanderlagen. Sie waren nicht rund, sondern tränenförmig, und hatten einen intensiven, leicht ins Rosé gehenden Schimmer. Er hatte keine Ahnung von Perlen, hielt diese hier aber für echt. Sie waren alt und offensichtlich einmal sehr teuer gewesen. Doch wem gehörten sie, dass man sie in eine Schublade gelegt und dort vor wer weiß wie langer Zeit vergessen hatte? Der alte Adam Godley hatte seine letzten Monate im Himmelszimmer zugebracht, reglos und im Koma, doch dass sie ihm gehörten, war wohl eher unwahrscheinlich. Oder waren sie vielleicht ein Andenken an eine seiner vielen Liebesaffären? Egal, jetzt gehören sie Mordaunt, und er hängt sehr an ihnen.

Er verwendete stets große Sorgfalt auf die Überlegung, wo in seinem Zimmer er seine Schätze versteckte – die Perlen in ihrem Kästchen bewahrte er in einer flachen kleinen Vertiefung im Hutboden hoch oben im Dunkel des Kleiderschranks auf –, denn als verurteilter Mörder entlarvt zu werden, wär das eine, doch wenn man ihn für einen kleinen Dieb hielt, das wäre eine andere Sache. Ivy hatte sich von seinem Zimmer ferngehalten, seit sie einmal in der Annahme, dass er nicht da sei, den Kopf durch die Tür gesteckt hatte, um sich kurz umzusehen, und ihn erblickt hatte, wie er auf dem Bett lag, die Hose um die Knie schlackernd, mitten in einem zugegebenermaßen trägen Akt der Selbstbefleckung. Trotzdem traute er ihr nicht. Das nächste Mal würde sie sich vergewissern, dass er wirklich nicht da war, bevor sie sich hereinschlich, um zu schauen, wie es ihm ging und was er trieb. Und falls sie nach Belastendem suchte und etwas fand, würde sie es umgehend Adam Godley melden, oder seiner Frau, der alten Schnüffelnase. Das wäre peinlich. Er wusste, er sollte sich ein Schloss für seine Tür besorgen, aber aus einem ganz speziellen Grund hatte er eine Scheu vor Eisenwarenhandlungen, und außerdem war er kein Handwerker.

Die einzige kostbare Trouvaille, die er nicht versteckt hatte, war das Tonmodell eines chinesischen Drachen, jedenfalls hielt er es für einen Drachen, zweimal so lang wie hoch, grün, tiefrot und cyanblau glasiert, mit furchtbar scharfen Zähnen, zupackenden Augen und an der Spitze des nach oben gebogenen Schweifs einer, wie es aussah, aufgepfropften fünften Pfote mit sechs Zehen. Dieses furchterregende Tier hockte auf dem Sims des schlichten Kamins, von wo aus es von morgens bis abends mit bösem Blick ins Zimmer starrte, und manchmal, wenn er im Dunkeln aufwachte und der Mond im Fenster stand, sah er es dort im Schatten, bereit zum Sprung, mit riesigen Augen, zahllosen Klauen, unversöhnlich. Gefunden hatte er's im Erdgeschoss, dort in dem – seiner Ansicht nach – Salon, oder in einem der Salons da unten, einem muffigen, wenig einladenden Raum, wo es in einem verglasten Bücherschrank ohne Bücher inmitten einer Menagerie ähnlicher Trophäen gelauert hatte, die alle gleichermaßen exotisch und abscheulich waren und ohne Zweifel Mitbringsel aus fremden Landen, angeschleppt von Ivy Blounts Forscher-Vorfahren. Helen Godley, die Schnüffelnase höchstpersönlich, hatte ihn sofort durchschaut, sie lachte schallend und mit rauchiger Stimme und erklärte, dass sie ihn gleich auf den ersten Blick für einen Dieb gehalten hatte, ja, einen Dieb und wer weiß was sonst noch für einen Schurken.

Er stand gerade in der Küche vor dem Abtropfbrett und putzte seine Schuhe, als er sie über den kiesbestreuten Hof kommen hörte. Er hat drei Paar sehr gute Schuhe, zwei braune und ein schwarzes, in einem früheren Leben für ihn angefertigt vom Schuhmacher John Lobb in London und bezahlt von Charlie French, einem lieben Freund aus jenen Tagen; der gute alte Charlie, Gentleman und heimliche Tunte. Er fragt sich, ob der Leisten, den Mr Lobb und seine Meisterschuster speziell für ihn geschnitzt hatten, wohl noch erhalten ist und in irgendeinem Kämmerlein in den Tiefen des Geschäfts in der St. James's Street verstaubt, zusammen mit Palmerstons Pantoffeln und den Stiefeln des Herzogs von Wellington. Die Schuhe sind gut erhalten, da er sie zuletzt nur noch bei seinen Wochenendausflügen gegen Ende der Haftzeit getragen hatte, während er im Gefängnis selbst mit Holzpantinen auskommen musste. Er putzt die drei Paare abwechselnd alle drei Tage, egal, ob sie es nötig haben oder nicht; den Lebenslänglichen erkennt man an den kleinen Ritualen, die er einhält. Dieses hier exerziert er immer in der Küche vor dem Abtropfbrett und kümmert sich nicht drum, ob ihn Ivy anherrscht, was sie jedes Mal tut, und sagt, er möge das gefälligst draußen machen, auf der Hintertreppe oder auch im Schuppen hinter dem Gemüsegarten. Wenn sie ihn seine Bürsten, gamsledernen Tücher und Dosen mit speziell importierter Schuhcreme hervorholen sieht, springt sie stets auf, flink, als sei sie selber eine Gemse, kommt ihm zuvor und deckt das Abtropfbrett zum Schutz mit Zeitungspapier ab. Trotzdem lässt er es sich nie nehmen, auf der Ausgusskante und vorne auf dem Rand des Abtropfbretts ein paar schöne dicke Schuhcremeschlieren zu hinterlassen. Das ist eines seiner Mittel, sie zu ärgern, aber sie erträgt es wortlos, aschfahl im Gesicht, so wie sie alle seine Provokationen erträgt.

Eines Abends nach dem Abendessen, als er zu viel vom Roten getrunken hatte – er stibitzt ihn im Haupthaus, was keinem aufzufallen scheint –, sagte er zu ihr, sie könnten direkt ein Ehepaar sein, so abgrundtief, wie sie einander hassten. Ihre Reaktion war verblüffend. Ihr Gesicht verzerrte sich auf äußerst merkwürdige Weise, sodass er dachte, sie bricht gleich in Tränen aus. Stattdessen rannte sie zur Hintertür hinaus, hochrot und mit total verquollenem Gesicht. Unmöglich, diese Frau. Er muss hier nicht bleiben, er könnte auch woanders leben, in Whitewater bei Anna Behrens zum Beispiel, sie würde ihn ganz sicher aufnehmen, ihren potenziellen Henker. Aber Ivy in den Wahnsinn zu treiben, ist sein Hobby geworden, ein kompliziertes Spiel, wie Schach spielen gegen sich selbst, das er mit Raffinesse spielt und mit dem Einfallsreichtum eines Großmeisters. Die Wahrheit ist, ohne sie wäre er nichts.

Die Hintertür stand offen, und als Helen im Türrahmen erschien, dachte er zuerst, es sei Ivy, und drehte sich mit finsterer Miene vom Abwaschbecken um, in einer Hand die Schuhbürste und in der anderen einen großen schwarzen Budapester. Helen sah ihn an und klopfte mit dem Fingerknöchel an die offene Tür. »Jemand zu Hause?« Sie musterte ihn unverhohlen von oben bis unten. Er trug eine von Ivys Schürzen, kurz, gerüscht und jakobsmuschelförmig. »Steht Ihnen gut, das Schürzchen«, sagte sie. Vorhin hatte es geregnet, aber nun schien die Sonne wieder, und in Helens Rücken glitzerte alles grün und erinnerte ihn lebhaft daran, wie er hier angekomen war, vor einer Ewigkeit. »Darf ich?«, sagte sie und trat an ihm vorbei durch die Tür, wobei sie ihn am Ärmel streifte. Sie trug ein weißes Kleid aus leichtem Leinen, das von einem Gürtel zusammengehalten wurde und die Knie und die glänzenden Schultern freiließ, dazu Pumps mit Riemchen überm Spann und eine Perlenkette. Das Haar war offen, im Gegenlicht bildete es eine goldene Aureole um ihren Kopf. Ein leiser, müder Seufzer entschlüpfte ihm. Er war zwar schon seit langem nicht mehr in der Welt, doch trotzdem sah er es sofort, wenn Ärger drohte.

Jetzt sitzt er nackt auf dem Bett, ein paar Kissen im Rücken, mit verschränkten Armen und gekreuzten Beinen. Ihm gegenüber befindet sich ein kleines quadratisches Fenster, das einzige im Raum, das unten von einer aufrecht stehenden Wäscheklammer ein kleines Stück offen gehalten wird. Durch den Spalt weht frische Luft herein und bringt einen Duft nach Gras und Lehm und von der Sonne gewärmten Bäumen mit sich. Sie gelangt bis an das Bett und streicht über ihn hinweg, kühl und glatt wie Satin, kitzelt seine Zehen und macht, dass sich die Härchen auf seinen Armen aufrichten. Sommer. Er mag den Blick aus dieser Position und sitzt am Morgen oft hier und schaut zu, was das Wetter mit der Landschaft anstellt. Das wollige Laub und die sanft geschwungenen Hügel erinnern ihn an eine Radierung von Samuel Palmer, *The Weald of Kent* zum Beispiel, oder *The Timber Wain,* mit diesen herrlich schiefen Bäumen, die der gute Samuel so liebte. Nahebei sieht er eine Ecke vom Dach eines der alten gemauerten Ställe und das Tor und hinterm Tor das kleine Eichenwäldchen, und der helle, pulsierende Streifen dort am Horizont, das ist die See. Der kühle Schleim in seinem Schoß ist irgendwas aus der

Vergangenheit, eine Erinnerung an andere Schlafzimmer an anderen Nachmittagen. Wann war eigentlich das letzte Mal, dass er –? Er kann sich nicht erinnern. Doch, kann er. Mit Anna Behrens war das, als er auf der Flucht war und sie ihn ausfindig gemacht hatte in seiner Höhle, oder vielleicht hatte er sich auch bei ihr gemeldet, er weiß nicht mehr, alles so lange her. Aber wie hatten sie das hinbekommen, wo war es, dass sie beide –? So viele Dinge, die er vergessen hat, so viele Dinge, die ihm entfallen sind, wie Münzen durch ein Loch in seiner Tasche. Einfach weg, und er hat's nicht mal klimpern hören, als sie rausgefallen sind.

»Ich hab gehört, du hast Besuch gehabt von so 'ner Schickse mit 'nem dicken Schlitten«, sagte Helen, als ob sie seine Gedanken gehört hatte. »Das hast du aber sehr diskret behandelt.«

»Meine Sache, Madam«, antwortete er forsch und grinste. »Nicht deine.«

Sie lag bäuchlings auf dem Bett, auf die Ellbogen gestützt, die prallen Brüste zwischen ihren Unterarmen eingeklemmt, und hob ihm das Gesicht entgegen. Sie rauchte eine Zigarette. Das Licht vom Fenster hinter ihr glühte auf ihren nackten Schultern und zeichnete zwei Kränze in den weichen Flaum auf ihren runden Hinterbacken. Sie sah aus wie eine jener starkhalsigen präraffaelitischen Schönheiten. Es war ihm gar nicht aufgefallen, dass sie so sehr seinem Geschmack entsprach. Wie schlecht er sich doch selber kennt.

»Und von wem hast du das gehört?«, fragte er.

»Von Duffy.«

Der schon wieder.

»Du bist wohl echt ein stilles Wasser, wie?«, sagte Helen,

der Rauch ihrer Zigarette quoll ihr aus den Mundwinkeln. »Wie heißt du eigentlich richtig?«

Er gluckste. »Und dein Blond ist echt?«

»Selbstverständlich.« Sie rollte sich zur Seite und hob die Hüfte an, damit er nachsehen konnte. »Wie du sicher schon bemerkt hast.«

An jenem ersten Tag, als Anna Behrens ihn gebeten hatte, sie zu töten und er es abgelehnt hatte, da hatte sie geschluchzt wie ein verlassenes kleines Mädchen. Wenn sich die Leute etwas in den Kopf gesetzt haben, kann man nichts mehr mit ihnen anfangen, einfach gar nichts.

»Und wenn meine Vermieterin zurückkommt und dich hier findet?«, sagte er.

»Ivy? Die kommt nicht. Ich hab ihr Geld gegeben, dass sie sich in der Stadt die Haare machen lässt. Die brauchen garantiert den halben Nachmittag, bis sie den ganzen Filz entwirrt haben.«

»Du hattest also alles geplant.«

»Was – alles?«

Er sah erst sie an und dann sich. »Das hier.«

»Na ja, es war doch klar, dass du nichts unternehmen würdest.«

»Und dein Mann –«

»Lass meinen Mann aus dem Spiel. Red nicht von meinem Mann.«

Sie schnippte einen Wurm aus Zigarettenasche aufs Laken, spitzte die Lippen und pustete ihn weg. Der Wurm rollte zum Rand der Matratze und blieb dort liegen, sie pustete noch einmal, kräftiger, da rollte er erneut ein Stückchen weiter, fiel zu Boden und zerstob in einem Schwall von weichen grauen Flöckchen.

»Ich kannte einmal einen Mann«, sagte er nachdenklich, »der hat seine eigene Tochter verkauft. Sie war damals noch ein Kind.«

Helen machte eine Schnute und zog angewidert die Nase kraus. »Und wieso hat er das getan?«

»Wird wohl Geld gebraucht haben, nehm ich an. Er war drogensüchtig, oder Alkoholiker, ich weiß nicht mehr genau, welches von beidem. Vielleicht auch beides, würde mich nicht wundern. Zehn Jahre später war er in einem Bordell und merkte, die junge Frau, mit der er gerade Sex gehabt hat, das war sie.«

»Die Tochter?«

»Die Tochter.«

Sie zog an ihrer Zigarette und dachte ein paar Augenblicke wortlos nach. »Nette Leute hast du um dich«, sagte sie. »Wie konnte er denn wissen, dass sie es war?«

Er zuckte die Achseln.

»Das hab ich nicht gefragt. Hat ein Muttermal wiedererkannt oder so was, nehm ich an.«

»Und hat sie gewusst, wer er war? – Hat sie ihn erkannt?«

»Das hat er nicht gesagt. Pender hat er geheißen. Seanie Pender. Er ist gestorben. Keine Ahnung, wieso mir das jetzt eingefallen ist. Liebe, Schmutz, Sünde.«

Sie guckte mit weit aufgerissenen Augen vor sich hin, erschrocken, staunend über diese grauenhafte Sache.

»Das ist ja eine schreckliche Geschichte«, sagte sie. »Hättest du sie mir bloß nicht erzählt! Was mache ich hier überhaupt. Schmutz stimmt. Vom Alter könntest du mein Vater sein. Vielleicht bist du ja mein Vater und bist darum zurückgekommen.« Sie streckte die Hand aus, machte eine Kralle und kratzte ihm mit ihren Fingernägeln über die

Brust und durch das knisternde graue Haar. »Du bist ein böser Mann. Das wusste ich sofort, als ich dich neulich an dem Morgen auf dem Hof gesehen habe, wie du da standest, du und der Hund, beide mit dem Blick zum Mond.«

»Und trotzdem bist du hier.«

Wieder zog sie einen Flunsch.

»Du solltest das nicht tun«, sagte sie.

»Was denn.«

»Du solltest nicht so lächeln. Da krieg ich richtig Gänsehaut.«

Dieses Geplapper hier, das geht auf keine Kuhhaut. Ich mein ja nur.

Leise stöhnend richtete sie sich auf, blieb einen Moment auf Knien hocken, dann stand sie auf und schnippte ihre Zigarettenkippe durch den Spalt unten am Fenster nach draußen. »Ich friere«, sagte sie. Sie nahm sein Tweedjackett, das er über eine Stuhllehne gehängt hatte, und zog es an. Es war ihr viel zu groß, wodurch sie plötzlich klein aussah. Sie zog sich die Revers um die Wangen und atmete tief ein. »Riecht nach dir.«

»Und wonach rieche ich?«

»Nach Fleisch.«

»Fleisch?«

»Irgendwie schon. Verdorbenes Fleisch.« Sie ging hinüber zum Kaminsims und drehte den chinesischen Drachen mit dem Gesicht zur Wand. »Und das Ding, das funkelt mich so böse an«, sagte sie und funkelte ihrerseits zurück.

Er überlegte, ob er ihr von einer Sache erzählen sollte, die ihm an seinem ersten Tag im Gefängnis passiert war, seinem ersten vollen Tag, denn er war am Vortag abends direkt aus dem Gerichtssaal eingeliefert worden. Er war innerlich ziemlich ruhig gewesen, überraschend ruhig unter den gegebenen Umständen, inzwischen vermutete er jedoch, dass das eine Illusion war, dass er durchaus nicht ruhig war, sondern ganz im Gegenteil. Das Gefängnis war eine neue Welt, geschaffen von Dämonen, und wie sollte in diesen dunklen, schwindelerregenden Tiefen sein Geist zur Ruhe kommen? Die Sache, die passiert war, war am Nachmittag jenes Tages passiert, des ersten vollen Tages, des ersten Tages jedenfalls, an den er sich erinnern konnte – ein Nachmittag, eigentlich fast wie dieser hier, auch wenn es vor dem Fenster seiner Zelle keine heiteren Szenen häuslichen Glücks à la Samuel Palmer zu bewundern gab, sondern nur diesen einsamen, tristen, nicht totzukriegenden Baum. Er saß auf seiner Pritsche, so wie er jetzt auf diesem Bett sitzt, die Beine vor sich ausgestreckt, damals natürlich nicht nackt wie jetzt, sondern in seiner verschlissenen und dennoch kratzigen Gefängnisuniform, die stark nach Karbolseife roch und schwach nach dem Schweiß der anderen, die sie vor ihm getragen hatten, der vielen anderen. Er dachte an nichts Bestimmtes, nach dem Lärm und all dem Wirrwarr des Vortags war sein Verstand noch immer wie betäubt – obwohl er nur kurz vor Gericht erschienen war, er hatte sich schuldig bekannt, man hatte die obligatorische Strafe verhängt, das war's – und vielleicht war er tatsächlich in eine Art Wachschlaf verfallen, wenn so was möglich ist. Das heißt, er war wach, keine Frage, aber er hatte dieses Gefühl, gleich umzukippen, das sich am flatterhaften Saum des Schlafes einstellt, ein Gefühl, das selber Schlaf ist, doch ein Schlaf besonderer Art. Und irgendwie schien er umzukippen, nicht nach vorne, sondern rückwärts, weg vom Abgrund. Einen Moment später war die Sache vorbei, doch in jenem Augenblick war er sich gänzlich verloren gewesen, sich selbst und auch der Welt um ihn herum. Was diese Erfahrung so sehr heraushob und so einzigartig machte, so singulär und seltsam, seltsamer als alles, was er je zuvor oder danach erlebt hatte, war, dass er für den Sekundensplitter, den es dauerte, aufgehört hatte, er selbst zu sein, und mit ihm hatte alles andere gleichfalls aufgehört, es selbst zu sein. Passiert war, davon war er überzeugt und durch nichts vom Gegenteil zu überzeugen, dass er für die unerdenklich kurze Dauer eines Wimpernschlags irgendwie die Grenze zum Nirgendwo des Todes überquert und sie im selben Augenblick gleich noch mal überquert hatte und wieder zurückgekommen war. Auf der anderen Seite war alles anders gewesen, nein, es war alles nichts gewesen, alles einschließlich seiner selbst. Nichts. Diese Erfahrung, das erkannte er, war keine Lebenserfahrung und auch keine Todeserfahrung, sondern eine Absence, ein Intervall, eine Zäsur, wie immer man es nennen will, etwas, in das die kleinsten Teilchen hineinfallen und wieder herausfallen, wenn sie jenen berühmt-berüchtigten unmöglichen Sprung von einer Umdrehung zur anderen vollziehen, den Sprung, dessen Rätsel durch Adam Godleys Interferenzgleichung gelöst worden ist – und das auf so einfache Weise. Und ihm war davon ein Mal geblieben, das unauslöschliche Mal des Lazarus. Das Leben, bis zu diesem Augenblick eine riesige Brandbreite von Möglichkeiten, war mit einem Mal so eng wie die gemeißelte Kerbe zwischen den beiden trostlosen Daten auf einem Grabstein, ein Augenblick von einem Augenblick. Er war gestorben, und er hatte gelebt. Unmöglich, ja, und doch war es geschehen.

»Wie erkläre ich das bloß?«, sagte Helen.

»Was denn?«

»Na die Perlen.« In einer besonders wilden Aktion im Bett war Helens Kette irgendwie gerissen. Die Perlen waren überall verstreut und kullerten größtenteils auf dem Fußboden umher. Ein Weilchen waren sie nackt, auf allen vieren, umhergekrochen und hatten eine nach der anderen aufgehoben und in eine kleine Holzschale fallen lassen, die nun auf dem Kaminsims stand, neben dem tönernen Drachen. »Ich wette«, sagte Helen, »wir haben noch nicht mal die Hälfte erwischt. Die Kleinsten sind bestimmt in den Ritzen zwischen den Dielen gelandet.«

Ob er das Schmuckkästchen aus seinem Versteck im Schrank holen und ihr den Inhalt zeigen sollte? Vielleicht sollte er es ihr feierlich überreichen, ein Symbol für den Anlass, die zwei glatten blassen Perlen leuchtend auf ihrem samtenen Lager, ein diorchisches Andenken an den Anlass.

Helen steckte sich die nächste Zigarette an. Sie raucht auf eine geradezu rachsüchtige Art, als ob sie es aus schierer Bosheit tut. Jetzt schüttelte sie das Streichholz aus und pustete einen dünnen Rauchkegel in die Luft.

»Adam«, sagte sie, »also ›mein Mann‹, der sagt, du bist nicht der, der du zu sein vorgibst.«

»Wer gebe ich denn vor zu sein?«

»Er sagt, du heißt gar nicht Mordaunt und dass du lange im Gefängnis warst, weil du ein schweres Verbrechen begangen hast. Daher kennst du wohl auch den Mann, der seine Tochter verkauft hat?« In seinem Jackett setzte sie sich auf die Bettkante, schlug die Beine übereinander, und er bewunderte ihre schimmernde Blässe. Der Schatten zwischen ihren Brüsten war blau wie das glänzende Blau eines Daches im Mondschein. Seine Jackettärmel waren ihr so lang, dass sie sie immer wieder umkrempeln musste, um die Handgelenke frei zu bekommen. »Was hast du denn getan? Hast du jemanden umgebracht? Das hast du, stimmt's?«

Seht mich an, den Mädchenfresser, gefährlich und elegant, wie ich in meinem Käfig auf und ab tappe. In dem Moment unmittelbar nach der Tat hatte er sich an einen neuen Ort versetzt gefunden, und ihm war bewusst geworden, dass er kein Mensch mehr war, vielleicht nie einer gewesen war, sondern ein vollkommen anderes Wesen, nicht mal ein Tier im Grunde, eher ein zerfressener Stein, ein Klumpen Erde, ein zerborstener Stock. Ja.

»Die Frau, die hier war«, sagte er, »die Frau, nach der du mich gefragt hast, die hat früher einmal mit deinem Schwiegervater geschlafen.«

Helen starrte ihn an.

»Ach, wirklich?«

»Und nicht nur einmal, wenn ich mich nicht irre.«

»Wann denn?«

»Ach, vor vielen, vielen Jahren. Meine Frau übrigens auch.«

»Auch mit ihm geschlafen?«

»Ja. Und mit ihr.«

»Mit deiner Freundin, mit der Schickse? Deine Frau? Die beiden –?«

»Ja.«

Helen stützte den Ellbogen auf die übereinandergeschlagenen Knie und das Kinn in die Hand und zog skeptisch eine Augenbraue hoch.

»Ist das alles wirklich wahr, oder denkst du dir das aus?«

»Warum sollte ich mir das ausdenken? Weißt du, mein

Schatz, mitunter schlafen Ehefrauen auch mit anderen Männern.«

Er betrachtete sie vergnügt, und sie sah weg, ihre Stirn rötete sich. Es vergingen ein paar Momente. Draußen gellte jäh ein Vogelpfiff, ein Geräusch, als fliege etwas Helles hoch ins regengeschärfte Sonnenlicht, eine Klinge oder eine Glasscherbe.

»Hat dich das nicht gestört, dass sie mit all diesen Leuten geschlafen hat?«, fragte Helen.

»Meine Frau? Die hat nicht mit all diesen Leuten geschlafen.«

»Hört sich aber so an.«

»Hat sie aber nicht.«

»Er schon. Der alte Adam. Der hat mit jeder geschlafen.«

»Ach.« Er nickte. Inzwischen spürte auch er die Kühle des ausklingenden Tages. Es war ein Gefühl, als würde etwas sinken, durch die Luft taumeln und untergehen. »Tatsächlich hab ich das mit ihr und ihm vor kurzem erst erfahren.«

»Mit deiner Frau? Bestimmt hat sie dir das erzählt, als sie neulich hier war. Wie heißt sie überhaupt?«

»Meine Frau? Daphne. Die Leute haben immer gelacht, wenn sie den Namen hörten. Ich habe nie verstanden, warum.«

»Ich meinte die Schickse.«

»Ach so. Die heißt Anna. Ich glaub, sie würde dir gefallen. Aber vielleicht auch nicht.«

»Hm. All die Frauen. Du bist genauso schlimm wie deine Frau oder wie der alte Knabe selbst.« Sie spielte mit ihrer Zigarette herum, hatte den Blick gesenkt. »Hat sie dir das mit Daphne erzählt?«

»Hat sie mir was mit Daphne erzählt?«

»Dass sie selber auch mit ihr geschlafen hat.«

»Nein. Das war mir eh schon klar. Das hatte ich geahnt.«

»Wieso?«

»Wir waren alle drei zusammen im Bett, einmal nachmittags.« Er zuckte die Achseln. »So was merkt man einfach, weißt du. Da hätte ich gar nicht dabei sein müssen.«

Jetzt Schweigen. Sie zupfte zerstreut an der Nagelhaut ihres Fingernagels herum. »Ich glaub, ich zieh mir mal was an«, sagte sie. Er betrachtete sie. Sie rührte sich nicht, sondern saß da, hatte die Augen niedergeschlagen, ihr Haar hing schlaff herunter, eine schlaffe Aura. In dem großen karierten Jackett sah sie noch kleiner aus, klein und jung und ratlos, ihr Kopf zwischen den gepolsterten Tweedschultern sah aus, als sei er abgetrennt und wieder angesetzt worden. Er stellte sich ihre Eingeweide vor, das dichte violette Geschlinge, das damit beschäftigt war, einen Scheißhaufen zu formen, der morgen früh geliefert werden sollte, pünktlich wie die Post oder wie ein Brot frisch vom Bäcker. Wie schockiert sie wohl wäre, wenn sie wüsste, was er dachte. Aber warum? Ist sie nicht innen genauso liebenswert wie außen? Das meiste von dem, was wir sind, ist doch unsichtbar in uns zusammengefaltet, dachte er, die zarte Maschine – bescheiden, nimmermüde tut sie ihre Arbeit. Ich muss betonen, dass das seine Überlegungen sind, nicht meine. Außerdem könnte sie dasselbe über ihn denken, oder etwas Ähnliches. Man weiß ja nie, was anderen so durch den Kopf geht, man kann nie wissen.

Sie stand auf, zog sein Jackett aus, nahm ihr Kleid, hob die Arme und streifte es über. Wie aus einem Ring aus Schaum tauchte sie aus dem Ausschnitt auf.

»Am Sonntag hat mein Baby Geburtstag«, sagte sie.

»Bevor du fragst, er ist gestorben.« Sie kniete sich hin, schob den Fuß in den weichen schwarzen Pumps und machte den Knopf auf. Er weiß von ihren toten Kindern, in Ivy Blounts Abendmonologen ist oft und nur ein ganz klein wenig boshaft davon die Rede. »Er wurde nie richtig geboren.« Sie hielt beim Knöpfen inne und kniete reglos da. »Das wird nicht wieder vorkommen, oder?«, sagte sie, ohne ihn anzusehen.

»Nein.«

Sie beugte sich hinunter und fing an, das andere Riemchen zuzuknöpfen.

»Wirst du weggehen?«

»Das werde ich wohl müssen, jetzt«, sagte er. »Dummerweise.«

»Es tut mir leid.«

»Wirklich?«

Sie hielt den Kopf gesenkt und schüttelte ihn langsam, mit zusammengekniffenen Lippen, mit schweren Lidern, ein eingeschnapptes, bockiges Kind. »Wo ist denn die Schnur?«, murmelte sie und nahm die Schale mit den Perlen. »Eigentlich müssten da Knoten drin sein, dass sie nicht runterrutschen können.« In der Ferne rief ein anderer Vogel, diesmal ein Kuckuck, rief, als ob er sie verhöhnen wollte, als ob er alles verhöhnen wollte. Mordaunt saß auf der Bettkante, die Hände im Schoß gefaltet. Seine Schienbeine waren schon ganz kalt, er sollte sich wirklich etwas anziehen.

Helen, immer noch mit gesenktem Kopf, schaute ihn unter ihren Haaren hindurch an.

»Du könntest sagen, dass du mich liebst«, sagte sie. »Du könntest ruhig lügen, das würde mir nichts ausmachen.«

Schon wieder, dachte er: Alle wollen sie belogen werden.

»Ich liebe dich«, sagte er.

Sie funkelte ihn an und warf jäh eine Handvoll Perlen nach ihm.

»Lügner«, sagte sie.

Er hatte sich zu spät geduckt, eine Perle hatte ihn getroffen, haarscharf vorbei am linken Auge.

»Perlen vor die Säue«, sagte sie, was sie anscheinend nur noch wütender machte. Sie richtete sich hoch auf und trat direkt vor ihn, die Fäuste an den Seiten, ganz weiß die Knöchel. »Ich wette, du hast jemand umgebracht«, sagte sie. »Ich wette.«

Wenn die Leute kurz davor sind zu weinen, das ist ihm immer wieder aufgefallen, bekommen sie so einen angespannten Ausdruck, so entschlossen, als wollten sie gleich irgendwas verkünden.

»Nicht weinen«, sagte er, bemüht, nicht unwirsch zu klingen. »Komm her. Komm.«

Kuckuck.

Aber sie weinte trotzdem, nicht lange und anscheinend mehr aus Ärger als aus Kummer. Sie schnäuzte sich in das Taschentuch, das er ihr gab, zog sein Jackett zurecht, das sie an einen Stuhl gehängt hatte, und wandte sich ab. Doch als sie schon im Gehen war, auf dem Weg zur Hintertür, blieb sie noch einmal stehen und schlang ihm die Arme um den Hals, drückte ihren Mund an sein Ohr und stieß irgendwas hervor, eine Bitte oder ein Versprechen, etwas, das er nicht verstand. Er hasste solch demonstrativen Überschwang. Er war barfuß, sodass sie mit ihm auf einer Augenhöhe war – Sie dürfen nicht vergessen, dass sie ein großes Mädchen ist –, wodurch er sich im Nachteil fühlte, was ihn ärgerte. Unsanft löste er sich aus ihrer leidenschaftlichen Umarmung und stieß sie weg, was er, zu spät, als kleinen Klaps zum Abschied zu tarnen versuchte. Sie sah ihn an, halb schmachtend, halb gekränkt, und überquerte mit wackligen Schritten, unterwegs nach ihren Zigaretten tastend, den Hof.

Wieder in der Küche, setzte er sich an den Tisch und blieb dort eine Weile sitzen, blickte ins Leere und kümmerte sich nicht um den kühlen Steinfußboden unter seinen nackten Sohlen. Er ist ein Mann ohne starkes Gefühl für sich selbst, für seine Wünsche und Sehnsüchte; das war schon immer so, doch durch die Jahre in Gefangenschaft waren selbst gewisse lebenswichtige Fähigkeiten noch weiter ausgedünnt und ausgeblichen. Mitunter vergisst er sich tatsächlich völlig, dann verlegt er sich sozusagen, wie er bisweilen seinen Hut verlegt oder den Schlüssel. Das ist gar kein so unangenehmes Gefühl. Er findet es erholsam, ab und zu, und sei es auch nur zeitweilig, der eigenen Überwachung entzogen zu sein. Ob so der Tod sein wird, sinniert er, ein finales Nicht-mehr-Aufpassen, ein zerstreutes Loslassen? Nein, wird er nicht. Er hat den Tod gesehen und weiß, es ist Kampf bis zum bitteren Ende.

Er ging nach oben und zog Socken und Schuhe an. Seine Jacke roch noch immer ein wenig nach Helen. Er stand da und betrachtete das Bett und die feuchten Flecke auf dem Laken, die mittlerweile schon fast getrocknet waren. Was ist das doch für eine komische Sache, dachte er, das Geschäft, das die Männer und die Frauen so verzweifelt miteinander treiben. Wieder unten, trank er ein Glas Wasser – er war plötzlich wie ausgedörrt –, und dann ging er hinaus auf die Straße. Es war ein windstiller, kühler Tag, das Sonnenlicht war dunstverhangen, wie seine Gedanken. In seinem Zustand von Erschöpfung spürt er, dass er in gewisser Weise eine Gefahr für sich selbst ist.

Vorn, wo sich die Straße gabelte, bog er links ab und ging an der Grundstücksmauer entlang, bis er zu der kleinen Rasenfläche kam, wo er den Sprite am ersten Tag geparkt hatte. Sein Schritt war träge, seine Richtung ganz dem Zufall folgend. Er ging durch den steinernen Bogen und dann durch den Durchgang, er passierte das fünfsprossige Gittertor und registrierte dabei den scharfen Geruch des rostigen Eisens. Es ist ihm immer noch ein Rätsel, dass er über den Lady's Way reinkommen, aber nicht hinausgehen kann. Vielleicht, denkt er, ist das eine Form von jenem Phänomen, das bei den Lebenslänglichen Tor-Fieber heißt, dieser Angst, die sie bei dem Gedanken empfinden, eines Tages in eine Welt entlassen zu werden, die sie nicht mehr wiedererkennen und die sie vergessen hat. Er kannte Leute, die nach ihrer Entlassung binnen eines Monats bei einem Juwelier die Schaufensterscheibe eingeschlagen oder jemanden auf der Straße überfahren hatten, nur um wieder in die Sicherheit des Gefängnisses zu kommen.

Er blieb stehen und schaute an der Rückseite des Hauses hoch, und da erinnerte er sich, ohne dass ihm dafür ein Grund eingefallen wäre, daran, wie sein Vater die singende Säge gespielt hatte. Das war sein Hobby gewesen. Er bedauerte, ihn nie gefragt zu haben, wie er zu einer so bemerkenswerten Fähigkeit gekommen war. Das Geräusch war schrecklich, ein gummiartiges Gejaule, wie eine Katze nachts auf einer Mauer. Aber man muss sich bloß mal vorstellen, wie viel er wohl geübt hat, all die Tage, bis er sein Instrument beherrschte. Die singende Säge. Sein Vater.

Da kam, wie aufs Stichwort, Rex der Hund aus seiner Hütte, heftete sich sogleich an seine Fersen und begleitete ihn über den Hof. Die Hintertür war nur eingeklinkt, wie immer, und so gingen sie zusammen ins Haus und liefen nach Belieben in den Räumen unten im Erdgeschoss umher. Es herrschte eine wachsame Stille. Mordaunt fühlte sich nicht wohl in dieser gedämpften Atmosphäre. Das Gefängnis war wie ein Friedhof, wo die Toten Tag und Nacht herumschreien und Krach machen; im Innern dieses riesengroßen Käfigs hatte jeder geisterhafte Knall und jedes Klirren, jeder Schrei und jedes Schluchzen ein metallisches Echo, das man als permanentes Brummen in den Ohren hat. Dagegen ist die Stille hier in diesem Haus ein Skandal. Menschen, die ihren täglichen Geschäften nachgehen, sollten anständig Lärm machen und nicht so verschwörerisch schweigen. Er stellt sich geflüsterte Konferenzen vor, heimliche Absprachen, die getroffen werden hinter verschlossenen Türen.

Am Ende eines schmalen schwarz-weiß gekachelten Flurs war der Hund auf einmal hundemüde, ließ sich mit dumpfem Knochenklappern auf sein Hinterteil fallen und sah dem Mann nach, der weiterging.

Hier gab es einen großen, verstaubten Raum, in den im Lauf der Jahre viele der hässlichsten Möbel des Hauses ihren Weg gefunden hatten, vielleicht aus eigener Kraft, um sich zu einem schlecht sortierten Sammelsurium zu vereinen. Dieses Durcheinander aus vergrautem Mahagoni, stumpfem Messinggeschirr und eingestaubtem Brokat ist ihm durchaus vertraut. Auch er hatte das Landhausleben gekannt, war zu Zeiten ein ziemlicher Angeber gewesen, auf eine saloppe, leicht heruntergekommene Art, bevor er auf die schiefe Bahn geraten war und sich an die Costa del Dolor geflüchtet hatte, zum Verschnaufen und Besaufen und dann wieder zurück nach Hause, wo er zum Missetäter und in der Folge dann zum Sträfling geworden war: vom Faulenzer zum Lebenslänglichen in drei Zügen.

Am anderen Ende des Raumes befand sich ein Bogenfenster, hoch und schmal, das ein wenig an die Klause eines Apothekers erinnerte und durch dessen sechs schmale Scheiben und die gesprungene Lünette der Blick nicht etwa hinaus ins Freie ging, sondern in die grünlich gefärbte Düsternis dessen, was man den Wintergarten nennt. Er stand in der tiefen Laibung und blickte dumpf in diesen kühlen, quadratischen, in seiner Kargheit trostlosen Raum. Nicht mal einen schmiedeeisernen Stuhl oder eine Topfpalme gab es, um die weite Fläche dort draußen ein wenig zu beleben. Zwischen den gelblichen Sandsteinplatten hatten sich rußig-grüne Moospolster hervorgestohlen und stur dort festgesetzt. Er seufzte. In den letzten Wochen hatte sich sein Herz verzehrt. Sein Leben war so lange ein Negativzustand gewesen, bestehend aus all dem, was er nicht war und nicht hatte, dass er nicht mehr recht wusste, wie er etwas haben sollte oder sein oder ob für ihn überhaupt noch ein Sein im Angebot war und ein Haben. Und das, was er irgendwie gewesen, irgendwie geworden war, das war die Kehrseite seiner selbst. Er stand an diesem Fenster in diesem unansehnlichen Raum, als stünde er in seinem eigenen Kopf, und sah hinaus ins Leere. Er war wie ein Raum im Raum.

Was tun, wie leben, oder einfacher gesagt, wie sein. Denn das mit dem Leben, nein, mit dem Am-Leben-Sein, mit dem Lebendig-Sein, das hatte er schon lange aufgeben.

Er trat zurück vom Fenster und fing an, mürrisch im Zimmer herumzustöbern, eine Faust in der Jackentasche, mit vorgeschobener Unterlippe. Es gibt Momente – oder nicht? –, da könnte man sich gänzlich von den Dingen lösen und einfach aufhören zu sein und kaum noch etwas wahrnehmen oder überhaupt aufhören wahrzunehmen; das heißt, nicht sterben, aber doch verloren sein. Neben dem Kamin ein Korb, darin ein Haufen von – er brauchte ein paar Sekunden, bis die Erinnerung kam, wie ein Stich ins Herz, und er erkannte, was es war –, ein Haufen Tennisschlägerleichen. Es waren altmodische Dinger, kaum schwerer als Federballschläger, mit schmalem ovalem Rahmen. Sie waren allesamt entzweigebrochen worden, als Anmachholz, so nahm er an. Bei ihrem Anblick war es ihm, als höre er von einem Tennisplatz irgendwo in der Ferne das leise Plopp-Plopp und die trägen Rufe weißgekleideter Mädchen.

Ein Geräusch in seinem Rücken ließ ihn zusammenzucken. Es war das Klicken einer Schranktür, die offenbar geschlossen wurde, unmittelbar gefolgt von einem kehligen Räuspern. Blitzartig fuhr er herum und sah eine Gestalt am Fenster stehen, genau wie er vor einer Minute dort gestanden hatte, und einen Augenblick lang, einen beinah übersinnlichen Augenblick lang, in dem sich Schreck und Jubel miteinander mischten, glaubte er, dass es irgendwie er selbst sei, sein Doppelgänger, sein lebendiger Geist. Doch es war nur Adam Godley. Wie hatte er es geschafft, sich buchstäblich zu materialisieren, gerade so, als sei er durch eine Dielenritze geströmt oder lautlos von der Decke herabgestürzt? Sein Blick war unstet, wie der eines Jungen aus einer der oberen Klassen, den man auf dem Unterstufenklo bei einer Ferkelei erwischt hat. In der Hand hielt er einen Stoß vergilbter Blätter, offenbar Millimeterpapier.

»Ach«, sagte Godley mit einem hauchigen kleinen Lachen, »Sie sind's.«

Mordaunt runzelte die Stirn. »Sie haben mich ganz schön erschreckt. Ich hab Sie gar nicht reinkommen hören.«

»Nein.«

Dann eine solche Stille, dass das ganze Branden der Welt taumelnd hätte zum Halten kommen können. Godley räusperte sich abermals.

»Ich hab nur«, sagte er, »ich hab nur was gesucht.«

Mordaunt ist sich seiner unheimlichen Aura wohl bewusst – er ist schließlich ein Wiedergänger – und hat seinen Spaß daran, sie auszuspielen und andere damit aus dem Konzept zu bringen. Dieser kräftige Mensch hier mit seinem verschreckten Hasenblick und seinen dicken, zuckenden Daumen ist eindeutig durch ihn verunsichert. Die Menschen. Ihre Bahnen schneiden sich nicht, ihre Oberflächen berühren sich nicht. Sie sind so weit voneinander entfernt wie von den fernsten Nebelflecken. Sie leben ihr Leben hinter Gittern, hören jenseits der stacheldrahtbewehrten Mauer die bunte Kavalkade vorüberziehen und meinen, sie seien mittendrin. Er weiß das nur zu gut, o ja, er weiß Bescheid.

»Und haben Sie's gefunden?«, fragte er.

»Was?«

»Na das, was Sie gesucht haben.«

»Ach das«, sagte Godley, wieder mit diesem keuchenden Lachen, und drückte die Papiere mit beiden Händen und gespreizten Fingern an die Brust, »ja.«

»Gut.«

Eine gemurmelte Verabschiedung, und weg war er.

Mordaunt blieb einen Moment nachdenklich stehen, noch immer gedankenverloren dem Duft der zertrümmerten Tennisschläger nachhängend. Ob die Frau ihrem Mann wohl erzählt hatte, was da vor einer Stunde auf dem schmalen Bett in der engen Kammer über Ivy Blounts ahnungsloser Küche in einem kurzen Tränensturm zu Ende gegangen war? Zutrauen würde er es ihr. Das wäre natürlich eine Erklärung für Godleys mulmiges Aussehen und seine abrupte Flucht. Hmm. Könnte verdammt unangenehm sein. Aber, um der Wahrheit die Ehre zu geben, ihm war selber etwas mulmig. Begattenderweise mit Helen zu verkehren, hieß zwangsläufig, ebenso mit ihrem Gatten zu verkehren, wenn auch nur in gewissem Maße, in einem sehr geringen Maße, stellvertretend sozusagen, und bei dem Gedanken, mit jemandem wie diesem dicken sommersprossigen Trottel in irgendeiner Form Verkehr zu haben, sei es auch nur ganz von weitem, würde sich wohl selbst dem anspruchslosesten Wüstling der Magen umdrehen.

Er nahm den kopflosen Griff eines Schlägers zur Hand und hielt ihn nachdenklich hoch. Dann ließ er einen fahren, was einen anhaltenden tiefen, befriedigend hallenden Basston erzeugte, und zog eine komische Grimasse. Man selbst zu sein, in der ganzen Ambiguität des Manselbstseins, das ist die Schwierigkeit.

Nun ging er wieder zum Fenster und stand dort wie zuvor, ganz und gar er selbst. Warum, bitteschön, ist die

Laibung hier so tief, warum ist die Mansardenwand so dick auf beiden Seiten? Mit der Hand an dieser Kante entlangfahren, innehalten, mit hochgereckter Mittelfingerspitze klopfen, klopf, klopf, klopfedieklopf – auskultieren. Es hallt hohl zurück. Und da ist was – was ist das? Er drückte auf eine flache Kuhle in der Täfelung und rief damit ein Klicken hervor, genau wie das, das er gehört hatte, eh er herumgefahren war und –

Ja was haben wir denn hier, bei Sesams Mächten?

Oh, blumer Tag! Oh, schlusse Fron!, gurrte ich und hätte um ein Haar sogar ein Tänzchen aufgeführt. Was passiert war, möchten Sie wissen, was mich in solch freudiges Entzücken versetzt hatte? Abwarten, ich erzähl's Ihnen schon noch. Aus der stickigen Klause auf der rechten Seite der Doppelgruft, in der Adam Godleys Papiere aufbewahrt werden, also der Seite mit seiner Korrespondenz, hat sein Sohn, der zweite Adam – Sie haben gerade eben seinen heimlichen Abgang erlebt –, einen Klumpen reinsten Goldes zutage gefördert und meiner Obhut übergegeben. Ich habe ihn das Venezianische Testament getauft. Dreizehn lose Blätter etwas stockfleckigen Millimeterpapiers, beidseitig eng beschrieben in jener atemberaubend winzigen Handschrift, die mir inzwischen so vertraut ist wie meine eigene. Die Seiten sind links oben mit einer sauberen Öse gelocht und locker mit einer Schlaufe aus verschossenem blauen Bindfaden zusammengebunden. Es gibt keinen Hinweis darauf, wann das Schriftstück verfasst wurde; vor langer Zeit, nach den Stockflecken zu urteilen, aber weil die Tinte recht frisch aussah, könnte es auch sein, dass nur das Papier alt war, als es beschrieben wurde. Ich könnte es chemisch datieren lassen, doch das werde ich nicht tun. Es ist eine Art Brief, ein Entwurf eines Briefes, aber selbst wenn er je beendet worden sein sollte, dürfte wohl nicht einmal ein Adam Godley es gewagt haben, ihn abzuschicken. Sein Sohn kann in dieser Frage der Herkunft nicht weiterhelfen, er sagt, er habe keine Ahnung, was es damit auf sich hat. Ich frage mich jedoch: Wie hat er es so clever in die Hand bekommen? Und woher hat er überhaupt von seiner Existenz gewusst? Wieder einmal habe ich das Gefühl, dass man mir nicht alles sagt, was es zu sagen gibt.

Was kann Petra davon gehalten haben? Denn gelesen haben muss sie es, schließlich hatte sie auf eigenes Drängen hin und entgegen irgendwelchem Gerede von amtlicher Seite – ich darf daran erinnern, dass die Errichtung der Gruft aus Mitteln der öffentlichen Hand bezahlt wurde – ganz allein den schriftlichen Nachlass ihres Vaters katalogisiert, mit selbstlosem Einsatz und unter Ablehnung jeglicher professionellen Unterstützungs- oder Beratungsangebote. Ob sie davon schockiert war, was sie las? Zweifellos hatte sie im Laufe ihrer Arbeit schon das Gleiche oder Schlimmeres gelesen – aber nein, das konnte nicht sein, das hier ist einmalig, da bin ich mir sicher. Für Kinder ist es eine absurde und abstoßende Vorstellung, dass ihre Eltern einander einst genauso geliebt, umworben und begehrt haben könnten, wie sie selbst es tun, wobei sich allerdings die Frage stellt, ob Petra je ein Kind war in dem Sinne, in dem man diesen unzweideutigen Begriff gemeinhin versteht. Sie mag wohl tolerant gewesen sein, vielleicht haben diese schmerzhaften Aufzeichnungen über die letzte *amour fou* ihres Vaters sie sogar gerührt. Eventuell war sie auch eifersüchtig. Nach dem, was ich von dieser einzigartigen jungen Frau gehört habe, halte ich es für überaus wahrscheinlich, dass sie sogar selbst ein bisschen verliebt gewesen ist in ihren wenig liebenswerten Papa. Und hat sie sich aus ihrer Rolle verdrängt gefühlt, als sie aus diesem Dokument, das ich zitternd in Händen halte, erfuhr, dass er in diesem Mädchen in Venedig eine Frau gefunden hatte oder gefunden zu haben glaubte oder sich danach sehnte, sie gefunden zu haben, eine Frau mit einer Empfindsamkeit, die der seiner Tochter verwandt war?

Da fällt mir ein, dass ich ja versprochen hatte, Ihnen zu erzählen, wie sie, also Petra, mir neulich erschienen ist. Ja, wirklich. Sie ist mir auf der Haupttreppe erschienen, der Treppe mit den beiden geschwungenen, mit kunstvollem Schnitzwerk versehenen Geländern, die von der Eingangshalle hinaufführt in den ersten Stock. Zuerst war nichts zu sehen, doch im nächsten Moment war sie plötzlich da und kam mit schnellen kleinen Schritten herunter. Aber halt, hier muss ich vorsichtig sein. Wenn ich sage, dass sie mir erschienen ist, verwende ich das Wort in einem speziellen, schwer zu definierenden Sinn. Äußerlich hatte sie nichts Jenseitiges – ich war nicht Hamlet und sie nicht der Geist von Hamlets Vater. Ich kenne Petra nur von ein paar unscharfen Fotos, auf denen sie stets mit gequälter, gepeinigter Leidensmiene vor der Kamera zurückweicht, doch als ich sie die Treppe hinuntereilen sah, hab ich sie gleich erkannt. Es war zur Dämmerung, um jene Stunde, da das Licht abnimmt und die doch so zart schimmert und den Kobolden und Geistern jeglicher Couleur und keiner die liebste ist. Ich war unterwegs nach oben, um die Godley-Witwe zu besuchen – ich harre des Tages, an dem der Nebel um ihr fieberwirres Hirn sich lichtet und sie endlich den Scheffel Bohnen ausschüttet, den sie, dessen bin ich sicher, horten muss –, und hatte eben den Fuß auf die erste Stufe gesetzt, als ich zufällig nach oben sah und –

Und was? Es gibt einen Begriff für den Zustand zwischen Sein und Nichtsein. Liminal? Das trifft's nicht ganz, doch das muss reichen. Stellen Sie sich einen Moment am Morgen an der Küste vor, wenn die ruhige weiße See an ihrer Grenze mit einem sich weißenden Himmel verschmilzt und der Horizont verblasst und die Welt zum nahtlosen Innern der Schale einer großen hellen Kugel wird. Stellen Sie sich einen Gedanken vor, der auf einem Gedanken liegt wie ein Wolf auf einer Bratschensaite. Stellen Sie sich eine Gestalt inmitten fliegender Rauchfetzen vor, man sieht sie, sieht sie nicht, sieht sie wieder und dann wieder nicht. Stellen Sie sich einen reinweißen Vogel vor, der auf eine dräuende Gewitterwolke zuschwebt, dann in einen Riss fliegt in der Wolkendecke und sich in Licht auflöst und nicht mehr da ist. Oder stellen Sie sich vor, wie Fremde auftauchen in Ihren Träumen und mit größter Selbstverständlichkeit, ganz bei sich, ihren unergründlichen Geschäften nachgehen. Da war sie, auf halber Höhe, anwesend und doch nicht, ein Mädchen in Schwarz, so zart, so zerbrechlich, mit weißem Gesicht und weißen Händen und ihren Armen, deren weiße Unterseiten von Narben überzogen waren wie von glitzernden Schlieren von Kerzentalg. Sie sah mich nicht an und würdigte mich keines Blickes, als sie an mir vorbeiging, ich glaub sogar, sie hat mich gar nicht wahrgenommen – für die Toten wären wir bestimmt genauso unbedeutend wie sie für uns. Sie schien zerstreut und dennoch zielstrebig, als sei sie auf dem Weg zu einem ganz bestimmten Ort, um etwas ganz Bestimmtes dort zu tun. Ich drehte mich um und sah ihr nach. Sie ging flink den Flur entlang zur Eingangstür – warum stand die wohl offen? – und trat hinaus in den Abend, ein Schatten, der eins wurde mit den Schatten und verschwunden war. Ach, ich weiß, ich weiß, sie war nur da, weil ich sie selbst herbeigezaubert hatte, doch wie real sie mir erschien, eine schnelle, einfache Präsenz, kraft meiner Fantasie herbeigerufen.

Ich muss mich immer wieder fragen, ob es nicht Petra war, an die er dachte, als Adam Godley diesen Schrei aus Liebe und Verlust entwarf an die Person, die er nur Cissy nennt. Ich will nicht behaupten, dass er ein fleischliches Verlangen nach seiner Tochter hatte – eine Möglichkeit, von der sich der spekulierende Verstand geschwind abwendet –, doch was ist Trauer anderes als eine Form des Begehrens? Und er muss getrauert haben um sein armes Mondkalb in ihrem Wahn. Sei's drum, wer weiß schon, welcher Art seine Beziehungen zu dem Mädchen in Venedig waren. Vielleicht gab es gar keine Beziehungen, um nicht zu sagen, um nicht zu spekulieren, ich rede von Beziehungen der verbotenen Art. Aber er konnte nicht so blind sein, dass er in dem armen, verlorenen kleinen Ding, das er tage- und nächtelang durch das erstarrte, verlassene Labyrinth der Stadt verfolgte, nicht ein Echo, ja geradezu das Ebenbild von Petra gesehen hätte, seiner eigenen verwundeten Tochter, Blut von seinem Blut. Petra war für ihn sein eigenes Abbild in einem geborstenen Spiegel. Sie war verrückt, doch er behauptete, sie sei die Einzige, vielleicht sogar die Einzigste auf der weiten Welt, die ihn ganz verstand, das heißt, die nicht allein verstand, was er war – seinen Charakter, seine Persönlichkeit, sofern man sagen darf, dass er so etwas hatte –, sondern auch die tiefsten Auswirkungen seiner Arbeit. Das ist freilich nicht sehr wahrscheinlich. Doch was genau meinte er, wenn er sagte, dass sie ihn verstanden habe? Es mag sein, er hat geglaubt, dass sie zwar kein Verständnis im eigentlichen Sinne habe, wohl aber einen tiefen intuitiven Begriff davon, was er war, und vom Gewicht und der Bedeutung all dessen, was er erreicht hatte. Er erkannte an, welche Rolle die Intuition bei der Formulierung seiner kühnsten Hypothesen gespielt hatte – »Erst träume ich, dann denke ich«, pflegte er bekanntlich zu sagen, mit einem Auge, nein, mit allen beiden die Nachwelt fest im Blick –, und vielleicht sah er in seiner Tochter ein beschädigtes Wunderkind, das in der Lage war, mit einem Blick Konzepte zu erfassen, die, dessen bin ich mir ganz sicher, selbst viele der großen Geister der Zeit noch nicht erkennen können. Oder vielleicht hatte er die Vorstellung, ihr Leiden werde sich mit der Zeit auswachsen und sie werde eines Tages sich erheben und die wahre Hüterin der Flamme sein, die Hüterin des Schreins. Die Illusionen, denen sich ein liebender Vater hingibt, kennen keine Grenzen. Gut, dass er ihren Tod nicht miterlebt hat.

Diese weit geöffnete Tür, durch die sie ging, das verstört mich, fragen Sie mich nicht, warum. Etwas von irgendwo anders, ein Echo. Ich habe keine Ahnung, was.

Und jetzt kommt etwas Seltsames, um nicht zu sagen etwas Schockierendes. Als ich anfing, sein Testament zu lesen, fielen mir fast die Augen aus dem Kopf, und sosehr ich mich auch bemühte, ich konnte mich des Gedankens nicht erwehren, dass der Mann, der es geschrieben hatte, vielleicht doch ein Mensch war und genauso wie wir alle fähig war zu lieben, zu leiden und aus tiefstem Herzen zu klagen. Können Sie sich noch erinnern, wie ich bei meinen ersten Nachforschungen in der Gruft auf ein anderes Blatt Millimeterpapier gestoßen war mit einem Fleck, den ich fälschlicherweise für Godleys Blut hielt? Hier floss nun Blut, und das so reichlich, dass ich als Biograf durchaus gezwungen sein könnte, ihn, also mein Objekt, von Grund auf neu zu bewerten. Das war eine bestürzende Aussicht. Konnte ich mich von Anfang an in ihm getäuscht haben? Hatten mich meine Vorurteile gegen ihn dazu verleitet, ihn zum Monster zu machen? Denn ich weiß doch, dass es keine Monster gibt. Selbst in den Übelsten von uns hat's einen Spalt, durch den das unschuldige, verängstigte Kind herausschaut, das weiß ich wohl.

Ich muss also mein Gewissen prüfen, ich muss Bilanz ziehen. Wann hat es angefangen, dass ich ihn für einen miesen Gauner hielt, eine Marionette, ein altes Lügenmaul? Ich könnte sagen, dass er doch bei allen in dem Ruf stand, ein Schurke zu sein. Aber ich hatte von seinem Sohn den Auftrag erhalten, sein Leben wahrheitsgetreu nachzuerzählen und seine Triumphe maßvoll zu feiern – mit Warzen und so weiter, schon vergessen? Sollte ich mich auf Hörensagen stützen, meine Urteile auf Tratsch gründen? Was immer ich bisher gesagt habe, jetzt muss ich sagen, ich wusste so gut wie nichts über den Mann, hatte nichts für, doch auch nichts gegen ihn, von meinen Vorurteilen einmal abgesehen, bis zu dem Morgen, als ich in Arden ankam und dort oben auf der Treppe seine Schwiegertochter sah in ihrem blauen Kleid mit blauen Glockenblumen in der Hand und mich sogleich verwandelte in ein hauchdünnes Glas, auf dessen Rand eine angefeuchtete Fingerspitze – nämlich die ihre – anhaltende und immer länger anhaltende Leidenstöne von erlesener Schönheit erzeugen würde. Doch warum musste er hassenswert sein, damit sie geliebt werden konnte? Auf welcher Liebeswaage sollte man ihn wägen und für zu leicht befinden? Das ergibt keinen Sinn, überhaupt keinen Sinn. Und doch war sie für mich das Licht, das ihn in den Schatten stellte.

Was er wohl denken würde, frage ich mich, wenn er wüsste, dass ich seine Epistel der Pein gelesen habe, sie hier in Händen halte, dass ich ihn sozusagen in der Gewalt habe. Aber was hat er denn erwartet, als er sich zum Schreiben niedersetzte? Worte sind hartnäckig und bestehen darauf, zu Wort zu kommen, wieder und wieder, so lange, bis die Tinte verblasst und das Papier zu Staub zerfällt. Er wollte, dass das Ding gelesen wird, sonst hätte er's doch nicht geschrieben. Und er muss gewusst haben, dass eines Tages jemand wie ich darauf stoßen und auf die Straße rennen würde, um es in der Luft zu schwenken und zu schreien.

Ja, ich bin beunruhigt. All die subtilen Zufälle, in die ich mich in diesen apokalyptischen und dennoch zunehmend trägen Post-Godley-Tagen verstrickt sehe, machen mich misstrauisch. Sie geben mir bisweilen das beängstigende Gefühl, dass das, was ich und alle anderen für die Wirklichkeit halten, in Wirklichkeit nicht mehr ist als die zusammengewürfelten Fragmente eines zerbrochenen Frieses, hinter dem gleichmütig und unverrückbar eine völlig andere Ordnung der Dinge befestigt ist, in die die Welt, die Metawelt, uns hin und wieder listig einen verlockenden Einblick gewährt. Aber nein, nein, fort mit all diesen platonischen Formulierungen. Allen Beteuerungen derjenigen zum Trotz, die angeblich über diese Dinge Bescheid wissen, habe ich im Grunde meines Herzens nie recht glauben können – Sie etwa? –, dass eine Handvoll Gleichungen, von einem Mann in schweißtreibender Mutmaßerei erträumt, jene Phänomene hervorgebracht haben sollen, die das gesamte Weltgefüge zerfressen. Die Dinge, das ist meine Überzeugung, sind unendlich viel einfacher, als sie in Godleys unsinnigen Prämissen erscheinen mögen. Ich bin, das sage ich mit Nachdruck, ein durch nichts zu bekehrender Steinewerfer.

Doch nun kommen Sie her zu mir und hören Sie sich das hier an.

Mein liebstes Mädchen, wie könnte ich nicht verrückt sein? Der Teufel weiß, dass ich die Veranlagung dazu habe, und lang ist's her, indes, bereits in meinen Jungendtagen sagte man mir, ich sei verrückt mit meinen fantastischen, jeglicher Vernunft zuwiderlaufenden Fantasievorstellungen davon, wie die Welt funktioniert, im großen Maßstab und im kleinen. Aber ich wusste es besser, genau wie du an jenem schneeigen Nachmittag, als wir zusammen auf der kleinen Brücke über den skarabäusgrünen Kanal standen, du warm geborgen wie ein Hänfling unterm Flügel meines weiten Mantels, und ich verloren in Liebe zu dir und durch dich zu allen Dingen in der Schöpfung. Giudecca, richtig? Oder war es Dorsoduro? Ich weiß es nicht mehr. Ach, ich bin ganz benebelt im Kopf, ganz versackt im Sumpf von Alter und trostloser Klapprigkeit. Ich wusste nichts von dir, nicht einmal deinen Namen, und doch, auf magische Weise, war es dein Ruf, den ich ganz deutlich hörte, als das Horn des Postboten hier auf Arden, draußen unterm Himmelszimmer, seinen Fanfarenstoß ertönen ließ, und als man deinen Brief auf einem kleinen silbernen Tablett die Wendeltreppe im Turm heraufbrachte, erkannte ich deinen Ton, und er sprach zu mir mit einer Stimme, die wie die Stimme des Windes klang. Alle Liebenden, die einander in den Armen halten, sind Bewohner zweier Zustände, des seinen und des ihren, des ihren und des seinen, beide gleich und doch verschieden, wie selbst die gleichsten Zwillinge es sind. Ich war nie dein Geliebter und du nicht meine Geliebte, nicht auf die übliche Art, und doch hielt ich dich irgendwie und halte dich noch immer in einer unauflöslichen Umarmung. Wie schlecht wir doch zusammenpassen, du fast noch ein Kind und ich ein verliebter alter Narr. Das mit uns war eine Sache des Geistes, des Herzens, des Blutes. Und warum hat es dich ausgerechnet nach Venedig verschlagen, in dieser schlimmen Zeit der Pest? Du warst in den Niederlanden, warum hast du mich nicht dorthin befohlen? Ich wär zu dir gekommen, wo immer du auch warst. Die Ärzte haben mir geraten, nicht zu reisen, doch wann hätte ich je auf das Gebot eines Knochenzersägers gehört? Und dir zuliebe habe ich die Unwahrheit gesagt, ich, der ich aus Prinzip nicht lügen will, nein, nicht einmal, um jemand anders Kummer zu ersparen. Was hat es mich gekümmert, wenn die Frau gelitten hat, weil ich nicht da war? Sie hat ja diesen Peitschenhieb schon oft genug gespürt, sie sollte mit der Zeit doch eine dicke Haut bekommen haben. Aber ich hab ihr nicht von dir erzählt, und darin lag die Falschheit, die, wie ich fürchte, alles verderben sollte, was dann später folgte.

So weit das Hohe Lied, mit dem Adam Godley sein *testamentum de profundis* einleitet. Sie können sich sicher vorstellen, wie aufgewühlt ich war, als ich's zum ersten Mal gelesen hab.

Aber gefällt Ihnen nicht auch die schiere Unverfrorenheit, mit der er so ganz lässig sagt, dass er nicht lügen würde, um einem andern Kummer zu ersparen, und zwar aus Prinzip nicht. Aus Prinzip! Der Absatz, in dem er das behauptet, strotzt nur so von Falschheiten, um seinen hochtönenden Ausdruck zu verwenden. Ich will Ihnen gleich sagen, dass ich nichts gegen eine Lüge habe, wenn sie dazu dient, die knirschenden Mühlen der Lebensmaschinerie zu ölen. Aber solch eine Lüge hat einen praktischen Zweck, während Godley aus meiner Sicht zu keinem anderen Zweck gelogen hat als lediglich zu seinem eigenen Amüsement. Item: Der Vorschlag, dass sie sich in Venedig treffen sollten, kam von ihm und nicht von ›Cissy‹, wie er später in einem unachtsamen Augenblick verrät. Warum der unnötige Schwindel, der selbst für jemanden mit seiner verdrehten Vorstellung von Humor kaum einen großen Unterhaltungswert haben konnte? Erinnert uns das nicht daran, wie er seine erste Frau hinsichtlich seiner Begegnung mit Anna Behrens in Arcady belogen hat, ohne Not und völlig sinnlos? Nun, man muss sich das wohl als eine kleine Verzierung in einer sanft dahinfließenden Melodie vorstellen, vom Virtuosen selbst geschickt gezupft mit seinem kleinen Finger.

Man beachte: Offenheit war bei ihm eine Form von Verschleierung. Indem er gleich zu Anfang zugab, seiner Frau das Mädchen in Venedig verschwiegen und sie so belogen zu haben, wollte er das Lügengespinst, das darauf folgte, neutralisieren. Oh, er war ein Meister in der Kunst der Doppelzüngigkeit, daran besteht kein Zweifel. Ja, ja, wie Sie sehen, schüttele ich meine Zweifel von gerade eben ab und verurteile ihn abermals, und das von ganzem Herzen, als Schwindler und Betrüger. So, jetzt ist mir wohler.

Wie es der Zufall wollte, hatte er ohnehin überlegt, La Serenissima, wie die selbstgefälligen Einwohner ihre Stadt gern nennen, einen Besuch abzustatten; wobei der Name ihn jedes Mal, wenn er ihn hörte, verächtlich die Lippen schürzen ließ. Er war seit vielen Jahren nicht mehr dort gewesen. Zuletzt gegen Ende jener ziellosen Wanderschaft, auf die er sich nach dem Tod seiner ersten Frau begeben hatte, und in Anbetracht dieses Umstands war es kein sehr glücklicher Aufenthalt gewesen. Auch damals war Winter, der Markusplatz verschneit, auf der Kuppel der Basilika Santa Maria della Salute glitzerte Raureif, und über den Kanälen waberten Frostluft, Pesthauch und Nebel. Warum erwog er jetzt, am Ende seiner Tage, dorthin zurückzukehren? Er hätte es nicht genau erklären können, sagt er, da war nur so ein allgemeines Gefühl von Untergang, davon, dass Dinge enden, und etwas Urhaftes in ihm sehnte sich nach den Wassern des Vergessens, und wo waren die eher zu finden als in der versinkenden Lagunenstadt.

Und dann kam völlig unerwartet dieser Brief. Wenn er tatsächlich existiert und Cissy ihm geschrieben hatte, wie er behauptet hat, so ist er nicht erhalten, was freilich nichts beweist. Vielleicht hat er ihn weggeworfen, weil er keine Andenken mochte und alle, die es anders hielten, verachtete. Sie war

Ich halte inne. Ich stocke. Ich atme tief durch, noch einmal und noch einmal, und jeder Atemzug fühlt sich an wie eine Stufe, eine tiefe Stufe, die ich mühsam hinuntersteigen muss. Oje. Ich bin nicht ich selbst, das ist Fakt, im Augenblick bin ich ganz und gar nicht ich selbst. Allerdings, wann wäre ich denn je ich selbst? Wann ist schon irgendjemand je er selbst?

Ich muss aufhören. Oder nein, ich darf nicht, ich muss weitermachen. Aber ich hab so einen Schmerz in meiner Brust, dass mir das Atmen zum Verhängnis werden kann. Flauberts Mutter sagte über ihren Sohn, er habe sein Leben mit einer Manie für Phrasen vertan. Oder auch für Wörter. *Flaubert, c'est moi.* Nur sind es in meinem Fall keine Phrasen, sondern Fakten, oder Fakten verpackt in Phrasen. So gesehen, sind Fakten die Klammern, die ein Leben dort halten, wo es hingehört, also in Form, meine ich. Godleys Leben, mein Leben, das Ihre. Aber ich frage mich trotzdem, was ist das eigentlich, ein Fakt? Ein Ding, das die Wahrheit festnagelt? Ah, die Wahrheit also. Man bringe mir Krug und Schüssel, dass ich mir die Hände reinwaschen kann von ihr.

Ich sage es noch einmal, ich hätte Godleys Sohn nicht antworten sollen, hätte nicht auf seinen Ruf nach New Ams antworten sollen, vor allem hätte ich mich nie darauf einlassen sollen, hierherzukommen, hier zu wohnen und hier in Arden zu erglühen wie ein Narr.

Mein Herz, meine arme überarbeitete Pumpe, hat einen furchtbaren Schock erlitten.

Sie will nicht mich, sie will einen andern, wie es scheint oder nicht scheint, sie hat ihn, hatte ihn gehabt, wurde von ihm gehabt. Und was für einen andern. Ich hätte damit rechnen können, damit oder mit etwas Ähnlichem – aber was könnte dem schon ähnlich sein?

Am Anfang entsprach meine Liebe zu ihr ganz ihrem eigenen Bild, ein großes, schlaksiges Mädchen mit einem dichten blonden Schopf und einem Schmollmund, das nach Sommer und nach Schweiß roch. Und jetzt? Jetzt ist alles anders, mit einem Schlag. Jetzt ist sie verschrumpelt und klein, das, was von meiner Liebe übriggeblieben ist, klein und verschrumpelt wie eine winzige Heilige, die auf wundersame Weise von behandschuhten Händen hinter Glas unter einem italienischen Altar konserviert wurde. Nun ja, auch eine einbalsamierte Liebe ist noch eine Liebe und kann das Herz noch schmerzen lassen. Aber wer hätte gedacht, dass ich mich als so wankelmütig erweisen würde, ich, der ich glaubte, endlich die Liebe meines Lebens gefunden zu haben? Ich kenne mich selbst nicht, ich weiß nicht, was ich fühle, es tut nur weh.

Duffy war's, der sie bemerkte, als sie das Cottage durch die Hintertür verließ und zum Haupthaus hinübereilte. Frech wie ein Fuchs sei sie gewesen, sagte Ivy, und eine Zigarette habe sie geraucht, wenn's denn gefällig ist. Die arme Ivy, als sie mit meinem Mittagessen raufkam, konnte sie keine Sekunde länger an sich halten und musste mir sogleich brühwarm erzählen, was Duffy ihr erzählt hatte. Ich kann's ihr nicht verdenken, wie könnte sie es nicht ausplaudern. Bestimmt hat mein Gesicht mich wieder mal verraten, wie immer. Du liebe Zeit, das ist doch mal 'ne neue Art zu leiden.

Huuu-huuh, o, huuu-huuh.

Wusst ich es doch, dass sich hier in der Gegend ein fieser kleiner Gott rumtreibt, mit seinem Zauberstab herumspielt, den Mund schief zieht und pfeift vor Freude über mein Verderben. Sie können's einfach nicht ertragen, wenn's uns gut geht, nicht einmal unseren unterdrückten Jubel können sie ertragen, und also leiden wir, weil sie überall ihre Finger drin haben.

Denk an was anderes. Halt dich an Fakten, Gustave, *mon semblable,* Fakten sind die beste Ablenkung, die beste Unterstützung. Völlig schnurz, was sie sind oder nicht sind, fürs

Erste sind sie genug. Wenn sie nun aber nicht die Fakten selbst sind, sondern nur Interpretationen? Na und, ist doch egal, ob sie's sind oder nicht.

Oh ja, ihr Maul ist beiß, ihr Griff ist bohr!

Mach weiter, mach weiter, unerschütterlich im Angesicht des Unglücks.

Warum ausgerechnet er? Warum gerade er? Schändlicher Usurpator!

Zurück an die Arbeit, zurück an die Arbeit.

Hier ist meine Nase, da ist der Schleifstein.

Inzwischen habe ich diesen elenden, wie soll ich sagen, diesen elenden ›Brief‹ von Godley dreimal oder sogar viermal durchgelesen und ihn bei jeder neuen Durchsicht genauer unter die Lupe genommen und muss meine Zweifel anmelden, meine mehr als bloß Zweifel an seiner Echtheit. Da ist zunächst einmal diese gespenstische Vertrautheit der Geschichte, die er erzählt, sowohl im Text als auch zwischen den Zeilen. Es ist wirklich sehr seltsam, und ich kann es nicht erklären und versteh es nicht. Ich bin wie ein Wanderer auf einem hohen Alpenpass, der plötzlich aus dem Nebel auftaucht und zu seiner Überraschung und Bestürzung unten im Tal nicht ein anderes Dorf vor sich sieht, sondern just das, aus dem er ein paar Stunden vorher aufgebrochen ist, dasselbe oder ein auffallend ähnliches, mit derselben kleinen Kirche, idyllisch wie eine Kuckucksuhr, und dem zerfurchten Schnee auf derselben steilen Hauptstraße und denselben Skifahrern, die dahinter zwischen identischen Schwarztannen in der Hocke die Hänge hinunterflitzen. Ich fühle mich betrogen und verraten, aber ich bin mir nicht sicher, wie oder warum oder von wem genau. Es scheint, als sei ich selbst Teil der Scharade und trage in gewisser Weise eine Mitschuld, wenn auch nur durch Assoziation, oder meine ich vielleicht, durch eigenes Beispiel? Denn Adam Godley kannte meine Monografie über Axel Vander und seine Heldentaten, so viel ist klar, einen bestimmten Teil davon kannte er in- und auswendig und nutzte sie als Vorlage für sein eigenes – was? Sein eigenes was? Wie soll ich diese überhitzte Epistel, dieses sogenannte Venezianische Testament, charakterisieren? Dieses von mir so genannte, so peinlich mir's auch ist, Sie daran zu erinnern, denn heute lässt mich dieser schwülstige und zugleich abgeschmackte Titel schamrot werden.

Aber wie kann man auch nur ansatzweise denken, dass man mit Überzeugung und Gewissheit sagen könnte, was das Ding eigentlich ist? Ist es Fiktion, eine Fantasie, ein Bericht über einen Traum? Hat der Autor es zum Zeitvertreib geschrieben, um seine perverse Vorliebe für das Unpassende und Unangemessene zu kitzeln, oder hatte er einen finstereren Zweck im Sinn? Es riecht nach Erfindung, und ich muss mich fragen, ob es nicht Teil einer Verschwörung gegen mich – ja, gegen mich – ist, deren Dimension ich nicht einmal erahnen kann. Könnte es eine Fälschung sein? Die Handschrift sieht wie Godleys aus, aber Handschriften kann man fälschen, und ich bin kein Grafologe. Erkenne ich den Stempel von B. J. Grace oder von dem bedauernswerten Pavel Popov oder einem anderen unbekannten verschlagenen Fuchs? Aber nein, Popov wäre zu schüchtern, um sich auf eine derart kühne Täuschung einzulassen, und außerdem zu dumm; Benny Grace dagegen – das ist genau die Art von hinterlistigem Streich, an der der unerhörte Benny seine Freude hätte. Seit ich hierhergekommen bin nach Arden, habe ich das Gefühl, dass hinter den Kulissen Kräfte walten, die mir ständig Knüppel zwischen die Beine werfen, mich täuschen und mich dazu verleiten wollen, mich zum Narren zu machen und mich in aller Öffentlichkeit zu blamieren. Spielt man mit mir? Bin ich der Angeschmierte, das einfältige Opfer, die Zielscheibe? Ist das alles bloß ein Scherz, eine Sprengfalle, die unter meinen Füßen explodiert und mich wie eine Rakete in die Luft gehen lässt, mit fuchtelnden Armen und brennenden Haaren? Wenn ja, wer ist der Witzbold und warum der Scherz?

Den ersten Stich des Zweifels spürte ich, als Adam Godley mir von diesem Fahrer erzählte, der in der Bibliothek war, als er mit dem Bündel Millimeterpapier in der Hand aus der Gruft kam. Nicht, dass ich mir Sorgen machte, die Sicherheit der Gruft könnte gefährdet sein – ganz gewiss nicht –, aber der Gedanke, dass dieser Kerl dort auftauchte, warf einen Schatten auf die ganze Sache, hinterließ einen Fleck auf den Seiten, drückte ihnen ein verschwommenes Wasserzeichen auf, das nicht mehr wegging. Doch ich ignorierte meinen Verdacht und ließ zu, dass die Aufregung des Augenblicks ihn unterdrückte. Seltsam, diese Schauer von Vorahnung, für die ich anfällig bin. Ich muss besonders empfänglich sein für die verborgene menschliche Anspannung im Gang der Dinge. Als ich Helen das erste Mal sah, hat mich ihr Anblick sofort und auf eine unerklärliche Weise gegen den alten Godley aufgebracht, und die bloße Anwesenheit von Mordaunt, dem Wahnsinnigen, scheint mir jetzt die Vorwarnung zu sein, die mir schon lange vorher die Schuppen von den Augen gerissen haben würde, hätte ich sie denn beachtet. Ich täte gut daran, stärker auf meine innere Wünschelrute zu achten. Aber so bin ich nun mal, unüberlegt und impulsiv bis zum Gehtnichtmehr. Und ängstlich natürlich ebenfalls, und man darf auch die *Pusillanimitas* nicht übersehen.

Falls es doch Godley war, der dieses Dokument verfasst hat, und nicht irgendein störender Kobold, war er mit einem außerordentlichen Maß an Energie und Einsatz an das Projekt herangegangen. Er hat sich einen Stil dafür ersonnen, archaisch, verschnörkelt, deklamatorisch, der ganz anders ist als die ironische, eiskalte Stimme, mit der er sonst in seinen Schriften spricht und die durchweg wie eine derbe Parodie seiner selbst klingt. *Indes, bereits in meinen Jugendtagen? Mein weiter Mantel? Seinen Fanfarenstoß? Eine unauflösliche Umarmung?* Sehen Sie nicht das Glitzern von Narrengold und gänzlich falscher Morgenröte?

Das Narrativ, das er da schmiedet – das ist nun mal ein treffendes Wort –, reflektiert bestimmte Passagen meiner Vander-Monografie so präzise, als würden sie sie nachgerade spiegeln. Aber wie kann das sein? Und warum? Wusste er etwa, dass sein Sohn gerade mich mit dem Verfassen seiner Biografie beauftragt? Vielleicht war ich ja seine Wahl, vielleicht hat er in seinem Testament verfügt, dass allein ich und keiner von den anderen möglichen und möglicherweise besser geeigneten Kandidaten mit dieser Aufgabe zu betrauen sei. Aber warum sollte er mich ausgewählt haben? Er kann sich doch nicht an unsere nervöse Begegnung vor all den vielen Jahren in Arcady erinnert haben, oder? Und selbst wenn, soll ich etwa glauben, die Erinnerung an diesen Moment einer vorübergehenden Verrücktheit habe ihn bei der Wahl seines Biografen beeinflusst? Und vor allem, warum sollte er sich die Mühe machen, einen dreizehnseitigen, nein, einen – beidseitig beschriebenen – sechsundzwanzigseitigen Text von Hand zu schreiben, auf die Chance hin, *primus,* dass sein Sohn seine Anweisung befolgen und mich als seinen offiziellen Biografen gewinnen würde, und *secundus,* dass ich nach Arden kommen und den Brief in der Gruft finden und ihn als echt akzeptieren würde? Nein, das ist alles zu weit hergeholt, nein wirklich.

Und doch, und doch. Im ›Grabtuch‹-Kapitel von *Die Erfindung der Vergangenheit* erzähle ich die Umstände von Axel Vanders höchst fragwürdiger Beziehung mit einer jungen Frau in Italien in den, wie sich herausstellen sollte, letzten Wochen ihres Lebens. Sie, Catherine Cleave, hatte sich in Antwerpen oder Gent oder in Brügge aufgehalten, in einer dieser von den alten Meistern erfundenen, unglaublich malerischen Städte jedenfalls und hatte sich dort irgendwie mit dem Studium von Vanders Arbeiten befasst – sie war eine echte, wenn auch etwas überspannte Wissenschaftlerin und mitunter genauso verrückt, wie Godleys Tochter es von Anfang an und bis zum Ende war –, und sie hatte ihm geschrieben und um ein Interview gebeten, um ihn nach den Originalquellen hinsichtlich gewisser Aspekte ihrer Recherchen zu befragen. Vander war zu dieser Zeit in Turin zu Hause, war nach einem Leben voller Missetaten dort untergetaucht, und sie reiste dorthin, um ihn zu treffen, und ließ sich auf eine fatale Tändelei mit ihm ein. Wir vermuten, dass sie ein paar Wochen zusammen in der Stadt waren, wo sie ihn über seine spinnerten dekonstruktivistischen Theorien ausgefragt und nebenbei mit ihm geschlafen hat oder sich von ihm hat beschlafen lassen. Es ist eine echte Schauergeschichte, tragisch und gleichzeitig schmutzig, und warum Adam Godley sich entschlossen hat, sie in seinem eigenen fantasievollen *Liebestodlied* nachzuäffen, ist ein Rätsel, für das ich keine Lösung habe.

Cass Cleave war eine verstörte Seele, die ganz dringend jemanden brauchte, der sie durch den Irrgarten, der ihr Leben war, geleiten konnte, und die dann mit dem Faden, dem sie folgte, direkt im Schoß des Minotaurus landete. Sie war die Tochter eines Schauspielers, und dieses Erbe war wohl zum Teil ihr Problem, könnte ich mir vorstellen; schauen Sie sich doch meine Helen an, sie ist wohl kaum ein Muster an Ausgeglichenheit und heiterer Gelassenheit. Vander ging ganz entsetzlich mit dem armen Mädchen um, mit seiner Cissy, seiner C. C., ein permanenter Wechsel zwischen lächelnder Verachtung und etwas wie gedankenloser Gefräßigkeit; sie fühle sich, so schrieb sie in ihr Tagebuch – eine Art Testament, wenn man so will, herzzerreißend in seiner Wirrheit und Verzweiflung –, als ob sie aufgefressen werde, buchstäblich, von einem Urwaldwesen bei lebendigem Leibe aufgefressen. Zu guter Letzt hat sie sich befreit und ist geflüchtet und endete zerschmettert am Fuße einer Felsenklippe in einer jener hübschen kleinen Städte, die so anmutig die bezaubernde ligurische Küste säumen.

In Adam Godleys Version, offenbar eine Adaption von meiner, schreibt ihm seine Cissy heimlich und verabredet sich mit ihm in Venedig, wo sie wiederum durch ihn vor ihrem dämonischen Liebhaber gerettet wird. Gerettet? Sie kam wohl eher vom Regen in die Traufe! All das, sofern wir von demselben Mädchen sprechen, was wir anscheinend tun, was er anscheinend tut. Godley und Axel Vander kannten sich, sie waren zur selben Zeit in Arcady und bewegten sich in denselben Kreisen, also warum hat er ihn nicht erwähnt?

Godley war in der Schweiz gewesen, um sich nicht gerade liebevoll von einem anderen Opfer der Brahma-Theorie zu verabschieden, dem Großen Hadronen-Speicherring – ich frage mich, ob es vorher einen kleinen gab, der gewachsen ist –, bevor dieser stillgelegt und sein riesiges Tunnelnetz mit Wasser aus dem Genfer See überflutet wurde, was bekanntlich zur Folge hatte, dass der Pegel des Sees um gut fünfzehn Zentimeter sank. Auf dem Heimweg machte er einen Abstecher nach Venedig, ob geplant oder in Reaktion auf den angeblichen Brief von Cissy, können wir nicht sagen; ja, er behauptet zwar, er habe reagiert auf ihren Ruf, doch später widerspricht er sich, sodass die Frage offenbleibt, wie so viele andere auch. Er wurde in einem großen Hotel am Canal Grande untergebracht, in unmittelbarer Nähe des Markusdoms. Der Palazzo Inverno war der ehemalige Sitz und häufige Zufluchtsort eines nördlichen Zweigs der Familie Gannaro, jenes jahrhundertealten römischen Geschlechts von zwielichtigen Bankiers, Bilderschmugglern und Berufskillern, deren nicht geringste Missetat die Hervorbringung des Eduardo Gannaro war, des Letzten in der Ahnengalerie des berühmt-berüchtigten Gannaro-Clans. Im Hotel Inverno habe ich einmal mit meiner Frau Martha übernachtet, als unsere Ehe gerade in die Brüche ging. Ich war damals die meiste Zeit betrunken, was wohl auch der Grund war, weshalb ich das Wort Inverno mit Inferno verwechselte und mich beim Hoteldirektor zum Narren machte, indem ich mich beschwerte, dass sein Etablissement keinen guten Namen habe, in unserem

Zimmer sei es nämlich höllisch kalt. Manchmal denke ich, mein ganzes Leben war nichts als eine Aneinanderreihung von Missverständnissen und Trugschlüssen und den daraus resultierenden peinlichen Schrammen.

Godley hatte im Voraus telegrafiert und eine Luxussuite im *Piano nobile* reserviert, mit Blick auf den Kanal. Es war dieselbe Etage, auf der Martha und ich damals gewohnt hatten, in einem engen Eckzimmer, wo uns den ganzen Tag lang und die halbe Nacht die Vogelschreie der Gondolieri peinigten, begleitet vom Schwappen und Tuckern der ständig hin und her fahrenden Vaporetti und dem bußfertigen Schlurfen der Füße von Milliarden Touristen, die sich am Kai entlangschoben und ins Gewirr der *calli, callette* und *calleselle* stürzten, in dessen Mitte das Hotel hockt wie der Rumpf eines riesigen und fantastisch geschmückten venezianischen Kriegsschiffs, das ein wenig Schlagseite hat. In dem ›Brief‹ – aber ich kann die Anführungszeichen genauso gut weglassen, diese Flügel, zwischen denen ein winziger Fra-Angelico-Engel fehlt – erzählt er, wie er am Nachmittag seiner Ankunft auf den Balkon trat, über sich den bitterblauen Himmel, und sich beim Anblick eines glitzernden Streifens Schnee auf der breiten steinernen Brüstung sogleich in seine früheste Kindheit zurückversetzt fühlte. »Zur Winterzeit bei meinen Knabenspielen«, schreibt er, »nahm ich immer einen Brocken eisigen Schnees, tat ihn zwischen zwei Scheiben Schiefer und bildete mir ein, eine Eiswaffel zu haben. Weißt du, ich hab beim Spielen stets die Kinder von den Leuten auf dem Lande nachgeahmt. Dort fand ich die authentische Note, das autochthone Echte.« O ja, fürs Autochthone war er sehr zu haben.

Was sie wohl miteinander getrieben haben, er und sein

Mädchen, in ihrem Winterpalast auf dem Wasser, in diesen riesengroßen klammen kalten Räumen? Der Brief ist sehr detailreich, bisweilen manisch, doch nicht in puncto – wie soll man sagen? –, in puncto Leidenschaftlichkeit. Was das betrifft, hätte er auch von einer jungfräulichen Pfarrerstochter zur Zeit der Napoleonischen Kriege verfasst sein können. Wir erfahren eine Menge über das Wetter. Die Heizungsanlage des Inverno – eine Bezeichnung, die unzutreffender nicht sein könnte, was ich persönlich bestätigen kann – glomm an den Tagen, wo sie funktionierte, hin und wieder anfallartig auf, was aber lediglich einen dichten Dunstschleier erzeugte, der in den Korridoren und Empfangsräumen hing wie perlenbestickte Spitze. Cissy beklagte sich, sagte, es werde ihr einfach nicht warm. Sie saß mit Handschuhen auf dem Bett, hielt ihre Knie mit beiden Armen fest umschlungen und schaukelte vor und zurück, vor und zurück, bis Godley die Geduld verlor und sie anfuhr, sie sehe aus wie diese Gipsheiligen auf den Sammelbüchsen für die Armen, die sich immer mit einem metronomhaften Kopfnicken bedankten, wenn man einen Pfennig in den Schlitz steckte. Viele solcher Bilder tauchen auf aus der Vergangenheit, und er wirft ihr vor, sie wolle ihn alten Mann wieder zum Kind machen. Ihre Passivität beruhigt ihn, und gleichzeitig macht sie ihn rasend, bis ihm klar wird, dass sie gar nicht passiv ist, sondern sich nur in sich selbst verkrochen hat und wartet. Doch worauf wartet sie?

»Du bist verrückt«, schreit er sie an, »vollkommen irre!«

Als wäre ihr das neu.

Sie erzählt ihm, dass ihr die Idee der Entropie schon immer gefallen hat, die Vorstellung, dass alles immer unübersichtlicher und unsicherer wird, bis es am Ende gar keine Ordnung mehr gibt. Sie würde sich wohlfühlen in einer Welt, wo alles auf die Spitze getrieben ist. Er sagt, davon verstehe sie nichts, absolut nichts! Und dann lässt er sein kaltes Lachen auf sie los.

Als es dunkel wird, gehen sie zusammen durch die engen, hallenden Gassen, unter den steilen Mauern mit den vergitterten Fenstern; sie schlendern an den Kais entlang, überqueren die Buckelbrücken, die für Cissy aussehen wie barockes Spielzeug, sagt sie. Die Stadt ist verlassen, leergefegt von Touristen, aber auch von den Einheimischen, durch eine tödliche Seuche, die im Frühherbst an der Küste entlang nach Norden geschwappt war, sich im feuchten Schritt der Adria festgesetzt und eine giftige Wolke über der Lagune ausgebreitet hatte; es gibt viele Tote, wie viele genau, darüber verweigern die Behörden die Auskunft. Sie hakt sich bei ihm ein, vergräbt ihre behandschuhte Hand tief in seiner Manteltasche. Die Straßenlaternen leuchten grau wie aufgereihte Löwenzahnblüten. Die Pflastersteine sind nass und rutschig unter den Füßen, und einmal, unter den Arkaden des großen Platzes, wo es schummrig ist, da war er ausgerutscht und wäre beinah hingefallen, wär glatt gefallen, wäre sie nicht da gewesen, um ihm Halt zu geben, dass er sich auf sie stützte, sie, sein Rettungsanker, sein Stab und Stecken.

»Wie abgeschmackt das wäre, hier zu sterben«, sagt er und lacht wieder. »Für die Presse wär das ein gefundenes Fressen.«

Sie zieht seinen Ellbogen so fest an sich, dass er ihre Rippen spürt, und sie lacht mit.

All dieses Lachen, wozu soll das gut sein? So viele Menschen, sagt er, haben sich bemüht, ihn zu erkennen, so viele, sie haben die Finger zu Krallen gekrümmt und sich an ihn herangedrängt, grinsend und ihn mit Geifer bespritzend, und dabei gab es doch die ganze Zeit überhaupt nichts zu erkennen, überhaupt nichts zu entdecken. Er ist sich selber ebenso ein Rätsel, wie er es ihnen war und ist. Zu Abend aßen sie in einem Restaurant am Rio Carampane. Seeigel und Salzfisch, dazu irgendein achtlos ausgewählter Rotwein, der zu seinem Missvergnügen eisgekühlt serviert wurde. Cissy aß wenig, er nahm den größten Teil von dem, was sie übrigließ, langte mit der Gabel rüber, spießte ausgesuchte kleine Leckerbissen von ihrem Teller auf und steckte sie sich schwungvoll in den Mund. Er kaute grinsend, sie sah seine Zähne feuchte graue Brocken Fisch zermalmen und die Zunge, die das krümelige Fischfleisch wälzte. Sie spielte mit ihrem Glas herum, Wein kleckerte auf die Tischdecke, wo sich der perfekte Umriss einer Männerhand mit gespreizten Fingern formte, ein gespenstisches rötliches Negativ auf dem schweren weißen Leinen. Schweigend saßen sie da und schauten wie gebannt zu; das sei ein gutes Omen, sagte er, ein Glückssymbol, das würde einem jeder Italiener sagen, aber sie wusste es besser. Godley rief den Kellner herbei, der schelmisch und zugleich herablassend erklärte, der Signore, der vorher dort gesessen habe, müsse sich wohl mit der Hand da aufgestützt und seinen *sudore* – »die Schweiß, Signore, Sie verstehen?« – hinterlassen haben, und dann hatte er zur Demonstration seine Hand auf den Abdruck gelegt.

Danach war Godley eingeschnappt. Er ließ sich nicht gern etwas erklären, ganz egal, von wem und worum es sich handelte. Sie lachte und sagte, er sehe aus wie Velázquez' Papst Innozenz X., die dämonisch hochgebogenen

Brauen, der struppige Bart, die lange, dicke Nase. Er wettete mit ihr um die Zeche, dass sie ihm nicht sagen könne, wie Papst Innozenz geheißen habe, bevor er Papst wurde. »Das müsstest du eigentlich wissen«, sagte er, »du studierst doch so was.« Aber sie wusste es nicht. »Giovanni Battista Pamphili!«, krächzte er, lehnte sich auf seinem Stuhl zurück und grinste höhnisch. »Pamphili, die Geißel der Jansenisten. Und du willst eine Gelehrte sein? Eine ungebildete kleine Göre bist du.«

Sie zog den Kopf ein, Kinn aufs Brustbein, und blickte tiefernst zu ihm hoch. Er verschränkte die Arme auf dem Tisch und beugte sich vor, die knochigen Schultern so weit nach oben gezogen, dass sie höher als die Ohren reichten. Er sehe aus wie ein Schimpanse, sagte sie, ein triefäugiger, haariger alter Schimpanse.

»Papst Pan der Pantokrator!«, sagte er finster vergnügt.

Dann Stille in dem stillen Raum. Er trommelte mit den Fingern auf die Tischplatte und ließ den Blick über die leeren Tische schweifen. Ich bin der Tod geworden, der Zerstörer der Welten.

»Das war mir klar, dass du so ein bildschönes Fleckchen kennst wie das hier«, sagte sie abschätzig. »Es ist ja so, so *authentisch hier,* so *ausgefallen.*« Er hob ihre Hand hoch, die auf dem Tisch lag, und drehte sie erst nach einer, dann nach der anderen Seite, als sei sie etwas, das er vorhatte zu essen. »Du bist so ein Angeber«, sagte sie.

»Apropos Angeber, hast du nicht gesagt, dein Vater ist Schauspieler? Ja. Ich mag Schauspieler, ihr Pathos und ihre Verletzlichkeit. Sie tun ihr Bestes, um uns davor zu bewahren, zugeben zu müssen, dass wir selbst, wir alle, alle miteinander schauspielern.«

Die Teller waren abgeräumt, und sie tranken Kaffee, heiß und stiefelschwarz, aus Fingerhüten, und strohfarbenen Grappa aus bauchigen kleinen Gläsern. Sie waren die einzigen Gäste. Sie sprachen über Schorf. In früheren, unbekümmerten Zeiten, als die Kinder noch draußen spielten, wo es Steine gab und Dornen, da hatte jeder Schorf, schreibt Godley – wie Sie sich erinnern werden, wir sind mit unseren Gedanken immer noch bei seinem Brief, skeptisch und gespannt in einem. Am Anfang, wenn der Schorf sich gerade erst gebildet hat, ist er ungemein empfindlich und blutet immer gleich, wenn man mal, um ihn zu untersuchen, ganz leicht ruppelt oder daran zuppelt. Bei Schnittwunden gab es nur einen Einzelschorf, aber Schrammen, besonders eine Schramme von einem Dornbusch, hinterließen eine lange dunkelrote Ellipse, wie eine Perlenschnur aus winzigen Rubinen. Die größeren Schorfe hatten, wenn sie getrocknet und ausgehärtet waren, die Farbe von noch nicht ganz reifen Brombeeren, genau den gleichen matten Schimmer, und irgendwie fühlte sich ihre Oberfläche genauso huckelig, warm und fest an. Sie wurden gepflegt und gehütet und jeden Tag mindestens einmal am Rand mit dem Fingernagel angeritzt, ganz vorsichtig und nur ein winziges bisschen, um zu testen, wie viel Widerstand noch da war. Ein kleines scharfes Stechen zeigte an, dass sie noch nicht reif genug waren. Doch dann kam der Tag, wo sich die ganze Kruste wie der Deckel einer kleinen Schmuckschatulle langsam und bei angehaltenem Atem komplett hochheben ließ. Immer gab es eine Stelle, die noch klebte und an der sie hartnäckig festhielten oder hartnäckig festgehalten wurden, was eine Denkpause nötig machte, nach der die Operation beherzter und mit größerer

Selbstgewissheit fortgesetzt wurde, und plötzlich löste sich der Panzer, unversehrt und leicht wie ein Klecks vertrockneter Brombeermarmelade, und die letzte Stelle, die noch haftete, gab nach, was sich anfühlte wie ein umgedrehtes Küsschen, und da, endlich offen, lag das Stückchen wirklich neuer, zarter Haut, frisch und hauchfein, glänzend wie ein Libellenflügel.

Es war schon spät, als sie vom Tisch aufstanden. Godley hatte einen kurzen Schwindelanfall und machte einen wackligen kleinen Ausfallschritt zur Seite. Diesmal schlug er ihre Hand wütend weg und straffte sich, als sie ihm ihre Hilfe anbot. Sie gingen hinaus in die dunstige Dunkelheit, beide benebelt, beide mit starrer Miene und heißer Stirn. Unter ihnen schwebten diffuse Nebelschwaden überm öligen Wasser. Irgendwo in der Ferne ertönte jäh ein Schrei, ob vor Überraschung oder vor Schreck oder beides, auf den aus einem anderen Viertel ein bellendes Gelächter antwortete, jedenfalls wirkte es wie eine Antwort, hoch und zirpend, das schlagartig abbrach. In jeder finsteren Ecke tummelten sich Ratten; es hieß, die Katzen der Stadt hätten sich samt und sonders mit der Seuche angesteckt und seien alle umgekommen und mit ihnen auch ihre Besitzer.

»Am Leben zu sein mitten in so viel Tod!«, keuchte der alte Adam fröhlich, indem er in seiner Tasche nach ihrer unbehandschuhten, fischkalten Hand fasste und sie fest drückte. »Wir zwei.«

Im Hotel gingen sie in die Bar und setzten sich im schummrigen Licht an einen niedrigen Tisch. Außer dem Barmann war niemand da. Er war schon älter, und mit seinem großen, lächelnden Gesicht, das aussah wie aus Bimsstein, und dem kahlen Schädel, der Furchen hatte wie der Mond, hätte er einer der Cäsaren sein können. Er trug eine schmuddelige weiße, bis hoch zum Adamsapfel zugeknöpfte Jacke. Er servierte ihnen Kaffee – da werde er diese Nacht bestimmt nicht schlafen können, sagte Godley – und gedrungene kleine Gläser mit Wasser dazu. Sie spürten, wie die Leere des Hotels sie niederdrückte; hin und wieder schien es, als würde das ganze Gebäude einen tiefen, weichen, müden gemeinschaftlichen Seufzer ausstoßen. Ich wüsste gern, was Cissy für ein Kleid trug, wie ihr Haar frisiert war, was sie für Schuhe anhatte. Ich kann sie nicht sehen, und so sehe ich natürlich statt ihrer den Geist von Petra, so wie sie an jenem Tag war, als sie die Treppe hinunterhastete, an mir vorbeihuschte, ganz in Schwarz, mit ihrem nackten weißen Gesicht, den Narben an ihren Armen und diesem Blick, als ob sie etwas Dringendes zu erledigen habe.

Im Schein der Lampen hatte das Wasser in ihren Gläsern einen seltsam metallischen Glanz, wie der Glanz, den die Luft annimmt, wenn sich ein Gewitter ankündigt.

Hatten sie ein gemeinsames Zimmer? Genauer gesagt, teilten sie das Bett? Er sagt es nicht. Mir fällt auf, dass er ihre Beine bemerkt. Sie sind schön schlank und leicht gerundet, und ihre großen Zehen sind wie Daumen, hakenförmig. Er vergleicht sie mit den zinkweißen Beinen einer der stilisierten Evas von Cranach dem Älteren. Also vielleicht hat er sie nackt gesehen, oder fast nackt. Aber vielleicht auch nicht. Einem Mann genügt ein kurzer Blick auf eine Fessel, um das ganze Bein einer Frau vor Augen zu haben, von oben bis unten. Sie tranken die Neige ihres Kaffees nicht mehr aus, sondern stiegen trunken schweigend die breite Marmortreppe hoch, ihre Hand in seiner. Sie hat immer eiskalte

Hände, eiskalt, feucht und klamm und derart mager, dass er ganz deutlich die Form jedes einzelnen fragilen Knochens spüren kann. Sie waren müde nach dem langen Tag und sagten sich im Korridor, vor ihren Zimmern, Gute Nacht. Was sie wohl denken mochten? Am nächsten Tag hatten sie eigentlich einen Ausflug nach Poveglia machen wollen, aber alle Fähren waren eingestellt, und zu dieser Insel der Kranken und Verrückten ging ohnehin keine Fähre, so verlassen, wie sie nunmehr ist. Stattdessen würden sie einen Spaziergang hinüber zur Accademia machen, sagte er zu ihr, und sich Bellinis Gemälde von der Madonna mit dem schiefen Blick anschauen, das war der Titel, den er sich ausgedacht hatte, weil sie so desillusioniert ausschaut in ihrem blauen Umhang und flankiert ist von zwei kleinen, wundervoll luftig hingehauchten Bäumen, und ihr Christuskind mit Würstchenlocken und tiefen Augenringen lümmelt da, lässig an sie gelehnt, wie eine Straßengöre. Aber Cissy sagte, da könne er alleine hingehen, sie wolle sich keine Bilder ansehen. Sie hatte plötzlich schlechte Laune, oder vielleicht wirkte es auch nur so, weil sie müde war und zu viel getrunken hatte. Sie schlüpfte in ihr Zimmer und machte ihm die Tür vor der Nase zu, aber nicht wütend, wie er vermerkte.

Zu später Stunde hörte er von weitem ein Schluchzen und ging sie suchen, er fand sie unten auf der Treppe kauernd, die sie vorhin zusammen hochgestiegen waren. Sie hatte die Arme auf den Knien verschränkt und die Stirn auf den Armen. Er setzte sich zu ihr, nahm sie in den Arm und schwieg und ließ sie weinen. Er sah sich um und überlegte, nicht zum ersten Mal, warum die Stufen dieser alten Treppen wohl so flach sind, so flach und doch so steil. Darüber große Höhen, piranesihafte Düsternis aus Stille und Luft, die reglos steht; er hat ein Gefühl vom Grenzenlosen. Und einen kalten Allerwertesten von der marmornen Stufe, auf der er sitzt. Die Schultern des Mädchens beben in seinem schützenden Arm. Na, na, murmelt er gedankenverloren. Na, na. Ein Mädchen, das weint in der Nacht, das ist für ihn nichts Neues.

Am nächsten oder übernächsten Tag wurde sie krank. Zuerst war es nur ein leichtes Fieber, aber binnen weniger Stunden glühte und zitterte sie und musste sich mehrmals übergeben. Auch Durchfall hatte sie. Sie war so schwach, dass er sie ins Bad tragen und warten musste, während sie stöhnend, die Hände vors Gesicht geschlagen, sich entleerte. Er musste ihr sogar den Hintern wischen, und er wusch sie, so gut er konnte, und trug sie wieder in ihr Bett. Der Raum mit seinem matten Lampenlicht schien sich immer weiter auszudehnen. Sie sprach nicht, schwieg auf seine immer drängender werdenden Fragen, schüttelte den Kopf und wandte sich ab. Sie lag unter dem Laken, mit angezogenen Knien, die Wange auf die gefalteten Hände gestützt, und starrte aus plötzlich geweiteten Augen vor sich hin. Er saß neben ihr oder lief auf und ab, hilflos und genervt. Er hatte etwas zu essen mitgebracht, Suppe und Brot, und drängte sie, etwas zu sich zu nehmen, aber sie drehte sich auf die andere Seite und starrte die Wand an. So ging es einen Vormittag und einen Nachmittag und noch bis in die Nacht hinein. Allmählich bekam er es mit der Angst. Er fühlte etwas, ein Gefühl wie die Verzweiflung eines Liebenden: Was, wenn sie sterben musste?

Er ging Hilfe suchen. An der Rezeption war kein Mensch. Eine Lampe mit grünem Glasschirm und einer sirrenden Glühbirne verbreitete kränkliches Licht. Er hatte schon überlegt, einfach seine Tasche zu packen und zu verschwinden, oder gar nicht zu packen, nur eine Handvoll Geldscheine auf den Tresen zu legen und dann hinauszurennen in die Nacht und das Mädchen gesund werden zu lassen, wenn möglich, doch er wusste, dass er das nicht konnte. Er schlug mit der flachen Hand auf die Glocke, einmal, zweimal, dreimal, es gab ein schepperndes Echo, aber niemand kam. Er ging in die Bar. Der Barmann – der tatsächlich eine verblüffende Ähnlichkeit mit Cäsar Augustus hatte – lümmelte groß und massig auf einem Hocker am Ende der Bar und las die *Gazzetta dello Sport.* Er hob den steinernen Kopf und betrachtete den erregten Gast vor sich mit Augen, die so blass und gleichgültig waren, als seien sie aus Marmor. »Das Mädchen ist krank«, sagte Godley zu ihm, »*molto malata,* Sie müssen einen Arzt rufen.« Früher konnte er Italienisch, jetzt aber nicht mehr. Der Mann antwortete nicht, sondern sah nur ausdruckslos zu ihm hoch und er markierte mit dem Finger die Stelle, wo er gerade war. »*Un dottore*«, haspelte Godley, »*un dottore,* für die – für die *puella,* ich meine, die *signorina.* Bitte.« Schließlich legte der Mann mit finsterer Miene die Zeitung beiseite, stand auf und ging gemessenen Schrittes davon. Hinter ihm trat wieder Stille ein. Das einzige Geräusch war das schwache Sirren der Lampe draußen auf dem Tresen.

Nach einiger Zeit kam der Hoteldirektor; er sah abgespannt und ärgerlich aus. Er hatte einen dünnen Schnurrbart und scharfe kleine Augen, schwarz und glänzend wie Kohlenspäne. Er hielt eine Serviette umklammert und lutschte an seinen Zähnen; er war wohl beim Abendessen gewesen. Zuerst verstand er Godley falsch, dachte, dieser selbst behaupte, krank zu sein, und musterte ihn misstrauisch von oben bis unten.

»Nein«, sagte Godley außer sich, »nein, es geht um das Mädchen, das Mädchen ist krank. *La signorina.* Sie müssen einen Arzt holen.«

Der Direktor schüttelte den Kopf und murmelte irgendwas. Er bemerkte die Serviette, die er noch in der Hand hielt, und er versuchte, sie in seine Hosentasche zu stopfen.

»Ist sehr spät«, sagte er.

»Sie ist sehr krank«, erwiderte Godley.

Er fühlte sich müde, müde und auf einmal alt. Er muss sich gefragt haben, was er dort tat, in einem leeren Hotel in einer verlassenen Stadt an einer stehenden Lagune.

Der Arzt kam, groß und gebückt, mit einem langen, blassen Gesicht und einem gepflegten Bart. Sein Anzug sah aus, als sei er ihm eine Nummer zu groß, und hing ihm um den knochigen Körper wie aufgegangene Windeln. Er verströmte einen schwachen, scharfen Essiggeruch. Er hatte irgendetwas an sich, das nicht richtig war, etwas Gequältes, Unerlaubtes. Ein angeschlagener Mann, der eine dunkle Wunde hegt. Vielleicht hat er wegen Trunksucht die Zulassung verloren, oder wegen eines Kunstfehlers, und arbeitet hier jetzt nachts für einen Hungerlohn, schläft bei Tag in einem Zimmer über einem Laden, schnorrt an der Theke was zu trinken und Essensreste und kaut immer wieder seine Missetaten durch. Godley erkannte sofort, wie ähnlich sie einander sahen, sie beide – die gleiche gebückte Haltung, die gleichen hageren Gesichtszüge, der gleiche spitze Bart –, und war gelinde bestürzt. Er kam sich vor wie eine Figur in einer Bühnenposse, die plötzlich vor ihrem Doppelgänger steht; fast konnte er das Gelächter jenseits der Scheinwerfer hören. Er sah, dass auch der Arzt die Ähnlichkeit bemerkte. Wie zwei Brüder, die schon lange entzweit gewesen und durch einen dummen Zufall wieder vereint worden waren, trabten sie verlegen schweigend nebeneinander die breite Treppe hinauf.

In dem Zimmer mit den matt leuchtenden Lampen standen sie zusammen am Bett und schauten hinunter zu dem kranken Mädchen, das auf dem Rücken lag, die Arme auf dem Laken ruhend, die Hände über der Brust gefaltet, als ob sie betete. Sie sah die beiden schweigend an aus ihren Seehundaugen. Der Arzt beugte sich hinab und legte ihr die Hand auf die Stirn, zog ihr das Unterlid an einem Auge herunter und roch an ihrem Atem. Godley waren seine schlanken dunkelbraunen Hände aufgefallen, die Hände eines Menschen, der dieser Mann einmal gewesen war, vor langer Zeit. Er wandte sich an Godley.

»*Non è la peste*«, sagte er. »Nicht die Pest – Sie verstehen?«

Godley erschrak. Diese Möglichkeit hatte er gar nicht in Betracht gezogen.

Nun setzte sich der Arzt auf die Bettkante und sprach ruhig mit dem Mädchen, fragte sie etwas auf Italienisch. Sie nickte, und er lächelte und nickte ebenfalls. Godley trat einen Schritt zurück, hinaus aus dem Kokon von Vertraulichkeit, der die zwei sogleich umgeben hatte. Seltsame Sache, was zwischen Arzt und Patient abläuft. Er schlenderte hinüber zum Fenster, blieb stehen und sah hinaus. In der rauchigen Dunkelheit ein matter goldender Schimmer auf dem Wasser. Keine Menschenseele. Eines Tages, bald, werde ich sterben, dachte er und fühlte nichts. Ist sogar besser vielleicht. Hast du alles hinter dir, bist nirgendwo. Er drehte sich um und ging wieder zum Bett.

Das Mädchen habe ein Fieber, sagte der Arzt, es sei nichts Ernstes, in ein, zwei Tagen würde es vorüber sein.

Als Godley ihm als Bezahlung ein Bündel Geldscheine in die Hand drücken wollte, hob er beide Hände, wich einen Schritt zurück und schüttelte den Kopf, als sei das etwas Unerhörtes. Er dachte wohl, dass Godley der Großvater des Mädchens sei, und fand es keineswegs merkwürdig, dass die zwei zusammen hier waren und dass sie im Hotel Inverno abgestiegen waren, während in der Stadt eine Seuche herrschte.

Zusammen gingen sie die Treppe wieder hinunter, abermals Seite an Seite, abermals wortlos, ernst und feierlich wie zwei Leichenbestatter. Sie würde nicht sterben; nein, sie würde nicht sterben.

Als er wieder zurückkam ins Zimmer, hatte Cissy sich aufgerichtet und suchte etwas auf dem Nachttisch. Sie hatte immer noch so einen hektischen Blick, aber sie lächelte ihm zu und sagte, es gehe ihr besser. Der Arzt habe ihr gefallen, sagte sie. Godley nickte. Die Gemeinschaft der Geplagten.

»Er roch nach Alkohol«, sagte sie. »Hast du das gemerkt?«

Er sagte, sie solle jetzt schlafen, doch sie schüttelte den Kopf. Ihre Augen glühten fiebrig, wodurch sie noch verrückter aussah.

In jener Nacht teilten sie wirklich das Bett, doch er blieb angezogen und schlief auf der Decke. Er schlief unruhig. Sie redete im Schlaf, zuckte und stöhnte. In regelmäßigen Abständen ging ein Schaudern durch ihren Körper, er konnte spüren, wie es ihr vom Nacken den Rücken hinablief bis in die Zehen. Ihr Geruch war der von Blumen, die zu lange in der Vase standen.

Der Arzt hatte am Hoteleingang auf ihn gewartet. *»Lo sai che è incinta, sì?«*, sagte er. »Sie ist schwanger, wussten Sie das?«

Dann eilte er davon in die Dunkelheit und den Nebel, wie ein Verschwörer auf der Flucht nach einem gescheiterten Putsch, ein dürrer Cassius, mit wehenden Mantelschößen.

Dann trat irgendeine bedeutende nächtliche Stunde ein, und die Glocken läuteten nah und fern. In seinem Ohr waren sie wie die Stimmen von Ausrufern, die verkündeten, die Stadt sei dem Untergang geweiht, ihre Bewohner seien geflüchtet, die Goten stünden vor dem Tor.

Er lag angezogen auf dem Bett, dämmerte und döste vor sich hin und träumte vom Tod und davon, tot zu sein, was einfach nur ein Dunkel wäre oder nicht mal das; ein Nichts, ein Kein-Sein, in einem Kein-Wo. *E basta!*

Was wollte sie von ihm, auf was war sie aus? Er wagte nicht zu fragen, aus Angst, dass sie's ihm sagte. Warum hatte er sich überhaupt darauf eingelassen, sich hier mit ihr zu treffen? Sie hatte ihn darum gebeten, dass er kommen solle, zu ihr kommen, ganz egal, wohin, um über irgendwas zu reden, er wusste nicht, worüber. Ihr Thema waren die Kunst und die Künstler, etwas, wovon er keine Ahnung hatte und was ihn auch herzlich wenig interessierte. Außerdem war sie ja noch so jung – wie alt mochte sie sein, neunzehn, zwanzig? Und er war alt, so alt, mit seinem krummen Rücken und seinem mageren Körper, seinen von seildicken Adern durchzogenen Händen, seiner hohen, bräunlich glänzenden Stirn, die übersät war mit schuppigen Leberflecken, trocken wie Flechten. Es gab Momente, da sah sie ihn an, und dann wirkte auch sie alt, so alt wie die Stadt selbst, älter, doch diesen Blick beherrschte jede Frau, egal wie alt, das wusste er. Und was war damit, wie sie ihm das Gesicht zuwandte unter der Kapuze und dieses unerklärliche Komplizenlächeln lächelte, als sie die Schritte hörten, die sie begleiteten in dieser kleinen Straße hinter der Salute – was war damit?

Es war mitten am Nachmittag, und der Tag neigte sich bereits dem Ende zu, obwohl der Himmel noch lila-weiß leuchtete im Dunst. Es war der erste Ausgang nach ihrer Genesung, und sie trippelte vorsichtig neben ihm und hielt sich dicht an seiner Seite. Unter irgendeinem Vorwand hatte er sie über den Kanal gelockt nach Dorsoduro. Sein wahres Vorhaben, das er ihr aber nicht verriet, war es, das Haus wiederzufinden, das er an einem Nachmittag, der diesem heutigen sehr ähnlich war, aus jenem anderen Grund besucht hatte, nachdem Dorothy gestorben war. Ein unscheinbares Haus, erinnerte er sich, verblasst und heruntergekommen, neben einer Kirche in einer anonymen Straße, die nicht viel mehr als eine Gasse war. Er sah vor seinem inneren Auge den schmutzig gelben Stuck an der Fassade und die großen Stellen, an denen er abgefallen war, sodass die Ziegelsteine und der staubige Mörtel sichtbar war. In einem Zimmer dieses Hauses, auf einem hohen quadratischen Bett, hatte er mit einem blassen Mädchen geschlafen und danach in ihren Armen geweint und ihr von Dorothy erzählt, die sich zwei Wochen zuvor ertränkt hatte.

Doch jetzt fand er das Haus natürlich nicht mehr wieder. Er war sich sicher, dass es hier gestanden hatte. Es muss noch hier sein – in Venedig wird nichts abgerissen –, aber wo war es? Sie gingen die schmale Straße entlang, hin und zurück, er musterte die Gebäude und brabbelte vor sich hin, und das Mädchen sagte nichts, klammerte sich nur an ihn, aus Angst hinzufallen, so schwach war sie noch von dem Fieber und vom Durchfall. Sie wollte sich bei ihm einhaken, aber er riss sich los und sah sie aus dem Augenwinkel an, wütend und mit grimmigem Blick, und eine Sekunde lang schien es so, als wolle er sie schlagen. Das Kind, er dachte an das Kind, das sie trug. Er war – du liebe Güte, er war eifersüchtig!

Es fing an zu schneien, ganz leicht, fast wie versonnen, in der unsteten Luft zitterten die Flocken eher, als dass sie fielen. Erst als sie das dritte oder vierte Mal dieselbe Runde drehten, hörte er die Schritte. Zuerst war es nur so, als seien sie aus dem Tritt geraten und gingen nun in einer Art Synkopentakt, doch nein, da ging jemand, irgendjemand ging mit ihnen, nicht hinter oder vor oder an dieser oder jener Seite, sondern gleichsam zwischen ihnen. Er blieb stehen und sah sich um, aber es war niemand da. Das muss der Schnee sein, dachte er, die dämpfende Wirkung des Schnees muss irgendwie ein Echo hervorgerufen haben. Das glaubte er freilich selber nicht, doch was sollte er sonst glauben? In diesem Moment hob Cissy den Kopf und blickte zu ihm auf mit ihrem Gesicht, das abgehärmt und knochengrau aussah im abnehmenden Licht, und sie lächelte ihm zu auf diese seltsam vertrauliche, beredte Art. Was es wohl war, das sie ihm zu verstehen geben wollte? Er konnte sie nicht fragen und würde sie auch nicht gefragt haben, selbst wenn er es vermocht hätte.

»Komm schon!«, sagte er grob, drehte sich um und stapfte

davon, hörte ihre eiligen Schritte hinter sich und wieder auch die Schritte jenes geisterhaften andern. Ihm klopfte das Herz, Schweiß rann ihm in die Augenwinkel.

Und doch, obwohl sie ja wohl offenbar zusammengehörten, fragte er sich – und wir können nicht umhin, uns mit ihm zu fragen –, ob das Mädchen überhaupt da war oder ob sie nur ein weiteres Phantom war, das ihm auf dem Fuße folgte. War sie, so fragen wir uns abermals, lediglich – lediglich! – eine Projektion von Petra, seiner Tochter, deren Tod, hätte er es doch nur gewusst, unmittelbar auf den seinen folgen würde. Seine Träume hatten in der letzten Zeit von Neuem etwas Zwingendes, glichen eher einer Halluzination als einem Traum, und wenn er aufwachte, war er nicht in der wachen Welt gelandet, sondern in einer anderen Art von Schlaf. Träumte er das Mädchen nur, träumte er nur, dass er bei ihr war? Waren sie zwei Traumversionen von sich selbst in einer geträumten Stadt? Oder war sie etwas völlig anderes? War sie jener *angelus novus,* der sein ganzes Leben lang mit weit ausgebreiteten Flügeln vor ihm gestanden und ihm den Weg versperrt hatte, der, an dem er einfach nicht vorbeikam, den er nicht niederringen konnte und der sich auch mit keinem Segen unterwerfen ließ, der, dessen Wunde er trug und an dem er sterben würde – war sie das, oder war sie dessen Vorbote? Es war der Engel, der ihn behindert hatte, von Anfang an, der ihn hatte zweifeln lassen an sich selbst und an den Dingen, die er tun musste, den Dingen, die, wie er wusste, getan werden mussten, den Dingen, die er tun würde, ohne Rücksicht auf die Folgen. Er war immer da, der Engel des Versagens, der Sterblichkeit und der Verdammnis. In den Augen der Welt war er einer jener erhabenen, kaltblütigen Helden, die weder Tod noch

Teufel fürchten, doch ach, wenn sie wüsste, die Welt. Und dennoch tat er, was er tat, trotz allem. Wie? Wie konnte er zu guter Letzt den unerschrockenen Engel schlagen? War das Mädchen hergekommen, um ihm die Antwort zu sagen, oder nur, um sie auf andere Arten zu erfragen? Auf andere Arten.

Sie blieben zusammen auf der Buckelbrücke stehen, über dem trägen, lauten Abfluss des Kanals, und sie trat nah an ihn heran, in seine zerstreute Umarmung. Verstohlen, wie es seine Art ist, fiel der Schnee. Die Lichter gingen an, die kleinen Lichter. Er hielt sie fest und spürte ihre Schulterblätter unter seiner Hand sich regen, wie gefaltete Flügel.

Das, woran sich alle später noch erinnern konnten, waren die Tischdecken. Im hinteren Teil des Feldes, hinter dem morastigen Weg und dem rostigen Tor, auf dem grasbewachsenen Wall, wo die drei Buchen ihren weitgespannten rauchblauen Schatten spendeten, hatte man lange, schmale Tapeziertische aufgestellt und Leinenballen darauf ausgerollt. Vor all dem Grün ringsum leuchtete das Weiß des Leinens wie etwas Erinnertes, wie ein verlorenes, nie mehr wiederzufindendes und dennoch niemals vergessenes Glück. Weil die Tische mit lauter Platten voll festlicher Speisen gedeckt waren – Helen hatte sich selbst übertroffen –, sah man die Tischtücher eigentlich nur an den Seiten und an den Enden der Tische, wo sie fast bis auf den Boden reichten und das hässliche Metallgestänge der Tapeziertische verdeckten. Besonders viel Bewunderung erregten die schlanken konischen weißen, an Klöster und Kathedralen erinnernden Rüschen, zu denen das Leinen an allen vier Ecken jedes Tisches gefältelt war. Hin und wieder kam ein warmer Wind über den Wall gefegt und bewegte die Tücher eines nach dem anderen, denn es war ein frischer, heller Tag, und wenn sie sich bewegten, bewegten und sich kräuselten, war es, als tanzten oder träumten sie, als tanzten sie einen Walzer, ganz von selbst, melancholisch-sehnsuchtsvoll. Es war, als feierten sie ihr eigenes Fest, als achteten sie gar nicht auf die lärmenden Gäste, die überall herumstromerten, und blieben unter sich, wie die Erwachsenen bei einem Picknick die Kinder in ihrer Mitte wohlwollend ignorieren, sich Luft zufächeln und zerstreut und zufrieden seufzend in die Gegend schauen. Die Gäste wiederum schienen sie, also die Tischtücher, gar nicht zu bemerken, obwohl sie alle irgendwann einmal mit der Hand über die helle, kühle Sprödheit des Stoffes strichen und, fast ohne es zu merken, die Textur der Vergangenheit wahrnahmen, der Vergangenheit, die unwiederbringlich ist und dennoch irgendwie gegenwärtig, vergangen ist und doch irgendwie hier und jetzt.

Kann es eine elegante Orgie geben? Schauen wir mal.

Es waren viele Leute gekommen, viel mehr, als eingeladen waren, merkte Helen. Ihr war's egal. Es war ihr ziemlich Schnuppe, ob eingeladen oder nicht, sie hatte einfach eine Menschenmenge um sich haben wollen, die sie ablenkte und auf andere Gedanken brachte. Ihr zum Geburtstag zu gratulieren, hatte niemand sich getraut.

Sobald die Ungeladenen sich sicher waren, dass man sie nicht rauswerfen würde, mischten sie sich fröhlich unter die erhabeneren Gäste. Das waren vor allem die feinen Leute von den benachbarten Landsitzen, rotgesichtige Männer in Tweed mit ihren angetrauten schlanken Damen in hüftlangen Strickjacken und geblümten Baumwollkleidern. Es gab wohlhabende Landwirte, Grundstücksmakler, Auktionatoren, Vieh- und Getreidehändler, Landmaschinenverkäufer und dergleichen uninteressante Typen mehr, das waren Adams Leute. Auch waren zwei Anwälte da, einander spinnefeind, wie jeder wusste, und zwei Ärzte, auch sie miteinander verfeindet, der sehr alte Dr. Fortune und ein Dr. Dingsda, an dessen Namen niemand sich erinnern konnte und der noch sehr jung war. Der örtliche Exzentriker war ebenfalls gekommen, ein Kerl mit wirrem Haar in Reitjacke und karierter Clownshose, die ihm lustig um die Knie flatterte, wenn er herumrannte und sich auf jeden stürzte, der geneigt schien, sich sein aufgeregtes Gequassel anzuhören. Er hatte faszinierend viele Narben im Gesicht – was uns an Gabriel Swann erinnert –, denn er war ein Erfinder von eigenen Gnaden und hatte sich eines schönen Tages selber in die Luft gesprengt, als er in der Absicht, eine billige Alternative zu dem teuer aufbereiteten Meerwasser herzustellen, mit dem die meisten Fahrzeuge heutzutage fahren, mit Unkrautvernichter, Rohrzucker und Salzsäure experimentiert hatte. Jahre später wird er den dann schon nicht mehr jungen Adam junior überzeugen, die Entwicklung und Produktion eines Geräts zu finanzieren, das die in den gasförmigen Ausscheidungen von Kühen enthaltenen Schadstoffe eliminiert; die Methode wird sich zur allgemeinen Verblüffung, auch zu der des Förderers und des verrückten Wissenschaftlers, als enorm gewinnbringend erweisen, so enorm, dass neben allerlei anderen wundervollen Konsequenzen sogar das löchrige Dach von Arden endlich repariert werden wird – Helen wird mit einer erklecklichen Apanage aus einem einvernehmlich geregelten Scheidungsverfahren, in das Adam mit gebrochenem Herzen widerstrebend einwilligt, nach New Amsterdam übersiedeln, wo sie eine der großen Salonnièren ihrer Zeit werden und einen Salon führen wird, an dem jeden Donnerstagabend all die legendärsten Berühmtheiten zusammenkommen, darunter Dichter, Maler und illustre Literaten, eine Institution, die genauso großartig und gefeiert sein wird, wie die Salons in den Glanzzeiten von Old New York es waren. Wie uns des Lebens Unsinn doch durchdringt mit seltsamen Bezügen.

Auf dem Festplatz angekommen, stürzte sich alles sogleich auf die Tische und die Getränke. Es gab Sherry, Wein und Whiskey für die besseren Leute, Porter vom Fass und Ale in Flaschen für die anderen und Brause und Orangenlimonade für die Kinder. Es würde ein herrlicher Tag werden, ja gewiss doch, ein herrlicher Tag.

Mit meiner Hilfe oder, wenn Sie so wollen, mit meinem stillschweigenden Einverständnis hatte Helen eine Truppe wilder Dienstmädchen und herumalbernder Burschen angeheuert, die nach Ivy Blounts Ansicht mehr Ärger als Nutzen bringen würden. Befehligt und im Zaum gehalten wurden sie von einer Amazonenkönigin, nennen wir sie Penny, von Penthesilea. Penny ist ein tolles Weib. Das Haar trägt sie in schweren Locken, ihre Gliedmaßen sind muskulös, die Knie dick wie Rüben, bekleidet ist sie mit einem schiefen Rock, an den Füßen hat sie diese schwarzen Filzstiefel, von denen ich dachte, sie würden schon seit ein paar Generationen gar nicht mehr hergestellt. Sie ist ein wahres Schreckgespenst und duldet keinen Unfug, von niemandem, nicht mal von Felix Mordaunt mit seiner aalglatten Aura von altweltlicher Autorität und Gefährlichkeit. Penny ist so eine, die Billy Hipwell mit einem eiskalten Blick in die Schranke gewiesen hat, als er von Murphy's Best Pale zu Whiskey überging und anfing, Zoten zu reißen, und jedem Mädchen in seiner Reichweite unter den Rock fassen wollte.

Pennys einzige Schwäche ist Helen. In die ist sie durch und durch vernarrt und wird in ihrer Gegenwart zu einer zitternden Espe, tänzelt und schwänzelt um sie herum und stolpert dabei über die eigenen gestiefelten Füße.

Ivy Blount betrachtete es als schwere Beleidigung sowohl ihrer selbst als auch ihrer Rolle in Arden House, dass dieser Trampel, diese Penny mit ihren sommersprossigen Unterarmen wie ein Kesselflickerweib und ihrem Kiefer, mit dem sie Feuerholz hacken konnte, andere rumkommandieren durfte, und sei's auch nur für einen Tag. Und dann diese anmaßende Art, wie sie Billy behandelte, wie sie ihn anfunkelte mit ihren Käferaugen und den Whiskey vor ihm versteckte.

Die Wahrheit ist, Ivy geht es heute nicht so gut, und das ist schon seit einer Weile so. Sie wird immer öfter ohnmächtig, und dann diese bleierne Schwere in den Beinen. Auch mit ihrem linken Auge stimmt was nicht, es ist irgendwie getrübt, sie zwinkert immer, dass es wieder klar wird, aber es wird nicht klar. Mehr als einmal hat Helen seufzend die Augen himmelwärts verdreht und vorgeschlagen, dass der Dr. Fortune einmal nach ihr schaut, doch Ivy hat immer steif und fest behauptet, dass es ihr bestens geht. Ivy wird nicht wanken; schließlich muss sie die Familienehre der Blounts hochhalten. Außerdem ist der alte Fortune ihrer Ansicht nach ein Quacksalber.

Königin Penny hat auch ihre guten Seiten, das muss selbst Ivy zugestehen, freilich nur im Stillen. Sie hat ein scharfes Auge und wird es schaffen, die schlimmste Plünderei, auf die man ja bei solchen Anlässen immer gefasst sein muss, im Zaum zu halten. Und in der Tat wird man am nächsten Tag im Haus das eine oder andere finden, das nicht mehr da ist – da haben wir es wieder, die Sprache mit ihren Tricks und Fallstricken –, darunter ein wohlgehüteter Swan-Füllfederhalter, den der junge Adam schon in seiner Schulzeit hatte, ebenso ein raffiniertes kleines Dingelchen, etwa so groß wie eine Billardkugel und aus hochglanzpoliertem Silber, das, wenn man es schüttelte, ein gespenstisch klirrendes Geräusch machte, als würden in seinem Innern zwei, drei unvorstellbar winzige Cembali zusammenstoßen. Die Ausgebufftesten unter den angeheuerten Jungs und auch einige der Mädchen werden dieser Diebstähle verdächtigt werden, doch zu Unrecht. Nur Helen wird sich denken können, wer der wahre Dieb ist, und es niemandem verraten.

Die Godkin-Zwillinge Nell und Nora – zwei meiner Mänaden – leben auf dem Nachbargehöft ein Stück weiter den Hügel hinauf. Sie sind eineiig, manche sagen auch identisch dazu, was Godley den Älteren gewiss zu einem sarkastischen Prusten veranlasst hätte, ist doch für ihn die Welt als Ganzes per se nicht mit sich selbst identisch. Grobknochig und muskulös, rennen sie hüftenschwenkend zwischen den Tischen hin und her und servieren ungelenk die Speisen und Getränke. Nora ist die Dominante von den beiden, sie war die Erstgeborene, oder doch die Zweite? – Ich bring das immer durcheiander. Bevor die Gäste kamen, hatten sie schon mal den Champagner probiert, wie Knallfrösche punktierten ihre Lachsalven, mal quietschend und mal kreischend, den Nachmittag. Schon in nüchternem Zustand waren die zwei nicht gerade die Anmut in Person, und nach dem Schampus waren sie fast völlig von der Rolle. Gackernd stolperten sie umher und schubsten sich gegenseitig – »Mann, Nellie, pass doch auf, du hast mir fast das Auge ausgestochen!« –, und schon rutschten ihnen die Gläser aus den Fettfingern, ein ganzer Räucherlachs fiel in die Schüssel mit dem Trifle, und ein gebackener Schinken hüpfte vom Teller, kullerte die leicht abschüssige Wiese hinunter und verschwand in einem Brombeergestrüpp. Rex der Hund folgte ihnen auf Schritt und Tritt und ergatterte so manchen saftigen Leckerbissen, bis er sich schließlich hechelnd, mit glasigen Augen und dick geschwollenem, glänzendem Bauch unter einem Tisch hinlegen musste, in den Schatten.

Im Unterschied zu den Zwillingen und anders als an so manchem anderen Tag, an dem wir Helen sahen, war sie nüchtern. Sie hatte ein Gelübde abgelegt an jenem Morgen und eine gut gekühlte Flasche Chablis ungeöffnet in den Kühlschrank in der Küche zurückgebracht, hatte die schwere Tür zugeschlagen, sich geschickt herumgedreht und war gegangen, als sei ihr besseres Ich ihr auf den Fersen und treibe sie voran, mit beiden Händen ihre Schultern fest umklammernd. Nun fühlte sie sich tugendhaft, doch reizbar, kümmerte sich entschlossen um die Gäste und verblüffte sie mit ihrer Munterkeit; so eine Heiterkeit war geradezu erschreckend bei jemandem, den man sonst stets nur mürrisch kannte. Und in der Tat war alles nur gespielt, ein wenig jedenfalls, denn sie war immer noch nervös nach einer recht verstörenden Begegnung, die sie früher am Tag gehabt hatte. Sie war von oben gekommen und hatte auf dem Weg zur Küche zufällig einen Blick in die Bibliothek geworfen und gesehen, dass die rechte Tür der Gruft bloß angelehnt war. Es fiel ihr nur auf, weil ein greller Sonnenstrahl schräg durch das hohe Fenster kam und einen theatralischen Effekt erzeugte, so als hätte der

Regisseur verlangt, den Spot genau dorthin zu richten, um das Versteck des Schurken anzuleuchten.

Und ja, ein Schurke war's gewiss. Auf Zehenspitzen schlich sie durch den Raum, zog mit eingeknicktem Zeigefinger die Tür ganz auf und fand Felix Mordaunt, der lässig, ein Bein vorm anderen, mit einem aufgeschlagenen Aktenordner in der Hand an dem hohen Stahlschrank mit den vielen Schubfächern lehnte. Er wartete einen Moment ab, eh er sich nach ihr umdrehte und sie, unverfroren, ohne mit der Wimper zu zucken, ansah. Er war der Letzte, den sie an diesem Ort vermutet hätte – Jaybey ging jeden Tag überall ein und aus, sorgte für Unruhe und seufzte –, und einen Augenblick lang war sie ratlos. Seltsam. Ihr wurde klar, sobald er auch nur im Entferntesten Anstalten gemacht hätte, seine Anwesenheit hier zu rechtfertigen oder sich zu entschuldigen, hätte sie ihn aus dem Haus geworfen und die Polizei gerufen, damit man ihn fortschaffte. Es war seine Unverfrorenheit, dieser leicht belustigte, unverschämte Blick, der sie innehalten ließ, und der Schmerz des Bedauerns, der sie durchfuhr, scharf und kalt wie ein Glassplitter, als sie an ihre gemeinsame Stunde in seinem Zimmer in Ivy Blounts Cottage dachte. Nur einmal, dachte sie, nur dieses eine Mal, und nie mehr wieder.

»Ich werde heute vierzig«, sagte sie.

»Das weiß ich doch«, erwiderte er und neigte leicht den Kopf, was sie als eine Art Verbeugung auffasste. »Ich denke, das weiß jeder.«

Sie reckte den Hals und straffte die Schultern.

»Ach ja? Und woher?«

»Na, weil du eine Party gibst. Außerdem erzählst du ja schon seit Wochen jedem, wie alt du bist.«

Sie beschloss, nicht beleidigt zu sein, weil er dann doch nur wieder sein furchterregendes Lächeln lächeln würde.

»Darf ich fragen, was du da machst?«

»Ich lese die Briefe deines Schwiegervaters. Warum, darf ich das nicht?«

»Du darfst überhaupt nicht wissen, dass sie hier sind. Das soll doch geheim sein.«

Jetzt lächelte er, aber nur leicht, presste die Lippen zusammen und bewegte sie ein wenig, als würde er auf irgendetwas Kleines beißen, das er zwischen den Zähnen hatte. Er überlegte, ob er sie auch würde töten müssen, und bei dem Gedanken musste er fast lachen – die Tote in der Bibliothek! Er klappte den Ordner zu, stellte ihn wieder zurück an seinen Platz und schloss das schwere metallene Schubfach, dann drehte er sich um, fasste sie sacht an den Oberarmen und küsste sie auf die Wange. »Alles Gute zum Geburtstag«, sagte er. Sie registrierte seinen fleischigen Geruch. Nur einmal, und dann nie mehr wieder.

Sie wusste, dass sie's besser lassen sollte, o ja, das wusste sie, aber sie konnte sich nicht bremsen, und einen kurzen Augenblick lang hatte sie das Gefühl, von irgendwo hoch oben kopfüber in die Tiefe zu fallen. Sie machte einen schnellen Schritt nach vorn, stieß fast mit ihm zusammen, sodass er geschickt zurückweichen musste, zurück in den engen, stickigen Raum. Sie schlang ihm die Arme um den Hals, wie sie's getan hatte an jenem anderen, jenem singulären Tag, als sie aus Ivys Cottage fortging und sein Schleim noch zwischen ihren Schenkeln klebte. Nun wollte sie ihn küssen, doch er wich zurück, löste sich aus ihrer Umarmung und sah sie an; in seinem Blick war etwas, das sie dort noch nie zuvor gesehen hatte.

»Tut mir leid«, platzte sie heraus, »tut mir leid, ich –«

Aber es tat ihr gar nicht leid. Sie war eher wütend, es war eine Art Wut, und das sah er, und sie sah, dass er es sah und sich darüber freute, was er sah. Wieder fasste er sie an, mit beiden Händen, seinen Mörderhänden, führte sie rückwärts aus der Gruft und schob sie beiseite, wie irgendein tumbes Wesen, das ihm aus Versehen vor die Füße gelaufen war. »Entschuldigung«, murmelte er in gleichgültigem und doch ein klein wenig drohendem Ton, wie ihn Polizisten an sich haben, ging an ihr vorbei und schlenderte quer durch den Raum, blieb in der Tür noch einmal stehen, um sich irgendwas vom Jackettärmel zu zupfen, ein Haar wahrscheinlich, höchstwahrscheinlich eins von ihren, und war verschwunden.

Sie stand am Fenster und schaute in den Hof hinunter. Hin und wieder lief ihr ein Schauer über den Rücken, doch nicht, weil sie gefroren hätte. Die Sonne brannte noch immer durch das Glasdach, aber sie hatte sich bewegt – konnte in dieser kurzen Spanne, die ihr nicht länger als ein Augenblick erschienen war, schon so viel Zeit vergangen sein? –, der schräge Sonnenstrahl fiel draußen auf das Fensterbrett und brach sich dort und bildete auf den sandfarbenen Bodenplatten eine heiße gelbe Lache aus Licht. An der Innenseite des Fensters, direkt vor ihren Augen, warf sich eine Fliege in einer Art verzweifeltem Hüpftanz immer wieder gegen die Scheibe. Sie musste daran denken, wie sie sich an den Mann gedrückt hatte. Sie beobachtete die wahnwitzigen Anstrengungen der Fliege und versuchte sich vorzustellen, was für ein Gefühl es sein musste, so gefangen zu sein, dass das, was bis eben Luft und Licht gewesen war, sich mit einem Mal in diese unsichtbare, kalte, harte, glatte, undurchdringliche Barriere verwandelt hatte. Sie registrierte ihre rechte Hand und sah, sie war zur Faust geballt, und das wohl schon seit einer ganzen Weile. Sie hielt etwas umklammert. Sie öffnete die Finger. Es war ein Knopf. Sie hatte ihn so festgehalten, dass er sich tief in ihre feuchte Handfläche eingedrückt hatte. Er musste von der Jacke des Mannes stammen. Und weil er klein war, musste er vom Ärmel sein. Sie hatte irgendwo gelesen, dass jemand, Beau Brummell oder so, die Mode eingeführt hatte, Knöpfe an die Manschetten der Männer zu nähen, damit sie sich nicht mehr die Nase am Ärmel abwischten. Aber konnte das denn stimmen? Die Knöpfe wurden doch an die Außennaht genäht? Vielleicht waren sie anfangs an der Daumenseite und sind im Lauf der Jahre immer weiter nach Süden gewandert, weil die Männer irgendwann anfingen, Taschentücher zu benutzen.

Aber wie hatte sie es bloß geschafft, ihm einen Knopf vom Jackett zu reißen? In den Löchern steckten noch Garnfäden. Sie holte sie mit ihren Nägeln heraus. Der Knopf war warm von der Wärme ihrer Hand. Sie nahm ihn in den Mund, legte ihn sich auf die Zunge, und prompt erinnerte sie sich wieder an den Tag ihrer Erstkommunion, wie sie auf der Kommunionsbank kniete, hinter ihr die schweigende Gemeinde, und an den Priester, der die Reihe der knienden Mädchen in ihren weißen Kleidern und weißen Schleiern abschritt und dabei immer wieder dieselben lateinischen Worte murmelte, und der Sonnenstrahl, genauso einer wie der dort im Wintergarten, der durch ein kleines Fenster hoch über ihr herabfiel, und die träge im Licht wimmelnden Stäubchen und die Orgel, die beinahe flüsternd die ersten Töne irgendeiner Hymne spielte, ›Tantum

Ergo‹ oder ›Soul of My Saviour‹? Und eh sie noch recht wusste, was sie tat, schloss sie den Mund und schluckte den Knopf hinunter, und im selben Moment spürte sie, wie hinter ihrer Stirn, über der Nasenwurzel, etwas anschwoll, und fing an zu schluchzen, laut und hilflos. Schrecklich war das. Wie Erbrechen. Sie sah sich selbst von außen, als sei sie jemand anders, der zu ihr hereinschaut, während sie hier drin am Fenster steht, zitternd, und mit steifen Fingern sich die Haare rauft, die Hände an die Schläfen presst und wie ein Baby plärrt.

Er dauerte nicht lange, dieser Heulkrampf. Als er vorbei war, fühlte sie sich besser, ein wenig besser, aber auch beschämt, und schaute sich rasch um, ob vielleicht einer da war und sie mit seinem ruhigen, höhnischen, gefährlichen Lächeln beobachtete. Weswegen hatte sie geweint, um was weinte sie? Ihre verlorenen Kinder, die nie mehr zu ersetzen waren? Genau wie die verlorenen Jahre? Darum, dass sie sich lächerlich gemacht hatte, indem sie sich Mordaunt an den Hals geworfen und er sie zurückgewiesen hatte? Sie seufzte schaudernd und wischte sich die Nase am Handgelenk ab – Beau Brummell wäre empört –, setzte sich auf einen hochlehnigen Stuhl und seufzte abermals: Was hatte sie sich bloß dabei gedacht, ihm den Knopf nicht nur abzureißen, sondern ihn danach auch noch zu verschlucken? Man hatte ihnen erklärt, die Hostie dürfe beim Abendmahl nicht die Zähne berühren, sie müsse im Ganzen und mit einem Mal geschluckt werden, ein ganzes heiliges Mahl, doch das Ding blieb immer am Gaumen haften, da oben in der tiefen Kuhle, wo es kitzelt, wenn man mit der Zunge da hineinfährt, dort klebte es dann wie ein Fetzchen dickes Seidenpapier, und sie musste sich hinknien, die Hände vors

Gesicht halten, so tun, als ob sie betet, und dabei versuchen, mit der Zungenspitze das widerliche, klebrige, ekelige Zeug dort wegzukriegen, das sich in lauter nassen Fäden und weichen kleinen Kügelchen ablöste, die sie kaum runterbekam, weil sich ihr von dem Nicht-Geschmack des Zeugs der Magen umdrehte. Der Knopf hingegen hatte sich so leicht hinunterschlucken lassen, wie wenn man eine Münze in einen Schlitz steckt. Nun hatte sie es in sich, das profane Abendmahl, und auch wenn's dort nicht lange bleiben würde, gefiel ihr der Gedanke, dass es irgendwann in den Eingeweiden der Erde oder in den Tiefen der See landen und sich dort niederlassen würde als geheimes Zeichen ihres Augenblicks von Liebeswahn.

Sie ging in die Küche und beugte sich über den Ausguss, ließ das kalte Wasser laufen und spritzte es sich ins Gesicht, um sich die Wangen zu kühlen und die geschwollenen Augenlider zu beruhigen. Wenigstens hatte Mordaunt sie jetzt nicht weinen sehen, das war immerhin ein Trost, ein kleiner. Er war ein herzloser Grobian, und höchstwahrscheinlich hatte er einen Mord begangen. Eigentlich müsste sie Angst vor ihm haben, hatte sie auch, aber nicht besonders viel und auch nicht immer. Sie stützte sich mit beiden Händen auf den Ausguss, stand mit gesenktem Kopf, das Wasser tropfte ihr vom Kinn. Was wollte sie, worauf hoffte sie, was ersehnte sie? Nichts. Alles.

Sie trocknete sich das Gesicht mit einem Handtuch ab, ging quer durch den Raum, machte den Kühlschrank auf, betrachtete die Weinflasche, die dort drinnen lag, machte die Kühlschranktür wieder zu und wandte sich ab.

Im Haus waren sonderbare Geräusche zu hören, sie ging durch den Korridor zur Eingangshalle, wo sie ihrer Schwiegermutter begegnete, die, oben und unten mit Decken zugedeckt beziehungsweise gepolstert, auf einer Art Sänfte die Treppe hinuntergetragen wurde. Adam ging vorn, Ivy hinten, und die Godkin-Zwillinge gaben an den beiden Seiten eifrig acht. Es war nicht einfach, denn die Sänfte war breit und sichtlich schwer. Außerdem ging Adam rückwärts und musste gut aufpassen und sah sich immer wieder um, weil er fürchtete, er könnte eine Stufe verpassen und seine Mutter fallen lassen. Die gebrechliche alte Frau saß halb aufrecht, stützte sich auf den Ellenbogen auf und verfolgte äußerst interessiert jedes Manöver dieser unbeholfenen Prozession. Nora und Nell hielten sie unter den Achseln fest, damit sie nicht vorn runterrutschen konnte. Ihr Gesichtsausdruck, lebhaft und aufmerksam, war der eines kleinen Mädchens, das an einem improvisierten Spiel teilnahm, bei dem es zwar die Hauptrolle spielte, aber nichts tun durfte.

»Langsam!«

»Vorsicht, die Wand.«

»Jesus, Maria und Josef.«

»Aua!«

Die Sänfte war, wie sich erwies, Ursulas Zimmertür, die Duffy zuvor auf Adams Geheiß ausgehängt und dem Zweck entsprechend umgebaut hatte.

»Um Gottes willen«, sagte Helen, »hätte sie nicht einfach jemand tragen können?«

Ursula sah sie, die Möchtegern-Spielverderberin, missvergnügt an, und die Zwillinge kicherten. Adam sagte nichts, er knurrte bloß. Ivy Blount keuchte. Was für ein Tag!

In dem Moment kam ein schnittiges moosgrünes Auto kiesknirschend durch das Eingangstor gefegt. Es war ein klassischer Alvis, einer der letzten seiner Art – der Motor war Handarbeit und konnte nicht zur Verbrennung von Salzwasser umgerüstet werden –, leichtgängig und sehr gut erhalten. Am Steuer saß ein unrasierter Schlägertyp, der eine bis zum Hals zugeknöpfte graue Uniformjacke trug und die graue Mütze mit dem großen glänzenden Schirm tief ins Gesicht gezogen hatte. Er hieß Nockter und hatte farblose kleine, eng zusammenstehende Augen. Er war schon an vielen Orten gewesen, hatte schon vieles getan. Später am Abend, wenn Sie und ich schon nicht mehr da sind, wird er den Godkin-Zwillingen anbieten, sie nach Hause zu fahren, was die zwei, nachdem sie einen Blick gewechselt haben, geziert annehmen werden. Der glänzende Motor wird sanft durch die Straßen gleiten, auf und ab über Berg und Tal. Die Zwillinge werden nebeneinander im Fond hocken, gewissermaßen auf der Stuhlkante, die Knie fest zusammengepresst, mit krampfhaft gefalteten Händen, und es nicht wagen, einander auch nur ganz kurz anzusehen, aus Angst, sie müssten dann laut lachen. Wie aufgeregt sie sind, aufgeregt und erwartungsvoll. Sie werden Nockters bläuliches Kinn mustern, seinen steinharten Blick im Rückspiegel erhaschen und rot werden. Dann wird Nell, oder vielleicht auch Nora, aus dem Fenster schauen, die Stirn runzeln und mit leisem Unbehagen bemerken, das sei aber nicht der Weg nach Hause. Und Nockter wird sie im Rückspiegel ansehen und kein Wort sagen. Hab ich Ihnen nicht versprochen, es geht mal runter und dann wieder rauf?

Aber es ist noch früh. Wir haben noch viel vor.

Auf dem Rücksitz lümmelt ein dicker blasser Hüne in einem Jackett aus grellem braun-gelbem Tweed mit einer gestreiften Seidenweste darunter. Professor Benjamin J. Grace, emeritierter Professor für Laber-Laber an der Universität von Bla-Bla, just auf dem Weg zu seinem Amtsantritt.

Ich glaub, mich laust der Affe, sagte sich Bill Jaybey, alle Wetter – ein Chauffeur, Schirmmütze und alles! Er stand in der Haustür, beschirmte die Augen vor der Sonne und sah zu, wie der herrliche Wagen holpernd, aber würdevoll in einer imposanten Staubwolke die von Schlaglöchern zerklüftete Einfahrt heraufkam. Er seufzte. Die Visage von Benny Grace wollte er jetzt echt nicht sehen – noch nicht. Er machte kehrt, ging rasch zurück ins Haus, schon war er abgezischt, flink wie ein Gott, denn er ist natürlich ich, so wie ich er bin, so wie sie alle ich sind und die Meinen, meine von mir erfundenen Geschöpfe, kurzes *entheos,* für den kleinen Augenblick auf diesem Fleckchen Erde, den ich ihnen lieh, selbst Flickwerk nur, beseelte Mechanismen. Hier ist die zeitlose Küche, die Hintertür mit den klappernden Scharnieren, der Hof, der dreckige Durchgang und das rostige Tor, dann Sonnenlicht und Rasen, und unter den hohen Bäumen die langen Tische mit ihren Tischdecken, und ringsherum, wie beiläufig verstreut, meine Kleinen, über ihnen die weite, diffizile Architektur eines majestätisch bewölkten Sommerhimmels, und unter ihnen das gedankenlose Gras, von leichtem Wind gekräuselt, sich selbst genug in seiner Grasigkeit.

Er war erstaunt, der Jaybey, ihrer schon so viele dort zu finden, mindestens drei Dutzend, schätzte er, und nach und nach kamen immer noch mehr. Etliche erkannte er wieder, und sogar die, die er nicht kannte, kamen ihm irgendwie nicht fremd vor. Alle standen da, das Gesicht zum Haus gewandt, und sahen zu, wie die Witwe Madame Godley, aufrecht in einem Haufen Decken sitzend, wachsam und durchaus aufgeregt um sich blickend, auf ihrer provisorischen Sänfte herbeigetragen wurde. Ein mit mottenzerfressenem silbernem Satin bezogenes Sofa war äußerst mühsam aus der Bibliothek herausgetragen worden – irgendwie war man an dem fünfsprossigen Gittertor hängengeblieben, sodass der Stoff über die ganze Rückwand einen langen Zickzackriss bekommen hatte –; auf dieses Sofa trug ihr Sohn sie nun, indem er ihr den einen Arm um ihre Schultern legte und den anderen unter ihre Knie schob und sie sacht darauf absetzte, wie eine Zofe, die das Kleid ihrer Herrin ausbreitet.

Dann war es still, und einen Moment lang konnte man meinen, es werde Beifall geben, doch niemand traute sich oder hatte schon genug getrunken, um als Erster ein Händeklatschen zu riskieren. Ursula trug eine wattierte grüne Bettjacke und ihr kragenloses Nachthemd aus Kattun, ihre Mütze mit den Perlen und schwarze Samtpantoffeln, die vorher Petra gehört hatten und vorne an den Zehen abgewetzt waren und glänzten; die Uhr mit dem schwarzen Zifferblatt wirkte an ihrem geschrumpften Handgelenk größer als je zuvor. Ivy und die Zwillinge hatten die Schlafzimmertür an den Stamm der mittleren der drei Buchen gelehnt, dort draußen stand sie nun unter freiem Himmel im ungewohnt hellen Licht, hässlich und nicht hierhergehörend, die weiße Farbe abgeblättert, der Porzellanknauf abgeplatzt.

Felix Mordaunt, eine Champagnerflöte in der Hand, ging seelenruhig von Tisch zu Tisch und begutachtete die dargebotenen Speisen. Der eine oder andere Gast fasste ihn verstohlen ins Auge, schien ihn zu kennen oder zumindest sein Gesicht wiederzuerkennen, von wo oder wann, das würde ihnen sicher wieder einfallen, wenn sie sich nur richtig konzentrieren könnten. Was sie aber nicht konnten. Niemand kann das, in dieser von Godley erschaffenen Welt. Es kommt immer irgendwas dazwischen, lenkt sie ab, lässt sie abstumpfen oder nimmt sie ganz und gar in Anspruch, und bald kommt wieder etwas anderes, das ihre immer weiter schwindende Aufmerksamkeit auf sich zieht.

»Ist das nicht der Bursche, der –?«

»Welcher Bursche?«

»Na der, der –«

»Der was –?«

»Pass auf die Ameisen auf, der ganze Stuhl ist voll davon.«

Die Godkin-Mädchen waren von Mr. Mordaunt entzückt, seine diskrete Eleganz und sein gutes, wenn auch etwas ramponiertes Aussehen ließen sie geradezu in Ohnmacht fallen. Er ist ein echter Gentleman, seufzte Nell, und ja, stimmte ihr Nora zu, aber nicht so wie diese Snobs, die sonst hier rumlaufen, die mit dem Stock im Arsch. Sie bewunderten sein zweireihiges Jackett und seine handgenähten Budapester, seine burgunderrote Seidenkrawatte, die Köperhose mit der scharfen Bügelfalte und das achtlos zusammengeknautschte Einstecktuch, das ihm aus der Brusttasche ragte. Er war natürlich steinalt, doch das spielte keine Rolle – sie bevorzugten reife Männer, ganz abgesehen davon, dass er schlau und nonchalant mit seinem Alter umging. Den ganzen Nachmittag lang fielen ihnen immer wieder irgendwelche Gründe ein, sich in seiner Nähe aufzuhalten und ihm vielsagend zuzulächeln, obwohl er sie – wie frustrierend – gar nicht zu bemerken schien, nicht mal, als Nora nach einer Platte mit Schinkensandwiches griff, die vor ihm auf dem Tisch stand, und dabei ihr Kleid vorne so weit hinunterzog, wie es nur ging. »Sieh dir das an«, rief Nora, »der zuckt nicht mit der Wimper.« Und fügte noch hinzu: »Der muss wohl schwul sein.« Das schockierte ihre Schwester. Und Nell greinte: »O nein, das kann nicht sein – hat Duffy Ivy nicht erzählt, er hat ihn mit der aus dem Großen Haus gesehen?«

»Die Königin des Balls, nicht wahr?«, sagte Nora, und ihre Kuhaugen blitzten. »Die täte doch sogar mit Duffy gehn, wenn es sie packt.«

La belle Hélène hatte sehr wohl gesehen, wie Nora sich vor Mordaunt vorgebeugt und schamlos ihre Möpse zur Schau gestellt hatte. Sie hätte wütend oder amüsiert sein müssen, aber sie war weder das eine noch das andere. Stattdessen kam da, fast wie Galle, so was wie Kummer in ihr hoch, und sie wandte sich ab.

Der arme alte Jaybey, der in seiner zerknitterten Leinenjacke und seinen ausgebeulten Kordhosen am Rand herumlungerte, hatte sie wie immer beobachtet und sah nun, wie sie sich davonmachte, über den grasbewachsenen Weg, und auf das Haus zuging. Sogleich ging er ihr nach, nahm aber vorsichtshalber einen Umweg. Am Ende des morastigen Durchgangs bog sie nach links ab, statt direkt zum Haus zu gehen. Er konnte sich schon denken, wo sie hinwollte, und wirklich sah er, wie sie gleich darauf unter dem Bogen aus verworrenen Brombeerranken und Ilex verschwand, der den Weg zum heiligen Quell bewachte. Er hatte geglaubt, er sei von Helen geheilt, teilweise geheilt, in Wahrheit aber war die Krankheit nach wie vor da und würde auch nicht weggehen, ein chronisches Leiden. Vielleicht würde er eines Tages, wenn all das Vergangenheit wäre, eines ganz normalen Tages, plötzlich spüren, dass etwas fehlt, wie wenn in der Abenddämmerung der Gesang der Amsel verstummt und sich die Stille anpasst an die neue Konkordanz, in der aber doch irgendwas verloren ist, und würde tastend ihren Namen suchen und ihn nicht mehr finden.

Nun zauderte er, legte den Finger an die Lippen. Sollte er? Traute er sich? Wenn er ihr zur Quelle folgte, konnte er einfach so tun, als hätte er keine Ahnung gehabt, dass sie hier war. Sie würde ihm einen Moment Zeit schenken müssen, sie würde nicht so grausam sein, ihn gänzlich zu verschmähen, die großherzige Helen, die nicht bewundert werden wollte, jedenfalls nicht von ihm. Oje, was tun!

Die Beobachter wurden beobachtet, denn Adam hatte alles gesehen, die kleine Godkin, die sich vor dem Mörder Mordaunt zur Schau stellte, Helen, die sich traurig abwandte, und Jaybey, der zwischen den Gästen umherlief, sich hinter den Bäumen hielt und sie trotzdem nie aus den Augen verlor. Ich frage mich, wie viel Adam wohl wissen soll. Weiß er beispielsweise, dass Helen ihn mit dem Mörder betrogen hat und dass Jaybey meint, in sie verknallt zu sein, und dass sie sich nach einem anderen Leben sehnt, weit weg von Arden und von ihm – ob er das alles weiß. Ich könnt es Ihnen sagen, tu ich aber nicht.

Ich bin erschöpft. Auch ein Gott kann hin und wieder mal ermatten.

Jaybey verlor den Mut, er ging wieder zu den anderen und ließ Helen ungestört im heiligen Hain zurück. Sehen Sie, da sitzt sie ja, dort auf der schmalen Bank, die eigentlich ein Teil von einer alten Schulbank ist und die vor langer Zeit jemand hier einzementiert hat. Den einen Ellbogen hat sie aufs Knie gestützt, in einer Hand ruht ihre Wange, die andere hat sie im Schoß liegen, sie hält etwas darin – was ist das? Ein gegabelter Zweig? Sie ist genauso mysteriös und so kompakt wie der androgyne Engel in *Melancholie* – und siehe da, Rex der Hund ist gekommen und hat sich zu ihren Füßen hingelegt wie der alte Hund neben dem melancholischen Engel. Das reinste Gemälde, oder nicht? Helen weint ein bisschen, weil der Anlass es erfordert, aber nur ein bisschen und nur, weil sie in Übung bleiben möchte. In den Sträuchern hängen fromme Souvenirs, denn die Gläubigen kommen immer noch hierher, dank eines alten Wegerechts, und lassen Sühnezeichen zurück, Rosenkränze und wundertätige Medaillen, Heiligenfigürchen, verwackelte Fotos von lieben Verstorbenen. Durch ein kleines Kissen von leuchtend grünem Moos quillt das Wasser nach oben, plätschert ein Stückchen weiter und versickert wieder im Boden, selbstvergessen. Nichts wird sich ändern, weiß sie, nicht so, wie sie sich's früher stets gewünscht hat. Das hier ist scheinbar so was wie das Ende, für sie, die einst, ach, wenn sie's doch nur wüsste, hier, genau hier an dieser Stelle, der Gott im Arm gehalten hat, mein Vater, furchtlos sich verdünnisierend.

An diesem Ort der Bittgebete denkt sie nicht nur an ihre verlorenen Kinder, sondern auch an Petra, und Petra ist es, die jetzt, dort oben bei den Bäumen, zugeht auf ihre Mutter, die auf ihrem aufgeschlitzten Sofa thront, und sich ungebeten neben ihr ins Gras setzt. Petra? Nun ja, unter den ungeladenen Gästen war ein junger Mann, oder sagen wir, ein Junge, noch ein halber Junge, mit wirren fettigen Locken und leichenblassem Gesicht, dessen trauerschwarzer Anzug so abgewetzt ist, dass er glänzt, dazu trägt er ein ziemlich sauberes weißes Hemd und abgetragene, aber exquisite Schuhe. Er trippelt mit nicht ganz festem Schritt, als hätte er Sprungfedern unter den Füßen, hat die Hände in den Anzugtaschen und die Ellbogen eng an die Rippen gepresst. Er raucht ununterbrochen, scheinbar immer dieselbe Zigarette, und schaut sich mit der vollen Verachtung eines Menschen, der im Geiste ein Verletzter ist, unter den anderen um, den dünnlippigen Mund an einer Seite zu einem winzigen Lächeln verzogen. Er sieht ein bisschen aus wie der junge Rimbaud – wäre Rimbaud wohl alt Rimbaud gewesen? –, und doch, wir wissen, wer er wirklich ist, und Petras Mutter auch. Später am Tag wird Benny Grace einen unbeholfenen Annäherungsversuch unternehmen, den er mit dem schrillen, hohlen Lachen eines Schwindsüchtigen zurückweisen wird, aber da werden wir schon nicht mehr da sein, also muss es uns nicht kümmern. Auch mögen wir vielleicht nicht wissen, was Ursula und dieses geisterhafte Wesen miteinander zu besprechen hatten, doch Jaybey fand die beiden, als er nach dem Scheitern seiner letzten Hoffnung betrübt vom heiligen Quell zurückkam, ins Gespräch vertieft, beide so weit einander zugeneigt, dass ihre Stirnen sich beinah berührten. Als er sich ihnen näherte, verstummten sie und drehten sich, obwohl er offensichtlich überhaupt nicht stehenbleiben wollte, nach ihm um und starrten ihn, als er vorbeiging, an, höchst vorwurfsvoll, wobei der junge Mann sogar die Kippe aus dem Mund nahm und sie auf eine irgendwie Verachtung ausdrückende Weise zwischen seinen Fingern drehte.

»Du«, sagte Ursula plötzlich und zeigte mit zittrigem, an der Spitze arthritisch gekrümmtem Finger auf Jaybey, »an dich erinnere ich mich noch – du hast einmal versucht, mich Algebra zu lehren!«

Jaybey, verlegen und erschüttert, lächelte nur schwach, sagte nichts und ging weiter. Ihm war aufgefallen, dass die alte Frau ihre große schwarze Armbanduhr nicht mehr umhatte, was ihn beunruhigte.

Schon seit einer ganzen Weile hatte er so ein nagendes Gefühl verspürt, und nun wurde ihm klar, dass er offenbar Hunger hatte. Er hatte seit dem Morgen, als Ivy ihm das Frühstück ins Himmelszimmer gebracht hatte, nichts mehr gegessen. Sie kam jeden Morgen um dieselbe Zeit, und er gab acht, dass er bereits aufgestanden und rasiert war, um sie frisch und munter zu begrüßen, und immer sah er, wie enttäuscht sie war, dass er nicht verschlafen hatte oder sie ihn erwischte mit einem Mädchen, das er heimlich eingeschmuggelt hatte, oder nackt zwischen dem verschwitzten Bettzeug, kotzend und tobend nach durchzechter, verlottert durchgemachter Nacht in einem der verrufeneren Pubs der Stadt. Hatte sie nicht neulich erst Mordaunt ertappt, da oben in dem Zimmer, wie er mit sich alleine –, warum also sollte sie nicht auch ihn bei so etwas erwischen? Jaybey war aufgefallen, dass sie selber heute früh nicht so gut ausgesehen hatte. Die Augen waren eingesunken, und ihre Stirn hatte im grellen Morgenlicht so einen ungesunden gelblichen Glanz. Dieser Verfall konnte doch nicht über Nacht gekommen sein – wann hatte er sie eigentlich zuletzt genauer angeschaut? Auch war sie weniger gesprächig als sonst morgens bei ähnlichen Gelegenheiten. Normalerweise hatte sie ja immer irgendeinen Tratsch auf Lager, über Helens jüngste Missetat oder die ärgerliche Heimlichtuerei von ihrem Untermieter. Arme, verwelkende Ivy. Wir könnten ihm erzählen, was los ist, doch das tun wir nicht, nein, diese Angelegenheit behalten wir mal hübsch für uns. Sehen Sie, wie verkniffen und wie knauserig wir am Ende werden? Aber ach, es ist traurig, die armen Geschöpfe haben kaum Zeit, sich an das Leben hier zu gewöhnen, bevor sie abberufen werden.

An jedem der zwei langen Tische traf er auf eine Phalanx von ihm zugewandten vorgebeugten Rücken. Inzwischen waren eine Menge Leute eingetroffen, die allesamt genauso hungrig schienen wie er selbst. Er konnte nicht umhin, an Ferkel am Bauch der Sau zu denken und an der Tränke und sich selbst als Kümmerling des Wurfs zu sehen. Und doch, wie nebelhaft verschwommen all die Leute waren, gar nicht wie Menschen eigentlich, obwohl er doch zumindest einige von ihnen kannte. Die hohen schweren Wolken ließen die Luft so silbrig schimmern, und die Gestalten, die sich drin bewegten, bewegten sich nur spärlich, wie Gespenster, oder wie die Gestalten, die sich bei einem Traum im Hintergrund zusammendrängen. Auch ihre Stimmen klangen schwach in all dem Raum, und statt zu sprechen, gaben sie so etwas wie ein Zwitschern von sich, gleich einem Vogelschwarm, der sich am Abend in den dunklen Bäumen niederlässt. Ja, der Tag schreitet voran, das Sonnenlicht kommt und geht, die Wolken ziehen, scharen sich wie beiläufig zu neuen Formationen, und die Welt vergeht.

Ein hochgewachsener Mann mit angegrautem, schütterem Haar stand auf vom Tisch, und in die Lücke, die er hinterließ, zwängte sich Jaybey, selbst erstaunt darüber, wie entschlossen und wie schnell er war, geschwind hinein, eh sich die Bresche wieder schließen konnte. Erst vor wenigen Minuten hatte er wieder mal den Fakt beklagt, dass Helen ihn nicht liebe, und nun, sehen Sie nur, wie er drängelt und sich vorschiebt mit der Schnauze, genau wie alle anderen auch. Wär Vetter Eros hier, der tät mit einem missvergnügten Achselzucken sich seinen Köcher überschnallen und angewidert seiner Wege gehen, doch wie wir wissen, ist ja für den armen alten Bill der goldene Knabe längst nur noch ein blasses Schimmern am Zenit.

In dem Gedränge musste er sich zur Seite drehen und hatte einen fremden Ellbogen im Rücken, indes sich neben ihm die Frau mit ihrem Hintern dicht an seinen Schenkel drückte. Nachdem er einen von den letzten Papptellern ergattert hatte, ließ er den Blick über den Tisch schweifen. Es waren schon nur noch Reste übrig. Er kriegte eine blasse, fettig glänzende Hähnchenkeule, eine wässrige Tomatenhälfte und ein Stück Sodabrot zu fassen. Eins von den Zwillingsmädchen, ob Nora oder Nell, wusste er nicht zu sagen, reichte ihm einen Pappbecher mit ein, zwei Schluck lauwarmem Weißwein. »Äh, nein, der Rote ist schon komplett alle«, sagte sie, indem sie sich in die Bluse fasste und den Träger wieder hochzog, »auf den haben sich alle gleich gestürzt.«

Er nickte, entwand sich dem drückenden Ellbogen und dem gut gepolsterten Hintern, schlurfte mürrisch mit dem, was er ergattert hatte, weg vom Tisch und schob sich durch das schnatternde Gedränge. Ein Schmetterling flatterte vorbei, eine Sekunde sah er ihn ganz deutlich, sah die durchscheinenden, dämmerungsblauen Flügel mit einem Halbmond aus bernsteinfarbenen Tupfen am Außenrand. Der Mann, dessen Platz am Tisch er eingenommen hatte, beugte sich hinunter zu einem kleinen Mädchen mit verhangenem Blick, das Anstalten machte, vor ihm zurückzuweichen. »Im County Clare, mein liebes Kind«, sprach er, »ist eine Stadt, mit Namen Quilty, und da gibt's viele Schmetterlinge. Aber nimm dich in Acht, weil –« Ah, so einer ist das also!

Jaybey ging weiter, suchte einen Platz, wo er sich setzen konnte und allein sein.

Doch ach, der Dummkopf, dieser Unglücksrabe! Er hatte ganz vergessen, dass es auch noch Benny Grace gab, da war er schon, kam eifrig durch das Gras gewatschelt und lächelte vor lauter Vorfreude aufs Unheilstiften.

Er blieb stehen, sah sich um.

»Du liebe Güte«, sagte er, die Daumen in die Uhrtaschen seiner Weste eingeklinkt, sich auf die dicke Plauze trommelnd mit sämtlichen zehn Fingern, »seht euch doch bloß mal an, wozu der Godley-Effekt geführt hat. Wie sonderbar und bunt hier alles ist – wir sind in einem gänzlich anderen Teil des Waldes.«

Zu seiner grellen Jacke und der schicken Weste trug er ausgebeulte Knickerbocker, Socken mit Argylemuster und dazu passende Schuhe in Hellbeige und Braun, um seine hübschen kleinen Hufe zu verbergen. Er hatte mächtig zugelegt, seit Jaybey ihn zuletzt gesehen hatte, inzwischen war er eine nahezu perfekte Kugel; ansonsten schien er kaum gealtert und hatte immer noch sein fast lackschwarzes Haar, wobei man, war man näher dran, erkennen konnte, dass das Schwarz aus einer Flasche kam. Doch wirkte er trotz seines mächtigen Umfangs erstaunlich kräftig und geschmeidig, und sein großes rundes Gesicht war glatt und rosig wie eh und je und hatte sich vermutlich seit seinen Babytagen kaum verändert. »Mein lieber William«, sagte er, blieb stehen und schnaufte ein klein wenig, »ich hätte nie gedacht, dass du der rustikale Typ sein könntest, aber da bist du nun, stramm und braungebrannt, Landmann vom Scheitel bis zur Sohle.« Er hatte einen ungewöhnlichen Akzent entwickelt, reich und sonor, was ihm zusammen mit dem Tweed und den absurden Socken und Schuhen die Aura eines edwardianischen Stutzers verlieh, obschon ihn diese Weste ans grün glänzende Ende des Spektrums verbannte.

Sie gaben sich nicht die Hand, aber Benny senkte leicht den kugelrunden Kopf, schien eine scherzhafte Verbeugung anzudeuten, dann blieben sie kurz stehen und taxierten einander, Benny über beide Backen strahlend, Jaybey hingegen mit einem Gesicht, als hätte er etwas Ungutes verschluckt, das er am liebsten wieder hochwürgen würde. Dann richtete Bennys Interesse sich auf etwas anderes, er kniff die Augen zusammen, nahm Jaybey beim Ellbogen und marschierte überraschend schnellen Schrittes mit ihm auf zwei Liegestühle zu, die im Schatten einer der Buchen aufgestellt waren. Sie waren gerade frei geworden, das hatte Benny gesehen, und zwei ältere Frauen in geblümten Kleidern hielten zielstrebig Kurs darauf. Benny war natürlich zuerst da, er ließ sich wie ein Sack auf einen der Stühle plumpsen, zog Jaybey rasch hinunter auf den anderen, stieß dabei ein triumphierendes ›Puh!‹ aus und ignorierte tunlichst die Blicke der beiden geschlagenen Damen.

Er stützte die talgigen Hände auf die Knie und schaute sich zufrieden um, betrachtete abermals die unterdessen leicht benebelten Gäste, die die letzten Bissen aßen und die letzten Flaschen leerten, die Tische samt Tischdecken und den grasbewachsenen Wall, auf dem die Tische standen, das Feld, an dessen Ende die Weißdornhecke und dahinter, die

Hecke überragend, die zahlreichen ehrwürdigen Schornsteine von Arden House.

»Wie angenehm ist es doch, hier zu sein«, sagte er, »in der, ich möchte sagen, perfekten Mitte eines herrlichen Sommernachmittags. So viele alte Leute, und so viele in Weiß. Das ist ja wie die Pause bei einem Cricketspiel.« Er warf einen Blick auf den Pappteller, den Jaybey auf seinen Knien balancierte. »Was hast du denn da? Hühnchen, oder?«

»Kannst es gerne haben, wenn du willst.«

»Oh, ich würde nicht im Traum –«

»Da, nimm.«

Jaybey hätte weder das Fleisch noch sonst irgendwas anderes essen können. Seit Benny ihm über den Weg gelaufen war, war ihm der Appetit vergangen. Benny wirkte auf ihn immer wie ein Schulhofrüpel. Die Gegenwart des dicken Mannes versetzte ihn in einen Zustand zwar gedämpfter, aber dennoch brodelnder Unruhe. Benny wiederum nahm seinem alten Widersacher gegenüber eine wissend-amüsierte Haltung ein – in den Tiefen seines mächtigen Wanstes schien permanent ein Hohnlachen zu blubbern. Benny kannte jedermanns Geheimnisse, jedenfalls wusste er überzeugend diesen Eindruck zu erwecken. Er aß das Hühnerbein wie ein Gourmet eine rare Delikatesse, spreizte den kleinen Finger steif ab und rollte die gummiartigen, lilaroten Lippen vor und zurück. Als er fertig war, warf er den Knochen in das hohe Gras unter dem Baum zu seiner Seite und ließ den Teller auch ins Gras fallen. Aus seiner Tasche holte er ein großes rotes Tuch mit weißen Tupfen und wischte sich sorgfältig, einen Knubbelfinger nach dem anderen, daran die Hände ab.

»Nun, William, was gibt's Neues?«

»Nicht viel hier unten«, sagte Jaybey.

»Wie kommt das *grand projet* voran? Habt ihr den alten Scharlatan schon aufgespießt?« Und da erwähnte Jaybey, ohne dass er's wollte, das Venezianische Testament. Benny starrte ihn an. »Das Venezianische was?«

»So hab ich es genannt. Es ist eine Art Brief, den er anscheinend geschrieben hat, als er –«

»Ach so, ich weiß schon, was es damit auf sich hat, das Ding ist mir bekannt«, sagte Benny leicht abschätzig und nickte, wobei sein Mehrfachkinn sich wie der Balg eines Akkordeons zusammenzog. »Eher so was wie sein Abschiedsbrief.«

»Du kennst das Schriftstück?«, sagte Jaybey erschrocken und mit dem Hauch einer düsteren Ahnung. »Du hast es gesehen?«

»Er hat mir davon erzählt«, antwortete Benny mit elefantösem Achselzucken. »Alles sehr peinlich. Am Ende war er ziemlich ballaballa, weißt du, bevor der Herrgott seinen selbsternannten Rivalen niederwarf, ihm seine Geisteskräfte raubte und ihm den Willen nahm zu sterben.« Wieder dieses krampfartige Achselzucken. »Er soll das Ding zerreißen, hab ich ihm gesagt, aber er hat nicht auf meinen Rat gehört, wie man sieht.« Benny sah seinen Begleiter schief an und kicherte. »Er führt dich also schön an der Nase herum. Und rechnest du zum Schluss mit einem sauberen Abschuss?«

In diesem Moment wurde ihre Unterhaltung, wenn man es denn so nennen kann, durch einen Tumult unter den Gästen gestört. Was war passiert? Folgendes war passiert: Billy Hipwell, betrunken und zu einem romantischen Abenteuer aufgelegt, hatte Nell Godkin auf die Lichtung beim heiligen Quell gelockt, die Helen unterdessen verlassen hatte. Nell hatte sich nur schwach gegen seine Avancen gewehrt, und die Dinge entwickelten sich zwischen dem forschen Autoverkäufer und dem hingerissenen Mädchen – die einheimischen Burschen wussten ganz genau, dass Nora von den beiden Zwillingen die Hellere war und Nell die eher Einfältige –, als sie über sich ein scharfes Knacken hörten und das langgezogene Ächzen eines abbrechenden Astes, und gleich darauf kam eine Gestalt durchs dichte Laub herabgesaust und plumpste ihnen mit einem dumpfen Aufprall direkt vor die Füße. »Was zum –?«, rief Billy rau, wie ein Kinoheld, und richtete sich mit offenem Hemdkragen und auseinanderklaffendem Hosenstall auf dem Ellbogen auf, während Nell sich mit rotem Kopf hektisch die Unterhose hochzog. Der Mensch, der sich da vor ihnen mühsam – äußerst mühsam, weil mit verstauchtem Knöchel und verrenktem Daumen – wieder aufzurappeln versuchte, war, wie Sie natürlich schon vermutet haben, Adrian Duffy, der Kuhhirt, mit Ilexblättern im Haar. Nell, außer sich und in heller Aufregung, flüchtete aus dem Hain und suchte ihre Schwester, die, als sie hörte, was zwischen den zweien und dann plötzlich dreien vorgefallen war, verkündete, sie werde sofort ihre Brüder holen lassen, damit sie Duffy, diesem alten Spanner, eine ordentliche Tracht Prügel verpassten. Die Gäste, die sich um die Gruppe scharten, murmelten vernehmbar und allem Anschein nach auch zustimmend. Es war indes nicht nötig, dass sie jemand holen ließ, denn Billy, unser tapferer Billy, war schon dabei, den ohnehin bereits verletzten Duffy so heftig, so behände und so tüchtig zu verprügeln, dass Dr. Fortune ihn, also das Opfer, hernach ins Spital einweisen musste, wo er eine volle Woche blieb, stöhnend und fluchend. Helen, die die ganze Sache später von der völlig aufgelösten, schluchzenden und sich immer wieder verschluckenden Ivy Blount erzählt bekam, musste so heftig lachen, dass ihr die Nase blutete, worauf auch Ivy lachen musste, die arme schmachtende Ivy, die lachte und gleichzeitig weinte, während Helen gleichzeitig weinte, lachte und blutete. Denn inzwischen hatte sie ihr Gelübde gebrochen, sich an den Küchentisch gesetzt und die Flasche Chablis bis auf den letzten Tropfen ausgetrunken.

»Worüber hatten wir noch grad geredet?«, sagte Benny Grace und schaute zu den silbergrauen Unterseiten der Buchenblätter über ihnen hoch. Wieder rutschte er krampfartig auf dem niedrigen Stuhl hin und her, wobei er sich im Schritt rumgrabbelte – irgendwie war Benny stets damit beschäftigt, etwas in seinem Intimbereich in Ordnung zu bringen –, und wischte sich mit seinem großen bunten Taschentuch die Augen. »Ach ja«, sagte er, »ja, über unseren entschlafenen Kollegen, dessen Leben und dubiose Zeiten du dabei bist zu protokollieren. Natürlich hat er nie ein einziges Wort geschrieben, das nicht gelogen war – das weißt du doch, nicht wahr?« Er kicherte wieder, fettig, mit schwabbelnder Wamme. »Wie war das noch, wie hast du es genannt, das Venezianische was? Das Venezianische Testament? Ein Haufen Lügen, mein Lieber, ein einziger ausgemachter Schwindel. Genau wie –« Er verstummte, richtete sich auf und schaute über das Feld hinüber zum Haus. »Wer ist eigentlich diese finstere Gestalt, die da drüben rumschlendert?«

»Wo denn? Ach, der. Sein Name ist Mordaunt.«

»Mordaunt. Wie passend, vom Aussehen her. Er kommt mir bekannt vor.«

»Es heißt, er ist ein Mörder.«

»Tät mich nicht überraschen. Was macht er hier, wieso schleicht er hier rum? Wahrscheinlich plant er schon den nächsten Mord.«

Doch Jaybey interessierte nicht, was Mordaunt vorhatte. Die Mission eines Tyrannen, überlegte er, ist nicht nur, anderen Schmerzen zuzufügen und sie zu erniedrigen, sondern er muss den Dingen die Struktur entziehen und sie durchgraut und entlebendigt hinterlassen. Bis heute, bis zu dieser letzten Viertelstunde, war Jaybey ungeachtet all seiner Bedenken im Grunde seines Herzens sowie jenseits aller Skepsis überzeugt gewesen, sich einer Aufgabe verschrieben zu haben, die seiner einigermaßen würdig und der sein zweifelhaftes Talent wenigstens halbwegs gewachsen war. Oh ja, all unseren anderslautenden Behauptungen zum Trotz hatte er sich doch noch ein Quäntchen Glauben an seine Mission bewahrt. Gewiss, die Rekonstruktion von Adam Godleys Leben konnte nicht mehr sein als eine zusammengeklitterte Erfindung, durchbohrt von den – wie sagte ich noch mal? –, den Tapezierstiften der Fakten, obwohl es Fakten, wie wir wissen, gar nicht gibt. Und dennoch, selbst ein bloßer Abklatsch vom Leben eines solchen Mannes wäre schon beachtlich, hatte er zumindest angenommen, bis Benny auftauchte in seiner neuen Rolle – Knickerbocker! Cricket! – und nur einmal mit seinen dicken Wurstfingerchen schnipsen musste, um ihm vor Augen zu führen, wie abgeschmackt und sinnlos sein Unterfangen war. Es war noch nicht mal das, was Benny sagte, sein höhnisches Heruntermachen und seine abschätzigen Nebenbemerkungen, nein, seine bloße Gegenwart war es, die so vernichtend wirkte, die Art, wie er sich selbst begrapschte und seine Fettmassen herumschob.

»Er hat natürlich alles von Gabby Swan geklaut«, sagte er nun, indem er sich in seinem Liegestuhl zurücklehnte und mit den Fingerspitzen eine Raute formte.

»Meinst du wirklich?«, murmelte Jaybey versonnen.

»Ja, und dann, um seine Spuren zu verwischen, ist er hingegangen und hat jegliche Erwähnung seines ehemaligen Freundes gelöscht. Bei seinem berühmten Traktat hat er nicht mal die Widmung für ihn drin gelassen, weißt du nicht mehr.«

»Hmm«, machte Jaybey.

So viele lange Tage, so viele, hatte er vom Morgengrauen bis in die Nacht damit verbracht, sich summa summarum alles einzuverleiben, was er nur in Erfahrung bringen konnte über seinen Gegenstand, aber was hieß das schon? Den viel größeren Teil machte das Unbekannte aus. Er kam sich wie ein Kannibalenhäuptling vor, der, wenn der Missionar und seine Frau bis auf die letzten Knorpelchen verspeist sind, allein in seinem Langhaus sitzt und, während der Rest des Stammes nach dem Festmahl darmkollernd schlummert, die Sprungdeckeluhr von Reverend Schweineschnitzel ein ums andere Mal schüttelt und ans Ohr drückt und ganz gebannt dem mysteriösen Ticken lauscht. Er war müde, er wünschte sich, das alles hinter sich zu haben. Was alles? Das alles, dieses ganze unerklärliche Zeug, das man weder wissen noch verstehen kann. Ich finde ja die Welt schon immer sonderbar, aber noch sonderbarer dürfte wohl der Fakt sein, dass ich sie so finde, denn was sind sie denn schon, die ewigen Wahrheiten, an denen ich diese zeitweiligen Abweichungen messe?

Wer spricht hier? Ich.

»Jedenfalls hat er dich doch bloß gebeten, das Ding zu

schreiben, damit's kein anderer tut«, fuhr Benny fort. »Zum Beispiel Popov.«

»Was?«

»Na dieses Buch da, ich könnt schwören, dass es niemals das Licht der Welt erblicken wird, man findet sicher einen Weg, das zu verhindern. Sein Vater wollte überhaupt gar nicht, dass einer so was macht, verstehst du, und schon gar nicht Popov, obwohl der ja den Stift bereits gezückt hatte. Ach ja, der junge Adam ist gar nicht so blöd, wie er aussieht. Du warst der Notnagel, mein Alter, der, der's am sichersten vermasseln wird. Ach was. Du kriegst es sowieso nie fertig. Wir wissen schließlich alle, was für ein arbeitsscheues Element du bist.«

Und er lächelte.

Mordaunt kommt quer über das Feld, bleibt stehen und schaut sich noch ein letztes Mal um. Die Menge lichtet sich, der Nachmittag neigt sich bereits dem Ende zu. Die Wolken, die Bäume, das Gras, die Tischdecken. Billy Hipwell, unterdessen richtig dun, sitzt auf der Erde, lehnt mit dem Rücken an einer Buche und redet mit Rex dem Hund.

»Na du, alter Racker, wie geht es dir?«

Deirdre steht schmollend und genervt daneben; sie möchte schnellstens weg. Sie sind nicht mit dem dicken Dolphin da, sondern mit dem kleinen Sprite, dessen Schlüssel rein zufällig in Mordaunts Tasche steckt. Wie kommt er wohl dorthin? Mit List und Tücke, wie denn sonst? Er geht weiter, den Durchgang entlang, hüpft über die morastigen Stellen, gibt acht auf seine Schuhe. Er nimmt die Abkürzung zum Cottage. Ivy Blount ist noch auf der Party. Er geht nach oben, seine Sachen holen. Seine Tasche ist bereits gepackt. Er nimmt auch seine kleinen Andenken mit. Die Sammlung hat sich heut vergrößert, denn zu den Perlen in der Lackschatulle, dem Apostellöffel und dem silbernen Drehbleistift mit dem Monogramm sind noch ein Füllfederhalter der Marke Swan gekommen und eine kleine Silberkugel, die Musik spielt und die er überaus bezaubernd findet. Und dann ist da noch die Patek Philippe, die so leicht vom mageren Handgelenk der alten Frau glitt. Den chinesischen Drachen wird er auf dem Küchentisch lassen, damit Ivy sich erschrickt, wenn sie ihn sieht, wie er sie mit feurig geblähten Nüstern anfunkelt. In einem Aktendeckel in seiner Tasche ruht eine erlesene Auswahl aus den Godley-Schriften. Er war nicht gierig, nur ein paar gute Sachen hat er mitgenommen, seinen Briefwechel mit Dirac über Fermionen, mit Ironmount über Matrizen, und dazu noch die eine oder andere Kleinigkeit, als eine Art Anhang zum Manuskript des Singularitätentraktats, den er von Anna Behrens kriegen und dann privat verhökern wird über die Agentur von Guido Gannaro, einem zwielichtigen Sohn des verblichenen und noch viel zwielichtigeren Eduardo unseligen Angedenkens. Er sieht sich noch ein letztes Mal um in dem kleinen Zimmer, guckt noch mal aus dem tiefen Fenster – Fahrt wohl, ihr Glücksgefilde! –, nimmt seine Tasche und den Hut, hängt sich den Mantel um die Schultern wie ein Opernstar alter Schule. Er ist auf dem Weg.

Helen, am Küchentisch neben der Kochmaschine, sitzt da mit ihrem Glas, sieht seinen Schatten in der Tür und blickt mit finsterer Miene. Er bleibt kurz an der Schwelle stehen, erstaunt, sie hier zu sehen – er hatte angenommen, dass sie draußen sei und sich um ihre Gäste kümmere. Ihr Mund ist schlaff, ihr Blick getrübt.

»Du gehst?«, sagt sie.

»Ja«, erwidert er, kommt auf seine lauernde Art näher, lauernd, doch ein wenig unsicher, bemerkt sie. »Viel zu tun.«

Sie kichert. »Du musst zu deiner Schickse, nehm ich an?«

»Gewissermaßen.«

Sie schweigen ein paar Augenblicke, dann schwenkt er zum Abschied graziös den rechten Arm, dreht sich um und geht zur Tür hinaus. Er hatte eigentlich vorgehabt, sich noch nach etwas Kleingeld umzusehen, doch sich auf solche unverfrorene Weise bestehlen zu lassen, das würde sich nicht mal die sichtlich betrunkene Helen bieten lassen. Er summte eine unmelodische Melodie. Der Sprite parkte im Hof. Er warf seine Tasche auf den Rücksitz und klemmte sich hinters Lenkrad. Helen kam und blieb in der Tür stehen, lehnte sich mit einer Schulter an den Pfosten, hatte die Arme verschränkt und den Kopf zur Seite geneigt. Sie ist barfuß. Sie denkt an seine Hände auf ihren Schulterblättern, trocken und kühl. Sie macht Anstalten, etwas zu sagen, doch ihre Worte gehen völlig unter im Geknatter des anspringenden Motors.

Am Ende der Einfahrt zögerte er, bog dann links ab und fuhr an der Grundstücksmauer entlang. An dem dichtbewachsenen grünen Dreieck hielt er an, stieg über die niedrige Autotür ins Gras, ging durch das überdachte Tor hinein, blieb wieder stehen, drehte sich um, holte tief Luft und schlenderte dann frisch und frei just zu dem Tor hinaus, durch das er reingekommen war, kletterte wieder ins Auto und fuhr mit einem harten, zufriedenen kleinen Lächeln davon. Er wäre nie mehr froh geworden, wenn er nicht diesen Bann gebrochen hätte.

Er fuhr über den Hügelkamm, lenkte den Wagen den langen Weg bergab und sah in der Ferne die Stadt. Am Horizont eine brodelnde bleiblaue Wolke unterm tief glühenden Pfirsichhimmel. Wahrscheinlich würden sie ihn wieder fassen. Sollten sie doch, das würde ihm nichts ausmachen. Vielleicht wär er dort drin bei seinen Kumpels besser aufgehoben. Oder vielleicht würden sie auch die Todesstrafe wieder einführen, eigens für ihn, den Sonderfall. Sie könnten ja den Henker irgendeines Tyrannen für den Job anheuern. Er grinste in die rauschende Luft.

Dies Ding der Finsternis erkenn ich an als meines.

Doch dann musste er abbremsen. Eine Art Kavalkade kam den Hügel herauf. Er spähte, kniff die Augen zusammen. Was war das –? War es möglich, dass –?

Helen war über den Hof gelaufen und seitlich am Haus vorbei. Oben in der Einfahrt blieb sie stehen. Der Sprite war lange weg, und in der Abendluft lag nicht mal mehr ein salziger Abgashauch. Sie seufzte und blies eine ungewollte Blase aus. In ihrem Kopf herrschte totales Chaos. Hätt sie mal lieber nicht die ganze Flasche ausgetrunken.

Draußen auf der Straße näherte sich ein Geräusch, irgendwie dröhnend, wie scheppernde Musik aus einem Lautsprecher. Sie hob die Hand, um sich die Augen zu beschirmen. Lastwagen, oder nicht? Und eine bunte Stange, und eine Fahne. Bum-bum-bum – die große Basstrommel. Taddah! Das war es, ja, das war's. Prosperos Zauberzirkus war zurückgekehrt. Nur ihretwegen kam er wieder. Sie dachte an den Gaukler, seine Hüftknochen und fein geformten Handgelenke. Sie rannte los, den Hang hinunter, barfuß durch das warme, feuchte Gras. Trotz des Weines und trotz ihrer Jahre fühlte sie sich auf einmal ganz erstaunlich leicht und luftig, als ob ihr an den Fesseln Flügelchen gewachsen wären.

Taddaah!

Komm du, du letzter –

Die Sonne scheint, die Wolkenmassen schieben schwer, die scheppernde Musik, sie schmettert, und hier wandert die Spitze der Stahlfeder die Zeile entlang mit einem winzig kleinen, geheimen Klang: kratz, kratz, kratz, kratz, und sticht zuletzt noch einmal zu, ein letztes Mal, und endlich steht er da, der unendliche letzte Schlusspunkt.

*Die Übersetzerin dankt dem
Deutschen Übersetzerfonds,
der ihre Arbeit an diesem
Roman mit einem großzügigen
Stipendium gefördert hat.*

Der Verlag Kiepenheuer & Witsch hat sich zu einer nachhaltigen Buchproduktion verpflichtet. Gemeinsam mit unseren Partnern und Lieferanten setzen wir uns für eine klimaneutrale Buchproduktion ein, die den Erwerb von Klimazertifikaten zur Kompensation des CO_2-Ausstoßes einschließt. Weitere Informationen finden Sie unter www.klimaneutralerverlag.de

MIX
Papier | Fördert gute Waldnutzung
FSC® C014496

1. Auflage 2023

Titel der Originalausgabe: The Singularities

Aus dem Englischen von Christa Schuenke

Covergestaltung: Barbara Thoben, Köln, nach dem Originalumschlag von John Gall für Penguin Random House
Covermotiv: © Harry Brioche
Gesetzt aus der Bembo
Satz: Wilhelm Vornehm, München
Druck und Bindung: GGP Media GmbH, Pößneck
ISBN 978-3-462-00352-9